U0126526

戰後台灣「現實詩學」研究
——以笠詩社為考察中心

阮美慧 著

臺灣學生書局 印行

序　論

一、

　　戰後台灣新詩的發展，因受政治力的干預，文學脫離自然的發展軌道，涉入了人為的操控，連帶使得日治時期及大陸新文學運動的傳統，也因此中斷。取而代之的是，以國家文藝政策為主的「反共詩歌」，當時，大陸來台詩人，除了提倡「反共詩」的寫作外，亦推行「現代詩」運動，因此，詩壇出現既「反共」；又「現代」的並行現象。一九五六年紀弦成立「現代派」，標榜「橫的移植」，於是，西方「現代主義」的文藝思潮，被大量地引介至台灣，造成一股寫作的旋風，特別是詩對「現代主義」形式的模仿與學習，這波學習熱潮，一直到一九五九年《創世紀》擴大改版，一掃過去的「民族詩型」，改為「超現實主義」時，達到頂點。此後，「現代詩」的寫作，籠罩在一片「超現實」的語境中，詩極力追求形式技巧的創新、實驗，語言表垷華麗、怪奇。

　　六〇年代中期，「笠」詩社（簡稱「笠」）❶成立，十二位創始成員，多為本土派詩人，當時創刊主要的目的，是希望能夠矯正當

---

❶　以下本書皆以「笠」，簡稱笠詩社。

時「現代主義」詩風，因過度追求形式技巧的缺失，而強調注重「這個時代」精神的作品，把詩定位在實存的境況之中，利用明朗、平實的語言，使詩能夠恢復意義的機能，重建詩的表現秩序。

隨著時局的變化，七○年代「現代詩」的寫作，出現了轉折的態勢，詩風從「現代主義」轉成「現實主義」的走向，此時，《笠》詩刊（簡稱《笠》）❷及「現實性」的文學，都獲得了空前的發展機會，這股現實思潮，一直延燒至八○年代後期，期間，《笠》從「鄉土詩」、「現實詩」、「政治詩」等，一連串以現實為底蘊的詩作，漸次拉高現實之音，直到最後，完成台灣「本土詩學」的建立，標舉台灣詩的另一球根的價值與意義。

因此，《笠》在七、八○年代的戒嚴風景下，突顯出「時代性」、「現實性」、「批判性」等「集團性格」，注重詩的內在精神及現實次元，同時，也對詩的語言、藝術造型有所關注，如陳千武詩作中的「媽祖」意象、錦連的「鐵路」意象、陳鴻森一系列的「生肖詩」等，皆率先打破時代禁忌的僵局，呈現詩人對實存境域的敏感性。九○年代之後，隨著台灣解嚴，政治局勢日漸趨緩，各種不同的文化現象紛陳，預示一個別於戒嚴時期的新時代的到來，而《笠》面對此一新時代，該如何因應新時局、新思維，且在其「核心價值」下深化「現實詩學」的意涵，將是《笠》下一階段必須深思的課題。

---

❷　以下本書皆以《笠》，簡稱笠詩刊。

二、

　　首先，值得一提的是，就文學本質而言，「形式」與「內容」互為表裏，兩者偏一不可。因此，台灣「現代詩」的寫作，不管是提倡「現代主義」的表現技巧；或是強調「現實主義」的思想內涵，同時，也都要針對形式或內容的問題，加以追求、鍛鍊。本書以「現實詩學」作為研究視域，並非把「形式」與「內容」視為二元對立的狀況，而是思考「形式」與「內容」，兩者如何配合，以符合文學的要求。以往「現代主義」詩學，因過度強調「形式」表現，不斷就各項詩的技巧，加以實驗、創新，強調個人的特殊經驗，致使詩的「內容」，往往呈現空洞、支離；而「現實主義」詩學，修正了「現代主義」詩學的表現方式，力求詩的意義，對社會現實持有熱情，積極介入、批判，而非選擇逃離、冷漠、絕望，但易陷入語言鬆散的缺失。兩種詩學的表現進路不同，雖各有偏重；但不一定相互抵觸。然而，台灣現代詩學，常過度簡化不同的詩學意涵，認為非 A 即 B，且詮釋詩的角度也過於單一，這樣的結果，不僅窄化詩的表現意義，同時，也使詩的發展趨於一元化。

　　本書以「笠」作為考察對象，爬梳台灣「現實詩學」的發展脈絡。「現實」一詞的意涵，是開放式的話語（discourse），其深層話語結構，複雜而多元。若想對「現實」概念的歷史脈絡加以爬梳的話，並非本文所能概述，不過迴向此一話語知識學系譜時，若干「現實」觀念的參照，可以加深台灣現代詩學的探討意義。台灣「現代詩」的發展，由於，受到政治因素的干涉，使得戰後詩壇，只片面地建立一套「好詩」的標準，且透過各種機制的運作，打造

「現代詩」的典範。然而，對「典律化」的過程，如文化資本、文學典律、經典詮解等內涵的辯證，皆付之闕如，這樣打造出來的「現代詩」典範，其實是令人深思的。因此，台灣的現代詩學，長期以來一直無法展開多元、多聲的交響辯證。故「現實詩學」的提出，希冀在其歷史語境下，突破「現代主義」詩學的強大論述，另關蹊徑，使台灣「詩的兩個球根」，各自獲得良好的發展，豐富台灣詩學的總體論述。

因此，本書戰後台灣「現實詩學」的研究，是站在六〇年代，「現代主義」詩學狂飆的時代，檢視「現代詩」在戰後的歷史脈絡下，詩的「現代性」技巧，如何成為主要詩學的論述系統，同時，與台灣的「現實性」精神如何抗頡、消長？最後，「現實詩學」於七〇年代備受關注，甚而取代過去「現代主義」詩學，內在的動因與轉折的過程，是否提供我們進一步對文學本身的思考與再評價？七、八〇年代，「現實詩學」成為「笠」的核心價值，其演變歷程、精神面貌為何？與其他詩社的「現實精神」不同之處何在？這些問題的了解與探究，將對台灣戰後詩學的研究，有更多不同以往的見解，也為戰後「現代詩」的研究開出另一種新局。

三、

以上先對戰後台灣「現代詩」及「現實詩學」的發展，作一說明，使「現代詩」的歷史迷霧可以稍加廓清。之後，本書分別由八篇文章針對前列的問題加以闡釋，嘗試以「笠」作為考察對象，勾勒出戰後台灣「現實詩學」的發展與面貌，檢視「現實詩學」如何

從六〇年代的邊緣論述，直到七、八〇年代，成為主要詩的美學內
涵，本書主要論述分為二部分，其一，是針對「笠」的整體觀察，
考察「笠」如何從六〇年代創社伊始，直到八〇年代完成「本土詩
學」的建構歷程；其二，則依次分析詩人及其詩作，如何具體實踐
「現實詩學」的內在意涵，建立台灣「現代詩」另一種詩美學觀。
以下分別就各章內容要點，作一簡述：

　　第一章：〈戰後台灣「現實詩學」的建構與省思〉。戰後台灣
「現代詩」發展，來自於「詩的兩個球根」，但因戰後政治干涉文
學，使得兩個球根的文學傳統斷裂。五〇年代，遂以國家文藝政策
主導文學的發展，以「反共詩歌」作為當時的發展主流；另外，則
是由大陸來台詩人，在「反共詩歌」之外，提出「橫的移植」，向
西方「現代主義」借鏡，提倡「現代詩」的寫作；這樣的詩風一直
發展至七〇年代，才因外在局勢的變化，轉而由「現實詩學」取代
之，在「現實詩學」的發展中，以「笠」詩人群所表彰的詩風最具
代表，「笠」與當時一批年輕詩人的崛起，共創新局。而《笠》的
「現實詩學」意指：擺脫個人主觀的內心世界的描寫，去除「假設
性」的頹喪、虛幻、想像，避免落入只純粹呈現、說明現實的無
力，而消極地解釋現實的存在，它應以外在現實為實感內容，具體
揭示生活中的「真實」與「可感」，同時，積極地介入社會，站在
批判、反省的位置，使詩不僅是抒情遣愁；更是可以改變現實的動
力。

　　建構台灣「現實詩學」時，必須回到台灣重層的文化脈絡中，
檢視「現實詩學」如何從邊陲的位置，逐一穿過歷史的長廊，建立
起論述的場域，漸次成為台灣「現代詩」的另一種美學觀。其中，

有關「現代詩」發展的歷史語境、文化資本、經典詮釋等議題的提問與辯證，不容忽視，這些皆與戰後台灣「現實詩學」的建構，相互糾葛、交錯，使得「現實詩學」的內涵、特色，具有一種批判、抵抗的精神，亦為一種「力的詩學」。

　　第二章：〈《笠》與現代主義：笠詩社成立史的一個側面〉。本章著重探討「笠」在一九六四年成立後，約莫五年間的奠定時期，如何針對當時詩壇「超現實主義」詩風，重新思考、修正，使台灣「現代詩」的表現，能夠具有時代的精神，建立起詩的現實性機能。由於，「笠」的第一代多為「跨越語言一代」詩人，如吳瀛濤、陳千武、林亨泰、錦連等，他們透過日文吸收日本「現代主義」思潮的各種流派，較紀弦所倡導的台灣「現代詩」，移植歐美「現代主義」思潮更早且有所差異。《笠》為正本清源，遂重新對台灣的「現代主義」加以重構，特闢「文獻重刊」專題，還原原始的文獻，使詩人能夠溯源「現代主義」精神，如在第七期（1965 年6 月）有葉笛譯介 Andre Breton（布魯東）的〈超現實主義宣言〉、第八期（1965 年 8 月）續譯 F.T. Marinetti（馬林內諦）的〈未來派宣言書〉、第九期（1965 年 10 月）有趙天儀選譯 Richard Aldington（艾丁頓）的〈意象派的六大信條〉等，為台灣「現代主義」理論建構，重塑「現代詩」的發展方向。因此，《笠》特別注重詩的「真摯性」與「時代性」，將「現代主義」轉向，挹注台灣真實的精神入詩，以「現代主義」的形式技巧，表現現實時空的現象，如詹冰的〈水牛圖〉，以圖象排列的現代手法，捕捉台灣水牛的意象，充分展現台灣詩人對應於他所處的時代，從現實生活觀察中，具體經營出詩的現實精神。往後，《笠》即在此一時期所樹立的現實風格

中，就形式與內容，不斷地追求與探索，同時和外在環境的變化與時俱進，加強「現實意識」的特徵，成為台灣戰後現實文學的主要場域。

第三章：〈存在與歷史：七〇年代《笠》的詩作精神及其語言表現〉。戰後，「跨越語言一代」詩人，因政權的高壓、時代的桎梏，遂於精神上具有「荒原意識」的感受，此與日本戰後敗北的精神相似，皆呈現生命的寂寥與頹喪，然而，在時代的低壓氣氛中，敗北之人如何求取生存的意志力，是他們共同勁力的方向，如陳千武〈雨中行〉，以「雨絲」象徵人世間現實的煩思，彰顯戰後存在的鬱悶與愁苦；錦連〈挖掘〉，則是透過執拗的挖掘動作，加強內在苦悶的抑鬱，傳達戰後生之哀感。因此戰後，特別是「笠」第一代詩人，他們大多深諳日文，無形中受到日本詩學的影響極大，而戰後面臨到政權轉移、現實落空、認同喪失，使得《笠》早期的作品，充滿詩人生之寂寥的哀愁，如何消解內心的愁苦？詩人於是從台灣的「歷史意識」，去尋找自我主體認同，形成六〇、七〇年代，《笠》一個明顯的表現樣態。

另外，《笠》在詩「語言」的追求上，強調語言的計算與明確，意即擺脫過多的形容詞修飾，重視形式結構的嚴密，詩行、詩意之間的聯結，同時，亟需尋找語言的「原始機能」，建立語言與現實之間的新關係，開發出新的意象象徵。出於，《笠》注重機智、諷刺、批判的現實詩風，因此，以「散文性詩化」的語言，促使主題思想，不因稠密、跳躍的詩語，而受到阻斷，可以進一步拓展、深化詩的意涵。

第四章：〈現實的高音：《笠》於七〇年代中期以降「本土詩

學」的奠定與表現（1976-1984）〉。《笠》於七○年代中期之後，逐漸拉高現實之音，在「世代」傳承與交替中，一步步完成「本土詩學」的建立，特別是「笠」的「戰後世代」，在七○年代展現了昂揚的創作力與戰鬥力，在各個世代的群策群力下，《笠》逐步奠定「本土詩學」的位置，成為戰後重要詩社的代表之一，同時，這一階段，正值台灣政治、民主運動最炙熱的年代，《笠》也共同參與其中，成為推動台灣民主運動的一環。

此外，《笠》不斷深化、實踐其「現實詩學」的意涵，七○年代中期以降，除了一般表現日常生活的現實經驗外，它更加強詩的批判精神及反叛意識，這並非詩的題材問題，而是詩的表現態度及其精神，同時，《笠》也注重詩的藝術造型，思考到詩不僅要具有「現實性」，也應兼有「現代性」的表現，換言之，在思考「寫什麼」的同時，也不偏廢「怎麼寫」，尤其，《笠》譯介很多各國現代詩學理論，吸取各種現代手法的運用，此外，加大詩的「敘事性」，使詩不陷溺在純粹言情抒懷之上，而是呈現嚴密的內在情感節奏，表現詩的知性與思考。

七○年代中期之後，《笠》也不斷將詩社的社務延伸，包括重新編選詩選、整理台灣戰前的詩史資料等，另外，《笠》也積極向外推廣、教育，發揮它的影響力，並舉辦各種詩的活動，拉近民眾與詩的距離。《笠》從理論到實踐、從社內至社外，逐步奠定起「本土詩學」的新風貌，帶領台灣詩壇走過風雨飄搖的七、八○年代，完成新的詩美學典範。

第五章：〈從「中國」到「台灣」：台灣戰後詩中的「國家」意象〉。戰後，國民政府來台，頒訂了國家文藝政策，致使政治凌

駕在文藝之上，文藝為政治服務，共同打造「反共復國」的口號。因此，戰後詩中的「國家」意象，大多架構在「中國」的思維下。五〇年代的詩壇，以大陸來台詩人為主，特別歷經戰亂與流離的一群，故其作品大量地對「中國」謳歌、思念，常以「母親」、「情人」、「君父」的形象，替代「家國」的意象。然而，這樣的意象，透過父執輩經驗的傳承，複製在外省第二代的詩人身上，雖然，他們並沒有離散、戰爭的經驗，但其心中的「家國」，卻是仿造父執輩的經驗，由上而下建構想像的、文化的「中國」。這對本土派詩人而言，書寫「祖國」的經驗，既迷離又虛幻，他們必須以大量的想像與虛構，才能描繪出遙遠的「中國意象」，五〇年代的「國家」意象，就在這樣的文藝政策下，將真實存在的「台灣」隱匿在歷史的塵埃裏。

六〇年代之後，那些歷經日本殖民、國府統治的本土派詩人，開始透過他們的詩作，凝聚、恢復台灣的「歷史意識」與「集體記憶」，如陳千武、吳慕適、錦連等的作品，這些作品，開啟台灣人民對「台灣」的了解與關注。之後，更年輕一輩的詩人，如李魁賢、李敏勇等，亦寫下具有「台灣魂」的作品，與台灣戰後第一代本土派詩人，共同記錄書寫台灣歷史的一頁。隨著外在時局的改變，到了七〇年代末，找尋「台灣」、發現「台灣」，成為台灣政治、民主運動中最重要的課題。以「台灣」作為意象的作品，也開始大量出現在詩壇上，詩人漸次調整關注的焦點，「國家」的意象逐漸從「中國」扭轉到「台灣」，使得以「台灣」為名的國家實體，日益打造完成，重新確立新的國家認同。

第六章：〈死的脫卻，生的回歸：陳千武詩的精神意識考

察〉。陳千武（1922-）為「跨越語言一代」詩人，戰前曾擔任過
「台灣特別志願兵」，遠赴南洋作戰，在叢林中出生入死，感受瀕
臨死亡的真實感。而戰後因面臨「語言跨越」的艱難，以及高壓政
權的統治，雖然，僥倖逃過戰爭之「死」，然其精神意識，卻從戰
前直至戰後，皆處在雖「生」猶「死」的境況下。於是，精神內在
的孤絕、荒涼、哀愁，遂成為陳千武創作之初的精神底蘊，「密
林」、「雨絲」、「蜘蛛網」等意象，不時交纏在其詩作中，如愁
思糾葛一般。隨著時間的流轉，陳千武進一步思考，如何脫卻死
亡，重建生機，以對抗精神上的荒蕪，他展開個人主體的認同與再
確定，由自我的生命根源與歷史經驗，去探尋自我的定位，以此建
立生的回歸，肯定其「未死」的價值。

　　當詩人確定自我的主體性後，以「愛」作為創作的終極關懷，
意味著詩人脫卻了「死」的威脅，回歸到「生」的欲求，「愛」涵
融生命過往的戰爭、哀愁、死亡、孤獨，成為日後創作最重要的中
心之一，由此去完成他個人的詩學理論及其文學創作。

　　第七章：〈轉折與建構：鄭烱明「現實詩學」之研究〉。鄭烱
明（1948-）於六〇年代開始其文藝創作，一九六六年〈夜之窗〉首
次刊登於《笠》。之後，即以「笠」作為詩學陣地，展開其長達三
十多年的寫作歷程。由於，鄭氏出生醫師世家，日後亦從事醫師的
工作，故對人的生老病死、悲苦哀愁，感受良多。早期詩作，意識
到存在的無奈與哀感，不免染有對人世間的淡淡傷感，以詩作為連
結這種思考的永恆表現。但歷經一番歷練之後，鄭烱明即一掃抽
象、生硬的詩語，轉而描寫現實生活中具實感的經驗，特別是一般
庶民的「人間性」，由此去提煉現實人生的況味。

　　此外，他亦受到「笠」前輩詩人的青睞和提攜，承接了他們的歷史經驗，率先建立起台灣的「歷史意識」，七〇年代，其詩與時俱進，更強調批判、諷刺的精神，特別是對台灣的歷史處境，著墨甚多，例如以「蕃薯」鮮明的意象，象徵台灣的隱忍不屈精神。之後，他更控訴高壓的政權，揭露戰後的實存境況，以平淺、明朗的語言，實踐其「反抗詩學」的精神，為台灣留下許多歷史的見證。八〇年代後，他因「意識先行」，使詩的意象及批判，流於自動化、典型化，而減低了詩的藝術價值。因此，在完成階段性任務後，其詩的創作量，也隨之銳減。

　　八〇年代後期以降，鄭烱明轉以實際的行動推動「台灣文學」的發展，如協助葉石濤完成《台灣文學史綱》的撰寫、促進「台灣筆會」的成立，以及創辦《文學台灣》雜誌，用更直接的方式，建構「台灣文學」的版圖，樹立起昂揚的文學旗幟。

　　第八章：〈社會與政治：「笠」戰後世代詩人的現實詩學〉。「笠」「戰後世代」詩人，意指戰後出生的一代，他們多於六〇年代先後加入「笠」，並以「笠」作為日後主要的詩學場域。由於，他們親炙「笠」的前輩詩人，如同從他們父叔輩的生命歷程中，窺見台灣過去的歷史軌跡，在草木皆兵的戒嚴時期，率先具有台灣的「歷史意識」，以其意識凝聚《笠》的創作能量，在極為有限的文化資源中，利用詩社的「集團性格」，表現共同的文學主張，藉此穩固貧瘠的創作空間，使其社團不致泡沫化。而他們的寫作精神，扎根在台灣斯土斯民之上，呈現台灣社會、歷史、文化等面向的問題，傳達一般庶民的普遍性情感。

　　其次，他們並沒有語言跨越的困境，但在語言的表現上，卻仍

然捨棄華美、豐腴的修辭，純就語言的「原始機能」加以挖掘、建立，使得語言與現實，重新建立一種新的關係，擴大語言的意義機能。換言之，「笠」所追求的表現論，更需要詩人展現深厚、內斂的情感意涵，否則在沒有華美文字的包裝時，詩則易流於淺近、白描的缺失。

由於，他們詩的寫作歷程特殊，與七〇年代崛起的「新生代」詩人群相異，因此，「笠」「戰後世代」詩人的作品，更展現時代的異質之聲，著重對社會、政治的觀察與批判，呈現以台灣作為主體的詩學精神。這波思潮，在七、八〇年代，亦是建構「台灣文學」的重要力量，使「台灣文學」可以正式定名於現實的時空之中。

戰後台灣「現實詩學」研究
——以笠詩社爲考察中心

目　次

第一章　戰後台灣
「現實詩學」的建構與省思

一、前　言

　　戰後台灣「現代詩」，一度受到西方「現代主義」的影響，而風行「超現實主義」的表現手法，因缺少西方「現代主義」發展的社會背景與經濟條件，使得台灣「現代詩」，在保守、僵固、專政的時代下，只截取西方形式表現的部分，強調外在技巧的實驗與內在孤絕的荒涼，純就「藝術本體論」加以延伸、衍化，欠缺了西方「現代主義」前衛、批判、改革的精神，其結果，台灣「現代詩」因太過注重個人特殊的經驗，而脫離了與社會現實的對話，造成詩與讀者之間橫跨一道「閱讀距離」，這亦是台灣「現代主義」詩作，日後遭受各方批判的所在。❶

---

❶　比如最顯而易見的，七〇年代由關傑明、唐文標等人所掀起的「現代詩論戰」（1972-73），現代派詩人與批評者，雙方舌槍唇劍地展開一場關於「現代詩」表現的論戰。相關論著者眾，如陳瀅州《七〇年代以降現代詩論戰之話語運作》（成功大學台文所碩士論文，2006）、郭楓〈台灣七〇年代新詩潮初探〉（收入氏著《美麗島文學評論續集》，台北：台北縣文化局，2003）。

　　《笠》於一九六四年創刊，其目的為了修正當時狂飆的「超現實主義」詩風，企望重建詩的意義機能，重回詩的表現倫理，使詩能夠在極度個人化的表現外，亦能傳達現實真摯的情感，與社會現實的脈動相應，《笠》創刊第一年，檢討詩刊良窳時，指出：

> 做為整頓詩風，不但是削其迂腐的歪詩，不只是力求選稿和編排上的獨門和新穎的特性，最重要的是建築精神的存在，如果「笠」的存在價值被否定，抑被視做詩壇的點綴和花樣，實在是可悲的。❷

　　文中特別指出，「建築精神的存在」的重要性，意味著五、六〇年代詩學「精神不在家」，「現代詩」脫離現實時空的關切。若回顧五、六〇年代重要的年代詩選，如由「創世紀」主編的《六十年代詩選》（高雄：大業書局，1961）、《七十年代的詩選》（高雄：大業書局，1967），其中，確實充斥著許多難解之作，連一向最捍衛「現代詩」美學的學者簡政珍，也認為說：

> 許多這時期的詩，不是遠離現實人生，就是將人生包裝在層層疊疊的超現實裡。大部分詩人在超現實的意識裏，扭曲文字，作語言與結構的實驗性的前衛「遊戲」。❸

---

❷　忍冬〈大家戴著笠〉，《笠》7 期，1965 年 6 月，頁 4。
❸　簡政珍〈概念化與超現實經驗——五、六〇年代詩的物象關照〉，收入氏著《台灣現代詩美學》（台北：揚智文化公司，2004），頁 60。

　　換言之，許多五、六〇年代的「遊戲」之作，確實承如簡氏所言，扭曲文字、意象晦澀，只在大膽的形式實驗，缺少詩內在深厚的詩意。因此，這些當年「一時之選」的詩作，在歷經時間的濤洗與閱讀者的評判後，其價值與意義，容或有商榷的餘地。但不管為何，席捲六〇年代詩壇的「超現實主義」詩風，造成詩人左一句「而這就是我們的存在主義——不！我們的存在主義」❹；右一句「我們是一位膨脹的無限的方之圓　抑且／膨脹一位的我們乃圓之方的無限」❺，的確可以見到，詩人挾詩以自重的神情，意氣風發，不可一世；但縱使他們夸夸其言，詩的內容空洞無力，語法隨意跳接，整首詩作零亂失序，確也是有目共睹的現象。

　　五、六〇年代，「現代詩」的寫作，在「反共」／「現代」雙軌上發展❻，因為缺乏實質的文學土壤及現實力量，到了七〇年代，由於台灣國際局勢丕變，地位風雨飄搖，致使長期被漠視的現實問題，一時之間，備受注視與檢討，此時，「回歸民族」、「追

---

❹ 此為紀弦〈存在主義〉最後詩句，收入《六十年代詩選》（高雄：大業書局，1961），頁 80。然而，在《六十年代詩選》中卻稱紀弦「他的詩風，特異，有個性，富變化，採取種種手法，時呈飛躍之姿；近年則專力於一種前無古人的境界之追求，有其睥睨一切的獨到處」（頁 76）。

❺ 此為碧果〈號齒〉其中詩句，收入《七十年代詩選》（高雄：大業書局，1967），頁 276。而《七十年代詩選》則說「碧果的語言是冷僻、簡潔、有力，他的字語不是用來被描述的或是用來襯托的，它們——每一個字語的本身，都是一個獨立的存在，……碧果的詩所抒發的驚人的力量深深迫人的張力，以及一種衝刺人的心臟的『直接感』」（頁 273）。

❻ 此說，可參照許世旭〈延伸與反撥——重估台灣五〇年代的新詩〉，收入氏著《新詩論》（台北：三民書局，1998）。

尋現實」的訴求，甚囂塵上，社會整體企望，莫不希望建立自我民族、文化的認同，找回喪失已久的民族精神。在這波追尋的餘緒下，一向標榜「橫的移植」的「現代詩」，首當其衝，輿論對此撻伐之聲不絕於耳。最先發難者，為唐文標、關傑明所掀起的「現代詩論戰」（1972-73），繼之而起的是，稍後更劇烈、更全面的「鄉土文學論戰」（1976-77），直到七〇年代末「美麗島事件」（1979），掀起了台灣民主、社會運動的最高潮。七〇年代詩風的表現與變化，也隨著這波社會風潮的異動而變化，最明顯的是，六〇年代狂飆一時的「超現實主義」詩風，到了七〇年代之後，也有顯著的轉變，許多六〇年代標榜「超現實主義」詩風的詩人，到了七〇年代，也將詩拉回到日常性、生活性、現實性、民族性等表現次元，使詩不再是蒼白苦澀地吶喊，而是可以表現真摯情感的載體，重新獲得詩的有機意義。此一現象，以七〇年代蜂起的「新生代詩人群」最受矚目——從最早成立的「龍族」（1971.3-1976.5），到七〇年代末的「陽光小集」（1979.12-1984.6），這些年輕詩人群，展現旺盛的創作力與批判力，成為當時詩壇動向的主要代表。他們形成一個「新世代」詩人群的系譜，與「笠」詩人們並存，匯聚出一股強勁的現實聲浪，將七〇年代的「現代詩」，從「現代主義」轉向「現實主義」的發展方向。

本書就「笠」作為考察的對象，以「現實詩學」作為論述的中心，主要目的並非只是要爬梳《笠》的文學表現，而是藉此可以參照整個戰後台灣詩壇的發展，在「詩的兩個球根」的脈絡下，戰後詩學的表現如何？以及「現代詩」除了形式藝術的討論外，「現代詩」如何可能重回「意義」的機能，展示另一種創作的思維與美學

的呈現，以此作為研究台灣「現代詩」的一個小小的起點。

二、「現實主義」的梳理與參照

　　以「現實詩學」切入台灣「現代詩」研究的入口，並以「笠」作為考察對象，其立足點在於：相對於五、六〇年代「現代主義」思潮影響下，台灣所建立的「現代主義」詩學，「現實詩學」提供了另一套美學論述的標準❼。這套論述系統，除了對藝術形式的追求外，更強調以社會生活、客觀現實，作為書寫的內容對象，擺脫個人主觀的抽象思維，使詩與外在現實可以產生對話，因此，它既是詩人觀察世界、表現生活的態度；也是詩人對詩的藝術手法和敘述方式的一種概括。因此，若以「現實詩學」展開論述主軸，其意涵具有「流動符徵」（floating signifier）的特質，在台灣「現代詩」

---

❼　本書以「現實詩學」主張，而不以「現實主義」詩學，主要避免框限在特定的「主義」論述下，而使此一主張成為一種窄化或封閉的論述系統。而本書不用「寫實」而用「現實」，在於避免認為只是「反映」外在客觀的社會環境而已，而是希望「現實」一詞，可以較貼近台灣社會語境，滲入更多元性的意涵，彰顯文學與社會互涉、交流、影響的過程。孟樊在《當代台灣新詩理論》一書中，提出「寫實主義」詩學，說到：「在我們檢視台灣寫實主義的詩時，權宜之計，還是把對『真實』的看法限定在『外在現實』上，也就是西方十九世紀所發展的寫實主義，一般而言，這也是台灣詩壇（以及文壇）絕大多數人共同的看法；翻開所有文學辭典，其所謂的寫實主義皆指此義。」（台北：揚智出版社，1995，頁 126）可見孟樊所提的「寫實主義」詩學，所採用的意義，是限定在「外在現實」，然而，本文認為這樣的論說過於窄化，故以「現實詩學」取代「寫實主義」詩學或「寫實詩學」的意涵。

的範疇中，並不是僵化、教條式的教戰手則，而是流動、活絡的理論主張，換言之，它不是一種意識型態掛帥的主張，或粗糙的表現方法，而是具有傳統歷史脈絡的文藝美學，可作為台灣「現代詩」寫作的另一套詩學理論依據，提供不同的美學趣味與表現形式，顯示不同美學標準下的詩作，有其存在的意義與價值。

而「現實」一詞的話語（discourse），歷經各個階段、各家學說的發展與衍化，早已出現各種的規範模式、典型形態（ideal type），具有繁複多重的論述內涵，其間龐大的發展脈絡、知識系譜，已非三言兩語所能概述。而之所以仍提出這些理論，並非是僵硬地「套用」，而是希望借助許多理論家的真知灼見，使研究主題更加敏銳，關照的層面可以更加宏遠。

由於，台灣現代文學的研究，尚未發展出完整、嚴謹的論述系統，大多以西方的文學理論作為借鏡，故探討台灣的「現實詩學」，若借鑑西方之鏡，或許可使台灣本土詩學的理論架構，有可參照的基礎。「現實主義」最早溯源自西方十九世紀以降，其文學理念來自，外在現實的擠壓、抵抗。由於，十九世紀西方資本階級社會的興起與確立，形成了數量龐大的勞工階級，在勞資雙方的利益衝突下，如：法國二月工人革命的爆發；英國工業革命之後，一八三八年由工人聯合會公布了請願書〈人民憲章〉；俄國農民與地主之間階級的矛盾與鬥爭等，皆使農、工人的意識抬頭，此時，知識分子眼光轉而關注勞動階層的力量躍起，在這樣的歷史背景脈絡下，文學逐漸轉而關懷底層人民，強調外在現實的描繪與批判。而「現實主義」的概念與名稱，在十九世紀五〇年代漸漸確立，成為美學與文學的研究範疇。其精神特徵為：

第一、主張客觀真實性。現實主義文論要求，按照生活的本來面貌，真實地反映現實生活。現實主義就以區別於浪漫主義。第二、追求主客觀統一的典型性。現實主義文論要求，作家藝術家在客觀真實性的前提下，經過選擇和概括，創造出主觀和客觀，個性和共性相統一的典型形象。現實主義以此區別於自然主義。第三、堅持社會批判性。現實主義文論產生於資產階級王國已經基本鞏固，它的固有弊病也日益顯著的歷史時期，因此，它的客觀真實性和高度典型性的美學原則就必然導致了它的社會批判性，要求作家藝術家把人道主義作為一種最高的道德標準和價值尺度，對扼殺人性的資本主義現實關係進行一針見血的審美批判。現實主義以此區別於唯美和古典主義。第四、富於人道主義色彩。現實主義文論要求把人當作人來如實描寫，不過，同時也走向了抽象人性論的極端。❽

　　承上所言，「現實主義」理論的普遍原則在於：要能在客觀的現實生活中，根據真實，創造出具普遍性的典型形象，同時，要有社會批判力與高度的人道關懷。然而，「現實主義」理論，也有不少為人詬病的地方，即是容易將「現實」界定為一套固定的模式，只理性地以科學的規律來說解人的「現實」，簡化了「現實」的複雜性及開放性，如上述所指出的，將現實人生「走向了抽象人性論

---

❽　張玉能主編《西方文論》（武漢：華中師範大學出版社，2002），頁 167-168。

的極端」。

俄國現實主義論述的巨擘車爾尼雪夫斯基（1828-1889），認為藝術的第一目的即是要「再現現實」，而「現實」永遠是比藝術更具有力量的，因為，「藝術的力量通常就是回憶的力量」；「藝術的力量是一般性的力量」；「藝術的力量是注釋的力量」❾。換言之，現實本身已具有美，藝術只是為了補足現實的不足；藝術是無法取代「現實」的。於是，他將形式與內容的問題割裂，分出了形式之美與內容之美的不同，直接認為「美就是生活」，「生活即是現實」，因此，強調「藝術美」永遠比不上「現實美」的價值，比如描繪一顆蘋果之美的作品，遠不如一顆真實蘋果的美，此說的盲點在於，忽略藝術本身的價值，把藝術成為現實的「替代品」，窄化了多元藝術（文學）表現的可能性。基本上，車氏的理論，太過強調「現實」的絕對性，誇大現實單純客觀的屬性，而忽略了人主觀感受現實的部分。因此，將現實與藝術、內容與形式、主觀與客觀等辯證的論題，簡約歸結為二元對立的關係，使得他的學說在當代複雜的現實境況中，顯得有些困窘❿。

---

❾ 車爾尼雪夫斯基著，周揚譯《藝術與現實的審美關係》（北京：人民出版社，1979），頁 90、91。

❿ 十九世紀中葉，車爾尼雪夫斯基（1828-1889）提出了他的美學著作《藝術與現實的審美關係》（1955），迎接一個新的社會主義時期的到來，因此，「從俄國知識分子的演變來說，他們之「發現」老百姓以及他們之去和農民正式接解，實在是一件最重要的大事。俄國人民兩大組成分子，知識階級與勞動階級的關係問題初次成為具體的命題而不再成為抽象的問題。」（參考馬克・史朗寧（Marc Slonim）著、湯新楣譯《現在俄國文學史》（台北：遠景出版社，1981），頁 6）換言之，車爾尼雪夫斯基的學說背景，正值俄國

　　同樣的，我們也可看到，匈牙利左派文藝評論家盧卡奇（1885-1918）也建立一套現實主義論說，他對文藝的觀點，認為要能具有超越的普遍性意義，而如何能夠具有超越的普遍性意義呢？便要從真正的現實出發，而不是以個人純粹、抽象的意念為主，因為，「只有當角色與環境產生相互作用時，個人的具體可能性才會由各種無限的純抽象可能性中脫穎出來，成為該個體在該發展中具有決定意義的可能性。」⓫因此，文學要描寫具體的個人在社會中的命運，人的存在是一種「社會人」的方式，有複雜、利害的關係網絡，它不能像「現代主義」文學，所宣揚的人的本質，是一種靜態、純粹孤獨的人，因此，他嚴厲地批判西方「現代主義」文學，認為「現代主義」文學，並不能為人生提供一個有力、具體的方向，因為，「如果抽象和具體可能性的區別消失，人的內在世界被

民主主義抬頭之時，因此，他針對「浪漫主義」的虛幻、想像進行反撥，企圖將藝術表現，從幻想、浪漫中拉回到真正的現實凝視，亦即不要用抽象的概念為詩，而是要能真正碰觸到具體的生活實感，如此，文學才能具有普遍性的情感，才不會成為個人情感藝語的可能，且「現實」源於生活，因此，只有從活生生的現實之中，才能真實地提煉出美的元素；若美只存在於概念中，那將會使得美呈現一種軟弱、無力的樣態，就生物科學的觀點視之，這是一種「病態之美」。車爾尼雪夫斯基的這套說法，有其時空背景的根據，當時他作為革命民主主義者的代表，展開與社會現實搏鬥，且積極突顯當時俄國的生存實況，使俄國的文化有了一個新的變革階段。由此可見，這一時期的俄國文（美）學的主張與時代緊密的關係，而根植於社會現實之上，描寫具有時代精神、直探現實深度的作品，也一直是台灣現實文學重要的創作理念。

⓫　盧卡奇著，陳文昌譯《現實主義論》（台北：雅典出版社，1988），頁117。

等同為一個抽象的主觀時，人的性格必然難逃瓦解的命運」⑫。盧氏認為「現實」不只是被敘述出來，而對人物毫無作用；「現實」有其發展變化的規律，其過程是一種「動態」的投入，最後，牽涉到人的結果與命運。

換言之，盧氏看待「現實」，亦是一種科學性的掌握世界的本質，他否定個人內在意識自由流動的可能；也排斥人對現實直接感受的部分，他要求文藝表現要有「整體性」（tolality）與「典型」（type），要能描繪豐富而有生命的世界，而不是只是悲觀、靜止的呈現「現實」的無力感。由於，盧氏從哲學形上學的角度，切入對人的認識，去除瑣碎、無意義的人生，使得他所建構的「現實」仍拘於一隅，產生人與現實之間複雜的關係，有一套固定不變的對應模式，無法開展出較多面向的「現實」境域。

那「現實」的邊界到底如何限定？若過分延伸「現實」的範圍，則又喪失「現實」的理論價值，成為消極式的「無邊的現實主義」，因此，「現實主義」的論述，基本上必須先肯定客觀實在性的存在，力求按照世界本來真實的面目，而不是依照個人主觀的意願、想像、情感去認識說明世界的樣態，此說，即是指作家透過對現實的描寫，藝術實踐的注重，而對現實人生提出問題，進而可以改變現實境況、開創時代的意義，而不僅只是對現實加以解釋、描述而已，這也是廿世紀，「現實主義」與「現代主義」重要的分界點。因此，在這個思考點上，文學的形式與內容間的分際、主從該如何取決？俄國革命文學的代表托洛茨基（1879-1940）認為：

---

⑫　盧卡奇著，陳文昌譯《現實主義論》，同前揭書，頁118。

> 詩人祗能在他的社會環境中才能找到他的藝術素材，經過他
> 自己的藝術意識傳達出新的生之衝動。因都市環境而改變了
> 的與變得複雜了的語言，給了詩人以一種新的文字素材，並
> 且暗示出與促成著新的詞，藉使新思想與新感情（他們拼命
> 要突破下意識底黑暗之殼）能夠形之於詩。**⓭**

　　基本上，托洛茨基認為，藝術的形式表現是社會內容的產物，它不能脫離生活；但他又給予形式高度的自由，因此，他反駁「說我們祗把那談到工人的藝術才算成新的革命的，那是不確的；說我們要求詩人底應描寫工廠烟囱或反對資本暴動，那是無稽之談」；「沒有人將對詩人開出一張主題底方案，也沒有想這樣做」**⓮**。托洛茨基將僵化、固定的「現實主義」重新靈活化，強調「現實主義」並非是革命與教條，而是一種生活哲學，他大聲疾呼文藝應重視藝術的形式問題，如此，他肯定了「形式主義」中複雜的技巧價值；也同時斥責了那些毫不關心社會內容與條件的文藝者。

　　然而，廿世紀的「現實主義」，「現實」已擴展到人內在的經驗世界之中，肯定人內在的「真實」；但與「現代主義」不同之處在於：「現實主義」的內在，仍然是為了映現客觀現實的存在，而不是作者個人心理的展現或原始本能的陳述。德國女作家安娜·西格斯（Seghers, Anna，1900-1983）曾就當代的「現實主義」，提出修正

⓭　托洛茨基著，王凡西譯《文學與革命》（香港：信達出版社，1971），頁 155。

⓮　托洛茨基著，王凡西譯《文學與革命》，同前揭書，頁 158。

與實踐的方法：

> 作為一個革命者，她始終追求人的內心和外界的統一，消除
> 自我在社會歷史進程中的異化狀況，使人的個性在變化了的
> 社會條件下全面發展。她對人內心深處的那種堅不可摧的力
> 量的信心使她的作品總有一種對抗危機的力量。……
> 這樣，她對於人的內心世界的興趣就不同於西方現代派專注
> 於非理性，挖掘潛意識中的原始本能，或脫離現實的自我心
> 理展現。她的著眼點是人的內心和社會環境的相互關係。她
> 對人的內在因素的注意不是抽象的心理學研究。她對心理結
> 構的研究成了社會事件的映象，心理既被當作人的主觀世
> 界，也被當作客觀現實的映象來塑造。⓯

安娜·西格斯的論點，恰好提供我們一個省思「現實」問題的參
照，她將「現實」作為人的內心與社會環境，相互發展的關係，是
介入在客觀的現實之中，而非僅是靜止的心理狀態，如此，與十九
世紀傳統的「現實主義」相較，則有更大的論述空間，能夠符合當
今複雜多變的「現實意識」；又可避免掉入「現代主義」對客觀社
會現實的冷漠、絕望。

　　以安娜·西格斯對「現實」為參照，檢視台灣戰後「現代詩」
的問題，當可提供一些對照與省思。五〇年代，台灣「現代詩」的

⓯　寧瑛〈從安娜·西格斯看二十世紀現實主義文學〉，收入柳鳴九主編《二十
　　世紀現實主義》（北京：中國社會科學出版社，1992），頁 202-203。

發展，因受到國家文藝政策的導向；又借取西方「現代主義」思潮，因此，出現「反共」與「現代」平行發展的現象，詩一開始，便遠離客觀的實存境況，真正的「現實」被框限在政治禁忌中，而文藝中所表現的「現實」，成了一種想像的、集體式異化的虛構現實，於是，「現實」成為一套隱匿的象徵符碼，尤其，對曾受過日本殖民的本土派作家，「家國」成了一個虛幻不實的對象，與人們現實的生活經驗脫離、割裂。是以，戰後台灣「現代詩」，不管是奉行文藝政策作為寫作綱領，還是具有大膽實驗、創新的現代手法，對當時的現實境況，「現實」都是想像無力的，「現實」在高壓威權的體制下，呈現單一、平面、抽離的現象，於是，詩人只好選擇符合政治正確方針，寫作配合時政的「反共政治詩」；或是選擇逃離當下的現實時空，展示純粹個人的內在經驗，使得當下的客觀現實，呈現完全靜止的狀態。

　　若參照上述「現實主義」的論述，而想要替台灣「現實詩學」找到「核心思想」的話，其「現實」應是：展示作者個人與客觀環境之間的關係，藉此提供社會問題的癥結所在，進而具有改變社會現象的意圖；但戰後台灣文學的「現實意識」，一直要到七〇年代，重新尋找自我「主體性」的歷史背景下，才開始浮現而出，其中，又牽涉到複雜的文學與政治的關係。因此，當我們追問「現實」時，或許更根本的問題是：我們要建立山什麼樣具有「主體性」的文學？這其中涉及到「文學的本質是什麼？」，「文學與現實的關係為何？」，「文學的形式與內容，孰輕？孰重？兩者可否統一？或是必然矛盾。」這些問題的探討，均可進一步去反思「現代詩」的美學論述，除了堅持藝術的「本質」外，是否還有其他的

東西可以納進來，從不同的觀點，來豐富台灣「現代詩」的論述系統，而不再把詩的「形式」表現，視為絕對美的要求。

因此，筆者甘冒大不韙，嘗試提出台灣「現實詩學」的研究觀點，即是冀望提供台灣「現代詩」研究，某些理論的「基礎設施」，以作為台灣「現代詩」研究，不同以往的思考模式與動力，同時，提供給個別藝術評論者，或是集體的藝術派別，可以重新去探索詩與社會的關係，在強調形式美學的重要性的同時，也可以回頭檢視文學內容的「真實（摯）性」，因為，形式不僅是美的表現而已，還常透露出更多社會、歷史的語境問題，如詹明信（Fredric Jameson，1934-）所言：

> 藝術作品（包括大眾文化產品）的形式本身是我們觀察和思考社會條件和社會形勢的一個場合。有時在這個場合人們能比在日常生活的歷史偶發事件中更貼切地考察具體的社會語境，我想我會抵制把美學和歷史語境分別對待，然後再捏合在一起的作法。❻

以上引文，可見詹明信亦認為，從形式的探討，可以獲知更多藝術作品，在社會語境中所產生的問題，其中，包括政治與美學、審美與意識型態的關係，是以，決定什麼樣的「形式」，並非只是

---

❻　詹明信著，張旭東譯〈馬克思主義與理論的歷史性——詹明信就本文集出版接受採訪稿〉（代序），收入氏著《晚期資本主義的文化邏輯》（香港：牛津大學出版社，1996），頁 xxiii。

美學的探究，其中有更多複雜的意識型態問題，是值得細究的。如此說來，當思索文學「形式」之前，是否應該先詢問，這樣的「形式」，是由什麼樣的社會「內容」所決定的？它傳達了什樣的時代訊息。泰瑞・伊格頓（Terry Eagleton, 1943-）認為：「形式是歷史地由它們必須體現的內容決定的；它們隨著內容本身的變化而經歷變化、改造、毀壞和革命。」[17]所以，文學表現的前提是，內容優先於形式，內容決定於形式。

　　雖然，許多評論者認為形式與內容是一體的，無須或不能分別先後，但是，就文藝社會學的角度而言，藝術、法律、宗教、政治等社會上層建築，並無法架空於底層的社會基礎，它必須建立在一定的社會基礎之上，就社會內容的內在邏輯，來轉化、體現其形式的樣態，才不致使文藝的形式凌駕於內容之上，造成文藝本身的貧乏及空洞。然而，「現實詩學」並非「粗俗地」將文學「直接」認為是社會「上層建築」的產物，而是深知「歷史、現實是不容易理知的，除非以『文本』（text）的面目出現；離開了『文本』，歷史是個『匱缺』（absent cause），無以掌握。歷史、社會、現實因此是人文工作者不斷以虛擬的方式、多元的角度去加以組構」的[18]，但不免也令人擔憂在「不斷以虛擬的方式」、「多元的角度去加以組構」下的「現實」，最後的「中心」面目是什麼？抑是，本來面目「模糊」，沒有「中心價值」可言？這恐怕也是泰瑞・伊格頓

---

[17]　Terry Eagleton 著，文寶譯《馬克思主義與文學批評》（台北：南方出版社，1987），頁 28。

[18]　廖炳惠〈評呂正惠著《小說與社會》〉，收入氏著《形式與意識型態》（台北：聯經出版社，1990），頁 261-262。

（Terry Eagleton）在《理論之後——文化理論的當下與未來》❶一書所關注的焦點，是他對當代所謂「後結構」（post-structural）、「後現代」（post-modernistic）時代❷，在一切「去中心化」、「去脈絡化」的思考模式，所有的「意義」，成為開放的語言系統，人們再也無法尋求所謂的「中心」、「真理」所提出的扣問。這對台灣「現代詩」的研究，偏重在「文本」中不斷的互文、延異、詮釋的情況，可茲學習與借鏡之處。

　　然而，要具體界定「現實」，仍要十分謹慎小心，至少到目前為止，「現實主義」的演變仍然持續不斷進行中，因此，「現實」的概念具有研究的多樣性，從最原始如真地模仿客觀的外在，到「無邊的現實主義」論述，「現實主義」的意涵充滿複雜性的辯

---

❶　在書的前言中，Terry Eagleton 說到：「本書對我所認為的當下『正統』文化理論乃是採取反對的立場。在回應我們所處的政治局勢上，我相信這些正統理論並未盡力徹底地處理必須加以回答的問題；我將會解釋我如此認為的原因，並提出補救之道。」（參見 Terry Eagleton 著，李尚遠譯，（台北：商周出版社，2005），頁7）。

❷　若要為引號中的「後結構」、「後現代」，界定一個清晰的的意義，彼得·布魯克（Petre Brooker）認為並不容易，因為：「依其最寬廣的意義，這種美學或生活風格，表達了對先前的區分與確定狀態的普遍懷疑，不僅是在藝術與媒體文化領域，還遍及的知識、政治與日常生活。這些發展引發一些問題（有關原創性與真實歷史感、真實認同，以及藝術及道德的價值和標準等等的喪失），對此也相當廣泛的回應：從那些悲歎後現代反覆的空洞與膚淺的人，到那些認為後現代是解脫狹隘假設與菁英層級的人都有。」在兩派極端的論爭系譜中，要框限一個固定的意義，恐怕都要先有借用這些詞彙與理論的依據，才能避免錯用。（參照氏著，王志弘、李根芳譯《文化理論詞彙》，台北：巨流出版社，2004，頁309）。

證。然而，究竟「現實」要如何貼近台灣現代詩學的距離，使「現實詩學」的建立，可以成為一套豐富台灣詩學的論述，亦有它的困難與挑戰，因為它牽涉的層面，不僅是文學美學的問題；同時，也是「現實意識」的問題，到底「現實」所指為何？在台灣文學研究者的認知與詮釋下，恐有很大的歧義㉑。但可以確知的是，「現實」不僅是客觀反映（reflect）與再現（reproduce）而已；最重要的是，它可以「解釋」、「評價」、「批判」實存的現象，使「現實」可以重新被了解、認知，換言之，「現實」作為文藝學的範疇，並非只是「存在」決定意識，另有藝術本質的探討，因此，它也必須涉及詩的「表現論」或「方法論」，同時，含括詩的「精神論」的探究。

　　綜上所述，台灣「現實詩學」的核心思想，或許可稍作陳述，它應是：詩在追求「形式技巧」之外，必須具有高度的現實關懷，同時，要能站在批判反省的立場；詩不該只在個人內在靜態的世界

㉑　例如：簡政珍在論證「詩與現實」時說：「寫詩是詩人從現實抽身，而在文字的世界中審視現實，但抽身之前是心神的投入。詩的肅穆沈靜卻要基於寫詩前情感的激盪。寫詩是詩人詮釋人生而這個詮釋要來自於有感的「閱讀」。沒有現實就沒有詩人，但寫詩又要從現實中跳脫，詩因此是現實和超現實間的辯證。」（參見氏著《詩的瞬間狂喜》（台北：時報文化公司，1991），頁 37）簡氏的詩美學，強調純藝術論的觀點，將詩的寫作放「唯心」的判斷上，雖然，詩人仍在「現實」中出入；但其「現實」是抽象的意識，作為一種理念的象徵，它並非「介入」現實之中，其「現實」恆是處於靜止的狀態，然而，本文對「現實」的思考，並非只專執於「現實」的內容，而忽略「形式」的表現，而是認為：「文學」亦是一種社會活動的表現之一，它源於現實生活的實感中，因此，「現實」應是動態、共感的，它注入了文學豐富的生命，而非概念出發的「文學」，給予現實人生意義。

想像，而是可以介入社會，具有改變外在現實的作用，換言之，它要超越「文本主義」（textualism），而涉入「真正存在的認同」。然而，它又必須是一套開放性的論述系統，藉以配合當代人的複雜現實，它不只拘限在客觀如實的外在，更包含了人的內在世界；但它與「現代主義」不同的是，「現實詩學」的內在精神，不只是純粹呈現、說明、解釋其現象的無能為力而已，而是作為更貼近「真實」的一種具體的揭露。易言之，現代詩人不應該只是反映都市文明的絕望與頹廢，或只是漠然旁觀看他人的痛苦，它應該努力反轉這樣的無能為力，去超越它，並提出積極的希望。

三、建構台灣「現實詩學」的幾點反思與提問

㈠ 任何文學的探究，必先重構具體的歷史語境

　　戰後台灣的歷史，因政治的問題，而複雜糾結。到底我們要該如何看待過去的歷史軌跡？「文學」與「政治」之間，要如何界定、釐清？文學的「評論」與「評價」是否可以兩分？若研究台灣文學，不先對這些論辯性的問題作一思考，只躲進純文學的封閉世界，「描述性」地談文學如何表現「美」、如何呈現「美」，就台灣文學的研究而言，似乎有些「隔靴搔癢」之感，畢竟，誰都無法否認，台灣文學的發展，與歷史、政治的關係千絲萬縷。當然，「文學」有它本身內在多重的律動性，是生機昂然的「有機體」，思索「文學」與「歷史」的問題，並非只是粗略地套用「文學」必須符合政治要求，而是去考量該如何在「文學」與「歷史」、「政

治」之中，尋求一個平衡的論述。

　　由於，台灣新文學發軔於一九二〇年代，伴隨著日本殖民體制的形成而生發，一開始新文學運動的目的：即在其「運動性」❷，不再其「文學性」。易言之，「文學」是為了啟蒙民智與改變殖民體制，使台灣島民能夠在被殖民的命運下，享有一定的對等待遇。如五四時期的文人，也在「救國」、「啟蒙」的思維下，提倡新文學的改造運動。當時，像魯迅（1881-1936）或李大釗（1889-1927）等知識分子，在動蕩的時代下，都懷著「意圖倫理」❸，想改變現況，然而，真正的「政治運動」是如此嚴峻，並非只懷著「救國救

---

❷　此一「運動」的意涵接近「Reform」（改革、重新形成），「十八世紀末期，reform 被當作是一個名詞，用來表示一種特別的手段與策略。在同一時期裏，它的第一個英文字母被大寫，指的是政治上的一種潮流，主要跟國會、選舉權有關；在國會裏或選舉權上，嶄新的方案形式（forms）不斷地被提出來，通常帶有恢復自由權的意涵」（參照 Raymond Willams 著，劉建基譯《關鍵字：文化與社會的詞彙》（台北：巨流出版社，2004），頁328）。早期台灣新文學「運動」的發展，亦在政治運動之下生存，主要是當時台灣知識分子，為了向日本內地的國會議會請願，希望可以廢除「六三法」及設置「台灣議會請願活動」代表，爭取台灣島民的權利。

❸　林毓生先生曾在「『五四』八十周年紀念論文集」中，以韋伯的「責任倫理」與「意圖（心志）倫理」理論，對中國知識分子與政治之間的關係，辯說之間的差異，指出「由於中國文化乃是特別注重意圖（心志）倫理文化，處於中國政治與文化脈絡之中的人們，並不易理解韋伯所界定的責任倫理。……韋伯認為，以意圖（心志）倫理為根據，來參與政治——政治人物以其從事政治活動，一般公民以其衡量政治人物的得失——不但不易使理想獲得實現，反而很容易帶來與當初理想相反的惡果。」（參考氏著〈中國知識分子與政治〉，收入余英時等著《五四新論》（台北：聯經出版社，1999），頁99）。

民」意念的文人所能實現的，他們往往反而被吞噬在大時代的巨輪
之下。反觀，台灣二〇年代興起的新文學運動亦然，初期，「文
學」被置於「政治」概念下而存在，到了三〇年代，因日本內地對
左翼思想及激進分子的掃蕩，連帶地使台灣的政治運動亦受到波
及，這時，「文學」被賦與更多的責任與使命，「文學運動」替代
了「政治運動」，作為推動時代進步、文明的任務，「文學」脫離
了「政治」的框架，漸漸發展出自己的面目。❷

　　台灣「新文學」的起點，是在這樣的歷史語境中浮現而出，其
文學的目的，「必然」帶有批判時政、關懷弱勢、抵抗殖民的趨
向，因為，就當時的知識分子而言，深受民族衰弱、強權欺凌的苦
痛，是凌駕過個人情志的抒發，因此，「文學」成為社會行動的形
式之一，是知識分子「介入」社會現實的工具，如一九三〇年代初
期，「鹽分地帶詩人」吳新榮（1907-1967）所抱持的詩觀，據陳芳
明的研究指出：

　　　　吳新榮的詩觀，從弱小民族的意識出發，並且也以實際的反
　　　抗行動奠基。在學生時代就有過坐牢經驗的吳新榮，終於體
　　　認了詩的釀造必須回歸到本土的原鄉。然而，這樣的原鄉並
　　　不是情緒性的依靠，而是他生活戰鬥的堡壘。他以堅定的的

❷　關於台灣新文學運動各個階段的發展，可參照河原功著，葉石濤譯〈台灣新
　　文學運動的展開——日本統治下在台灣的文學運動〉（收入《文學台灣》1、
　　2、3 期，1991 年 12 月－1992 年 6 月）。另收入河原功著，莫素薇譯《台灣
　　新文學運動的展開——與日本文學的接點》（台北：全華科技圖書公司，
　　2004），頁 115-217。

本土意識與歷史意識為憑藉，對他生活中的受難同胞表達關切，進而以詩為武器，對日本統治者與資本家進行撻伐。㉕

陳氏同時對日治時期的詩作加以闡釋，認為「詩，並不是靜態的思考，而是行動結晶。尤其在殖民體制的高壓統治下，任何突破官方的語言，本身便是一種抵抗行動的浮現」㉖。這樣的文學觀，對大多數日治時期的知識分子，皆有一定的普遍性標準，至少可見賴和〈一桿稱仔〉（1926），楊逵〈送報伕〉（1935）、呂赫若〈牛車〉（1935）等作品，都有這樣共同的傾向，都將「文學」作為關注現實，特別是替弱勢者發言的表現之一，亦即有一種素樸的人道主義的關懷。

　　台灣新文學的發展，是在這樣的歷史背景下拉開序幕的，因此，一開始即具有高度的「現實意識」與「批判精神」，以文學作為「抵殖民」的書寫。可惜，這樣的文學傳統與認知，在戰後國民政府來台之後，為了鞏固「中華民國」在台灣的正當性論述，強行阻斷了日治時期及中國五四時期文學傳統的發展，使得文學成為一種「斷裂式」的文學，既沒有上承的傳統，也缺乏歷史的座標，在一片「空無」中重新建構。這時文學被「填入」政治統戰的意義，為了符合統治階層的要求，加強中華民國的「國族論述」，以使台灣理所當然的成為「反共基地」，藉此凝聚全民一心，共同抵禦外

㉕　陳芳明〈吳新榮：左翼詩學的旗手〉，收入氏著《左翼台灣——殖民地運動史篇》（台北：麥田出版社，1998），頁 194-195。

㉖　陳芳明〈吳新榮：左翼詩學的旗手〉，同前揭書，頁 194。

伍的局勢，以及框限台灣住民真正的「現實感」，共同打造「政治正確」的時代氛圍。此時，「反共」、「愛國」、「懷鄉」等成為主要的文學內容，另外，「女性書寫」也「悄悄地」寫下了一頁。㉗。是以，五〇年代，文藝創作者在思想被管控的情形下，文壇大多充斥在單調、制式的論述下，形成另一種「政治文學」的書寫風景。

而戰後台灣的「現代詩」，亦在「反共」與「現代」並置、矛盾的歷史語境下發展，如許世旭所云：

> 就台灣五〇年代新詩的一般見解有二，一則視為政治詩，另一則視為移植的現代詩。其所以視為政治詩是有所根據的。一因在五〇年代初期在詩壇出現的詩人本身，幾乎是大陸來台的，二因在獎勵創作，並團結作家的機構，如「中華文藝獎金委員會」（一九五〇年四月成立）、「中國文藝協會」（一九五〇年五月成立）等鼓勵作家寫作發揚愛國愛族及反期抗俄意義的作品，三因在五〇年代初期的幾種主要詩刊本身，標榜戰鬥與反共，……
> 至於現代詩，儘管視如晦澀，甚至視如失根，但她在五〇年代的發展，相當緩慢，並非突然來並洶湧發展的。「現代

㉗ 可參考范銘如〈台灣新故鄉——五〇年代女性小說〉，收入氏著《眾裏尋她——台灣女性小說縱論》（台北：麥田出版社，2002），頁 13-48，以及張瑞芬〈徐鍾珮、鍾梅音及其同輩女作家〉、〈琦君散文及五〇、六〇年代女性創作位置〉，收入氏著《台灣當代女性散文史論》（台北：麥田出版社，2007），頁 85-198。

派」雖成立於一九五六年一月，但實際傾向現代主義的詩作，直到五〇年代的後期才大量出現，尤其一九五九年的《創世紀》，形成頂峰。㉓

　　許氏為韓國學者，早年留學台灣，與當時詩壇頗有互動，根據其觀察指出，五〇年代詩人在其特定的歷史時空，一方面配合時政，寫作反共「政治詩」；另一方面則著手展開「現代詩」的創新與實驗，這些現象，從當時詩刊所標榜的刊物宗旨，可見一斑，如一九五四年《創世紀》的發刊詞，聲明「新詩的民族路線」、「鋼鐵般的詩陣營」、「肅清赤色與黃色」等要項；一九五六年紀弦提出「現代派」六大信條中，最後標示「愛國・反共・擁護自由與民主」等，五〇年代末「創世紀」翻轉了反共「政治詩」，於一九五九年擴大改版《創世紀》，開始大力倡導「超現實主義」詩風，六〇年代之後，就絕口不談五〇年代反共「政治詩」的寫作軌跡，轉而致力發揚「現代主義」的寫作技巧。

　　然而，五〇年代不管是「政治詩」或「現代詩」的寫作，同樣地，它們都脫離了當時台灣的現實時空，背後隱藏著政治「意識型態」的操控、壓抑、轉化，使得詩人以「遙遠的大陸」或「個人的內心世界」，取代真實、當下的「台灣時空」，造成整體社會的歷史失憶或抑制現實改革的動能，「現代詩」成為　種靜態・無害的社會「產品」。

㉓　許世旭〈延伸與反撥——重估台灣五〇年代的詩〉，收入氏著《新詩論》（台北：三民書局，1998），頁 17-18。

　　於是，六〇年代的「現代詩」，更在《創世紀》推波助瀾下，朝向形式的前衛、創新，提倡詩的「陌生化美學」，在形構技巧上，打開台灣「現代詩」的新視野，然而，誠如馬庫色（Herbert Marcuse，1898-1979）在〈藝術為現實之形式〉中所言及「昇華之美」（Sublime beauty）的現象，「藝術既昇華也壓抑現實，它提供愉情悅性的快感、美感，彷彿與所有的利害、欲望、經驗無關，因此把現實中亟待解決的事給否定、轉變了。」㉙換言之，當藝術在一片寧靜、純然之美的背後，其實是消弭掉了日常現實中許多對立、不平等的關係，如「現代詩」在藝術技巧的鑽研下，對社會的「現實意識」是匱缺的，因此，當時詩人所關注的詩的問題，大多將社會責任排除在詩的領域之外，如季紅致瘂弦的信中提到：

　　　　寫作不應是一種責任，倘其被置於責任之鞭笞下寫作便無意
　　　　義，縱令其能發生巨大的社會影響。因為藝術的社會意義是
　　　　當藝術的『喜悅』意義成立時，方才附加在外表的；它是次
　　　　要的，使人生喜悅才是重要的！……當發表成為一種責任時，
　　　　當發表給人有社會意義的印象時，則不發表也可。……
　　　　藝術家非但不欠人什麼，且無應當如何如何的外在規律，他
　　　　們如何寫，如何發表，全然是他們自己的事。外在的規律和
　　　　目的，對藝術全無意義。㉚

㉙　參考廖炳惠〈新馬克思主義與文學理論〉，收入氏著《形式與意識型態》，
　　同前揭書，頁9。
㉚　張默編《現代詩人書簡》（台中：普天出版社，1969），頁21、22。

（1959 年 10 月 16 日）

再者，葉維廉致張默的信中提到：

> 作為一個現代中國詩人所最關心的問題（由藝術到眼前的宇
> 宙）。或美學至上、或情感至上、或技巧至上……我以為一
> 個詩人一旦捉住了「抒情的一刻」（不指男女之情，我指的
> 尤其是宇宙之情），在痛苦中，在「直對橫激」的事物之
> 間，我們就不再是語言的奴隸。

（1966 年 6 月 5 日）

　　從以上兩段書信引文中，推知五、六〇年代詩人對「現代詩」
的觀念是：詩的寫作，全然來自於詩人個人的「喜悅」與「抒
情」，形式表現是高度自由的，「他們如何寫，如何發表，全然是
他們自己的事」，所以，意義不在對外在世界產生質問或責任，甚
至以為表現具社會意義的作品，是對純粹之詩的傷害。在這樣的歷
史語境下，「現代詩」一詞，成為一種個人抒情的「私領域」表
徵，無涉於社會公共議題「公領域」的層面。

　　因此，當七〇年代重視詩的「現實意識」，強調詩必須能夠反
應現實，具有批判精神，這樣的詩風，來自於台灣新文學的寫實傳
統，它不應只以淺近、白描、簡單等一語帶過，對台灣「現代詩」
的評價，必須回到文學發展的「歷史語境」及「時代興味」，因
為，所謂「最好的」文學，向來就是一種迷思，它容易受到人為的
操控，是以，「現實詩學」的提出，恰好可以打破「現代主義」詩

風在台灣的迷思，以為「語言」的修辭、錘鍊、節奏等形式技巧，即是一首好詩的標準，有時詩過度的「獨創」、「前衛」、「解構」，其實正顯示詩人內在思想性的薄弱，連最具「創新意識」的波特萊爾（Charles Baudelair，1821-1867），也認為「他是否出于一種奇怪而有趣的虛榮顯得遠遠不像實際上那麼有靈感？……天才不論多麼熱烈多麼敏捷，卻仍然滿懷激情地喜歡分析、組合和計算」。換言之，文學的內在意義，必須透過嚴密的分析、組合、計算，使詩的形式結構完整統一，突顯詩的內容，它並非可以任意為之，如此才能完成一首詩給人的「顫慄感」。

(二) 文學的典律，必然牽連到文化資本的取得

　　任何文學的內容、形式、風格、含義，皆是特定歷史下的產物。因此，當我們回顧、思考文學的發展與進程時，若擺脫了文本的「歷史脈絡」，只純就文本來談美的問題時，往往容易陷入歷史的無知；或是成為唯心的評論。因為，文化生產的過程，並非是單向度的現象，「文學」雖有它「內在的」、「積極的」形式意義及美學表徵；但它在現今資本擴張的社會中，仍不可避免的是一種「社會產品」的特性，這與「生產者」、「文化資本」、「消費者」具有結構性的關係，其間錯綜複雜。因此，我們在了解作家與作品時，不可忽略的是：「寫作在今天是一種經濟體制範圍的職業，或者至少是一種有利可圖的活動，而經濟體制對創作的影響是不能否認的」。❸是以，若形而上地將文學視為純然作家個人心靈

---

❸　羅・埃斯皮卡（Robert Escarpit）著，顏美婷譯《文藝社會學》（台北：南方

感悟的展現，帶有幾分不能言詮的神祕性色彩的話，則不啻把文學與活生生的現實割裂開來。

布迪厄（Pierre Bourdieu，1930-2002）「場域」（field）理論的提出，即是將文學與社會之間，視為一個複雜的網絡關係，彼此相互牽引。若依照布氏的理論，分析戰後台灣「現代詩」的發展，則戰後「現代詩」並非只是文學審美的問題而已，它更牽涉到「文化資本」、「權力資本」、「社會資本」累積的問題。是以，「現代詩」運動，從五〇年代伊始，直到六〇年代中葉，「像走馬燈一般，藍星詩社走向創世紀的立場，創世紀詩社走向現代詩社的立場」[32]，最後，大陸來台詩人，大多匯集至「創世紀」之下，吸收西方「現代詩」的寫作技巧，提倡形式美的創作觀，作品書寫較缺乏現實意識。此外，他們與布迪厄所言的「元場域」（meta-field），象徵最有權力的國家機器與政策，存有一種若即若離的關係，兩者之間既有依賴性，又有自主性；這可解釋為何五〇年代的「現代詩」，許世旭會宣稱既是「反共」又是「現代」的現象；也可說明紀弦提倡「現代派六大信條」時，為何最後加了「反共‧愛國‧擁護自由與民主」，如此矛盾的話語。

反觀五〇年代的「政治體制」及「國語政策」，限制了日治時期本土作家的發聲，當時詩壇幾乎是大陸來台詩人所主導，主要有「現代詩」、「藍星」、「創世紀」三大詩社鼎立，他們皆是創

出版社，1988），頁8。

[32]　李魁賢〈笠的歷程〉，原載《笠》100期，1980年12月。收入鄭烱明編《台灣精神的崛起——「笠」詩論選集》（高雄：春暉出版社，1989），頁404。

造、主導、實踐的「行動者」，有能力建構出「文化場域」空間的詩人群，其「位置」（position）聯結了「場域」重要的建構基礎：權力（power）與資本（capital）。郭楓曾分析過這些早期大陸來台詩人群的「身分」及「習性」，談到：

> 現代派中的外省詩群，主要來自兩種背景：第一種，「五陵少年」貴族系統，包括余光中、夏菁、鄭愁予、黃用、方思、吳望堯等人。這個系統的詩人大多是國府黨政高官後裔，部分公教子弟也擠進這個圈子。他們來到台灣，生活在雲端，不沾塵埃，大學畢業未久，一一絕塵而去，成為新大陸的驕子。他們暫停台灣的「過客心態」，……。第二種，「行伍出身」軍人系統，包括瘂弦、張默、洛夫、周夢蝶、羅門、隱地、管管、商禽、碧果等一大批人，其中高階而經濟條件好的也都移民北美，有的定居，有的是美台之間的空中飛人。外省詩群中紀弦是老一輩人物，不屬此兩派系統。但他早於 1976 年移民美國。可以說，現代派中的外省主要詩人，不過是以台灣為一個時期的居停跳板，實為「過客群落」，這是名副其實的事。㉝

郭氏與上述來台的「外省詩群」，為同一時代的「外省」作家，曾參與《筆匯》、《文季》的編輯，創辦《新地》等重要的文

㉝ 郭楓〈從比較視角論笠詩社的特立風格〉，收入鄭烱明編《笠詩社四十週年國際學術研討會論文集》（高雄：春暉出版社，2004），頁 82-83。

藝刊物，其視角有縮短時空距離的優位，據他觀察，戰後大陸來台詩人群，因語言因素與政治資本的關係，享有較多的文化、社會資源，如多位詩人，除了詩人的身分之外，亦同時具有黨政職務❸；換言之，現代派詩歌是在政黨「默許」的情形下，發展出「一個配合當局文藝政策的運動」❸，其背後具有「政治統戰」、「思想管控」的目的。郭氏之說雖有些極端，將「現代詩」置入「工具論」的語境，不免失之偏頗；但全然漠視「歷史脈絡」，擺脫歷史發展的軌跡不談，專就文學的心理、美學、精神的角度論之，亦是缺少了研究的真實性，若能持平看待這個複雜的歷史動因，恰可使台灣文學發展的「複雜性」、「矛盾性」，有更多存在的軌跡，從而釋出真正貼近文學本質的作品。然而，「現代詩」研究，常因缺少「歷史脈絡」辯證，只以作品「內在本體」論之，使得「現代詩」的整體論述，總有某些的缺口與缺憾。因為，早期台灣「現代詩」的資本，是豐富、有力的，其權力與資本，往往影響文學「經典化」的過程：

　　從分析的角度看，一個場也許可以被定義為由不同的位置之

---

❸　郭楓〈從比較視角論笠詩社的特立風格〉，就歷史發展的事實，提出七大點，其中指出：「4.現代派詩人余光中、瘂弦、洛夫等均在五、六〇年代擔任黨政軍文運機構詩歌研究組的領導，對軍中及文教機關推行反共文藝教育；5.現代派主要詩人的工作，不斷獲得當局提拔擢升，以瘂弦、余光中的擢升歷程為最著；6.自七〇年代初期，現代派獲當局支持，其勢力佔有多方面的重要領導地位，已組成包括教育、新聞、雜誌、出版等協作集團。」參見同前揭書，頁86。

❸　郭楓〈從比較視角論笠詩社的特立風格〉，同前揭書，頁85。

間的客觀關係構成的一個網絡，或一個構造。由這些位置所
產生的決定性力量已經強加到占據這些位置的占有者、行動
者或體制上，這些位置是由占據者在權力（或資本）的分析
結構中目前的、或潛在的境遇所界定的；對這些權力（或資
本）的占有，也意味著對這個場的特殊利潤的控制。㊱

依照布氏「場域」的理論分析，戰後大陸來台詩人，在戰後文
化結構的「位置」上，不可諱言的，確實占據了「場的特殊利
潤」，如「文學副刊」的文化傳播即為一例，它不僅是極為重要的
文化「場域」，同時，大量傳播亦是催成文學「經典化」的利器，
如林燿德對台灣副刊的分析所言：

> 副刊在台灣形成獨特的傳播整合型態，它們所整合的對象是
> 個別作家、文壇和不確定的實際讀者，副刊編務執行者納編
> 在報業行政系統之中，既是傳播者的一部分，也是文壇結構
> 的一部分，成為雙重身分的組織化個人。……
> 台灣副刊並非作家發言的唯一舞台，但是這些舞台卻成為文
> 學傳播的主流，出版界、文學雜誌和文藝社團在一段漫長的
> 時間中總是環繞著副刊以及副刊傳播者所形塑的「副刊文
> 化」，因此要滲透、剖析台灣文壇現象，「副刊學」勢必成

㊱ 布迪厄著，包亞明譯《文化資本與社會煉金術》（上海：上海人民出版社，
1997），頁 142。

為戰後台灣文藝社會學的新學科。㊲

　　以台灣文化資源的結構分配，大陸來台詩人往住占有報紙副刊、文藝雜誌，同時，與出版界、文學社團，共同建構一種「文化主流」的現象，這從《聯合報》創辦人王惕吾曾說：「聯合報副刊對台灣文藝風氣的鼓舞，文藝作家的推薦與培養，都盡了很大的努力，現在許多在文壇一馳名的作家，他（她）們都與聯合報副刊有密切的關係，在聯合報副刊發表作品而一舉成名」㊳可見一斑。反觀，瘂弦曾為「創世紀」創社詩人之一，主編過《創世紀》、《幼獅文藝》㊴，自一九七七年始為《聯合報・副刊》㊵主編，這樣的經

────────────

㊲　林燿德〈「鳥瞰」文學副刊〉，收入林燿德主編《當代台灣文學評論大系──文學現象》（台北：正中書局，1993），頁 535、536。

㊳　王惕吾《聯合報三十年的發展》（台北：聯經出版社，1981），頁 120-121。

㊴　《幼獅文藝》成立時是「中國青年寫作協會」的機關刊物，由蔣經國創立的「中國青年反共救國團」支持經費。於 1954 年青年節（3 月 29 日）創刊。初期採輪編制，前面幾年分別由寫作協會理監事：馮放民、鄧綏寧、劉心皇、楊群奮、宣建人、王集叢等輪流主編，六〇年代之後由林適存、朱橋、瘂弦等人接手。（參照應鳳凰《五〇年代文學出版顯影》（台北：台北縣文化局，2006），頁 290-291）。

㊵　據陳國祥、祝萍著《台灣報業演進 40 年》說：「副刊的突破與提昇，發軔於中國時報的「人間」副刊。……其後聯合副刊也展開不絕的創新與突破，內容不斷充實、提升，在原先的靜態一面之外，更增加動態一面，以期強化副刊的功能。六十三年二月一日起，聯副擴充為一大版，六十六年並正式在編輯部成立副刊組，展開副刊的主動採訪及舉辦座談會等活動。在內容方面，除了文藝性內容外，同時增加文化性內容，並設計許多新穎專欄，……逐漸發展成兼涵文學、藝術、社會及學術思想各領域的多樣性副刊。」（台北：自立晚報，1987），頁 177、179。可見台灣報紙副刊的功能，不僅在文藝層

歷，使得瘂弦在主編《聯合報·副刊》時期，對「現代詩」的趣味
走向與大眾的閱讀品味，具有一定的引領作用，其副刊風格，如林
燿德觀察所言：

> 一九七七年十月一日瘂弦控弦《聯副》，迄今已逾十四年，
> 穩定的人事結構使得《聯副》的發展採取漸變的模式，即使
> 到九〇年代初期，《聯副》版面的許多構想依舊是七〇年代
> 末期風格的延伸。❹

換言之，從六〇年代至九〇年代，瘂弦主編過《創世紀》、《幼獅
文藝》、《聯合報·副刊》，幾乎參與了當時重要雜誌、報紙的編
輯，對台灣「現代詩」的「範式」，提供了一定的訊息來源。因
為，「副刊守門人——主編，在整個中文報業的副刊傳統下，一向
具有管制稿件的權威。他們在整個媒介組織的運作中，以其掌握的
文學社會資源，決定那些來稿『值不值得刊登』（價值判斷）、『要
不要刊登』（權威選擇）、『該不該刊登』（社會控制），以及『如何
刊登』（理念實踐）。這些源自內在及外在情境選擇的因素，左右了
文學群集的生態、關鍵著文學活動的方向；同樣地，這也顯露副刊
守門人的文學、社會立場及其意識型態的運作。」❷間接地，形成

面，更擴展至社會、思想層面的建立，影響可謂深遠。另可參考王惕吾《聯
合報三十年的發展》，同前揭書，頁 119-124。

❹ 林燿德〈「鳥瞰」文學副刊〉，同前揭書，頁 539。

❷ 向陽〈副刊學的理論建構基礎〉，收入林燿德主編《當代台灣文學評論大系
——文學現象》，同前揭書，頁 572-573。

一種「媒介霸權」的理論,當「媒介霸權的出現,解釋了握有媒介權力的副刊守門人如何經由策畫性編輯手段（滲透方式）,將意識型態注入文學閱讀者的生活中,以宰制文學附屬的文學階級、團體或個伴。」❽由此可見,戰後「現代詩」的發展,是文學、傳播媒介與社會之間,環環相扣的關係,透過文學傳播達到「共同想像」的典律化過程。

另外,「創世紀」亦透過詩選的編選、文本的詮釋,而發揮了「文學典律」的效應,據解昆樺的研究指出:

> 檢討創世紀詩社的發展史可以發現,他們主要是透過編輯詩選的方式,向詩壇發揮他們的典律影響力。在 60 年代初期,進入「超現實主義」時期的創世紀詩社,結合了紀弦現代派與現代詩社中的代表性詩人,在擴大了《創世紀》詩刊的版面以及內容後,其聲勢如日中天,可說是 60 年代最具代表性的詩社。因此,很自然地,他們開始編輯詩選,將原本屬於自身機關刊物內的守門人編輯機制,向整個詩壇延伸。編者對文本的篩選與解讀的行為,正是掌理詮釋權的過程。❾

若檢視台灣八○年代以前的「詩選集」,以「創世紀」詩人為

---

❽　向陽〈副刊學的理論建構基礎〉,同前揭書,頁 573。

❾　解昆樺《台灣現代詩典律的建構與推移:以創世紀詩社與笠詩社為觀察核心》（台北:鷹漢文化公司,2004）,頁 332。

主要編輯的詩選有：《中國新詩選輯》（創世紀詩社，1956）、《六十年代詩選》（高雄：大業書店，1961）、《中國現代詩選》（創世紀詩社，1967）、《七十年代詩選》（高雄：大業書店，1967）、《一九七〇詩選》（1971）、《中國現代文學大系——詩輯》（台北：巨人出版社，1972）、《八十年代詩選》（台北：濂美出版社，1976）、《中國當代十大詩人選集》（台北：源成圖書，1977）、《當代中國新文學大系——詩》（台北：天視出版公司，1980）等❹，從這些洋洋大觀的「詩選集」，不難看出「創世紀」從五〇年代至八〇年代期間，透過「詩選集」發揮了文學傳播的效力，以及提供閱讀者對「現代詩」的接受與認知，建立「現代詩」的寫作範式。

綜上所述，「文學」與「社會」的關係是緊密的，對當代台灣文學的發展而言，如何隔絕社會機制運作的介入，純然只論文學內在本體的意義是困難的，文學的「典律化」，不僅透過文學的美學展現，同時也涉及到文學的「權力」與「資本」。五、六〇年代，大陸來台詩人在特殊的歷史時空下，提倡「現代主義」的詩風，這樣的風格，並不是歷史發展下的「自然產物」，反而可見他們透過「元場域」的關係，連結豐富的「社會資本」、「文化資本」，形成一套「現代詩」的典範論述，這套論述擠壓了「現實詩學」的生存空間，直到七〇年代之後，「現實詩學」才在台灣整體「社會力」的改造下，取得了發展的企機，逐漸往中心的位置挪移，使得台灣「現代詩」的風格有所轉折。

---

❹　參考林煥彰《近三十年新詩書目》（台北：書評書目，1976）。以及，張默《台灣現代詩編目》（台北：爾雅出版社，1992）。

㈢ 文學的美，不會孤立於現實發展之外

　　若文學脫離社會內容，只要求形式表現，則文學勢必空洞化，而沒有生機。因此，在論證形式與內容的統一時，黑格爾曾在《美學》中說：「一定的內容決定一種適合於它的形式」，換言之，形式取決於內容，但形式又不單是「封閉地」指語言符號的運用、結構組織的安排等外在的技巧而已；它又是表明作者如何呈現其內在精神世界的具體方式，是開放而多元的，兩者之間相互依存，並非對立、矛盾。因此，文藝創作過程，從起念到完成，形式與內容，並不是被制定的，而是一種動態的推移現象：

> 從這個點出發去思想，內容跟著形式，意念跟著語文，時常在變動，在伸展。在完成時，思想常是一種動態，一種傾向，一種摸索。它好比照像調配距離和度數，逐漸使所要照的人物形像投在最適合的焦點上。……文藝所要調配的距離角度同時是內容與形式，思想與語文，並非先把思想調配停當，再費一番手續去調配語文。一切調配妥貼了，內容與形式就已同時成就，內容就已在形式中表現出來。㊻

　　所以，文學要求內容與形式統一，達到說理、敘事、言情、狀物的作用，兩者不可偏廢。然而，當「形式」與「內容」的問題，被放置在戰後台灣「現實詩學」的發展脈絡中，強調「內容」先於

㊻　朱光潛《談文學》（台北：漢京文化公司，1982），頁89-90。

「形式」的思考理由，在於：戰後「現代詩」的發展，在模仿西方「現代主義」的形式技巧下，「語言」喪失了最基本的傳情達意，轉成個人的私語或密碼，連最強調個人創作自由的諾貝爾文學獎得主高行健（1940-），在論創作時也談到：「作家雖然是語言的藝術家，盡可以去找尋新鮮的表述，卻不可顛覆詞法和句法；即使創造新詞，也得在通用的語彙的基礎上，他人可以理解的限度內。人類社會歷史形成的語言規則，作家不可以造反，否則便不知所云」❹，正如日本詩人北川冬彥（1900-1990）在論及〈現代詩的優位性〉時，強調語言必先具有「意義」：

> 我們不需用我們的詩來作語言的音樂，而必須向語言的另一面──意義，求發展。也即依靠由語言的意義培養出來的心象來寫詩。靠心象與心象的組合構成一個世界。這樣，我們或許能夠拓展出一個嶄新的詩的世界。❹

　　戰後台灣「現代詩」因過度發展形式表現，而導致「意義」的喪失，這即是在談論台灣「現實詩學」時，必須強調「內容」優先於「形式」的理由，因此，當探討台灣「現實詩學」，而要事先釐清「形式」與「內容」的次第時，其實是為了替台灣「現代詩」尋求一個新的解讀與實踐的方法，如同問「文學是什麼」？並不是無法分辨一本詩集與一本算命詩籤的不同，而是要通過什麼是文學，

---

❹　高行健《論創作》（台北：聯經出版公司，2008），頁51。
❹　北川冬彥著，徐和隣譯《現代詩解說》（葡萄園詩刊社，1970），頁115。

來肯定其所持的批評方法與文學理論，如卡勒（Jonathan Culler）所
言：

> 現代理論中「文學是什麼？」這個問題之所以重要是因為理
> 論突出了各類文本的文學性。對文學性進行的思考就是把文
> 學引發的解讀實踐擺在我們面前，作為分析這些話語的資
> 料：把立即知道的結果的要求擱置一下，去思考表達方式的
> 含義，並且關注意義是怎樣產生的，以及愉悅是如何創造
> 的。❹

　　因此，台灣「現實詩學」的理論建立，是企圖在主流的「現代
詩學」之外，另外提出一種對「現代詩」認識的方法，使詩回到
「詩意」、「詩質」的探討層面，而不單單只強調「語言」、「技
巧」的展現。

　　由於，文學作品來自作者（人），而作者的精神世界、理念、
情感的體現，恰似文學「內容」的一部分來源，它來自「實感」的
社會經驗與人生歷練，並非虛構不實，否則文學缺乏真摯性，只有
「假設」的形式而已。五、六〇年代的台灣「現代詩」，正因過度
強調形式的實驗與創新，致使《笠》提倡「寫什麼」大於「怎麼
寫」的詩觀，以此矯止當時詩壇因重視形式，而內容艱澀、晦暗的
現象。換言之，「現實詩學」的提出，是使「現代詩」重新回到文

---

❹　卡勒（Jonathan Culler）著，李平譯《文學理論》（香港：牛津大學出版社，
　　1998），頁 45。

學的本質，讓「形式」與「內容」辯證統一的發展軌道上，而不是「形式」凌駕「內容」，或「內容」決定「形式」的單向度思考。

因此，《笠》雖然強調「內容」先於「形式」，但「形式」並非是被動的狀態，「形式」反而常反作用於「內容」，是作品本身具體存在的證明。《笠》之所以提出此論調，主要是希望可以將詩拉回社會現實之中，使詩不僅只是「語言」的變形、扭曲；或「形式」的奇誕、新穎，而是能夠言之有物，情感能夠重新被召喚，具有深厚的思想內涵，目的在於：將文學與社會的關係重新連結，使詩不脫離社會現實的基礎，而變成少數人的審美遊戲，或個人趣味的展示而已。如陳千武所說：

> 在我們追求生存的現實生活裡。活生生的現實生活才有其吸引我們底詩的源泉。因此，逃避現實，逃避人生的藝術方法，也可以說是違背了詩的本質行走的。以藝術的思考、方法、感覺，注重「怎麼寫」詩，並非目前現代詩的重要課題。而從「寫什麼」詩，具有其「主題」的側面攻入現代的核心，才是詩人的重要使命吧！⑩

因此，台灣「現實詩學」，不僅是美學闡釋的問題，同時，也是作者如何看待文學與社會之間的問題，而對當代的「現代詩」，提出一種新的思維方法與創作理念。因為，所有「美」的本質探究，都不會孤立於歷史發展之外，如朱光潛所言：

---

⑩ 陳千武《現代詩淺說》（台中：學人文化公司，1980），頁108。

> 美的本質問題不是孤立的。它不但牽涉到美學領域以內的一切問題，而且也要牽涉到每個時期的藝術創作實踐情況以及一般文化思想的情況，特別是哲學思想情況。像一般社會意識形態方面的問題一樣，美的本質問題的提出和解決方式也是受到歷史制約的，因而同一問題在不同時代具有不同的歷史內容。(51)

所以，「美」必然源於每個時代的現實時空，與當時的文化思想息息相關，它決不會是單一、固定的標準。台灣「現代詩」美學，在這樣的認知之下，了解到不同的美學主張，其背後皆有不同的歷史意識，其差異應該是共容共存，而非對立排斥。如此，才能構築台灣文學多音交響、多元論述的可能。換言之，「形式」根據一定的社會現實加以開展，它可以是實驗的，亦可以是創新的；但卻不能離開社會現實，只抽象、靜止或唯心地呈現文學的「內容」，而是文學透過「形式」的反映，顯現整個人類生存的複雜意義。

此外，值得細究的是，台灣「現實詩學」的發展，亦是與時俱進，起伏更迭，每個階段，有它的時代性與歷史性的內涵，特別是七〇年代以降，因外在時局的變化，使得「現實」的意義，被不斷放大、解釋、挪用，成為當時最重要的文藝思潮之一。但因「現實意識」的差異，使得「現實」的意涵，各有所指、各有所解，這也是形成台灣「現實詩學」，極為複雜與弔詭的關鍵，究竟「現實」

---

(51) 朱光潛《現實主義的美學》（台北：金楓出版社，1991），頁13。

與「超現實」、「形式」與「內容」、「價值」與「判斷」，如何相互辯證、論述，置於台灣詩學的發展中，值得吾人不斷地思索與探究。

因此，以「笠」作為觀察的對象，檢視戰後台灣「現實詩學」的發展，而《笠》「現實」的意涵，也不是固定不變的理念，也沒有絕對性價值，而是一種歷史發展的認識方法，每個階段都有它當下的歷史時空與現實意識，「笠」即使以「現實」作為詩社最主要的論述，在每個不同的階段下，也應有它不同階段的現實意涵。例如：六○年代關注於當時甚囂塵上的「超現實主義」詩風；七○年代，整個時局以民族、現實作為號召，「現實」則意義廣泛，包含了鄉土情懷、日常生活、現實百態、實存境況等紛雜不一，然而，隨著社會民主運動的勃發，本土（台灣）意識的高漲，則積極翻轉成具台灣的歷史意識與對威權體制的批判，直至八○年代中後期，完成了《笠》作為台灣現實詩學的陣營，與戰後本土論述的重要場域。在此必須一提的是，縱使每個階段的「現實」意涵不同，但作為整個「現實詩學」的發展，每個階段的「現實」，又要被視為具有整體性論述的功能，不能只將某個「現實」的切面來看，而認為其現實先有它的「目的性」在，如此，則簡化了「現實」在歷史發展中曲折迂迴的意義，且一筆抹煞了那錯綜複雜又隱微難辨的歷史紋理。

上述分別從「歷史語境」、「文化場域」、「美的詮釋」三個面向，檢視台灣「現代詩」發展的進程，希望建構台灣「現實詩學」時，能有更縝密的論辯空間，同時，可以看到不同「詩的球根」的發展脈絡，如何建立不同的詩學理念。

四、結　論

　　戰後台灣「現實詩學」，真正成為「現代詩」的一套美學論述，應始自六〇年代中期，特別是「笠」的成立。由於，「笠」的成員，大多為本土派詩人，特別是「笠」「跨越語言一代」詩人，他們走過不同的歷史時代，見證台灣過去受到日本殖民，以及戰後國民政府的威權統治，因此，率先具有強烈的台灣「歷史意識」，使得六〇年代中期《笠》創刊伊始，即標舉要表現符合時代的詩，強調詩不應脫離當下的現實時空。

　　而《笠》「現實詩學」的發展，與外在複雜的政治環境相應，「現實詩學」隨著時局的變化，由隱到顯，其內涵也不斷深化，最後，《笠》成為「現實詩學」的重要論述的場域，與「現代主義」詩學，共同成為台灣詩壇的兩大犄角。而「笠」所開出的「現實詩學」內涵，應是：詩除了表現個人主觀的情感、思想之外，同時，也要具有高度的現實關懷，能夠站在批判反省的立場，使詩可以介入社會、改變現實的動力；換言之，它要建立在實感經驗的基礎上，而非就個人「假設性」的頹廢、虛構、想像，所完成的作品。

　　然而，為了配合當代人的複雜現實，它也不再拘限於客觀的外在現實，也包括了人的內在的記實，是一套開放性的論述系統，但又不能是「無邊的現實主義」，抽象而空洞；也不能像「現代主義」，只純粹呈現、說明、解釋現實的無能為力，「現實詩學」是具體揭露「真實」的精神面貌，是一種力的詩學。

　　此外，在建構台灣「現實詩學」的同時，也必須回到歷史的脈絡之中，檢視每一個階段的發展軌跡，查看「現實詩學」如何穿透

歷史的長廊，一點一滴建立起論述的場域，成為台灣「現代詩」的
另一種美學思想。因為，戰後「台灣」、「現實」的論述曾被壓
制，直至七〇年代才漸次解禁，因此，在建構台灣「現實詩學」
時，其中幾點反思，是可以思索的，比如歷史語境、文化資本、經
典詮釋等議題的探討，亦是不容忽視，如此，才能使得「現實詩
學」的來龍去脈，有更合理的解釋與說明，同時，也使台灣「現代
詩」的述評，因「現實詩學」的建立，而有更多元的論述視角及寬
廣的詮解空間。

第二章 《笠》與現代主義
——笠詩社成立史的一個側面

一、前 言

　　五〇年代的台灣詩壇，從紀弦成立「現代詩」❶（1953），覃子豪等人成立「藍星」（1954），到洛夫、張默、瘂弦創立「創世紀」（1954），形成了詩壇三足鼎立的現象。從一九五六年，紀弦創立「現代派」，提出「橫的移植」的信條後，到一九五九年《創世紀》擴大改版，舉起「超現實主義」的大纛，至此，戰後台灣「現代詩」的發展，則溢出了「反共詩歌」之外，轉到「現代主義」的浪潮中。然而，五、六〇年代的台灣「現代詩」，這股「現代主義」論述的力量，除了由早期大陸來台詩人，如紀弦、洛夫、張默、瘂弦等人之外；另外，本土派詩人，受到日本「現代主義」詩學的影響，如林亨泰、桓夫、錦連、詹冰、錦連等，也在經歷語言跨越的階段後，參與了台灣「現代主義」的建構過程。這些「跨越語言一代」詩人，戰前即透過日文的吸收與戰後的譯介，一定程

----

❶　以下以「 」代表詩社；《 》代表詩刊。

度地了解到日本「現代主義」的思潮發展，與大陸來台的詩人，學習西方「現代主義」的方式，有所差別。由於，雙方詩人的氣質或學養不同，對「現代主義」的方法論與藝術論，所針對的重點，也不盡相同。

六〇年代中期，當《現代詩》、《藍星》逐漸式微，而只有《創世紀》標榜「超現實主義」及「純粹經驗」的論調獨領風騷之際，《笠》於一九六四年創刊，呈現出另一種不同以往的詩風，所具有的「改革」意義，是不可忽視的❷，它為台灣詩壇在六〇年代，提供了一個新的反思與檢討的視域，使我們在探索台灣「現代詩」的走向時，有了一個新的切角。

《笠》最早由吳瀛濤、詹冰、桓夫、林亨泰、錦連、趙天儀、薛柏谷、白萩、黃荷生、杜國清、古貝、和王憲陽等十二位發起創社❸，為戰後本土派詩人重新出發的一本指標性詩刊。《笠》一開始即自覺到，要創作能表現時代意義的詩，便需要深入現實生活的體驗中，去萃取詩的元素，因此，詩刊取名為《笠》，即標幟著詩刊的精神，如同「台灣斗笠的純樸、篤實，原始美與普遍性，不怕日曬雨打的堅忍性，也就是表示島上人民勤奮耐勞、自由與不屈不

---

❷ 「笠」的成立，在六〇年代時透露出兩個重要的訊息：1.台灣本土詩人，已漸次跨越語言的障礙，重新回到詩的舞台；2.打破當時詩風晦澀，蒼白，不知所云的弊病，《笠》重新提倡詩的寫作，除了就形式技巧的表現外，更重視詩的意涵，呈現一種硬質、知性的詩風，因此，這裏所謂的「新時期」，即在指出「笠」的成立，所具有的歷史意義及美學表現。

❸ 《笠》發起人雖有十二位，但其中薛柏谷自始未參與活動，也未寫稿，而古貝和王憲陽在《笠》創辦第一年便相繼退出，因此關係不深。

撓的意志的象徵。」❹而歷來有關《笠》的討論、研究，都偏向
《笠》的內容著重本土寫實精神，較忽略它在形式技巧或美學上的
表現，殊不知《笠》自創刊以來，即不斷地譯介有關歐美、日本等
現代詩的各種思潮、流派，對此詩人的詩作與詩論，也作了系統性
的翻譯與介紹。再者，「笠」有些成員早期曾參與「現代派運
動」，如：林亨泰、白萩、錦連等；白萩曾加入過《現代詩》、
《藍星》、《創世紀》等，林亨泰更是紀弦現代派主要的理論建構
者之一，因此，白萩說：「《笠》是包含了現代精神在內的現實主
義的文學集團，而不只是一種鄉土現實而已。」❺其次，就一個新
的詩學發展而言，亦有論者曾指出「早期的《笠》比《現代派》更
現代」❻，即是了解「笠」的來龍去脈，而非虛妄之言。是以，本
文的動機，即是要回溯《笠》早期的成立史，探析《笠》早年對於
「現代主義」的提倡與實踐，從一個側面的觀察，來討論《笠》與
「現代主義」之間的關係，檢視「現代主義」在台灣的另一種新的
精神風貌。

　　值得一提的是，「現代主義」一詞，其流派與性質既複雜又多

---

❹　陳千武〈談「笠」的創刊〉，原載《台灣文藝》102 期，1986 年 9 月。收入
　　鄭烱明編《「笠」詩論選集——台灣精神的崛起》（高雄：文學界，
　　1989），頁 382。

❺　〈詩與現實座談會記錄〉，原載《笠》120 期，1984 年 4 月。收入《「笠」
　　詩論選集——台灣精神的崛起》，同前揭書，頁 306。

❻　吳密〈早期《笠》詩刊探析〉，1999 年 11 月 12-14 日「戰後五十年台灣文學
　　國際學術研討會」宣讀論文，頁 16。

元,且所包含的範疇極為廣泛,並非只是單一的概念而已❼,「它包含著高度的美學反應,這個反應基于這樣的假設,即記載現代意識或經驗不是表現上的問題,而是深奧的文化和美學上的重要問題,……是結構問題、語言使用、形式統一的問題,最後也是藝術家本人的社會問題。」❽在這麼多次元的意涵之下,本文所指稱的「現代主義」一詞,並不是要畫地自限,以精細微觀的角度審視;而是要在較寬泛的意涵下,談論台灣現代詩的「現代主義」的問題,因此,它所思考到的問題,並不單純只是「形式」、「陌生美學」的探討而已,更重要的是,「現代主義」對於僵化、保守的體制,所具有的「變革」精神。換言之,本文企圖從《笠》早期發展的脈絡中,去檢視什麼樣的因素,塑造了《笠》的精神特質,這些精神特質,如何落實在作品實踐上,而別於當時其它詩社的發展,指涉出《笠》於六○年代,所具有的時代意義,以及象徵台灣現代詩一個新時期到來。

再者,所謂「成立史」,代表一個詩社,從創刊到逐漸確立風格的演進階段,它難以用一個清楚的年代斷限來加以分隔。大體言之,「笠」成立至今已歷四十四個年頭,《笠》從創刊到樹立起自

---

❼　「現代主義這個詞語曾被用來包括各種破壞現實主義或浪漫主義激情的運動,這些運動都傾向於抽象化(印象主義、後印象主義、表現主義、立體派、未來主義、象徵主義、意象主義、旋渦派、達達主義、超現實主義);但我們將會看到,這些運動也並不都是性質相同的運動,有些還是對其他運動的某種激進反應。」(參見馬·布雷德伯里、詹·麥克法蘭編,胡家巒等譯《現代主義》(上海:上海外語教育出版社,1992),頁 8)可見「現代主義」在西方的發展也是充滿著歧義性與不確定性的特點。

❽　同上註,頁 13。

己的文學風格,約略在 1964-70 年左右。《笠》對「現代主義」的容受狀態與轉化,使《笠》不僅在現實、本土的詩風中被認識,同時亦能注意到它所具有的現代性,肯定《笠》對於現代詩壇,建立許多開創性的視野與方向。如此方能為台灣詩史在六〇年代「現代主義」詩風的發展,作更完備的說明。

此外,基於「現代主義」發展的多樣性與多變性,且台灣「現代主義」的發展,又多是詩人個人理念的認知和借用,它沒有完整的系統或傳的脈絡可尋,因此要理解台灣的「現代主義」,更應朝多元的視點進行理解,誠如呂正惠所指出的:

> 對於五〇～六〇年代流行於台灣的現代主義文學,如果只從「比較文學」的角度去探討它跟西方現代派文藝的關係,並不一定可以了解這一文學現象的全部真相。我們還必須從宏觀的、歷史的、社會的觀點去看待這一問題,才能掌握到其中的一些癥結。❾

呂氏在文中就文藝社會學的角度來考察,從政治、經濟、文化、社會等方面,提出六大項與台灣「現代主義」發展相關的問題,進行整理與爬梳,企圖將「現代主義」在台灣發展的可能性及特殊性,作較詳細的說明。因此,當我們想要對「現代主義」在台灣發展做一研究時,勢必也須站在「現代主義」在台灣所具有的獨

---

❾　呂正惠〈現代主義在台灣〉,收入氏著《戰後台灣文學經驗》(台北:新地文學出版社,1992),頁 5。

特性來談,同時也要更廣泛地去探討它所衍生的問題,如此,才能
撥雲見月,真正貼近台灣「現代主義」時期的文學面貌。

二、五、六○年代「現代主義」的反思:
從現代到超現實

　　五○年代的文壇,由官方所建構的反共政策濃厚,亦即五○年
代現代文學的意識形態,大多籠罩在官方所推動的反共文藝政策
下,致使文學背離了文學本質的發展。而「現代詩」因受到國家文
藝政策的干涉,詩人無法揭示外在的社會現象,轉而挖掘個人內在
世界的樣態,因而使詩的寫作,隔絕了社會現實的脈動。為了要掙
脫五○年代窒悶的文學氣息,詩人起而效仿西方「現代主義」的孤
絕、疏離,將自我懸置在社會現實之外,使得五○年代的「現代
詩」既「反共」又「現代」。

　　而西方的「現代主義」,自有其發展的歷史時空與脈絡,因資
本社會的擴張,造成人精神上的異化,以及因世界大戰的毀滅,使
人內心產生荒涼,人開始反省過去所揭櫫的「絕對真理」,對「外
在」、「客觀」的論點,有了極大的質疑,於是,轉而向人的內心
世界探求,承認人潛意識的存在,相信人內部記實的部分。在文學
的表現上,則企圖打破僵固的傳統,不斷追求形式的創新;精神
上,則具有濃厚的前衛精神與反叛意識。反觀台灣的「現代主
義」,雖具有西方大膽的形式實驗,但內在根本的精神意識是相異
的,台灣的精神苦悶,並非來自工商業發達及世界大戰後的省思,
而大多是來自政治的壓力,因此,台灣的「現代主義」純就文學形

式的實驗，作為逃避政治現實壓力的管道，表面上，兩者皆對形式加以改革與創新，因此，戰後台灣的「現代主義」，就在這樣的缺口下，被「巧妙地」引進到台灣來，形成在地化的「現代主義」。

戰後台灣「現代主義」，可濫觴於紀弦成立「現代詩」（1953），爾後推動「現代派」（1956）運動開始，當時紀弦以「英雄式」的姿態，宣稱：「領導新詩的再革命，推行新詩的現代化」❿，揭示了「現代派六大信條」：

1. 我們是有所揚棄並發揚光大地包容了自波特萊爾以降一切新興詩派之精神與要素的現代派之一群。
2. 我們認為新詩乃是橫的移植，而非縱的繼承。這是一個總的看法，一個基本的出發點，無論是理論的建立或創作的實踐。
3. 詩的新大陸之探險，詩的處女地之開拓，新的內容之表現，新的形式之創造，新的工具之發現，新的手法之發明。
4. 知性之強調。
5. 追求詩的純粹性。
6. 愛國、反共、擁護自由與民主。⓫

其中最具爭議的，莫過於「我們是有所揚棄並發揚光大地包容

---

❿　紀弦「現代派消息公報」，《現代詩》13 期，1956 年 2 月，頁 2。
⓫　紀弦「現代派信條釋義」，《現代詩》13 期，1956 年 2 月，頁 4。

了自波特萊爾以降一切新興詩派之精神要素的現代派之一群。……
我們認為新詩乃是橫的移植，而非縱的繼承」，紀弦所指的「現代
主義」，其意泛指自波特萊爾以降的西方各種現代主義思潮而言，
這樣的論說，缺乏明確的指涉，概念空洞且模糊，是紀弦在特定時
空下，所提出來的文學產物。五○年代的文學，因官方刻意禁絕一
九四九年之前的文學傳統——五四時期及日治時期所推動的新文學
運動，其目的是：官方想藉此對左翼社會主義思潮的肅清封鎖，以
及對本土文化的壓抑扭曲，紀弦在這樣的歷史脈絡下，提出「新詩
乃是橫的移植，而非縱的繼承」，具有現代改革的精神。但值得細
究的是，在這六大信條中，紀弦同時又強調新詩必須具備「愛國、
反共」等，配合國家文藝政策的矛盾性信條，因此，任何文學理論
或文學活動的產生，都與當時社會環境的變化，具有某種必然性關
係。

　　紀弦特別標舉「橫的移植」，正說明了五、六○年代台灣「現
代詩」的發展，正受西方文藝思潮的影響，特別是西方十九世紀
末，廿世紀初所盛行的「現代主義」，在前述中已說明關於這個名
稱與性質的複雜性，故「現代主義」的概念透過轉譯再流行至台
灣，不僅時空扞格不入，且被台灣現代詩人「再次地」轉譯與借
用，其意涵就更加顯得分歧雜亂。紀弦曾在「現代派信條」釋義中
說：

　　　　正如新興繪畫以塞尚為鼻祖，世界新詩之出發點乃是法國的
　　　　波特萊爾。象徵派導源於波氏。其後一切新興詩派無不直接
　　　　間接蒙受象徵派的影響，這些新興詩派，包括十九世紀的象

徵派，二十世紀後象徵派、立體派、達達派、超現實派、新
感覺派、美國的意象派，以及今日歐美各國的純粹詩運動，
總稱為「現代主義」。⓬

　　上述的釋義顯示，紀弦所認知的「現代主義」的內容，直接以
歐美的理論為主要取法對象，這些歐美的各種理論，相互分歧、龐
雜，可見紀絃所提的「現代主義」，實際上只是一些名詞的概念而
已，並不具實質的意涵，我們無法從中獲得紀弦所謂「自波特萊爾
以降一切新興詩派之精神與要素的現代派之一群」的真正面貌為
何。但必須指出的是，紀弦在倡導「現代主義」時，特別在信條中
強調「揚棄它那病的、世紀末的傾向」，發揚其「健康的、進步
的、向上的部分」⓭。因此，紀弦對於「現代主義」的誤讀與挪
用，最初並不是強調頹廢、虛無的部分。相對的，紀弦還在新詩理
論中，重視詩的「社會性」：

　　　　詩是有其社會性的。今天正是一個工業社會的新時代。但是
　　　我們大多數的「新」詩人，仍然未擺脫農業社會士大夫階段
　　　的壞習慣，自命清高而無視於現實，這是可笑的！朋友們！
　　　首先必須把你的意識形態加以工業化，做一個標準的工業社
　　　會的人，然後你才能夠寫出工業社會的「新詩」，成為工業

⓬　楊牧〈關於紀弦的現代詩社與現代派〉，收入蕭蕭、張漢良編《現代詩導讀
　　——理論史料篇》（台北：故鄉出版社，1979），頁387。

⓭　同上註。

　　社會的「新」詩人。❹

　　這裏所謂「工業社會的新時代」即是重視社會的當代性，強調社會的現實感，可見紀弦早期所揭櫫的「現代主義」意涵，並不在於晦澀、蒼白的論調上，反倒是具有改革舊習、注重時代意義的精神，特別要對抗改革的是，早期詩的格律與詩體的自由表現，其改革的意義與西方現代主義所展現的反叛精神相近。如波特萊爾在詩的美學上，展示了「現代人的悲劇感以及青年人玩世不恭和駭世驚俗的新世界觀，它是對舊有的社會權威和宗教崇拜對象──上帝等──所持的一種大不敬的反叛精神。」❺所以，不管是波特萊爾或紀弦，他們之所以掀起一個時代的新詩革命，都在於他們不滿於現況的僵化以及希望尋求新出路的可能。

　　此外，現代派運動的另一員大將──林亨泰，在〈現代派運動的實質及影響〉中，更舉紀弦的〈銅像〉、〈詩人分類〉二詩作為「現代詩」的標本，指出二詩「在基調上，都是冷嘲的，反諷的；在本質上，都是反俗的、批判的」❻，因而具備了「現代主義」詩

---

❹　〈編者談話〉，《現代詩》45 期，1964 年 2 月。

❺　萬雷、梁棟合著《現代法國詩歌美學描述》（北京：北京大學出版社，1997），頁 93。

❻　林亨泰〈現代派運動的實質及影響〉，收入於《林亨泰全集》（五）──文學論述卷 2（彰化：彰化縣立文化中心，1998），頁 121。紀弦〈銅像〉：「縱一人吐一口唾沫，／也起不了腐蝕的作用；／使一人罵一聲渾蛋，／亦可傷於銅像的尊嚴？／百千年前，百千年後，／眾人囂騷，銅像無音。」另外一首〈詩人之分類〉：「一種大詩人風度，／你沒有。／因為你耐不住寂寞；／而且，忌妒。／你也不懂得什麼叫做飢餓。／凡飢餓的無罪。／飢餓萬歲！」

風的精神。林亨泰更以是否有「批判感覺」，作為評斷詩人的詩是否符合現代詩的辨識標準。

　　換言之，「現代主義」的基調，是具有強烈的「反俗」、「批判」精神，以抗衡「既有」、「僵固」的意味，所以，台灣早期現代派運動的意義，林亨泰認為：

> 一九五〇～六〇年代的台灣現代派運動，不難發現其最大企
> 圖乃是在於認識論上的顛覆，雖說取法於歐美一、二百年來
> 的文藝思潮，但，其所想顛覆的對象是台灣詩傳統屬於最落
> 伍的部分。[17]

　　由此可見，台灣「現代派運動前期」[18]所具有的重要意義，在於對五〇年代反共詩歌的顛覆，重新提出一套新的美學典範，使「現代詩」朝向更開闊的發展方向，打破沈悶單調的反共文學的束縛。因而，紀弦所提倡的「現代主義」詩學，實際上是為台灣反共文學時期另闢蹊徑，相對的，也為台灣戰後現代主義思潮揭開了序幕。

---

[17]　林亨泰〈現代主義與台灣現代詩〉，收入於《林亨泰全集》（五）——文學論述卷 2，同前揭書，頁 141。

[18]　同上註。林亨泰曾將台灣現代主義的詩運動分為兩期。即：「現代派宣告正式成立的一九五六年一月至《現代詩》季刊出刊了第二十三期以後不得不停擱的一九五九年三月為一個時期，即為『現代派運動前期』。之後，《創世紀》季刊第十一期重新改版的一九五九年四月至第二十九期不得不暫時停刊的一九六九年一月為另一個時期，即為『現代派運動後期』。」

與紀弦創刊《現代詩》的同時，一九五四年以覃子豪為中心的另一群詩人創立了「藍星」，同年十月瘂弦、張默、洛夫於左營則成立了「創世紀」。在這一波前期現代派改造運動中，林亨泰曾論及：「現代派運動剛剛發起的時候，「創世紀」抱持觀望態度不願加盟，但藍星詩社則採取反對的姿勢，並撰文予以抨擊，因而引發一場論戰。」⑲「藍星」與「創世紀」對「現代主義」的態度，可從兩大詩社的文獻中，得到佐證，余光中在〈第十七個誕辰〉一文中，回憶「藍星」集結的過程說：「大致上，我們的結合是針對紀弦的一個『反動』。紀弦要移植西洋的現代詩到中國的土壤上來，我們非常反對。我們雖不以直承中國詩的傳統為己任，可是也不願貿然作所謂『橫的移植』。」⑳當時「藍星」由覃子豪首先發難，於一九五七年八月的《藍星詩選》第一輯發表〈新詩往何處去〉，接著又於《筆匯》發表關於《新現代主義》兩篇評論。此外，還有黃用、羅門分別於一九五七年十月《藍星詩選》第二輯，發表〈從現代主義到新現代主義〉及〈論詩的理性與抒情〉。針對這些批判，紀弦也於《現代詩》先後發表了五篇文章予以反擊，分別為〈從現代主義到新現代主義〉（19 期）、〈對於所謂六原則之批判〉（20 期）、〈兩個事實〉（21 期）、〈多餘的困惑及其它〉（21期）、〈一個陳腐的問題〉（22 期）。從雙方交互論戰的文章中，可以看出，「藍星」對紀弦提倡所謂「橫的移植」的質疑與批判，

---

⑲　林亨泰〈現代派運動的實質及影響〉，收入於《林亨泰全集》（五）——文學論述卷 2，同前揭書，頁 121。

⑳　余光中〈第十七個誕辰〉，收入於《現代詩導讀——理論、史料篇》，同前揭書，頁 359。

因為，「藍星」基本上仍維持著新月以來的抒情詩風。㉑

　　另外，「創世紀」的創始者皆為軍人出身，加上當時反共的教條充斥著台灣社會，所以，初期現代派運動的過程中，「創世紀」僅抱持觀望的態度，從早期《創世紀》的刊物內容，可看出這樣的結果：在創刊號（1954.10）發刊詞中他們提出三點聲明：「一、確立新詩的民族陣線，掀起新詩的時代思潮。二、建立鋼鐵般的詩陣營，切忌互相攻訐製造派系。三、提攜青年詩人，澈底肅清赤色黃色灰色毒流。」㉒在第四期（1955.10）中，有王岩的〈談民族詩型〉，另開闢了「戰鬥詩特輯」；第五期（1956.3）更以社論的方式發表了〈建立新民族詩型之芻議〉，第六期（1956.6）登載了〈再論新民族詩型〉，第七期（1956.9）特設專題「新民族詩型筆談會」㉓。大抵《創世紀》從創刊號（1954.10）到第十期（1958.4）所標榜的路線為「新民族詩型」，實際上仍不脫反共文藝的框架，因此，對於「現代派運動」的參與是消極的。但到了第十一期（1959.4）改版

㉑　覃子豪早年受新月派及戴望舒的影響，其影響誘導著覃氏的藝術表現。一九五七年覃子豪在《藍星詩選》獅子星座號，發表了〈新詩往何處去？〉，強調：　中國新詩應該不是西洋詩的尾巴，更不是西洋詩的空洞的渺茫的回聲，而是中國新時代的聲音，真實的聲音。　由此可見覃氏及以覃氏為主的藍星詩社，在新詩的創作上，重視民族性及時代的相承，故基本上藍星詩社的表現仍紹繼著新月派的詩風。

㉒　張默〈「創世紀」的發展路線及其檢討〉，收入於《現代詩導讀——理論、史料篇》，同前揭書，頁 418。

㉓　《創世紀》七期（1956.9）的「新民族詩型筆談會」包括了：亞汀〈「新民族詩型」之我見〉、鍾雷、上官予〈試談「新民族詩型」〉、吳瀛濤〈詩論應有的發展〉、王岩〈「新民族詩型」的內容〉、沙漠〈詩應有的趨向〉。

之後，《創世紀》則大幅更改了原來所提倡的「新民族詩型」的理論，轉而發揚「超現實主義」詩風，這個轉向，為台灣「現代派運動」掀起第二波的高潮，即林亨泰所稱的「現代派運動後期」。

　　《創世紀》從十一期開始提倡「超現實主義」理論，強調詩的「『世界性』、『超現實性』、『獨創性』、『純粹性』」❷等藝術性表現，忽略了社會的現實基礎，因而將台灣「現代詩」的發展帶到朝向形式主義的方向，同時，強調人性的異化內容。由於，過度強調直覺、下意識和潛意識的作用價值，以「自動寫作」的手法表現，致使「純粹心理的無意識」漸成他們的創作方法之一。例如：碧果的〈拜物之燈〉一詩：

　　　一品深綠
　　　靜止。　一芽騷動已枯。
　　　　　　（這條小街無人。）
　　　如青煙遁出你的雙眸
　　　長髮之呼吸起自一朵白花之中
　　　嫩蕊在敲著那條小街的春夜

　　　泉之繁殖之我乃泉之繁殖之泉
　　　我欲向你索取一位由交錯而構成的時空
　　　（這條小街無人。）
　　　噢　　是一裸浴的處女　　一種白色

---

❷　　同註❷，頁 426。

是一纏頭回的小教主　　一種白色

　　（這條小街無人。）

　是一翅拍動著的你們　　一種白色

　我將被你們　　絞殺

（這條小街無人。）

如青煙遁出你的隻眸……

騷動　　一芽靜止已茁

　（這條小街無人。）

一品深綠

（引自《七十年代詩選》，頁274）

此詩，在停頓空白、高低起伏中，無法達到整體旋律的統一性，加上過度跳躍與反邏輯，因此，如囈語一般，詩意零碎、紛亂。由於，詩意與形式的對應，呈現極不穩定的感受，使讀者在閱讀上，無法獲得意象暗喻的滿足感，只有驚奇、怪誕的意象充斥在詩句中，造成詩的晦澀滯礙，且詩旨也模糊難辨。

　　由此推知，台灣詩壇在引用與實踐西方「超現實主義」的表現方式時，主要強調它自動寫作（automatic writing）、反理性、反邏輯的部分而已，卻捨去或忽略了「超現實主義」真正的意涵：「它反對『為藝術而藝術』，認為文學藝術應是精神和社會改革的先鋒，從文學的自由推向社會其他層面的自由。」㉕換言之，「超現實主

㉕　奚密〈邊緣，前衛，超現實——對台灣五六〇年代的現代主義的反思〉，收入民著《現當代詩文錄》（台北：聯合文學出版社，1998），頁162。

・57・

義」在西方自有其發展的時空背景，它是一種積極介入社會的美學革命，並非抽離社會基礎，只挖掘詩人個人內在的經驗世界而已。然而，台灣標舉「超現實主義」詩風，作為一種激進文化運動的衝擊力業已消褪，取而代之的是，作為「純文學」的一種表徵。

台灣早期「現代主義」的發展，從「現代詩」到「藍星」到「創世紀」，可以看到詩被構築在形式的創新與實驗上，純粹表現詩人內在的世界，而將詩的真摯豐厚的情感單薄化，使得詩逐漸與現實社會脫節，遠離現實人生中的真實情感。在這樣的情況下，「笠」的成立與修正，別具歷史的意義，它將詩落實在真實的生活體驗中，使詩的表現更具有時代性的意義，能夠引起閱讀者的心靈共鳴。

三、《笠》的崛起與台灣「現代詩」的轉折

五〇年代末《創世紀》揭起「超現實主義」的大纛之後，台灣吹起一陣「超現實主義」詩風，大力倡導詩的形式及語言的實驗，這樣的詩風，使得戰後台灣「現代詩」，偏向實驗、奇詭的走向。此一現象，不僅沒有為「現代詩」開拓一條新路，反而因在形式、語言大膽的表現之下，出現了許多的困境與侷限，同時，也使「現代詩」成為「晦澀」、「難懂」的代名詞。曾見證五、六〇年代「超現實主義」詩風的余光中，也曾針對詩的晦澀，率先提出批判：

自從超現實主義的一些觀念輸入我們的詩壇以來，詩人的活

動空間似乎忽然變成無窮大，而表現的技巧也相對地倍增了起來。詩思的變質使詩的語言忽然有了一個巨變，經驗的絕緣化便產生了晦澀的問題。……放逐理性，切斷聯想，扼殺文法的結果，使詩境成為夢境，詩的語言成為囈語甚而魔呼，而意象的濫用無度，到了汩沒意境阻礙節奏的嚴重程度。❷❻

余氏此說，點出台灣在這陣「西風」的影響下，詩的寫作技巧無限放大，詩人任意為之的結果，使詩壇陷入無詩學的狀態。細究其因，在於台灣「超現實主義」詩風的實驗性格，大多是為了掙脫當時處於封閉、滯悶的台灣社會，找尋一條可以被允許的出口，在這個出口下，「現代詩」有一新的發展方向，進而調整詩的傳統觀念，擴大詩的表現方式；但相對而言，卻也使「現代詩」產生脫離現實、割裂傳統、意象晦澀的弊端，詩人大多拘泥在詩的形式語言的實驗、創新上，忽略了詩更本質的意涵，追求內在精神的深沈詩思。

反觀西方「超現實主義」的發展，乃是為了突破傳統、文明的桎梏，企圖藉由各種形式技巧的實驗，打破單一、僵化的可能性表現。原因在於：西方的「超現實主義」的興起，主要緣於第一次世界大戰之後，戰爭所帶來的滅亡與虛無，使人產生了不安、徬徨、焦慮；其次，現代化、資本化社會的擴張，人逐漸被異化而變得疏

---

❷❻ 余光中〈第十七個誕辰〉，原載於《現代文學》46 期，現收入於《現代詩導讀——理論、史料篇》，同前揭書，頁 406。

離，因此，強調對於所處現實的不滿與不足，進而追求超於現實之外的表現方法，肯定存在於潛意識層中的真實。換言之，西方「超現實主義」利用各種形式的實驗，是一種「策略」的方式，其真正的意義在於「反」社會傳統的窠臼。因此，無論是對社會人生，還是對文學本身，「超現實主義」都採取激進的批判態度，所以人稱它為「一場文化革命運動和反文學運動。」❷故西方的超現實主義，實際上是一項前衛的藝術運動，它的發展基礎，是奠基在現代化、資本化的社會形態，強調人的解放與自由，反對以中產階級為主導的社會制約與價值體系，否定理性與邏輯為唯一的判斷準則，是有它發展的歷史背景，且影響範圍擴及到詩、小說、繪畫、戲劇、電影等藝術層面，是一種時代的前衛思潮。

　　細察台灣「超現實主義」的發展歷程，與西方的發展背景相異，而是對當時文藝政策的反感，以及對生活環境的陌生，以致於造成自我與現實生活之間的疏離，故藉由「語言」做一種批判性、實驗性的探究，以揭示出語言與現實間非同構性的關係及與現實世界的剝離，由此去抒發內心的焦躁與苦悶。此外，台灣五、六〇年代所風行的「現代主義」作品，雖然與西方「現代主義」，在形式表現上相似，但卻因政治、經濟、社會等整體的環境條件的差異，而展現出不同的精神面貌，其中最大的差別，即是缺少介入社會的一種意識，所以，奚密亦認為：

　　五、六十年代台灣超現實詩和法國超現實的最大的差別在於

---

❷　葛雷、梁棟合著《現代法國詩歌美學描述》，同前揭書，頁195。

前者並沒有以文學改革作為社會改革藍本的企圖。但是與其視此為台灣超現實之不足，不如說當時台灣的情況還不具備以文學改革來帶動激盪社會改革的基礎。❷⑧

　　台灣與西方相較，就「超現實主義」詩的表現而言，少了以文學作為改革動力的方針，多了「個人的」、「橫向的」移植意味。此外，誠如上述引言，台灣當時仍未具備以「文學改革來帶動激盪社會改革的基礎」，環顧台灣五、六〇年代的社會、經濟的發展，當時台灣的經濟，正值轉型與工商業即將起飛的時刻，一切尚在發展的摸索期，主要靠的是「美國的援助以及穩固的農業基礎」❷⑨，作為經濟支撐的兩大支柱。換言之，美援與成熟的農業為當時的主要經濟動脈，職是之故，當時台灣的社會背景與經濟條件，要發展西方的「現代主義」精神，是相當薄弱的，尚未到達一定的成熟基礎。所以，對於西方業已發展的「現代主義」精神內涵，根本還無法產生深刻的對應感受。因此，它沒有「以文學改革來帶動激盪社會改革的基礎」是可想而知。

　　然而，「現代主義」在台灣的發展的契機，主要是作為逃避政治箝制的消極心態，並非源自資本社會過度膨脹，造成人的異化結果，所以，台灣現代詩人的寫作態度，也就拋棄了西方「現代主義」所具有的前衛性──積極介入社會，只擷取「現代主義」的形

───────────────

❷⑧　吳密〈邊緣，前衛，超現實──對台灣五、六〇年代的現代主義的反思〉，同前揭書，頁163。

❷⑨　劉進慶著，若林正丈編，陳豔紅譯《中日會診台灣──轉型期的經濟》（台北：故鄉出版社，1988），頁41。

式表現，使詩成為個人內心世界的鏡像，或逃避反共文藝的單調沈悶，如此一來，詩少了深厚的內在意涵，且越脫離文學的本質及真摯的情感，同時，也將詩人與社會之間的連帶感切斷，使詩的根源脫離了土地與生活，這不僅使詩流於單薄與晦澀，甚至使詩與詩人走上蒼白迷離一途。

而台灣「現代主義」，從五〇年代紀弦高舉「現代派」之後，取而代之的是，「創世紀」從第十一期擴大改版後到廿九期（1959.4-1969.1），「創世紀」發展出屬於自己的「超現實詩風」❸，甚而「比『現代派』更『現代派』」❸，到了六〇年代，「超現實主義」已成為台灣「現代詩」主要的發展方向，直到一九六九年《創世紀》休刊，才緩和這樣的詩風，在台灣詩壇巨大的影響力。

有鑑於此，一九六四年三月，本土派詩人受到吳濁流創辦《台灣文藝》的感召，而開始思索要成立一個屬於自己的詩社，在創社

---

❸ 洛夫在〈超現實主義與中國現代詩〉一文中，檢討其超現實對於他們的影響中說到：「我國現代詩人的超現實風格作品並不是在懂得法國超現實主義之後才出現的，更不是在研究過布洛東的『宣言』之後才按照它的理論來創作的，他們最多只是在技巧上受到國際性的廣義超現實主義者所詮釋所承認的作品的影響；且由於超現實主義的作品在我國並未作有系統的介紹，這種影響也是極有限的。」（收入於氏著《洛夫自選集》（台北：黎明書局，1975），頁 273）五、六〇年代，台灣「超現實主義」詩人，對於超現實理論或詩作，其實一知半解，都是略知皮毛之後，加上自己的想像與心靈的提升，因此，有一極大的發揮空間。

❸ 語出林亨泰，見林亨泰〈比「現代派」更「現代派」——關於「創世紀」〉（收入於《創世紀四十年總目》，同前揭書，頁 205）。

預定同仁的邀請書中，針對當時詩壇的弊端及「笠」創社宗旨，提出了：「目前詩壇雖尚稱活躍，但諸多詩誌，仍未能達到令人滿意的地步，其一為創作選稿之流於人情，未能確立看稿不看人之神聖編輯信條。其二為以捧場或謾罵代替正當批評，此似有損詩壇之推進，同仁等有鑑於此，決定毅然而出，針對其弊端，籌組出版一夠水準的，慎重其事的詩誌，以挽救目前詩壇之頹廢現象。」❷另外，在六月的創刊號揭示：「我們所渴望的是：把呼吸在這一個時代的這一個『世代』（Generation）的詩，以適合於這個時代及世代的感覺痛快地去談論。」❸所以，「笠」創社的宗旨與精神是，要矯正當時詩壇之間排斥異己及閉門造車的弊病，使詩的表現能夠切合時代的現實脈動，古繼堂曾說：「一九六四年笠詩社和《笠》詩刊以嶄新的姿態，代表著另一種詩的潮流、詩的風格、詩的流派在台灣詩壇破土而出」❹，這可應證一九六四年「笠」以「嶄新的姿態」，開展了台灣詩壇的新氣象，提出詩的另一種不同的方法論與寫作觀。

　　因此，「笠」成立之初，在於：「反」既有詩的浮誇不實，欲打破僵局，建立一套能根植於現實生活，表現真切情感的詩作，使詩能夠接近群眾，其目的如「現代主義」所具有的社會介入性，意指文藝不單單只是表現藝術形式上的新奇、深奧，同時，要能夠敏銳地去探觸到社會的現實脈動，以新穎的形式、獨特的風格，去對

---

❷　陳明台編〈笠詩社五年大事記——民國五十三年三月八日至五十八年二月九日〉，《笠》30 期，1969 年 4 月，頁 21。

❸　〈古剎的竹掃〉，《笠》創刊號，1964 年 6 月，頁 3。

❹　古繼堂《台灣新詩發展史》（北京：人民文學出版社，1989），頁 309。

抗文化上的庸俗與政治上的壓迫,使詩的走向能夠回歸到現實的層面,在形式語言的表現上,能有所突破及創新,朝健康、明朗的詩風發展。

是以,《笠》從創刊伊始,即採平穩踏實的發展路線,不做過多花俏的實驗與包裝,從其刊名與詩刊大小可以看出一般,從創刊至今,始終維持一樣的廿四開本大小,另外,為顧及合法性,《笠》也在一九六五年十月(第九期)正式依法登記完成,為「中華民國內政部登記內版台誌字第二〇九〇號」,由黃騰輝擔任發行人,成為第一個登記有案的詩刊。此外,在內容編排上,除了一般的詩創作、詩選譯、詩評論以外,另有「笠下影」、「詩史資料:瀛濤詩記」、「作品合評」三個頗具特色的專題設計,顯現出《笠》所展現的企圖,一方面希望從詩論、合評、引介國外詩作等各方面,來加強詩的體質;另一方面希望建立、整理詩史的資料,為我們所處的時代留下一些詩的見證,在〈創刊啟事〉中,更進一步說:

> 所謂屬於這個時代的詩是什麼呢?換句話說,這個時代有了怎樣的詩呢?其位置如何?其特徵又如何?這種檢討與整理的工作,在保存民族文化與幫助讀者之鑑賞方面都是非常重要而且必須的;可是卻很少有人肯從事這一工作,本誌有鑑及此,遂不顧自身能力之微薄,毅然地起來從事這件工作。㉟

㉟ 〈本社啟事〉,《笠》1 期,1964 年 6 月,頁 5。

　　《笠》之所以標榜「這個時代的詩」，乃鑑於「超現實主義」詩風，隔絕了詩的時代性，使詩與現實生活無法對話，而喪失了詩的意義機能，《笠》希望重新建立起詩的真摯性，開啟詩與社會之間的有機關係，因此，不僅對詩的內在本質有所加強；更對詩的外在發展有所整理，其目的無外乎是想去建立一個屬於「這個時代的詩」。此外，《笠》也排除私見，展現出兼容並包的態度，將不同詩社的詩人、理念加以介紹，使得不同的聲音可以眾聲交響，如在「笠下影」中曾專欄介紹過：紀弦（六期）、楊喚（七期）、方思（八期）、林泠（十期）、覃子豪（十五期）、向明（十七期）、余光中（廿八期）、洛夫（廿八期）、瘂弦（廿九期）、張默（三十一期）、季紅（三十三期）、黃用（三十四期）、商禽（三十五期）等人，另外在「作品合評」的部分，也評論過羅門的〈麥堅利保〉（三十九期）、季紅〈鷺絲〉（四十期）、紀弦的〈狼的獨步〉（四十一期）、余光中〈雙人床〉（四十二期）等所謂「名詩」作品，這些介紹無非希望台灣詩壇，能夠擁有較多元、理性的態度，使詩的發展能更加健全與客觀。

　　就一個新時期來說，《笠》所呈現的風貌，的確為六〇年代的台灣現代詩風帶來了不同的「轉向」，將「超現實主義」創新、實驗的詩風，變成一種較為穩健、平實的發展方向，同時，也使台灣「現代詩」，回歸到台灣新文學運動的傳統精神，建立起台灣文學發展的一貫脈絡，因為，所有的文學都無法拋離既有的文學傳統，否則都將是一種斷根的文學，而無法在自己生長的土壤上扎根的花果，縱使美麗，也必然終將凋零。

　　台灣「現代主義」的詩人，正是忽略了自己既有的「傳統」，

提倡「橫的移植」、「全面西化」的口號，使現代詩流為一種無根的文學，而難以建立一套新的文學秩序與典範，無怪乎！台灣「超現實主義」詩風發展到最後，論者稱之為「晦澀、蒼白」的撻伐之聲不絕於耳（如上述余光中語），這不能不說是因為台灣「超現實主義」的詩，背離了詩的傳統與現實的緣故。

「笠」由於同仁間的集結、凝聚，而逐漸確立的精神意識，及強大的集結力量，即陳明台在〈笠詩誌五年記〉中所謂的「同仁的威力」：

> 這一威力的存在乃源於他們同一追求的理念和同仁核心份子的推動。……以此二動力為基因，環繞在周圍和間接參與的，卻是其餘同仁們無條件的熱誠給付（包括精神和財力），顯然可見，如果沒有這些令我深深感動的默默出力的同仁們，同仁的威力將仍在潛伏中無法飛躍。❸

早期「笠」的同仁，彼此之間同契相求，其氣質與態度一致，使「笠」的向心力與團結力，明顯於其它的詩社團體，能夠凝結出那個時代的現實意識，抓住那個時代的社會脈動。另外，「笠」的核心分子，構築出鮮明的世代特色，也使「笠」的傳承與交替，可以延續綿長，繼續不斷地傳遞《笠》的創刊理念與精神。早期創社成員中，大部分為跨越語言一代詩人，有過被日本殖民的經驗，以及跨越語言喑啞的歷程，加上下個世代，如白萩、趙天儀、李魁

---

❸ 陳明台〈笠詩誌五年記〉，《笠》30 期，1969 年 4 月，頁 4。

賢、杜國清等,他們有些曾參與過早期「現代派」或《創世紀》的活動,深諳其創作風格的意涵,但最後他們捨棄依附在以「戰後來台詩人」、「橫的移植」為主的詩社之下,匯聚到「笠」之下,一方面承繼台灣現代詩的傳統,一方面也加強詩的理論與創作。在創社的過程中,由於逐漸明確的發展方向,使得有些因為理念與屬性相異的同仁選擇離去,如古貝、王憲陽在《笠》創辦的第一年就相繼退出,然而,《笠》就在彼此不同世代間的發展下,漸次樹立起一種無形的意識與默契,再加上後來鄭烱明、李敏勇、陳明台、陳鴻森、拾虹、郭成義等中青輩的加入,使得「笠」的集團性格與對「現代詩」的改造工程,更加確立與活躍,成為詩壇中具有在野精神的詩社集團。

四、《笠》與「現代主義」的對應與表現

六○年代中期《笠》的創刊,代表台灣現代詩從西化、移植的風氣中,找到真正與台灣生命力結合,屬於自己土地萌芽的詩的產物。就此而言,它具有延續與修正的雙重意義,其一,它延續了日治時期以來的文學傳統,其次,導正了台灣五、六○年代「超現實主義」詩風的弊病,提供我們重估與反思台灣現代詩的發展歷程,展示另一種詩美學的表現。而《笠》從創刊伊始,便透過日譯的方式,大量介紹、吸收日本「現代主義」詩學,所以,就詩的「時代性」與「真摯性」,有其「現代主義」的精神,並非只是要求具有社會題材或明朗清晰的語言而已。因此,《笠》的表現論,並非對立於「現代主義」,一味地揚棄詩的技巧性與藝術性,相反的,

《笠》對詩的整體要求，不但要符合「現代主義」的反叛精神，同時，更要具有高度的藝術造型，使詩的形式與內容，可以互為表裡，呈現動人的詩作，完成藝術本質的要求。以下，從幾個面向來談《笠》與「現代主義」的關係。

㈠ 「現代主義」的轉向

六〇年代詩壇，詩人因對詩的形式不斷創新求變，遂使詩成為「實驗」的競技場，於是，詩逐漸遠離文學的本質，而弊病叢生。《笠》第三期趙天儀撰寫〈現代詩暗礁〉一文，特別指出：

> 目前自由中國的詩壇，幾股逆流，幾種可怕的流行病，我們解剖分析它的用意，乃是要糾正它的偏差；我們希望，我們有我們屬於這個世代的真正的現代詩，而不是贗品冒充真貨。❸❼

文中所謂的「暗礁」，趙天儀更具體指出了四大項，分別為：㈠流行調的風行、㈡文言詩的復辟、㈢偽現代的氾濫、㈣真實性的失落，在此，趙氏言詞直接且明確地指出，當時台灣詩壇所存在的諸多缺失。此外，吳瀛濤也在《笠》第十期（1965 年 12 月）發表〈詩精神的建立——如何消除現代詩的孤立〉，表示現代詩的難懂與孤立，其因在於：「詩人應具有之詩精神的貧困，詩思想的稀薄」；以及「詩人本身對『現代』的主題，藉以表現的現階段的諸

---

❸❼　趙天儀〈現代詩暗礁〉，《笠》3 期，1964 年 10 月，頁 9。

種表現實驗方式上的困擾。」❸藉此反撥當時詩壇的諸多現象。由於，六〇年代的「現代主義」詩風，為台灣詩壇帶來許多負面的影響與評價，因此，紀弦在《笠》第十四期（1966 年 8 月）發出了〈給趙天儀先生公開的一封信〉，正式公開表示六〇年代詩風中「新形式主義」、「新虛無主義」的表現，使得詩壇朝向玩弄形式、游離現實的歪風：

> 我們今天這個詩壇上的一群盲目求新的青年人，則是根本無視於諷刺的藝術，游離現實，藐視人生，亦毫無革命之對象及其本身之立場可言，只是一窩蜂地亂衝亂撞瞎蹦瞎跳一陣有如神經大發而已。無以名之，名之為「新虛無主義」。❸

紀弦是戰後最早提倡「現代派」詩風的詩人之一，然而，到了六〇年代，卻回過頭來嚴厲地抨擊這樣的詩風走向，顯然台灣「現代詩」到了六〇年代中期，確實有諸多弊病叢生的癥兆，值得詩人加以省視，而這些問題的癥結，正如紀弦所言；詩掉入所謂「新形式主義」與「新虛無主義」的泥淖中，從紀弦的說詞推測，他所指的是：只注重形式技巧而內容空洞、言之無物的詩，因此，他說要醫治這樣的詩病，勢必要先「內容決定形式，氣質決定風格」❹，最後，紀弦甚而提議廢除「現代詩」的名稱，以免使詩走向偏鋒。

---

❸ 吳瀛濤〈詩精神的建立——如何解除現代詩的孤立〉，《笠》10 期，1965 年 12 月，頁 2。

❸ 紀弦〈給趙天儀先生的一封公開信〉，《笠》14 期，1966 年 8 月，頁 5。

❹ 同上註。

　　而到了六〇年代後期，台灣詩壇出現兩條不同的發展路徑，一為《創世紀》所倡導的「超現實主義」詩風，但《創世紀》因在一九六九年一月（第廿九期）停刊，而漸告一段落；其次是《笠》所提倡的詩的「時代性」與「真摯性」，隨著時局的轉變，不斷成長與茁壯。這兩股力量，在六〇年代之後，呈現相互消長的現象——《創世紀》的衰落期，恰是《笠》的成長期，兩條發展的軸線，一高一低，彼此交錯相乘。由於《創世紀》標榜「超現實主義」，脫離了與台灣社會現實的對應，使詩晦澀難解；而《笠》則重視扎根於現實生活，表現詩的真摯情感與面貌，兩者在對現實的一拒一迎間，可以看到台灣現代詩風，從六〇年代走向七〇年代交替與轉折的發展軌跡。

　　早期《笠》的成員，多位走過台灣五、六〇年代「現代主義」的風潮，參與過紀弦的「現代派」運動及「創世紀」的活動，像林亨泰、白萩、錦連、黃荷生、李魁賢等，處在那樣的時代氛圍中，他們也有些充滿實驗風格的詩作，如林亨泰的「符號詩」、白萩的「圖像詩」等，然而，隨著時局的改變與本土精神的萌芽，他們逐漸捨棄深奧晦澀的詩作，轉而強調詩的現實性，以濃厚的現實主義精神作為號召，強調詩的真摯性，在詩的真摯性下，追求詩的藝術造型。

　　以林亨泰而言，早期為紀弦「現代派」的一員大將，且為現代主義理論的旗手，寫過〈關於現代派〉（《現代詩》17 期，1957 年 3 月）、〈符號論〉（《現代詩》18 期，1957 年 5 月）、〈中國詩的傳統〉（《現代詩》20 期，1957 年 12 月）、〈談主知與抒情〉（《現代詩》21 期，1958 年 3 月）、〈鹹味的詩〉（《現代詩》22 期，1958 年 12 月），

並且也曾創作過許多具有實驗形式的符號詩❹，也曾在《創世紀》發表過不少的詩論及作品，如代表作〈風景〉兩首（《創世紀》13期，1959 年 10 月）、組詩〈非情之歌〉五十一首（《創世紀》19 期，1964 年 1 月）。

　　在台灣「現代主義」運動中，林亨泰是個知性的理論者，同時也是熱切的實驗者，對於處在東西文化交會的迷思中，他曾對台灣「現代主義」的意涵加以新的詮釋，加強人們對於「現代主義」的認知及嘗試詩的形式表現。但後來因台灣「現代主義」詩風走向極端，導致詩作蒼白、晦澀，致使他重新省視其詩的寫作精神，一九六四年與陳千武、錦連、吳瀛濤、白萩、趙天儀等創刊《笠》，且為首任主編，在創刊號的卷頭語主張：「把呼吸在這一個時代的這一個『世代』的詩，以適合於這個時代以及世代的感覺痛快地去談論。」❷提出「這一個時代的這一個世代的詩」的用意，即是要力矯六〇年代「現代主義」詩風的弊端，此一立場的確立，強調了《笠》與現實、時代的關係緊密，《笠》揚棄西化所造成詩的貧乏與空洞的走向。

　　除了林亨泰之外，白萩早年即以〈羅盤〉一詩與林泠同時榮獲

---

❹　林亨泰曾在《現代詩》中發表過一系列的符號詩：〈輪子〉（13 期）、〈房屋〉（13 期）、〈第 20 圖〉（14 期）、〈ROMANCE〉（14 期）、〈噪音〉（14 期）、〈車禍〉（15 期）、〈花園〉（15 期）、〈進香團〉（17 期）、〈電影中的佈景〉（17 期）、〈患砂眼的城市〉（18 期）、〈體操〉（18 期）等。

❷　林亨泰〈古剎的竹掃〉，《笠》1 期，1964 年 6 月，頁 3。

第一屆新詩獎❹，在詩壇上備受矚目，一九五六年參與紀弦主導的
「現代派」，一九五九年加入「創世紀」，最後，一九六四年回歸
到「笠」，為十二位發起人之一。在創作上，從《蛾之死》（1959
年）到《風的薔薇》（1965 年）的出版，也明顯可見，白萩從早期追
求實驗、創新的詩路，轉而更注重詩的真摯性一途，故在《風的薔
薇》的後記中說：

> 七年來的詩壇所籠罩的氣氛，令我極端地厭惡，似乎，有人
> 可以沒有感動，而呻吟終天，沒有真實體驗，而做著知識的
> 羅列，真摯性一下子從我們的面前消逝了，我難得讀到不帶
> 虛飾氣味的作品。❹

　　由此，可以窺知移植斷裂的西方的「現代主義」，其結果，導
致台灣現代詩籠罩在青澀、矯飾的詩風，致使詩人在那樣的氛圍
裏，感受到創作窒悶的氣息，欲尋求一條新的詩路。之後，《天空
的象徵》（1969 年）「阿火的世界」系列，更是以淺白、直接的語
言，脫卻形式技巧的雕琢與限制，以樸實真誠的語言，抒發內在真
實的情感。換言之，白萩有意識地轉變他詩的走向，即是思考到詩
要關照現實世界，以此不斷地深化延續，才能表達詩人所處的時代
精神。再者，錦連早期作品或譯作也多刊載在《現代詩》與《創世

---

❹　一九五五年六月廿四日詩人節，中國文藝協會第一屆新詩獎誕生，白萩
　　（1937 年生）當年獲時，只是一位十八歲的高中生，且為唯一的本土詩人。
❹　白萩《風的薔薇》〈後記〉（台中：笠詩刊社，1965）。

紀》，也有過不少以形式為主的詩的創作，如以新的「電影詩」手法寫成的〈女的紀錄片〉、〈轢死〉，發表在第十六期的《現代詩》，然而最後也匯流到「笠」的陣營，成為一位對實存境況批判強烈的詩人，在《笠》發表了〈軌道〉（第 5 期，1965 年 2 月）、〈挖掘〉（第 6 期，1965 年 4 月）等，對存在的境況，提出深刻的反省與高度的批判。

由以上諸位「笠」早期成員的詩歷轉變，可以看到這些從「現代主義」出走的詩人，對於五、六〇年代的「現代主義」詩風的拋棄，而當時所標榜的「現代主義」，的確因為未能對應於現實生活，而無法扎根茁壯於台灣詩壇，使得《創世紀》停刊之後，「現代主義」詩風也走到了強弩之末，取而代之的是，六〇年代中期創刊的《笠》，而《笠》所標舉的詩的走向，除了對表現技巧的要求外，更注重詩內在的現實精神。換言之，《笠》開啟了台灣詩壇一個新的方向與未來，使詩逐漸能夠擺脫虛無、晦澀的影響。

㈡ 台灣「現代主義」的重構

由於「笠」早期的成員屬性，與在地色彩濃厚，因此不免給人「本土派」、「日本經驗」、「現實精神」等既定的刻板印象，且對於《笠》的了解，也多限制在它具有「本土性」、「抵抗性」、「現實性」等特色，甚而稱它具有「新即物主義」❹詩風。然而，

---

❹　洛夫在〈中國現代文學大系・序〉中，評介笠詩社時說：「他們雖未標榜某一特定理論，因受日本詩的影響，部分社員具有『即物主義』的傾向，大多則富於鄉土色彩，和強烈的批評意識。」（台北：巨流出版社，1972，頁7）所謂「新既物主義」：「原來係美術用語，用於機能性、合目的性樣式美

從「笠」早期的成員經歷可以看出，大部分的本土派詩人，實際參與現代派詩社，或透過日文加以閱讀吸收，在匯聚到「笠」下時，多已經接受過「現代主義」文學的洗禮，且於六○年代與大陸來台詩人，共同推動台灣「現代主義」文學的改造運動，因此，《笠》創刊時的立場，並非全然對抗「現代主義」的藝術表現，而是要矯正台灣五、六○年代，借「現代主義」之名，創作許多過度實驗、晦澀難解的詩作，同時，對那些與「現代主義」論述似是而非的論述，加以反撥。

　　《笠》早期所刊載的論述及詩作，具有許多創新性與前衛性，如第一期（1964 年 6 月）的笠下影，介紹了詹冰的〈五月〉：「五月／透明的血管中，／綠血球在游泳著──／五月就是這樣的生物。／五月是以裸體走路。／在丘陵，以金毛呼吸。／在曠野，以銀光歌唱。／然而，五月不眠地走路。」（6 頁）及〈七彩的時間〉、〈液體的早晨〉、〈金屬性的雨〉等詩，詹冰早期的詩，給人的印象是充滿美的意象與知性的機智，故在其詩集《綠血球》的後記說：「追求美的時候，我的血管裏彷彿在流著綠血球。充滿愛的時候，我的血管裏彷彿正在流著紅血球，……詩作的活動上來說，我是比較愛好綠血球的表現。」❹❻陳千武在評介其作品時也說：「詹

為目標的建築。在文學上排除人的歷史性、社會性，缺乏洞察的表現主義的觀念和純主觀的傾向；而以即物性、客觀性極冷靜地描寫事物的本質，產生報導性要素頗強的作品。……這一派的詩人們都抱持著懷疑和譏誚性，排除一切幻影而寫『實用詩』。」（參見《笠》23 期，1968 年 2 月，頁 20）

❹❻　詹冰《綠血球》〈後記〉（台中：笠詩刊社，1965），頁 92。

冰就是把光復前的前衛精神，帶入光復後開花的第一位詩人。」**❹**
是以，詹冰的詩作表現頗具「現代主義」精神，展現一種實驗創
新、視覺美感的風格。此外，也刊載了杜國清〈行列的焦點〉（第
1 期，1964 年 6 月）、古貝〈玩具店〉（第 4 期，1964 年 12 月）、詹冰
〈透視法〉（第 4 期，1964 年 12 月）、瑞邨〈風景〉（第 5 期，1965 年 2
月）、畢加〈黑街〉（第 7 期，1965 年 6 月）、喬林〈寫一音符〉（第 7
期，1965 年 6 月）等，這些具有形式技巧表現的詩作，都鐫刻著
《笠》早期並沒有限制發展方向，也沒有放棄形式藝術探求的痕
跡。換言之，《笠》雖然強調詩的「現實性」，注重「寫什麼」的
問題，但並不偏廢「怎麼寫」的技巧，在表現論上，《笠》仍是不
斷吸取各種表現手法，以茲作為寫詩的借鏡。故在詩作中，關於形
式技巧的種種問題，早有一定的認知與了解，並非全然罔顧詩的藝
術性，是可以推知的。

　　除了詩的創作之外，《笠》也開始建立所謂「現代主義」的真
正精神與意涵，為台灣「現代主義」理論，重新釐定與建立，使台
灣詩壇在挪用「現代主義」理論時，可以正本清源地回到較原始的
文獻，避免訛誤錯用，所以大量譯介西方、日本關於現代主義的理
論與詩作，如桓夫曾譯介三好達治〈跨在駱駝瘤上〉（第 1 期，1964
年 6 月）、北園克衛〈夜的要素〉（第 2 期，1964 年 8 月）、西脇順三
郎〈旅人不回歸〉（第 3 期，1964 年 10 月）、上田敏雄（第 4 期，1964
年 12 月）、山中散生〈黃昏的人〉（第 5 期，1966 年 2 月）、春山行夫

---

❹ 陳千武〈台灣新詩的演變〉，原載《笠》130 期，1985 年 12，收入於《笠詩
論選集——台灣精神的崛起》，同前揭書，頁 124。

〈ALBUM〉（第 6 期，1966 年 4 月）、白萩譯介美國現代詩選——黑姆·普魯特傑克（Hyam Plutzik）作品（第 7 期，1966 年 6 月）、趙天儀譯介英國現代詩選——艾迪士·雪蒂維爾（Edith sitwell）作品（第 8 期，1966 年 8 月）、胡品清譯介法國現代詩選——保羅艾呂亞（Paul Eluard）作品（第 9 期，1966 年 10 月）、李魁賢譯介德國現代詩選——賓恩（Gotifried Benn）作品（第 10 期，1966 年 12 月）等，為「現代詩論」做最廣的觸角延伸，使詩人的詩觀能夠有所拓展，與正確的認知，並且可從中向世界各國的現代詩學習。此外，也讓詩人更清楚知道「現代主義」的原貌與精神，不會有所偏離、浮誇。台灣早期詩人因對「現代主義」多是一知半解，莫衷一是，往往也只是憑個人的臆測與表相的認知，去了解「現代主義」的理論，因此，無法建立完整的詩學理論。

此外，《笠》在第七期特闢「文獻重刊」專題，還原原始的文獻資料，使詩人能夠正本清源，借鏡西方「現代主義」的內涵，找到適合台灣發展的現代詩論，如在第七期（1965 年 6 月）有葉笛譯介 Andre Breton（布魯東）的〈超現實主義宣言〉、第八期（1965 年 8 月）續譯 F.T. Marinetti（馬林內諦）的〈未來派宣言書〉、第九期（1965 年 10 月）有趙天儀選譯 Richard Aldington（艾丁頓）的〈意象派的六大信條〉，另外，也介紹各國現代詩史的發展，如吳瀛濤在第四期撰寫〈日本現代詩史〉（1964 年 12 月）、葉笛在第十八、十九期（1967 年 4-6 月）譯介「法國詩史」，從詩的發展源流做一說明。因此，張默在《笠》創刊第五年的紀念文章中說：

「笠」對於外國詩的選譯厥功至偉，譬如有系統地翻譯日本

現代詩，還是從「笠」開始才步上正軌的。其次對於德國詩的譯介，也給國內詩壇甚大的刺激。**㊽**

由此可見，《笠》在重建台灣「現代主義」詩論時，採取文獻還原的介紹方式，為台灣詩壇在理解「現代主義」時，能夠提供許多不同的窗口與視角，藉此修正「現代主義」在台灣，因理論運用的生硬與作品實踐的缺失，所導致作品虛無、荒誕的現象。在有系統的轉譯過程中，《笠》真正的目的在於，企欲建立起一套客觀、理性的現代主義理論，使六〇年代甚囂塵上的「超現實主義」，可以回歸到理論本身所持有的精神意識，而非毫無節制地只在詩的「形式」上，做過度的實驗及創新而已。是以，詩與詩人創作的立場，該如定位？《笠》第七期（1965 年 6 月）刊載石湫〈詩與現代詩人創作的立場〉說：

> 毫無疑問，做為一個從 Objective Poet 跳到 Subjective Poet 的現代詩人，是完全覺醒了的：從情緒時代走出來，從幻想的象牙塔走出來；面對著所生存的世界，他不再是個謳歌者而是個剖析者；不再是旁觀者，而是透視者。現代詩人的心靈便是這種絕對精神的反射；現代詩便是詩人自覺地熱求這種精神所忍受的「刑供」吧了。**㊾**

㊽ 張默〈我所期望的「笠」〉，《笠》30 期，1969 年 4 月，17 頁。

㊾ 石湫〈詩與現代詩人創作的立場〉，《笠》7 期，1965 年 4 月，頁 46-47。

　　從上述詩與詩人的定位可知，《笠》所建立的現代詩論的重點
在於：詩（人）不該置身於世外，它（他）應該投入他所生存的現實
世界之中，挖掘出心靈深層的絕對精神，如波特萊爾《惡之華》中
「那種清醒而冷靜的惡的意識，那種正視惡、認識惡、描繪惡的勇
氣，那種挖掘惡中的美，透過惡追求善的意志」❺⓿，因此，詩人是
一名社會的剖析者，而非謳歌者；他也不該只描述個人內在的情緒
反應，而是要將眼光凝視在「惡」的現實中與之對決。

　　當《笠》重新樹起新的詩學領域，一方面拋棄五、六〇年代，
充斥在台灣亞流的現代主義；另一方面引介各國相關的論著，建立
起「現代主義」的精神原貌，同時，也更進一步思索詩的「語言」
所應具備的特質，《笠》不斷刊載對詩語言的討論與介紹，如第一
期（1964 年 6 月）刊登了柳文哲（趙天儀）〈論詩的語言的純粹性〉、
第十期（1965 年 12 月）有李篤恭〈詩底語言〉、周伯乃〈論詩的言
語〉、第十六、十七期（1966 年 12 月-1967 年 2 月）有桓夫、白萩〈詩
的基本質素〉、第三十六期（1970 年 4 月）有淙淙〈詩的純粹性〉、
第四十二期（1971 年 4 月）有郭亞天（郭成義）〈語言的創新〉等，可
見《笠》對詩語言的探究，並不亞於其它詩社，甚而為了避免濫用
或誤讀，更小心地去保有用語的精確性，從第六期（1965 年 4 月）開
始有吳瀛濤所編譯的〈現代詩用語辭典〉，企圖介紹現代詩用語的
精確性。由上綜述，《笠》在建立台灣新的詩學理論之際，對詩的
方法論及功能論，也是一併思考的，由此一步步去打造屬於台灣的

---

❺⓿　叶廷芳、黃卓越主編《從顛覆到經典——現代主義文學大家群像》（北京：
　　商務印書館，2007），頁 290。

現代詩學理論。

(三) 詩的「真摯性」與「現代性」

　　縱觀《笠》，不管是譯介「現代主義」的理論，或是從詩人的詩作、論述中，都可以看到《笠》對於語言形式的注重，以及對於藝術技巧的提煉，是以，《笠》並非刻意排斥否定詩的藝術技巧，它所反對的是，對於詩語言過度的扭曲、變造，而喪失「詩性精神活動的內容」❺的作品，這些「偽詩」或「非詩」，其詩意模糊難懂、甚而晦澀蒼白。故《笠》所倡導的「現代詩」，特別指出詩不能隔絕現存的社會環境，即是不將詩句寫得奇詭難懂，而是重新思考一種新的語言形式，將時代的精神，以冷靜客觀的語言表現出來，除了形式技巧的雕琢外，更應該把握詩的深厚詩質，與詩的豐富意涵，以彰顯詩的「時代性」與「真摯性」。在第九期趙啟宏（趙天儀）〈論詩的真摯性〉，特別提出詩的「真摯性」意義：

> 詩的真摯性，乃是根源於詩人本身的生活以及寫作態度的誠實。如果有所謂詩人底品質的話，那就是詩人必須在他的體驗與表現上負責，有一份體驗，就有一份表現，不以別人所體驗的表現來代替自己的懶惰，不以別人所捕捉的意象來填充自己的空虛，這樣，模倣與因襲的作風使一掃而空，代之

---

❺　《笠》16 期「編輯後記」，1966 年 12 月，頁 64。

而起的便是真摯的創作。❺

　　易言之，詩的表現不能離開詩人所處的時代與生活，必需要能就真切的體驗與感受，來從事詩的創作，切忌只以純粹概念或個人囈語，或是只做一種因襲或模倣的方式，如此，則患了詩人所謂的「詩的痲痺症」❺。而詩的表現，應該是在「活生生的現實生活才有其吸引我們底詩的源泉。」❺因此，《笠》所提出的美學標準，乃奠基在「現實意識」的凝聚，這樣的意識，在於他們一方面承繼了日治時期以來的新文學傳統；另一方面則根植於生長土地的情感，使得他們的詩風與台灣的現實生活緊密相連，詩中充滿著濃厚的「現實感」。而「現實感」並非只是狹隘的鄉土或本土的意義而已，它更代表著詩人將現實生活的經驗與感受，轉化成詩的質素納入詩中，使詩流露出樸實、真摯的情感，能與讀者產生共鳴。

　　因此，《笠》標舉屬於這個時代的詩，應該是有自己獨特的詩風；反對韻文、格律，能夠具有真摯的情感流動，而非只是「矯飾」、「造作」的情感。這也是他們集結的自覺性意義所在，故第廿三期（1968.2）卷頭語標示出：

　　　「笠」下的一群是以對於現代詩的「真摯性」，發揮自己的

---

❺　趙啟宏〈論詩的真摯性〉，《笠》9 期，1965 年 10 月，頁 1。
❺　桓夫〈詩・詩人與歷史〉，《笠》15 期，1966 年 10 月，頁 11。
❺　同上註。

個性，互相砥礪為前提集合起來的。**⑤⑤**

　　所謂「真摯性」，即是「要寫今天的詩，不要虛偽」**⑤⑥**，《笠》所突顯的現實精神與反抗詩學，正反映了這樣的理念實踐。「笠」下詩人，就在此濃厚強烈的認知中，找到自己的方向與目標。對應於六〇年代台灣現代詩的發展狀況，顯示出《笠》的「現代性」（modernity）轉向，除了展現各種創作風貌之外，也朝著詩的「時代性」前進，第三十七期（1970 年 6 月）社論，揭示了此一真諦：

> 一個時代有一個時代的感受，一個詩壇也有一個詩壇的特色。我們這個時代有我們個別的經驗，我們這個詩壇也有我們五花十色的演出。年輕一代的詩人們紛紛出現，一則是表現了蓬勃的朝氣，二則顯示了變化的來臨。**⑤⑦**

　　由於，《笠》擺脫了詩的晦澀，調整了台灣「現代主義」的方法，使得六〇年代的詩風有所「變」，然而，當一種新的文學語言或新的美學意識出現，代表它「反對」或「修正」既有的文學價值或僵化的模式，故《笠》早期的詩風發展，即是作為台灣「超現實

---

⑤⑤　本社〈談批評〉，《笠》23 期，1968 年 2 月，頁 1。
⑤⑥　林亨泰主講，鄭烱明、傳敏筆錄〈詩的本質〉，《笠》37 期，1970 年 6 月，頁 2。
⑤⑦　本社〈給年輕一代詩人們一點意見——潛在力與持續力〉，《笠》37 期，1970 年 6 月，頁 1。

主義」詩風的修正力量。《笠》從創刊之初，不特別標榜什麼派別、什麼理論，到六〇年代後期，經過不斷的建構與找尋過程，逐漸深化成一股具有強烈現實感的群體意識，此不僅發揚了台灣新文學的傳統精神，更兼具文學的「現代性」❺❽。

　　所謂文學的「現代性」，指作家們在面對所處的現實時空，所具有的特殊經驗和精神價值，其意義：「主要指的是『新』，更重要的是『求新意志』——基於對傳統的徹底批判來進行革新和提高的計畫，以及以一種較過去更為嚴格、更有效的方式來滿足審美需求的雄心」❺❾，換言之，為了因應新的時代的到來，其思想核心則要求具有求新求變的改革意識。從另一方面而言，「現代性」也隨著思想啟蒙和工業革命的來臨，導致經濟、社會、思想、文化等各個層面的變化，使得在現代化的文明進程中，出現「市場消費、個人主義、公共領域和大眾媒體的發展，使人以『進步』（progress）作為理想和目標所在，渴望和落後的過去絕裂，而邁向開放的未來……『現代性』的發展，也間接促成新教倫理的發展與資本主義的積累，所有人們依賴的舊傳統價值以及固定不變的觀念，都逐漸

---

❺❽　就「現代性」（modernity）一詞的「話語」（discoure）是複雜多變的，在特定的歷史脈絡下，有特定的發展模式，不一而足，而且「現代性」已形成龐大的知識學系譜，此並非本文所能詳述，本文只是希望從「現代性」一詞來說明六〇年代「笠」的作品中，不管在形式或內容上，也有新穎、變革的部分，以此彰顯《笠》多元化的發展。

❺❾　卡林內斯庫（Matei Câlinescu）著顧愛彬、李瑞華譯《現代性的五副面孔：現代主義、先鋒派、頹廢、媚俗藝術、後現代主義》（Five Faces of Modernity）（北京：北京商務印書館，2002）中譯本序言，頁2。

在消失當中」❻，於是，就觀念的變化，「現代性」也告別過去、守舊、落後的思維模式，以「進步」來作為新的理想與目標。在這些理論架構下，突顯出「笠」成立於六〇年代中期，為本土詩人匯聚的社團，相較過去大陸來台詩人所倡導的「超現實主義」詩風，其變革、扭轉的意圖明顯，它揭露一種「新」的詩美學，預示一個「新」的階段的到來。

因此，《笠》在追求作品中的「現代性」的同時，另外也注入了「真摯性」的要素，目的在對於過去極力講求形式表現詩作的一種「改革」與「創新」，重新對詩的基本質素，提出新的思考方向，《笠》十六期（1966 年 12 月）刊載桓夫及白萩的對談，其中提到：

> 桓夫：現在我們的詩壇趨向於意象、超現實，似乎祇在於迷信繪畫性為詩之最後目的，是一個很錯誤的觀念。繪畫性之非為詩的最後目的，等於音樂性非為詩之最後目的，祇是表現之一種可能的方法而已。
>
> 白萩：那麼，我們可以證明，迷信於繪畫性之現代詩也是同於迷信音樂性之昔日的詩，是一種錯誤的觀念，表達方法，非表達之目的。這是絕對必需具備的。詩之存在何處？似乎透露在詩人精神活動在何處，詩人的精

---

❻ 廖炳惠編著《關鍵詞 200——文學與批評研究的通用辭彙編》（台北：麥田出版社，2003），頁 169。

　　神活動，也就是成為詩之目的。**❻**

　　在這段對談中，強調詩除了「繪畫性」、「音樂性」的形式表現外，最重要的是詩人內在精神的探究，若缺乏詩人內面性的映照與反省時，詩容易徒具外在形式的「方法」，而沒有動人的內在精神質素，是以，在《笠》的作品中，即使是頗具形式實驗的詩作，仍可見扎根於現實生活之中，從日常生活中擷取詩的意象，將意象重新以新的語言連結，使詩能夠具有普遍共感的情感經驗，而能在現實時空中立體化、深刻化，不會只流於浮濫的「語言」嬉戲。如詹冰〈水牛圖〉（1966.10）（由左至右直排）：

角　　角

黑

等待等待再等待!!

只

永遠不來的東西

時間與自己而默然等待也許

水牛忘卻炎熱與

傾聽歌聲蟬聲以及無聲之聲

以複胃反芻寂寞

水牛以沈在淚中的

眼球看上太空白雲

一直吹過思想的風

角質的小括號之間

不懂阿幾米得原理

水牛浸在水中但

夏天的太陽樹葉在跳扭扭舞

等波長的橫波上

同心圓的波紋就繼續地擴開

擺動黑字型的臉

❻　桓夫、白萩對談記錄，〈詩的基本素質（一）──無繪畫性、無音樂性的詩能存在嗎？〉，《笠》16 期，1966 年 12 月，頁 11。

　　此詩以「牛」的圖像安排，呈現一隻突出雙角、黝黑大臉，垂著尾巴站立著的水牛，然而在刻意的「形式」排列組合之外，詩人並不切割整首詩意象的完整性，詩從雙「角」到「等待等待再等待」，水牛圖的意象豐富而一致，故「形式」的安排反倒使得詩除了閱讀的趣味之外，更彰顯出詩的凝鍊性。詩中以靜默的水牛去觀照個人的生存意義與生命價值，在「夏天的太陽樹葉在跳扭扭舞」的燠熱季節裏，「不懂阿幾米得的原理」的詩人，卻思考著更人本質的存在問題，然而生命當中的偶然與必然，似乎無法掌握與不可預料，個人所能做的只有「等待」，最後詩行「等待等待再等待!!」透顯出一種安之若素的生命觀，了悟到「樂天之命，故不憂」的人生道理。

　　〈水牛圖〉是詹冰寫於一九六六年，可以看到不論在題材或內容上，此詩仍扣緊台灣當地的農村經驗，「水牛」正是六〇年代台灣鄉村常見到的普遍物象，詩人從現實生活的觀察中，具體經營出詩的意象來，並且對應於他所處的時代氛圍，使形式與內容可以貼切地密合，達到詩意的完整。

　　白萩是少數本土派詩人早期曾參與大陸來台詩人所創的「現代詩」、「藍星」、「創世紀」詩社活動的代表人物之一，六〇年代中期白萩回歸到「笠」後，在詩的表現論上，除了仍注重形式設計之外，小注入了詩人對現實境域強烈的精神意識，他一系列以樹木為意象的「釘根意識」之作最具代表❷，如〈暴裂肚臟的樹〉，除

---

❷　吳潛誠曾提到：「本地詩人的鄉土認同充分顯示在樹木紮根泥土的意象中。《混聲合唱》整部詩集從頭到尾，樹木（乃至其他植物花草）釘根的意象出

了醒目的形式安排，亦呈現深沈巨大的生之哀愁：

> 3
> 鋸齒鋸齒鋸齒鋸齒鋸齒鋸齒鋸齒鋸齒鋸齒
> 我們以一座山的靜漠停立在他的面前
> 沒有哀求沒有退縮
> 以不拔的理由走向這最後的戰爭，在最後
> 由一串暴雷的狂吼怨恨這被撕裂的粉屑
> 4
> 而天空睜著盲目
> 無雲翳，無影像，無事件

（節引自《混聲合唱》，頁 328-329）

　　詩中以九次的「鋸齒」連續並排，具體呈現電動鋸齒一連串振動的動作，同時發出振耳欲聾的電鋸聲，粗暴地攔腰鋸斷樹木，然而，反觀樹木所展示的是「以一座山的靜漠停立在他的面前」，「沒有哀求沒有退縮」，沈厚篤靜地姿態，恰與鋸齒的粗暴形成鮮明的反差，其中隱喻出「加害者」與「被加害者」的對立形象，而「不拔」的理由，更彰顯在地「釘根」的意義與不凡，縱使被撕裂成粉屑，也不會有所妥協。第四小節，白萩將詩的意境拉昇，將扎

現不知凡幾，幾乎可以看成台灣文學的主要母題之一。白萩的〈樹〉堪當代表」（參見吳潛誠〈台灣在地詩人的本土意識及其政治涵義——以《混聲合唱——「笠」詩選》為討論對象〉，收入鄭明娳主編《當代台灣政治文學論》（台北：時報文化公司，1994，頁 408）。

根土地的意象，擴大至普遍人的生之哀愁，天空無言、冷漠地看著
人間，它不曾庇佑地上的人們，那人將如何替自己求得一絲生存的
空間？在平整的詩句排比下，「無雲翳，無影像，無事件」留下無
限的寂寥。在白萩的詩作，仍然有著新穎的形式安排，同時也加入
了台灣的歷史意識，使詩不僅具有現代性，更呈現寬闊恆遠的面
向。

　　另外，同為《笠》六○年代詩作，桓夫（陳千武）的〈咀嚼〉
更有知性的批判。此詩不僅代表桓夫做為詩人所處的位置，同時也
說明了台灣詩人對於生命的一種知性觀照，詩中具有強烈的現實意
識與時代精神，使我們因詩中對中國文化思維的強烈批判，而受到
衝擊與省思。

　　下顎骨接觸上顎骨，就離開。把這種動作悠然不停地反復。
　　反復。牙齒和牙齒之間挾著糜爛的食物。（這叫咀嚼）
　　──就是他，會很巧妙地咀嚼。不但好咀嚼，而味覺神精也
　　很敏銳。

　　（中略）

　　下顎骨接觸上顎骨，就離開。──不停地反復著這種似乎優
　　雅的動作的他。喜歡吃嗅豆腐，自誇賦有銳利的味覺和敏捷
　　的咀嚼運動的他。

　　　　坐吃了五千年歷史和遺產的精華。坐吃了世界所有的
　　　　動物，猶覺饕然的他。

　　　　在近代史上

　　竟吃起自己的散慢（案：漫）了。

（節引自《不眠的眼》50-51頁）

　　這首詩取材自生活飲食的面向，透過詩人的反省與觀照，呈現
對現實的不滿與批判，以不停反復地「吃」來反諷中國民族性的散
漫與虛浮。詩以明朗、淺近的語言，建立起批判的精神意識。易言
之，〈咀嚼〉一詩沒有無病呻吟、玩弄文字的弊病，詩人從生活中
提鍊詩的要素，表現詩的「時代性」與「真摯性」。反觀，同為六
〇年代張默〈曠漠的峰頂〉：「我們不屬於永恒，永恒是暫短與暫
短的密接／不再需要燈火，以及鉛色的河馬／在難以下嚥的紀德的
窄門中／愛麗莎喜歡怎樣的悲戚——／栗色的悲戚／提著輕逸的命
運／在斑爛般絲絨的漠原裡／玩著火焰與競走的絕學／如此週而復
始，必將會晤山山的倒影／會晤鮮花的盛蕊／由森林的綠路，鐘鼓
的翅翼而會晤／官感的海園」（節引自《七十年代詩選》，頁 313）㊇詩
中意象朦朧模糊，呈現出一種印象式的愁緒唱嘆，刻意地引用「紀
德的窄門」、「愛麗莎的悲戚」等看似深奧的術語，實際意涵是貧
弱空洞的，且與實際的生活經驗分離，反而使詩的意義窒礙無解，
難以準確傳達詩中所要表達的詩意，如此，使得整首詩的內涵紛雜
零亂、蒼白無力。從上述諸位早期「笠」詩人與「現代派」詩人的
詩作相較，可以見到「笠」在六〇年代中後期的作品，具有其特殊
的表現方法，同時，也可見到「笠」所要努力經營的方向與所開展

㊇　張默、洛夫、瘂弦等編《七十年代詩選》（高雄：大業書店出版，1969）。
　　此書雖名為《七十年代詩選》，然實際上的編選及出版卻在一九六九年既已
　　完成。

出來的新氣象。

五、結　論

　　台灣早期的「現代主義」文學，不像西方有其特定的歷史時空，作為發展的背景，它最初即是「橫的移植」，借鏡西方「現代主義」的理論，由於，對西方「現代主義」大多一知半解，因此，常造成錯用與誤用的現象。當時大多數的詩人，皆憑各自的想像去建構「現代主義」詩學理論，其結果往往忽略西方「現代主義」的本質精神，在於：「要擺脫消費主義、市場急需、以及供需變動的控制。它們經由徹底改變藝術的本質，使我們從根本上調整對結構、耐久性、持久性和界限的概念。」❻換言之，「現代主義」對傳統形式的「異化」，是了解到現實生活中的「限制」，以此作為實踐現代社會的功能，打破既有的、僵化的藝術概念，使藝術能有更多元的發展。

　　然而，台灣「現代主義」詩風，從紀弦成立「現代派」（1956）到《創世紀》第十一期（1959）改版提倡「超現實主義」，由於，強調詩人的內部記實，遂脫離了社會現實的境況，詩人大多抒發自我的情緒或無意義的呻吟，且對存有的社會帶有一種無責任與放縱的態度，喪失了詩所具有的社會意義與價值。有鑑於此，《笠》於六○年代中期成立，修正與轉化當時的詩風，提出要能反

---

❻　Suzi Gablik 著，滕立平譯《現代主義失敗了嗎》（台北：遠流出版社，1995），頁 36。

映時代的詩，重新把「詩」與「現實經驗」的世界做一連結，使詩
奠基在現實社會的架構中。在表現論上，《笠》一方面思考用詩來
表達現實的情感；另一方面也提出了詩語言的「藝術性」與「創新
性」，同時，大量有系統地譯介西方、日本的詩論與詩作，改善強
化台灣詩壇的體質，使台灣的「現代主義」詩學可以建立地更完
整。

　　此外，《笠》承先啟後，將日治時期以降至戰後的詩學傳統重
新銜接，使斷裂、移植的台灣現代詩，具有自己發展的獨特面貌與
脈絡，能表現時代的精神，一掃晦澀、頹廢的現代詩風。

　　縱觀《笠》與「現代主義」的關係，由於，《笠》使詩可以自
個人內在無意義的情緒之中解放出來，表現更真摯切實的經驗世
界，它平實穩健地為台灣現代詩，開創了一種新的時期與新的精
神，使詩也可以朝向另一種更具知性、思考、抵抗的方向發展，是
值得吾人注意與關注的。

第三章　存在與歷史
——七〇年代《笠》的詩作精神
及其語言表現

一、七〇年代「笠」的生存境況

　　六〇年代台灣現代詩因受到「現代主義」風潮的影響，致使詩的寫作，大力標榜形式的創新、語言的實驗以及意象的新奇等技巧，並且詩人大多熱衷於挖掘個人內心的幽閉世界，相對於外在的現實世界，則較漠視，其結果使詩與現實生活的關係斷裂，產生無機的連結。左派評論家盧卡奇（Lukacs Georg，1885-1971）曾批評「現代主義」是：「抽掉現實的抽象」❶，正說明「現代主義」文學，把支離破碎的、混亂的、未加理解的情感及思想，用靜態、主觀的方式表現，忽略了生活整體性及動態性的狀態，造成作品極端重視形式技巧，而內容卻脫離實感、貧弱蒼白，正是為六〇年代的台灣

---

❶　盧永華譯，葉廷芳校〈現實主義辯〉，收入《盧卡契文學論文集》（北京：中國社會科學出版社，1981），頁13。

詩壇下了一個最佳的註腳。為了修正這樣的偏向，六○年代中期「本土派」詩人群集成立「笠」詩社（以下簡稱「笠」），創刊《笠》詩刊（以下簡稱《笠》），企圖建立另一種根植於斯土斯民的「現實詩學」，使詩的寫作有不同的面向呈現，能與現實環境展開對話。

　　拉開了七○年代的序幕，首先是「保釣運動」如火如荼的展開，此一運動，激化了海外及全島的台灣知識青年，開始思索自身處境的問題，同時，在「民族精神」的號召下，對台灣過度「西化」的現象同仇敵愾。之後，接二連三的事件爆發，包括退出聯合國、中日、中美斷等，使得台灣國際局勢丕變，環顧島內的時代氛圍，已勢如破竹地延燒起「現實主義」的戰火。而六○年代的詩壇，因受到「橫的移植」的影響，詩人戮力仿效西方「現代主義」的形式，使得「現代主義」的詩學，到了七○年代反「西化」的浪潮下，成為炮口對準的目標，當時《笠》先後與其他詩社與詩人展開論爭，特別是對詩「語言」的看法歧異。

　　首先，在《華麗島詩集》後記，提出對《葡萄園》的看法，認為：「新詩の大眾化を主張し、わかりやすい言葉で詩を書くことに目標をおいているが、その運動は常に低迷狀態にありさ程の影響力を持たない。」❷，此說，引來「葡萄園」詩人大為不滿，認為「低迷」二字不通，使得《笠》在 46 期，公開刊登白萩致桓夫的書簡，對「低迷」二字大加考察一番，說：「因此，古丁、文曉

---

❷　陳千武〈台灣現代詩の歷史と詩人たち〉，收入「笠」編輯委員會《華麗島詩集》（東京：若樹書房，1970），頁 178。

村、徐和隣三先生在下筆之前，似未細查，以致肯定其無。」❸最後，雙方淪為語文考證的遊戲，而結束了這場論爭。

　　其次，《笠》對當時所謂的「名詩」進行合評，選了羅門〈麥堅利堡〉（39 期）、季紅〈鷺鷥〉（40 期）、紀弦〈狼之獨步〉（41 期）、余光中〈雙人床〉（42 期）等，其中，對羅門的〈麥堅利堡〉的合評說：「這首詩的整體性發展，顯得過份堆砌詞藻，關連性太差」（陳明台語，頁 22）；「詩一開始的：『戰爭坐在此哭誰』，便顯出詩人想以技巧來推進建立這詩」（桓夫語，頁 22）；「『麥堅利堡』這首詩，作者用語的誇大，……如果長時間仍感到生硬誇大，便算失敗了。」（林亨泰語，頁 24）；「語言也太不節制了，如此導致結構的鬆散，雖然外觀看起來乍似龐大」（陳鴻森語，頁 26）等意見，可見《笠》所堅持的詩的語言，是較知性、內斂、節制、簡淨的，同時不誇飾修辭的運用，而且強調在詩的寫作過程中，重新建立語言原始的機能性，這樣的語言觀，與羅門〈麥〉一詩的語言表現，的確差距頗大，致使合評記錄一刊出，立刻引來羅門對〈麥堅利堡〉作品合評的意見不滿，雙方唇槍舌劍❹，一來一往，最後，由趙天儀撰寫長文〈裸體的國王〉（44 期）加以回應

---

❸　〈笠書簡──白萩致桓夫〉，《笠》46 期，1971 年 12 月，頁 91。

❹　趙天儀〈裸體的國王〉一開始，即對羅門對〈麥堅利堡〉合評的不滿，提出說明：「由羅門、蓉子主編的一九七一年『藍星』，有一篇洋洋灑灑的長文『從批評過程中看讀者、批評者與作者』，執筆者便是主編之一的羅門先生，是針對『笠』詩雙月刊三十九期作品合評『麥堅利堡』的再批評，看來似乎振振有詞，然而，經我仔細拜讀之後，卻發現他的再批評，還是重施他一貫的技倆，值得商榷。」（《笠》44 期，1971 年 8 月，頁 66）

後，此事才告一段落。

而較前二次尤為熾烈的是，由傳敏（李敏勇）所揭起的「招魂祭事件」❺，其開端乃是：傳敏針對詩壇大老洛夫所編選的《1970詩選》而起，傳敏宣稱洛夫所編的《1970 詩選》，「暴露了嚴重的詩之無知和人格的缺憾」❻，同時，認為：

> 不管語言在詩學上的重要性上達致何種高度，永遠無法本末倒置得像洛夫所揭「本詩選的編選標準是建立在詩的語言上」一樣。語言是詩人能力的指數，但語言絕不等於詩。也沒有什麼詩的語言能不由一首詩分析出來而主體性能用以建立詩的。是因為在詩中的整體性得以成立，語言才有所謂詩的語言，沒有什麼詩的語言可以像既成品一樣供詩人採用，除非是抄襲。❼

傳敏所提的正是《創世紀》自一九五九年，標舉「超現實主義」以來，許多亞流的「現代主義」詩作，極力將「語言」加以實驗、創新、扭曲、變造，展示語言的非邏輯組合、文字的過度修

---

❺　有關「招魂祭事件」，可參考拙作〈魂兮歸來──論七十年代《笠》「招魂祭」事件的影響與意義〉，收入美國加州大學聖塔芭芭拉校區，台灣研究中心主編《Taiwan Studies Series》1 卷 3 期，2007 年 12 月，頁 181-196。

❻　傳敏〈招魂祭──從所謂的「1970 詩選」談洛夫的詩之認識〉，《笠》43期，1971 年 6 月，頁 55。

❼　傳敏〈招魂祭──從所謂的「1970 詩選」談洛夫的詩之認識〉，同前揭文，頁 55-56。

飾、詩意的任意跳躍的結果，例如碧果〈春·神之顏中之顏〉：

> 一種齒的婚媾之後
>
> 食門楣上的那張金臉
> 乃一池翩翩欲昇的景色
> 魚　乃於鏡中低泣中之鏡
> 鏡　乃魚在低泣中之魚
>
> 巢。於其中……
>
> 一種齒的婚媾之後
> 　　臥於一種音響之上
> 　　一廈驚駭　　焚起
> 一種白色之後
> 　　臥於一種音響之上
> 　　一廈驚駭　　焚起
>
> 巢。於其中……

（引自《七十年代詩選》，頁 275）

　　碧果這首詩，雖然建立起許多語言的新關係，但在關係的連結上太過任意、跳躍，其間並沒有任何邏輯、秩序可言，致使詩意紛亂、晦澀，無法開展詩意，然而，《七十年代詩選》卻稱他的詩

「冷僻、簡潔、有力」，具有「驚人的力量深深迫人的張力，以及一種衝刺人的心臟的『直接感』。」❸真不知這樣的評語從何而解，解讀一首詩，應從詩的文本脈絡上下求索，在字裏行間尋覓詩意，而非以印象式的評語或觀念理論強加套解。

而「招魂祭事件」演變至最後，雙方顯然都已動了肝火，論辯的言詞都出現火爆的氣息，《水星》5 號刊出了名為宋志揚的〈溫柔的感嘆〉一文，指稱《笠》為「日本現代詩的翻版」；《水星》6 號更有夏萬洲說《笠》為日本代詩的「殖民地」，論戰至此已模糊詩的焦點，且變成不僅是洛夫與傅敏兩人之爭，而是個人的意識型態及政治立場的叫囂。最後，《笠》刊登〈本刊嚴正聲明〉指出：

> 我們要求說此話的夏萬洲，登刊此封信的水星編者，必須登報公開地向我們道歉！公開地向生於台灣省的中國人道歉！否則我們決不干休地週旋到底。❾

在這封聲明中，「笠」態度堅決、強硬，在於夏萬洲的指控，已涉及到敏感的政治問題，在動輒得咎的年代，指稱「笠」為「日本詩壇的殖民地」，無疑是為「笠」扣上一頂未審先判的帽子，難怪「笠」詩人在此指控之後，草木皆兵，而做出了最嚴厲的聲明。

---

❸ 張默、洛夫、瘂弦主編《七十年代詩選》（高雄：大業書店，1969），頁273。
❾ 本社〈本刊嚴正聲明〉，《笠》46 期，1971 年 12 月，頁102。

在《笠》展開一系列的論爭後，緊接著引發了整個詩壇更激烈的對外論戰，首先發難的是，關傑明及唐文標二人，關傑明在《中國時報》「海外專欄」分別發表了〈中國現代詩人困境〉（1972）、〈中國現代詩的幻境〉（1972），以及在《龍族評論專號》發表〈再談中國現代詩〉（1973）；唐文標則發表了〈什麼時代什麼地方什麼人〉（1973）、〈詩的沒落〉（1973）、〈僵斃的現代詩〉（1973）等，發出激烈的批評聲音，使得詩壇內外，引發一場沸沸揚揚的「現代詩論戰」❿，最後，在現代派詩人群的大力捍衛下，分別於《中外文學》、《創世紀》的詩專號中，撻伐關、唐等人的不是，結束論爭不休的現代詩論戰。但不可諱言的，這波論戰，也加速了「現代詩」詩壇的反省，一反過去「超現實主義」的手法，而朝著平實、明朗的風格加以修正。

是以，《笠》七〇年代，在面對外在環境的丕變，致使「現實主義」思潮進一步抬頭；以及一連串的論戰，逼使《笠》更對詩「語言」的深入思索，加強詩「語言」的精神思考；而非「文字」的修飾，這些課題，都成為《笠》七〇年代中葉以前努力的方向，沿著六〇年代的詩觀，在詩的「精神」及「語言」上加以淬煉，逐步建立起戰後台灣「現實詩學」的風景。

「笠」的「現實詩學」，在不同的歷史時空中，有所更迭與轉化，從六〇年代到七〇年代，其意涵不斷加深演變，到了七〇年

---

❿　有關七〇年代「現代詩論戰」的前因後果，及其詳細的發展脈絡，可參照蔡明諺《龍族詩刊研究——兼論七〇年代台灣現代詩論戰》（台灣：清華大學碩士論文，2002）。

代，它不僅是描寫現實生活的雜感點滴，或是表現鄉土民情的恬靜風貌，它更進一步的是，具有一種能動力，化靜態文字為有力的象徵，因此，詩直接批判政治的威權體制，或建立起台灣的歷史意識，成為台灣戒嚴風景下的「有害詩學」。台灣在歷經七〇年代外在局勢的丕變、國際地位的飄搖，以及社會、民主運動的勃興時，《笠》認為，詩，不單純只是「感性」、「懷舊」、「浪漫」的表徵，同時也可是「理性」、「現實」、「知性」的指向，詩人及其作品，積極地「介入」社會，代表知識分子以文學作品來關注公共領域的一種路徑與良知。如泰瑞·伊格頓（Terry Eagleton）所言：「一切重要的藝術都是『進步的』這種說法在一定的限度內是正確的：即一切脫離時代重大活動的藝術，缺乏某種歷史的中心感，就會把自己降到次要地位。」⓫易言之，泰氏之說，強調文藝不能脫離它的時代性，若在一個不安紛擾的年代，文藝應扛起社會文化的責任，以作為時代改革、進步的象徵。是以，台灣七〇年代改革的聲浪不斷，作為一位詩人，是很難擺脫整個時局的氛圍，置身事外的，因此，《笠》一旦進入七〇年代，隨著時局變化，更深入揭示其核心思想，朝向樸實、穩健的「現實主義」詩學的路徑，發揮了文藝作為時代進步的象徵。

　　七〇年代，《笠》的現實精神，成為當時文藝思潮重要的發展方向，連帶地使詩有了轉變，詩具有更鮮明的社會性，承載更多時代的精神與意義，這樣的詩壇動向，與當時台灣社會、政治、民主

⓫　泰瑞·伊格頓（Terry Eagleton）著，文寶譯《馬克思主義與文學批評》（台北：南方出版社，1997），頁58。

運動的推展，相環相扣。其因，緣於《笠》主要與最初的成員，多是「跨越語言一代」詩人，他們大多是時代的見證者，且有被殖民的經驗，到了戰後，又受到高壓政權的控壓，精神的苦悶與抑鬱，可想而知，同時，他們也都深刻感受到時代的破敗感。因此，他們對個人與時代、社會與國家的命運，如何連接維繫，深表關切，他們強調作品中有關「存在」、「抵抗」的精神，非就「現代主義」強調創新、前衛的外在形式表現而已。因此，作為一位詩人，如何在戰後的威權體制下存活？如何去抗衡時代的逆境？如何重新建立自我實存的價值與意義？成為《笠》思索的中心及內蘊，這樣的思考，隨著七〇年代外在局勢的演變，更進化成《笠》的詩學風格及表現方式，朝向現實、批判、知性、歷史的方向前進。

由於，這樣的風格日益鮮明，致使許多早期的「笠」的同人紛紛出走，且與《笠》分道揚鑣，如施善繼、喬林、林煥彰等脫離「笠」，另組「龍族」詩社，從《龍族》刊名所象徵的意涵，及宣稱《龍族》要「能夠肯定地把握住此時地的中國」，要「在有意無意之間走民族風格的路線」，「作品必須和他的時代他的民族攜手並進」❷三大要點，可以看出《龍族》所標榜的民族精神；而林錫嘉則加入「大地」詩社，《大地》宣稱要「建立一嶄新的創作方針，承續文學的命脈，要寫就寫中國人的詩，要談就談中國人的詩

---

❷　陳芳明〈新的一代‧新的精神——寫在「龍族詩選」出版之前〉，收入氏著《鏡子和影子——現代詩評》（台北：志文出版社，1978），頁 278、279、280。

論。」❸，皆可見到七〇年代年輕詩人群，所創立的新興詩社，要建立在「中國民族」之上的意圖，這與《笠》七〇年代雖未正式宣稱「台灣」二字；但實際上已有明確的台灣歷史意識的思維，彼此對「民族」的概念與認同，是有所差異的。

在這樣的思維下，七〇年代《笠》首先要努力的是，企圖建立台灣新詩史發展的脈絡，於是，開始著重詩史的重建，故有吳瀛濤撰寫〈台灣新詩的回顧〉（33-35 期），介紹日治時期的新文學及新詩運動發展史；其次，陳千武及柳文哲（趙天儀）在「台灣新詩史料」的專題下❹，則先後譯介了，日治時期的詩人包括吳新榮（51期）、巫永福（52 期、65 期）、郭水潭（52 期）、王登山（52 期）、莊培初（52 期）、林精鏐（52 期）、邱淳洸（54 期）、江肖梅（55 期）、張冬芳（60 期）、周德三（周伯陽譯，60 期）、王白淵等（63 期）等人的日文作品。

另外，「笠」編譯《華麗島詩集》（東京：若樹書房，1970 年），將台灣的詩作翻譯成日文，介紹到日本詩壇，使得雙方的現代詩得以進行交流與學習，在編輯後記中，陳千武撰寫了〈台灣現代詩の

---

❸ 〈大地之歌·序〉，收入大地詩社編著《大地之歌》（台北：東大圖書公司，1976），頁 2。

❹ 《笠》在七〇年代特別介紹日治時期的台灣新詩發展概況；但值得玩味的是，與之同時，也由趙天儀等人，介紹了一系列同時代的中國新詩作品，如胡適（47 期）、劉大白（48 期）、朱自清（49 期）、羅家倫（50 期）、徐志摩（51 期）、傅斯年（52 期）、胡思永（53 期）、康白情（56 期）、李金髮（61 期）等，企圖建立另一新詩根球的脈絡，另外，在時局的緊張、低沉之下，《笠》在「台灣」論述的同時，亦需包裝「中國」的論述，以免觸犯禁忌。

歷史と詩人たち〉**⑮**，第一次將戰後台灣現代詩的發展論述釐清，追溯台灣現代詩的發展源頭，提出「詩的兩個球根」說，修正紀弦所說的，是他把「新詩火種帶到台灣來」的說法。一九七九年六月，「笠」另編輯了《美麗島詩集》，書頁清楚地標示出「戰後最具代表性的台灣現代詩選」，且序言提到：「『美麗島詩集』，顧名思義，我們知道，是以台灣的歷史的、地理的與現實的背景出發的」**⑯**，因此，在「集團意識」的傳承下，《笠》在七○年代逐漸形成一股「笠的精神」，意味著《笠》具有台灣的主體意識，其寫作立場是在野的，寫作精神是反思主流詩學的價值。

綜上所述，不管是對創作詩觀、同仁間的分合，以及詩語言的表現，《笠》於七○年代已有更鮮明的表現特色及書寫精神，且業已建立起台灣另一種詩學的獨特性，揭示出另一種詩的寫作風格，而這時期的《笠》也進入了所謂的「飛躍時期」**⑰**，隨著七○年代

---

⑮ 陳千武撰寫〈台灣現代詩の歷史と詩人たち〉一文之後，因出現「台灣」二字，曾引起相關單位高度的關注，在陳千武贈閱的《華麗島詩集》一書後記，即用黑筆塗去「台灣」二字，據陳千武先生告知，是為了怕引起麻煩而做的。此說，在李魁賢〈詩的歷程〉一文中也提及：「『華麗島詩集』的出版，由於採取廣面介紹，比較平均，卻不為時常想突出自己的人所喜，結果這項有意義的工作受到很大的冷落和貶抑，甚至有人開始放出風聲說後記中「台灣現代詩的歷史和詩人們」一文所用「台灣現代詩」有某種色彩，使笠詩刊飽嚐詩人以非詩的手段對待的陰影感受。」（《笠》100 期，1980 年 12 月，頁 48）

⑯ 趙天儀〈美麗島詩集‧序〉，收入《美麗島詩集》（台中：笠詩刊社，1979），頁 6。

⑰ 李魁賢在〈笠的歷程〉一文中，將《笠》從六○～八○年代，分為四期：一「成長時期」，即 1-30 期，從 1964-1969 年；二「飛躍時期」，即 31-60

時局的丕變，在內容或形式上，較六〇年代做了更大的跨躍，它更直接「介入」社會、政治、歷史、文化的關照與批判，並以詩的藝術貼近時代的脈動，引領七〇年代詩壇的走向，同時，它也以清晰、知性的語言，表現另一種詩的美學風格，使台灣現代詩的表現在七〇年代有了新的轉折，新的風貌。

二、詩，為戰後自我實存的載體

　　從六〇年代以降，「笠」在第一代詩人的推動與努力下，漸有所成，到了七〇年代，「跨越語言一代」詩人的「語言」能力稍可掌握，加上外在時局的動盪變化，使得原本被壓制的本土書寫，到了七〇年代，雖「微弱但有力的堅持」⑱。然而，面對時局壓迫的趨緩，「笠」詩人最先釋出的感受是「存在」的問題，尤其是，創始者大多跨越兩個時代，歷經日治時期的殖民統治，以及戰後威權

　　期，從 1969-1974 年；三「穩定時期」，即 61-90 期，從 1974-1979 年；四「未定時期」，即 91-120 期，從 1979-1984 年。參考同前揭文。雖然，李氏以 120 期為限，每 5 年做一個階段的劃分，然而，就《笠》整個發展的重要性而言，七〇年代仍是一個極為關鍵飛躍的階段。

⑱　向陽〈微弱但有力的堅持——七十年代台灣現代詩壇本土論述初探〉指出：「今天重新翻閱七〇年代的《笠》詩刊，可以發現，在那個年代裡，『中國現代詩』這樣的符號仍然未被挑戰，《笠》的詩人因而迂迴地採取了以『現實的』及『本土的』詩學路線，在抵抗《創世紀》、《藍星》等主流詩學的過程中，走出『民族的』主流論述陰影」，可見《笠》在七〇年代「民族的」大敘述外，迂迴地另闢蹊徑，從七〇年代末期到八〇年代後，逐步樹立起「台灣文學的精神象徵」。（參見文訊雜誌社編《台灣現代詩史論》（台北：文訊雜誌社，1996），頁 369）

體制的桎梏，他們既是時代的見證者；也是歷史的書寫者，他們用個人的生命經歷及詩的寫作，共同寫下台灣近代史的一頁。就其生存的「位置」，不管是日治或戰後，均處「邊緣」地位，七○年代他們仍以「邊緣」的位置發聲，但面對生存危機，他們已由先前消極地面對語言的瘡痙，轉化為積極地書寫介入。因此，「語言」與「生存」，成為揭示「笠」第一代詩人們最真切的面向，所以，他們的詩作往往隱喻生存時空下的軌跡，而那些軌跡，以抗拒的姿勢，非浪漫式地承載了他們在幽暗年代中的悲泣隱蔽，是以，詩作必與「時代性」緊密扣合，並重視詩的「現實性」，換言之，它並非只是通俗地反映外在現實，而是強調詩要言之有「物」，同時，又要超越「物」的表相，企圖在「物」的本質上，能夠穿越表相的一般性，而剖析「物」背後所蘊含的深義，讓作品的主題思想深刻，呈現知性、硬實的詩質，這樣的作品是一種「有力」的文學，而不是一種抒發個人情緒的表現。因此，《笠》較少挖掘個人內面幽微的情思或純粹浪漫式的閒愁，而是將個人命運架構在家國、社會、歷史等「外在現實」的基點上，延續台灣新文學傳統的寫實精神，呈現樸實平易、誠摯溫切的詩風。

　　《笠》將詩作為自我「存在」的載體，所謂「存在」即是面對過去的歷史迷霧，台灣的主體性及詩人自我本身，如何在困頓的時代夾縫中求生？如何以詩作間接、曲折的方式，呈現「存在」的艱困與時代的意義？這些課題的思索與實踐，不斷在《笠》中深化，成為「笠」發展的根本核心。是以，詩人面對從一八九五年被日本殖民的悲愴歷史，以及一九四五年之後，威權體制下長期的白色恐怖時期，面對如此的處境，個人心靈如閉密在幽禁的牢籠裏，所能

深刻體會到的是,存在的憂愁與無奈。因此,不管是個人或是家國、族群的存在,皆導引「笠」詩人的寫作視角與方向,使得《笠》成為戰後具有台灣歷史意識的載體,記錄台灣過去大我及小我之間「存在」的斑斑血跡。

這樣的詩學精神,一方面緣於本土派詩人的現實處境;另一方面,則受到日本「戰後詩」的啟示甚深 (參見附錄,以《笠》1-50 期為例),其中,透過譯介日本戰後重要的「荒地」詩社,其詩作與詩論,影響最多,兩方都強調將詩構築在外部現實的世界中,以冷靜、理性之眼,觀照現實人生的樣態,它更注重剖析詩人內面精神的困境,以及面對社會外在現實的壓力時,如何脫出「不安」、「顫慄」的陰影,獲得重生,如《荒地》的鮎川信夫 (1920-1986)說:

> 二十世紀の半ばに立つ人間の運命について深く考えるならば、そこに人類の遺産と罪の傳承を認めることによって、荒地に生きている暗い經驗世界の終末的な幻滅感から一條の光線を摘みとることだろう。亡びの可能性は、一種の救いに外らなぬ。なぜならばそれは遂にこの生に何等かの意義を與えるからである。破滅からの脱出、亡びへの抗議は、僕達にとって自己の運命に對する反逆的意志であり、生存證明でもある。❶

---

❶ 鮎川信夫〈Xへの獻辞〉,收入《荒地詩集 1951》(東京:国文社,昭和 50 年 (1975)),頁 3。

　　鮎川氏的這段話，刊載在《荒地詩集 1951》❷的卷首，題為
〈Ｘへの獻辭〉，這篇獻辭被認為是「日本戰後詩理論的基調和新
起點」❷，上述引文，《笠》與《荒地》詩人，都共同體驗到戰後
存在的一種虛無感與絕望，其中鮎川氏對戰後詩人的處境，提出了
「現代荒原」的說法，所謂「現代荒原」意味著一種對生命的破滅
感，它來自於敗戰後個人對生存意義的質疑與挑戰❷；而「笠」詩
人的絕望感，則來自於政治體制的桎梏與時代的虛無。但不管是
《荒地》或《笠》，雖皆面對自己戰後的悲慘命運與艱困處境；卻
仍企圖從破敗的廢墟中，找尋一絲曙光，重建新生的力量，證明自
己的存在。

　　所以，《荒地》與《笠》對時代的丕變、動盪，「要如何好好
活下去」的命題上，彼此是互通的，兩者都冀望在戰後的破敗風景
中重新站起來。他們重新審視詩的「語言」，從詩的語言來證明自
我實存，並且透過語言，表達自我的精神世界與對自我存在的肯
定。然而，如何抗逆充滿著破滅荒謬與精神壓力的時代，日本「荒
地」在面對戰後的破敗與重挫，重新對詩有了新的看法與界定，認

---

❷　「荒地」一九四七年成立，出版《荒地》六冊，一九五一年改為年刊，出版
　　詩集《荒地詩集·1951》。

❷　羅興典《日本詩史》（上海：上海外語教育出版社，2002），頁 212。

❷　鮎川信夫曾對「現代荒原」闡釋說：「對於我們，唯一共通的主題是現代的
　　荒地。生存於被挾於戰爭與戰爭的時代，而且一度曾在戰場賭生死的我們，
　　到現在都還不能從暗淡的現實與被分裂的意識脫出，而在凝視著冷酷的戰爭
　　經過。……經由戰爭的共同經驗，生殘於戰後的荒地的我們，隨著我們自己
　　的生活，同時也面對新時代的課題。」（轉引自吳瀛濤〈日本詩展望〉，
　　《笠》26 期，1968 年 8 月，頁 67）

為現代詩要：

> 找出造成現代荒原的種種危險因素，以求得自我與社會的生
> 存和發展。荒原派詩歌反對以往現代主義詩歌的無病呻吟和
> 語言遊戲，主張面對現實和反映現實內容。同時也反對把詩
> 作為政治鬥爭手段的左翼詩人們的主張，尊重詩的自我目的
> 和詩人的個性。㉓

　　「荒地派」詩歌，對戰後詩的反省是，將詩作為自我存在、社
會現實的表現，「反對以往現代主義詩歌的無病呻吟和語言遊戲，
主張面對現實和反映現實內容」，對此，大岡信更進一步認為詩：

> 不是靜止的觀照，更不是語言造形，索性熱烈地追求流動、
> 渦動、混亂的舞蹈性，這個共通志向強有力地透過詩人全體
> 普及的時代，在日本詩的歷史上是絕對從未有過的情形。這
> 一點要考察所謂我們戰後詩的時候，我認為絕對不能輕視的
> 一個時代的特質。㉔

大岡氏強調日本戰後詩，應著重現實騷動不安的精神表現，而非語
言形式的改造。同時，就個人的存在，追溯現代荒原意識的根源，

㉓　羅興典《日本詩史》，同前揭書，頁212。
㉔　大岡信著，羅浪譯〈日本戰後詩概觀——「詩」與「非詩」諸論〉，《笠》
　　26期，1968年8月，頁47。

從頹然的荒原中，重新找到生的力量。而《笠》在出發伊始，面對時代的不安與未來的惶惑，詩人所感受到的是戰後，個人「存在」的苦悶與哀愁，如桓夫的〈雨中行〉（1961）：「被摔於地上的無數的蜘蛛／都來一個翻筋斗／表示一次反抗的姿勢／而以悲哀的斑紋，印上我的衣服和臉／我已沾染苦鬪的痕跡於一身」（節引自《混聲合唱》，頁 81），以「雨絲」扣合蜘蛛絲，而「雨絲」如「苦思」，雨越下越大，整個處境都籠罩在雨景之中，綿綿密密將我整個圍住，雨珠自地面反濺而上，恰似蜘蛛以反叛的姿勢，逆反而上，染印在身上的水漬，正是苦鬪的痕跡，詩中展現的是，詩人存在的一種孤寂與哀愁。

　　另外，錦連的文學表現亦然，六○年代，他寫出代表作〈挖掘〉（1965），詩意充滿堅硬、執拗的精神：「晚秋的黃昏底虛像之前／固執於挖掘的我們的手戰慄著固執於挖掘的我們的手戰慄著／面對這冷漠而陌生的世界／分裂又分裂的我們底存在是血斑斑的／我們袛有挖掘／我們袛有執拗地挖掘／一如我們的祖先　不許流淚」（節引自《混聲合唱》，頁 165），詩中一種內在性的哀愁，對於自我存在的荒蕪感受；但為了「生」，則必須要有不斷向命運挑戰的意志，將外部實存的壓力化為前進的動力。

　　如上述，桓夫、錦連的詩作，呈現出特定時空下，存在的焦躁與哀愁，到了七○年代，隨著局勢的漸趨開放後，作品則更直接切入現實，桓夫出現了〈給蚊子取個榮譽的名稱吧〉（1970），相較於六○年代的作品，更清楚揭示戰後台灣處境的困頓與辛酸，以詩記錄當時台灣「存在」的處境，恢復過去的歷史記憶：

嗡嗡不停地　飛來

叮在我癱瘓的手背上

說是過境

過境　就抽一絲利己的致命的血去了

究竟

有多少蚊子真正無依

有多少蚊子值得同情

在我的手背上

在廣漠的國土裡

我底手越來越癱瘓了

（引自《混聲合唱》，頁 90）

　　在這首詩作中，桓夫直接有力的以「手背」暗喻為「國土」，而蚊子吸血，正是掠奪者剝削的形象，所以，每當蚊子過境，就抽一絲利己致命的血的時候，致使廣漠的國土（手背）越來越癱瘓，藉此暗諷執政者的貪婪、霸道。錦連七〇年代後的〈操車場〉（1976），則已明確地轉向外在體制的批判，就戰後的特務系統，給予冷峻、嚴酷的批判：

高空二隻眼睛虎視眈眈地監視著夜

焦灼的照明燈下

彎刀鐵軌淒涼地亮著

黑黝黝的貨車老是被撞來撞去

軋軋　軋軋地

載著過重的憂憤　一輛輛地
被摘下推放
無助地漂去──撞上而鐺地被鉤掛

在焦灼的眼光下
在喀喀的叱咤聲中
在哀切的寒夜裏
排隊遲遲地未能完成
雖然我確實體認到有絕對的意志在推動著時間
然而　為何我老是牽掛著它？
在淚床乾涸眼底佈滿了血絲之後　仍然？

（節引自《混聲合唱》，頁 168）

　　錦連長時間服務於鐵路局，被稱為「台灣鐵路詩人」㉕，此詩也以鐵道作為意象的開展，以高空刺眼的探照燈，象徵虎視眈眈的特務系統，鐵軌雪亮淒厲的彎刀形象，令人不寒而慄。一輛輛黑黝黝載著過重憂憤的貨車，「無助地漂去──鄉鐺地被鉤掛」，鮮明地刻畫戰後多少沈冤未明的政治受難者，消逝在寒風刺骨的深夜裏，在低迷的黑暗中，批判的力道十足。因此，這首詩呈現一種緊張肅殺的氣氛，使人對生存困境感到不安，而仕荊棘般的時代，如何突破時代的重圍，重新建立起自己的精神世界與存在方式，是詩

㉕　近來年張德本以錦連作為研究對象，撰寫一系列關於錦連作品的論文，集結出版《台灣鐵路詩人錦連論》（台北：台北縣文化局，2005）。

人關切的重點。

　　透過「跨越語言一代」詩人的啟蒙與引導，《笠》七〇年代登場的作品，對時代實存的樣貌，不斷的擴大延伸，如「笠」第二代詩人李魁賢更以感傷、哀愁卻堅定的語調，寫下〈杜鵑〉（1971），以杜鵑泣血的意象來傳達時代的悲愁：

　　　　在唾沫橫飛的風聲中
　　　　有誰會聽見我泣血哀號
　　　　不確定的命運

　　　　從衰敗的芒草尖
　　　　躍上頹唐的相思枝
　　　　以單薄的羽翼
　　　　搏擊挾風勢而來的斜雨

　　　　　　　　　　　（節引自《李魁賢詩集·第五冊》，頁 51）

　　面對時代惘惘的威脅，杜鵑鳥獨自形影單隻，逆風而飛，單薄的羽翼，在強勁的斜風暴雨下，抗逆著時代的桎梏，感受大時代無形的壓力。而「泣血」的意象，象徵著寧鳴而死的決心。再者，七〇年代是「戰後世代」詩人登場的時代，「笠下影」紛紛介紹年輕一代的詩人，如鄭烱明（42 期）、岩上、傅敏（43 期）、陳明台（44 期）等，可見「笠」新一代詩人的崛起與成熟。他們不僅在語言表現上，洗刷掉華麗的裝飾詞藻，趨向平實穩健的風格，同時，在主題思想上，也直接切入社會現實、家國命運、政治體制等的關注與

批判，這些詩作可以從拾虹（1945-）、李敏勇（1947-）、鄭烱明（1948-）、陳明台（1948-）、陳鴻森（1950-）、郭成義（1950-）等人的表現得知，如鄭烱明〈蟬〉：

> 炎熱的夏天裡
> 你一點也不疲倦地引吭高歌
> 嘹亮而清脆的聲音
> 從樹梢的那邊
> 一直傳到庭院的盡頭
>
> 我知道你這樣做是不得已的
> 為了證實自己的存在
> 必需拚命地歌唱
> 就像此刻的我
> 為了企求靈魂的安慰
> 必需拚命地使用語言一樣

（節引自《悲劇的想像》，頁 50-51）

對於戰後高壓箝制的時代，人們沒有言論、思想的自由，對此鄭烱明在詩作中不斷地給予批判及嘲諷，他以蟬的鳴叫，和自己「必需拚命地使用語言一樣」，都是死命地「發聲」，來證明自己的存在，而惺惺相惜，暗喻在黑暗的現實中，自我必須如何奮力地存在，以對抗「一切都不能如何」的時代。同樣的意象，桓夫的〈鼓手之歌〉：「我不得不，又拚命地打鼓……／鼓是我痛愛的生

命／我是寂寞的鼓手。」（節引自《混聲合唱》,頁 81）也可見到,在
抑鬱沈悶的時代中,一種生之哀愁與寂寥。

　　另外,受到「跨越語言一代」父叔輩的精神感召,「戰後世
代」詩人,對於台灣曾經受到日本殖民的歷史,也多所著墨,他們
代替了父叔輩詩人撰寫他們的生命史,同時,也為台灣的殖民史,
寫下一頁悲歌,如李敏勇的〈戰俘〉（1973）、陳明台的〈月〉
（1977）、陳鴻森的〈魘〉（1973）,都是觸及戰爭的殘酷,不管是
身亡的年輕士兵,或是僥倖歸來的倖存者,同樣都突顯台灣人民被
殖民的悲哀,然而,殖民之後,逝者已矣,但來者如何可追？戰
後,他們面臨生存困境的掙扎,以及身分認同的失落,猶如一群漂
泊在海上的孤舟,無法靠岸,如陳鴻森〈魘〉所言及的:

　　　　那些從戰場上僥倖地

　　　　活著回來的傢伙……

　　　　然而生對於他們

　　　　只剩下

　　　　行走在異鄉的感覺

　　　　　　　　　　　　　　　　（節引自《混聲合唱》,頁 691-692）

又如李敏勇的〈戰俘〉:

　　　　K 中尉沒有祖國

　　　　被俘的時候

　　　　他宣誓丟棄了

釋還的那天
他望著祖國的來人
默默地
想把自己交給他們
武裝被禁止了
武裝沒有被禁止

祖國已經沒有了
祖國還有

（節引自《混聲合唱》，頁 580-581）

「活著」對這群倖存者，似乎是一種嘲諷與詛咒，生命在此，充滿了無限的諷刺與弔詭，面對新的時代及政權，他們竟感覺到如處異地，沒有認同感，當他們丟掉「日本人」的身分，重新學作「中國人」時，卻又無法獲得肯定，於是，在歷史的夾縫中，他們成了一群沒有祖國的活著的幽靈。

七〇年代《笠》的詩作，對戰後台灣人「存在感」的刻劃，充滿著濃重的生之哀愁，那些僥倖的存活者成了依然如浮塵，繼續在歷史的縫隙中一息尚存，時代的低壓深深地籠罩著他們，揮之个去，然而如錦連的〈鐵橋下〉一般，在那樣的時代壓力下，雖然，個人無法抗逆時代的巨輪，但在靜默地等待中，仍然抱持著生的企望，期待曙光的乍現：

　　抗拒著強勁的音壓

　　在一夜之間　突然

　　滙集在一起

　　手牽手

　　哄笑　然後大踏步地勇往直前

　　夢想著或許有這麼一天而燃起希望之星火

　　河床的小石子們　他們

　　祗是那麼靜靜地吶喊著

（節引自《混聲合唱》，頁 161-162）

　　這些記錄自我實存樣態的作品，呈現了詩人在現實時空交錯下的身影，描繪自身於歷史時空下的風景，由於對生命的不安及哀愁，企圖脫出這樣重壓時代的意志，更加深了作品存在的內奧，投映出現實人間的複雜性及存在的哀愁。

三、詩，為時代的見證與記錄

　　對於《笠》將詩作為自我實存的表徵，反映存在困境的方式，到了七○年代之後，因為，外在局勢更迭的影響，獲得了空前的成長機會，使得這樣的表現方式，有了更大的發展空間及可能性，縱使七○年代初「現代派」詩風的餘緒依舊；但已不斷受到外在社會的質疑與撻伐，其中，最激烈的，莫過於一九七二～七三年由關傑明、唐文標率先所引起的「現代詩論戰」，這使得現代派詩人逐漸調整原本的超現實詩風，朝向平實、真摯的詩學路線，如洛夫收入

在《1970 年詩選》（台北：仙人掌出版社，1971 年）的作品，形式、語言明顯相異於《六十年代詩選》、《七十年代詩選》的艱澀、跳躍，像著名的〈石室之死亡〉之二：「凡是敲門的銅環都應以昔日的煊燿／一切的弟兄俱將來到，俱將共飲我滿額的急躁／你們的飢渴猶如我室內的一盆素花／只要我微微啟開雙眼，便有聲音／叮噹自壁間，墜落在客人們的餐盤上」（節引自《六十年代詩選》，頁97），詩中的意象跨越幅度過大，語言過度修飾，致使詩意斷裂、無解。反之，洛夫七○年代的表現，形式短簡、語言清新，頗有陶然忘機的禪意，如收入在《1970 年詩選》的〈隨雨聲入山而不見雨〉（頁 90-91）、〈有鳥飛過〉（頁 93-94）、〈金龍禪寺〉（頁 97-98）等，其中，〈金龍禪寺〉：「晚鐘／是遊客下山的小路／羊齒植物／沿著白色的石階／一路嚼了下去／／如果此處降雪／／而只見／一隻驚起的灰蟬／把山中的燈火／一盞盞地／點燃」，詩中呈現出古典悠然的意蘊，一種超脫世俗的雅趣，具有啟悟的神思，與六○年代詩意曲繞多折的風格迥異。

　　洛夫的詩風之所以做了前後的修正，似乎也警覺到，六○年代所標舉的「超現實主義」詩風，到了七○年代之後，實有不得不變的趨勢，由於，年輕一輩詩人的崛起，他們更注重詩與現實、語言表現明確、如何介入社會的問題，這樣的詩風，較以往著重個人內在心靈挖掘的詩作，所謂「純粹經驗」的寫作，是大異其趣的。此外，從洛夫前後作品的比較，似乎也可看到從六○年代到七○年代詩風的轉變，並非只是詩人個人詩美學的改變而已，它還潛藏一種對權力掌控與主導時尚的意欲，所以，當洛夫的詩壇地位受到威脅時，他會大動干戈，批評年輕世代詩人，說：「領中國未來詩壇

『風騷』的自然有待另一批新的詩人們,他們將以全新的美學觀點和形式來取代我們今天流行的詩。他們是誰?我們不得而知,他們決不是今天詩壇上年輕的一代。」㉖顯然他也感受到新一代詩人崛起的惶惶威脅。對此,我們再回顧六〇年代,許多詩人信誓旦旦宣稱「超現實主義」詩學不凡的價值與意義時,到了七〇年代後,這樣的宣稱,放在七〇年代的語境下,則略顯尷尬與嘲諷。

　　而台灣七〇年代因外在局勢的丕變,國際地位飄搖不定,原本沈潛於地底的「台灣」,因受到「釣魚台」事件、退出聯合國、中日美斷交等的震盪,而漸漸浮出地表,同時,它也直接刺激許多知識分子開始思索自身與現實的關係,台灣的主體性到底何在?什麼是台灣精神等等?一連串攸關台灣處境與地位的問題逐漸尖銳化,使得一向受到西方「現代主義」思潮大力影響的「現代詩」,最先遭受到質疑與挑戰,在一連串的反對聲浪中,一致要求詩應回歸現實的軌道。特別是「新生代」詩人的崛起,從七〇年代初成立的《龍族》到七〇年代末的《陽光小集》,其間新興詩社林立㉗,形成一個龐大的「新生代」詩社系譜,帶動整個七〇年代詩風的表現與精神的回歸。值此之際,《笠》業已完成世代交替的工作,由一批「戰後世代」詩人接棒,承襲前輩詩人的腳步,繼續發揚、實踐《笠》的詩學精神與作品特色,如上舉「招魂祭」的例子,正是「笠」「戰後世代」詩人,對洛夫所編選的《1970 詩選》的不

㉖　洛夫〈中國現代文學大系──詩卷·序〉,收入氏編《中國現代文學大系》
　　(台北:巨人出版社,1972),頁 23。

㉗　詳細的詩社成立情況,可參照張默編《台灣現代詩編目》(台北:爾雅出版
　　社,1992),頁 145-149。

滿，傅敏（李敏勇）所發出的怒吼，恐怕不只是純粹詩選的問題，而是擴大對整個詩壇，因受到「超現實主義」詩風影響，所造成的弊病，提出「年輕一代」的批判。這批「戰後世代詩人」，恰與七○年代新興詩社的「新生代詩人」，成為對「超現實主義」詩風改革最有力的一群。

是以，七○年代迎接的是一個新的時代、新的美學觀的到來，它挑戰了原本「超現實主義」詩風的作品，使得七○年代的詩作漸漸獲得修正，詩從「超現實」脫出到現實社會來，表現真實人生的百態，表現斯土斯民的真切情感。詩不再是孤獨的產物；也不再是鏡花水月的幻相，詩成為對生活現實、鄉土、社會、民族關注的利器，從此，詩與現實的距離貼近，體察得到現實人生的溫度與人間的臭味。因此，《笠》在七○年代的詩作表現，除了在現實關注的基礎上，更進一步的是，它加強對政治、社會批判的力量，這使《笠》與同為七○年代「新世代詩人」的「現實詩風」有異，換言之，《笠》率先書寫出廣義的「政治詩」作品，成為八○年代以降「政治詩」風潮的先行者。如陳千武《媽祖的纏足》（1974）詩集中，一系列「媽祖意象」的詩作，古添洪的研究就認為：

> 《媽祖的纏足》這輯詩應看作是一完整的詩組，它的價值才能獲得充分的體認，它的繁富才能充分被掌握。作為一個詩組，它的衍義中心是置於「媽祖」這一個超級記號上，藉此組內各詩纔能合為一體。……當「媽祖」居於中心位置時，詩篇的意義是從「媽祖」衍生出來的，如〈屋頂下〉中由媽祖廟的屋頂而衍生出來的政治的屋頂，如〈恕我冒昧〉中以

　　媽祖的纏足而衍生出來的文化層面的纏足以媽祖讓位給年輕
　　姑娘的文化及政治層面的象徵意義。㉘

　　可見「媽祖」這個意象的政治意涵，是廣泛而多面的，它可以
是權力的壓迫、可以是文化的束縛、可以是威權的象徵，它以政治
暗喻的方式，重新賦予媽祖形象新意，使詩的意象及語言鮮活有
力，達到語言的原始性機能，呈現詩的現實效果，如北川冬彥所
言：「用平凡的形象的聯想結合不如用全然意想不到的形象的結
合，較能強烈地形成了詩性現實」㉙。另外，李魁賢也寫出「釣魚
台詩集」（1979 年）以小孩天真無邪的口吻，不解地向爸爸詢問釣
魚台的事，強烈表達台灣的主權意識，如〈繪圖〉一詩：

　　　　爸爸，我把島繪得特別小
　　　　表示在大海上多麼寂寞
　　　　爸爸，這些外人多笨
　　　　開來比島還要大的運艦
　　　　無聊地在這裏釣魚
　　　　……（中略）

　　　　爸爸，我把插在島上的國旗

㉘　古添洪〈論桓夫的「泛」政治詩〉，收入孟樊編《新詩批評》（台北：正中
　　書局，1993），頁 315-316。
㉙　北川冬彥著〈詩性現實〉，收入氏著，徐和鄰譯《現代詩解說》（葡萄園詩
　　刊社，1970），頁 151。

繪得特別大，比軍艦還大
您知道為什麼嗎？

我要讓全世界都知道
釣魚台是我們的國土

（節引自《笠》90 期，1979 年 4 月，頁 2-3）

　　以繪圖比例大小的動作，隱喻台灣地處邊緣與主權喪失的處境，將島畫得那麼小，表示台灣在海上的渺小與寂寞；將國旗畫得那麼大，宣示釣魚台的主權問題，此詩李魁賢以童真的語氣，去承載沈重的政治問題，化解了詩中尖銳的問題意識。

　　此外，《笠》七○年代的「戰後世代」詩人，對於政治、社會、歷史的關懷，也不遑多讓，如鄭烱明的〈狗〉（1972），以「狗」的奴性嘲諷既得利益、貪生怕死之徒，不敢說出真話的愚昧，訴說作為知識分子，應該要有清明省視人間的社會良知：

然而我是不能不吠的啊
做為一隻清醒的狗
即使吠不出聲
我也必須吠，不斷地吠
在我心底深谷裡吠
從天黑一直吠到黎明

我知道，我不是一隻老實的狗

　　因為老實的狗是不吠的

　　在這樣漆黑的晚上

　　　　　　　　　　　　　　（節引自《混聲合唱》，頁 648-649）

　　受到七〇年代時局的激化及《笠》集團性格的影響，《笠》七
〇年代的詩作精神，更具有台灣歷史意識的覺醒，從鄭烱明的
〈狗〉的形象，可知一二，他以狗的奴性，對照勇於說真話的人，
「我不是一隻老實的狗，我知道／因為老實的狗是不吠的／在這樣
漆黑的晚上」，說明兩者之間的差異。而陳鴻森〈暴在夏日沙灘上
的魚群〉（1973），首先將凝望的焦點，放在不同的族群中，以魚
群曝曬在烈日下，象徵戰後大陸來台人士，在兩岸封鎖後，台灣海
峽成為隔絕兩岸的鴻溝，對岸成為永遠眺望的鄉愁：

　　海在旁邊呼喚著

　　我們還能回去嗎

　　沙灘記錄著我們痛苦的頻率

　　終於　此起彼落的

　　我們躍動著身子的剝剝聲

　　漸漸微弱了

　　乾燥的砂粒裡埋著

　　我們逐漸僵硬的未來

　　　　　　　　　　　　　　（節引自《雕塑家的兒子》，頁 67）

　　詩的語言，訴諸一種形象思維，講究意象的經營，在意象語言下，往往語言的力量，是強大而具有渲染力的，在這首詩中，雖未有任何直接控訴的字句，但卻讓人感受到在濃重的絕望躍然紙上，同時，也對統治者蠻橫無理的政策，生硬地阻斷人倫親情的殘酷，使得許多人遭受故鄉變他鄉的命運，給予大力的批判。而《笠》之所以能夠在七○年代率先對台灣的歷史處境，有較深入的書寫，主要在於他們所具有對台灣的歷史情感，這來自於世代的傳承、交替，所建立起堅實的「集團性格」與「歷史意識」，使得他們在七○年代的表現，能夠挖深現實的的縱深，直刺政治體制的核心，相較其他詩社的表現，大多只根源於生活、鄉土層面的現實，表現一種樸素、寧靜或觀察的靜態圖景，更具有一種詩的「動力美學」。兩者差異的原因，關鍵在於：

> 　　做為一個詩人如沒有自己感情的歷史，那就等於任何詩的技巧也不存在。同時，無視內在的技巧和使詩成為「一首詩」的詩技巧（外在的技巧），即無法使詩人裏面的感情的歷史發展。因此，詩人並非掌握了「詩的作法」才能寫詩，而是根據寫詩而寫詩的。❸⓪

　　換言之，一個詩人寫詩最首要的是，內心的情感歷史是否能夠建立起真摯、坦誠的版圖，能夠知道實存現象的來龍去脈，而非孤

---

❸⓪　田村隆一著，陳千武譯《田村隆一詩文集》（台北：幼獅文藝，1974），頁13。

立現象，只將現象做橫切面的觀察與處理，前者能夠站在歷史的起
點，對生存的現況加以省思與追究，後者因缺少了歷史情感的深
度，則過度強調詩「形式技巧」的創新，兩者的差別，也正是大岡
信認為「詩與非詩」的區別，因為，一首詩的構成，「決不是只憑
心象以及感情用恰當的語言加以造形表現」而已，而是「為了透過
詩的符號體系不斷追求的存在意義」❸。在這樣的詩觀影響下，
《笠》七〇年代對政治體制的批判不遺餘力，形成《笠》的核心精
神與價值，其意義，如向陽所說：「作為現實主義的本土論述者，
《笠》詩刊及詩人在七〇年代的微弱但仍是有力的堅持，以及它在
歷史長河中提供給台灣文化歷史的、社會的及文學的主體性論述建
構，應該值得現代詩乃至台灣文化研究者給予應有的定位」❸。

　　綜上所述，在未解嚴的時代中，《笠》率先書寫出「有害詩
學」，直接挑戰台灣長期的政治禁忌，打破過去封閉的歷史意識，
使台灣過去的歷史記憶，可以重新被召喚，這樣的作品，放在七〇
年代仍是戒嚴時代，而詩人無畏強權的威脅，實屬不易。隨著
《笠》所奠定的現實基礎，七〇年代可見一股噴發而出的詩學力
量，正逐漸擴大漫延，而使詩作也成為七〇年代社會、政治、文化
運動的一環，直接影響到八〇年代黨外雜誌風起雲湧的「政治詩」
寫作。

❸　大岡信〈「詩」與「非詩」諸論〉，同前揭文，頁46-47。

❸　向陽〈微弱但是有力的堅持——七〇年代台灣現代詩壇本土論述初探〉，同
　　前揭文，頁373。

四、詩語，是一種計算與思想

　　由於，《笠》七○年代的詩學表現，更強調「現實」的意涵，在語言的要求上，要更具力度，因此，在詩的「語言」表現上，除了採取平實、清晰的語言，避免過度修飾外，更重要的是，語言要能召喚出深刻的思想性，使讀者在閱讀的過程中，可以獲得一種反思、批判的思維能力。職是之故，《笠》所強調的語言，並非以情感性語言為重，而是較具思考性的語言。因此，《笠》在語言的表現上，會提出「寫什麼」重於「怎麼寫」的理論，陳千武在〈詩·詩人與歷史〉中說：

> 活生生的現實生活才有其吸引我們底詩的源泉。因此，逃避現實，逃避人生的藝術方法，也可以說是違背了詩的本質行走的。以藝術的思考、方法、感覺，注重「怎麼寫」詩，並非目前現代詩的重要課題。而從「寫什麼」詩，具有其「主題」的側面攻入現代的核心，才是詩人的重要使命吧！❸❸

　　此說乃是針對當時詩壇虛浮之風的省思，檢討詩壇所謂「新形式主義」的傾向，當時詩人大多重視「怎麼寫」，而忽視「寫什麼」，致使詩的內容思想晦澀、蒼白，只追求情緒世界及藝術形式的表現，而脫離社會現實。這樣的詩作，不但無法表現詩的現實機

---

❸❸　桓夫（陳千武）〈詩·詩人與歷史〉，《笠》15 期，1966 年 10 月，頁 11。另收入氏著《現代詩淺說》（台中：學人文化公司，1979），頁 108。

能，無寧是一種「非詩」。因此，陳千武強調「寫什麼」，乃是要詩透過「主題」的側面攻入「現代」的核心。至於詩要「寫什麼」，陳千武在〈詩要寫什麼〉一文，具體指出：

> 「詩是語言的藝術」，是寫詩的人最初應該瞭解的基本常識。而藝術雖是以給人看得見的「形式」顯現，但形式不就是詩。詩的藝術性自有其思考技巧、詩質素的內含（案：涵），才能獲得詩的感動。不能僅以現實反逆的題材，用詩既成被認定的形式寫出，就算是詩。[34]

一首詩的完成，不單只囿於形式、題材、文字的表現，更要執著於深化詩的精神內涵，表現詩的思想性，不斷探觸新的「語言」機能，擺脫「文字」平面的書寫慣性，這才是一首詩的完成。這樣的論說，成為「笠」重要的創作觀，影響到中堅世代的詩人，在《笠》21 期，刊載陳明台及鄭烱明〈關於詩的語言〉的通信，其中陳明台提到：

> 所謂「詩是語言的藝術」，該是一句由於含有原始的精神運作意義的語言，不同於人類賦于意義，當作代表的文字這一前提下而說的吧。本來語言與文字在根本上是有差距的，文字僅是被指定為某種意義的代表而已。有活的語言產生在前

---

[34] 陳千武〈詩要寫什麼〉，《笠》123 期，1984 年 10 月，收入氏著《詩文學散論》（台中：台中市立文化中心，1997），頁 20。

才有死的文字產生在後，而若就詩的追求而言，是不受限制
的活的，我們從事的是無限制的內在精神的探求，所以，
「詩是語言的藝術」不能當作「詩是文字的藝術」乃無可置
疑的。**㉟**

　　陳氏在此強化了陳千武的論點，指出詩是語言的藝術，而非文
字的藝術，語言是活的，而文字是死的。《笠》這樣的語言觀，與
日本戰後詩人的論點契合，如田村隆一認為詩的語言必須要在修辭
之前考慮才是：

　　　　思考語言隱蔽的機能的世界，就知道一般所謂美文法或修辭
　　　　法那些，祇把既成的語言換來換去而予配列的「詩的構成
　　　　法」是多麼空虛的做法呵。語言重大的任務該在其以前完
　　　　成了的。修辭法可以說是已經事過之後的符號的配列法而
　　　　已。**㊱**

其次，北川冬彥也認為美麗的詞藻並非是詩的表現首要，詩的語言
仍應著重它的生命力與能動力：

　　　　現代詩不必仰賴美麗的詞藻而用現代語依然能夠寫出山色的

㉟　陳明台、鄭烱明於一九六七年九月的通信〈關於詩的語言〉，收入《笠》21
　　　期，1967 年 10 月，頁 28。
㊱　村野四郎著，桓夫（陳千武）譯〈語言的本質〉，《笠》20 期，1967 年 8
　　　月，頁 55。

詩，而且，比用文言、雅言還寫得出更有高度、廣度、深度的詩。……然而詩人之中，常有誇耀語彙豐富的人。……不過豐富的語未必就能使詩作為優秀。反而豐富的語彙的鋪張會減少詩的真實性和迫力。豐富的語言到底只是一種裝飾，藉以掩蓋貧弱的詩質而已。❸⓻

由於，「笠」要矯正當時詩壇過度依賴文字修飾的寫作方式，提倡詩必須要更重視「原始語言」的機能，表現現實境況的力度，因此，「新的語言」的發現與挖掘，不單只是書寫工具或表現形式的問題，它更代表詩人的現實意識及精神內涵的展現，語言成為個人存在的思想載體。因此，《笠》在選稿方針和標準上，特重語言的清晰與準確，認為：「不能準確而清晰地使用語言，即表示不能準確與清晰地思考，此種思考不能對經驗負責，猶如瘋狂夢囈，失去創作的意義」。❸⓼換言之，語言是要詩人內心情感有所感應，同時，必須透過理性的詩語計算，才能使詩的結構具有完整性，詩意也才能充分發揮，如村野四郎所言：

如果是純粹的詩，它必是心象在最合目的性（就審美意義而言）的情狀下所構成的。這種心象的構成，實際上是一種計算，與前世紀，所謂天才的、自然發生的、流露式的表現

❸⓻ 北川冬彥著，徐和隣〈現代詩的諸問題──關於詩語〉，《笠》27 期，1968年 10 月，頁 42。另收入北川冬彥著，徐和隣譯《現代詩解說》（台北：葡萄園詩刊社，1970），頁 123。
❸⓼ 編輯室〈審判自己〉，《笠》37 期，1970 年 6 月，頁 53。

法，根本不同。**㊴**

　　據上所述，《笠》七○年代的語言，因強調對外在現實的關
注，詩要能介入社會，喚起大眾對現實問題的省思，同時，詩要能
扣觸讀者內在的思考意識，這樣的創作觀，使《笠》的語言，較一
般強調內在世界或個人潛意識的作品，要來得更具有改革社會的力
量。此外，《笠》在創作精神上，因具有濃厚的台灣歷史意識與社
會現實感，故在詩的題材上，較不拘泥在個人的情思之上，而是針
對社會、歷史、家國的省思，以知性、冷觀的方法，直接就物象的
本然予以捕捉，不假借現成的詩語，由於，詩所承載的意義較為沈
重、深遠，不若展示個人幽微、細膩的情絲，利用許多暗喻、象
徵、比擬等間接隱匿手法，來呈現內在情感的綿長、俳惻，它須是
「散文性」、「敘述性」的詩化語言，方能支撐起龐大的敘述內
容，使詩所要表達的時代性與現實性，可以清晰地彰顯出來，同
時，詩能夠達到一種有力的表現，是以，注重語言的原創性、日常
性、批判性、散文性，成為《笠》共同實踐的語言美學，這樣的表
現手法，如李魁賢所說的，是一種「現實經驗論的藝術功用導向」
㊵，其意義如杜國清所言：

　　有些詩人早已對此時此地現實生存的意義有所自覺。這種自

㊴　村野四郎著，洪順隆譯《現代詩探求》（台北：文史哲出版社，1984 年再
　　版），頁 91。

㊵　李魁賢〈笠的歷程〉，《笠》100 期，1980 年 12 月，頁 41。

覺反映在詩作品上，一方面是對六十年代以來，西洋現代主
義的提棄，一方面是對本鄉本土過去文學傳統（包括日據時
代台灣文學和中國古典文學）的認同，這是就詩的精神而
言。就詩的表現技巧而言，藝術性的追求將會受到進一步的
重視和要求。所謂藝術性，是指文字表現上的技巧，包括意
象、用字、節奏、結構等等。**④**

　　換言之，《笠》在內容上要求詩應具有現實意義，在形式上並
不偏廢藝術技巧的表現，形式與內容並非是對立的二元，而是孰重
孰輕的問題。「笠」早期創始成員，因「跨越語言」的問題，遣詞
用句不夠熟稔，而一度被評論為「未能有效控制語言，表現過於直
接，使詩落於言詮」**④**等特質，但細究「笠」戰後世代受到完整的
「國語」教育者，卻也「集體性」地選擇平實、淺近的語言，且一
致稱「寧愛台灣草笠，不戴中國皇冠」**④**，可知這是一種「自覺
性」的選擇與表現，因此，表相指稱《笠》的語言「句法不夠精
練，詩中缺乏張力」**④**實有再商榷之處，其實「笠」所掌握的語言
是「實詞」重於「虛詞」，由於，「實詞」的語意平實、精確，它
是一種不加修飾美化的語言，它必須要有原創性的驚喜，才能消除
語言單薄、直接的缺失，如李豐楙的研究指出：

---

④　杜國清〈現實主義的藝術導向〉，《笠》97 期，1980 年 6 月，頁 1。
④　洛夫〈中國現代文學大系·詩卷·序〉，收入氏編《中國現代文學大系》
　　（台北：巨人出版社，1972），頁 8。
④　李敏勇〈寧愛台灣草笠，不戴中國皇冠〉，《笠》139 期，1987 年 6 月。
④　洛夫〈中國現代文學大系·詩卷·序〉，同前揭書，頁 22。

他們強調其原初語言是以名詞為主要詞態，而有意除去較多的形容詞或副詞。因為形容詞、副詞附加於名詞之前之後，乃是情緒、感覺的修飾性呈現，若是為了強調浪漫、感性或感覺的表現手法，就需講究如何準確使用修飾語，借由語言整體形成的氣氛表現其主觀的內在感受。但是過多而氾濫的修飾語，就被笠詩人視為只是詩人對事物真實性把握的貧弱，而取巧地多用一些虛飾的形容詞，易於造成個人情緒的泛濫。因此他們期望多用名詞以實質表現事物之本然。❹

由上引文可知，「笠」在語言的使用上，其實是「自覺地」從現實生活中建立語言的「新關係」，表現實存的精神意識，而非挪用過去已死的語言或雕飾語句即可成詩，其意涵，不在形式技巧的探討與實驗，而是強調將詩扎根在時代與現實中，從中找到詩的深刻意義與思想。因為，詩的語言為了要完成詩內部的意義與思想，因此，它必須構築在主知的精神上，嚴密地計算詩行與詩行之間的連結，是否可以達到意義及思想的目的，即所謂「詩性現實」的完成，一般稱「詩是難懂的」，即是語言太過跳躍、模糊，語言之間未能產生緊密連結之故，致使一首詩零碎、紛雜，而造成有句無篇的結果。此說，正如日本詩人高橋喜久晴所言：

語言和語言的力學計算，若不是詩人的思想或所謂作品的主

---

❹ 李豐楙〈嘲諷與浪漫──「笠」戰後世代詩人的兩種精神面向〉，收入陳鴻森編《笠詩社學術研討會論文集》（台北：台灣學生書局，2000），頁22。

題的要素，以「係數」關聯起來，便會成為計算不可能的狀
態。詩人的思想或體驗這種東西，是在語句與語句的關係裡
發現其必然的親和性，——以超現實主義的說法就是異質性
——，而在結合那些的作業過程中成為「融合劑」。**❹**

　　高橋氏的論說正是思考到，現代詩的評論，不應是將語言與整
首作品單獨分開來處理，只捕捉單語或語彙的問題，純就形式的部
分詳加探討，而忽略了整首詩的實作性意義，以及詩更為根本的精
神問題，使詩始終停滯在觀念或形式的遊戲上。因此，「若僅對一
個體的單語來分析的話，實不會對作者發生重要的意義。應該在語
言與語言的粘著力或構造力上，才有可能使詩人的夢實現。」**❹**
《笠》於七〇年代，更重視詩的現實意義，強調詩的語言的「有機
連結」，因此，高橋氏的這番言論，無寧是為《笠》七〇年代的詩
學，作了最好的註腳，也說明《笠》在詩的語言的表現上，所要追
求的語言為何？它不是華麗、古典的裝飾；也不是新奇、大膽的實
驗，而是平實地對社會現實的觀察與叩問，它掌握客觀世界中現象
與現象間的因果聯繫，揭示現象本質的樞紐，透過這個樞紐，才能
對詩作中各種千變萬化、繁複多端的現象，進行分析、聯想、比
較、建構，重新給予一種新的情感的建立。換言之，《笠》所強調
的語言不是修飾；也不是錘鍊的問題，而是如何找到一種「原始性

---

❹　高橋喜久晴著，陳千武譯〈詩人的語言與思想〉，《笠》31 期，1969 年 6
　　月，頁 50。
❹　同上註，頁 53。

機能」的語言，它可以不斷被召喚，不會因為詩中的意思完成即消失，也不像日常或實用用語，語言在行為完成的當下即被吸收、瓦解，它是具有深厚的、嚴謹的思想與意涵，可以存在於詩行之中，被固定、保存下來。

　　有關《笠》的語言表現，茲舉同為七○年代崛起的新一代詩人，比較兩者在語言的表現上，即可獲知兩者的差異之處：如張堃〈小鎮〉：

　　　於是你站著。於是
　　　陽光就像一杯
　　　橙汁

　　　形子。影子。
　　　我斷定你是一尊
　　　神

　　　以跪姿向誰
　　　一回頭
　　　街心便波漾了起來

　　　你是一座臘製的塑像
　　　我祇是一個
　　　匆匆的旅行人

　　　　　　　　　　（引自張默等編《新銳的聲音》，頁272）

與陳鴻森〈魚〉：

> 我手中的那尾魚
> 在現實裡掙扎著
> 以致　血
> 逐漸染紅了我的手
>
> 血無知地流著
> 掙扎著的　究竟是
> 牠的精神還是肉體呢
> 掙扎就是陷落——
> 剝落的魚鱗
> 如此知性地批評而結論著
>
> 突然
> 魚以牠的死
> 向我襲擊過來
> 我不禁哀叫了一聲

（引自《雕塑家的兒子》，頁 52-53）

　　張堃與陳鴻森二人，年少時曾共同籌組過「盤古詩社」（1968-1969），後來兩人各自發展，七〇年代張堃是《暴風雨》的主編之一，而陳鴻森則為《笠》的中堅分子，若將兩人七〇年代的詩作併置，則完全呈現出不同的語言風格。就語意的明晰度而言，陳氏顯

然較張氏的作品來得高，在〈魚〉中完全沒有需要費解的字句，語言極度明朗，具有高度的敘述性；反觀〈小鎮〉的語言，則不時有許多修飾隱喻的手法，甚而自創字句的例子，如「形子」，是指形體？形狀？抑或其他，街心便「波漾」了起來，「波漾」表示街頭騷動？還是內心蕩漾？從詩中的字裏行間，並無法獲得使用這些字詞的必然性或創造性，以及詩行中所要傳達的完整訊息。其次，就詩的意涵而言，張氏的〈小鎮〉指行旅者匆匆走過小鎮，遇見一尊塑像，塑像為誰並不得知，只是從模糊的描寫中，斷定他是一尊「神」，其意是指神的塑像或是內心認為的神？不得而知，但在人與神，兩相比較之下，自己的平凡對照「神」的聖潔；自己的不定漂泊，對照塑像的穩固不動，至於詩意最後，到底要帶給讀者的是什麼感受或啟發？並未明確，讀者能掌握的只是，如霧中風景一般的朦朧詩意。

　　相反的，陳鴻森的〈魚〉，以「魚」象徵困頓的人生境遇，同時「我」觀照著瀕臨死亡的魚的同時，也正逼視自己省視自我存在的價值，在破敗的生的盡頭，魚尚且奮力一擊，而我呢？唯一勝過魚的，只有作為人，還能在最後時刻，哀叫一聲，在這聲哀叫中，所透顯出來的是濃重的生之悲哀，此詩在詩意的呈現上，是完整且具思考的。陳鴻森在《雕塑家的兒子》的後記中說：「在方法論上，我意圖以敘述性來實踐我的詩底社會性連帶，而在精神上，我則以之來挽回——被現代主義亞流所放逐的——詩中的日常論理性」（頁 85-86），由此可知，他所重視的語言，是經過密實的計算，深具思考的「散文性」、「敘述性」語言，其中詩行或詩語若任意抽取，都會造成意義的中斷、缺漏，是以，敘述性、散文性語

言，使詩意完整密實，重新與現實做有機的連結，使詩返回社會現實脈絡中，喚起對真實人生的一種知性的啟悟。

五、結　論

《笠》作為戰後重要的詩刊之一，相對於「現代主義」詩學，呈現出不同的風格，其意義不僅開拓台灣詩壇的新風格；更使詩可以重新貼近現實時空，體現多數人的共感價值。而《笠》這樣的詩學表現，與台灣的歷史、政治的演變有密切的關係。戰前，受到日本五十年的殖民；戰後，長期處於國民政府的戒嚴體制下，使得台灣人民一直位於「邊緣」，內心存有一種「荒原意識」，此與日本敗戰後的精神總和，具有共通性。是以，《笠》與日本戰後的詩學關係密切，透過日本詩學的啟發，以知性的精神，展開對自我實存的挖掘與建構，以此省思戰後惡之絕境及存活的方式，這正是建立台灣歷史意識的重要軌跡。

隨著七〇年代外在局勢的轉變，《笠》更進一步獲得發展的空間，率先在作品中，注入現實與政治的批判，建立一種「有害詩學」，並直刺當時政治的威權體制，這與當時一般詩社著重描寫生活性、日常性的「現實」有異，它更代表知識分子的道德與勇氣，此外，「戰後世代」的成熟與熱情，也使《笠》的文學風格不斷向外延伸與拓展，使「笠」的表現，成為七〇年代參與社會民主運動改革的一環。在「語言」的表現上，《笠》，強調詩語的計算與明確，企圖擺脫過多的語言修飾，重新尋找語言的「原始機能」，並以散文性詩化的方式，利用精確、固定、平實的語言，去經營、完

成詩的主題思想，樹立起詩性現實的集團性風格。

　　因此，七○年代《笠》在作品的實踐上，展現詩作為一種「存在」與「批判」的精神，充分發揮詩的力學表現，這樣的表現，不僅在文學史上具有意義，更是在詩的藝術上，值得深究與探討，它不僅豐厚了台灣戰後詩的領地，使台灣的現代詩有更多元的表現方式，同時，也有更寬廣的關懷視角，使詩不僅僅只是個人寧靜的回憶，美的召喚而已，它亦可以是一種有力的表現。

附錄：《笠》早期譯介日本詩學作品

期數	日期	譯(介)者	作者	篇 名
1	1964.6	陳千武	三好達治	〈跨坐駱駝瘤上〉〈關於三好達治〉
2	1964.8	陳千武	北園克衛	〈夜的要素〉〈關於北園克衛〉
3	1964.10	陳千武	西脇順三郎	〈旅人不回歸〉〈關於順脇西三郎〉
4	1964.12	陳千武	上田敏雄	〈假設的運動〉〈關於上田敏雄〉
		吳瀛濤		〈日本現代詩史〉
5	1965.2	陳千武	山中散生	〈黃昏的人〉〈關於三中散生〉
6	1965.4	陳千武	春山行夫	〈ALBUM〉〈關於春山行夫〉
		桓夫、錦連	村野四郎	〈詩的語言與日常用語〉
7	1965.6	陳千武	三好豐一郎	〈荊棘與薊〉
		桓夫、錦連	村野四郎	〈一個詩人的獨白〉
8	1965.8	陳千武	田村隆一	〈幻想的人〉
		桓夫、錦連	村野四郎	〈論比喻〉
9	1965.10	陳千武	鮎川信夫	〈港外〉
		桓夫、錦連	村野四郎	〈詩的主題〉
10	1965.12		桓夫	〈鮎川信夫詩論〉〈詩性想像力〉
		陳千武		〈各務章作品〉
		楊奕彥	北川冬彥	詩的自剖〈愛情〉〈團栗的果實〉
11	1966.2	陳千武		〈黑田三郎作品〉〈關於愛情的詩〉
12	1966.4	陳千武		〈吉本隆明作品〉〈合乎邏輯的詩〉
		吳瀛濤		〈中日現代詩的交流〉
13	1966.6	陳千武		〈北村太郎〉（基地的人、微光）〈關於寓意的詩〉

14	1966.8	陳千武	中桐雅夫	〈詩〉〈關於古典的詩〉
15	1966.10	陳千武	木原孝一	〈彼方〉〈默示〉〈遙遠之國〉
16	1966.12	桓夫	村野四郎	「村野四郎詩論」：〈詩與實存〉（上）
		陳千武	中村千尾	〈無期日的日記〉〈欲望的灰〉〈春〉
17	1967.2	桓夫	村野四郎	「村野四郎詩論」：〈詩與實存〉（下）
		陳千武	峠三吉	〈火焰的季節〉
18	1967.4	桓夫	村野四郎	〈怎樣欣賞現代詩〉
19	1967.6	陳千武	中桐雅夫	〈戰爭〉〈新年前夜的詩〉〈少女〉
			高橋喜久晴	〈日本戰後詩史〉（一）
		桓夫	村野四郎	〈詩與自由〉
20	1967.8	桓夫	村野四郎	《現代詩的探究》：〈語言的本質〉
			高橋喜久晴	〈日本戰後詩史〉（二）
		陳千武	吉本隆明	〈淚將乾涸〉
21	1967.10		高橋喜久晴	〈日本戰後詩史〉（三）
		桓夫	村野四郎	《現代詩的探究》：〈現代詩應該難懂嗎〉
22	1967.12		高橋喜久晴	〈日本戰後詩史〉（四）
23	1968.2	羅浪	鮎川信夫	〈談自作〉〈死掉的男人〉〈繫船餐廳的早晨之歌〉（《現代詩大系第二卷》）
		桓夫	村野四郎	〈音樂的構造〉
		本社		〈新即物主義〉〈即物性的故事詩〉
			高橋喜久晴	〈日本戰後詩史〉（五）
		錦連	西脇順三郎	〈詩情〉
24	1968.4	羅浪	關根弘	〈談自作〉〈沙漠之樹〉〈學者〉〈OK〉
		羅浪	大岡信	「俗」的釋義
			高橋喜久晴	〈日本戰後詩史〉（六）
		桓夫	村野四郎	〈詩的構造〉（主要論思想的表現）
25	1968.6	羅浪	那珂太郎	那珂太郎詩選：〈風景〉No1.2〈靄霧〉

			吳瀛濤	〈日本詩展望〉
26	1968.8	趙天儀	大木實	〈陸橋〉
		羅浪	田村隆一	〈沒有語言的世界〉
		許其正	田村隆一	〈鏡子〉
			高橋喜久晴	〈日本戰後詩史〉（七）
		徐和隣	北川冬彥	〈現代詩的諸問題〉
		羅浪	大岡信	大岡信詩論：〈詩與非詩諸論〉
			吳瀛濤	〈日本詩展望〉（續篇）
27	1968.10	徐和隣	北川冬彥	〈現代詩的諸問題〉
		葉笛	鮎川信夫	〈何謂現代詩〉
28	1968.12		高橋喜久晴	〈日本戰後詩史〉（八）
		葉笛	鮎川信夫	〈何謂現代詩〉——幻滅
29	1969.2		高橋喜久晴	〈日本戰後詩史〉（九）
		葉笛	鮎川信夫	〈何謂現代詩——為什麼要寫詩〉
		徐和隣	北川冬彥	〈現代詩的諸問題——現代詩的形式〉
30	1969.4		高橋喜久晴	〈日本戰後詩史〉（十）
31	1969.6	葉笛	鮎川信夫	〈何謂現代詩——詩與傳統〉
			高橋喜久晴	〈詩人的語言與思想〉
33	1969.10	陳千武	田村隆一	〈沉淪的詩〉
		徐和隣	北川冬彥	〈現代詩的諸問題——長篇敘事詩的復興〉
34	1969.12	葉笛	鮎川信夫	〈何謂現代詩——對詩的希望〉
		葉笛	谷克彥	〈裸笛〉
		錦連	田島伸悟	〈魚〉〈家〉〈梨子〉〈轉生〉
		陳千武	田村隆一	〈我的島不是你的島〉〈往昔有如人情鶯啼了〉〈出發〉〈不在證明〉——初期詩篇
35	1970.2	徐和隣	北川冬彥	〈現代詩的諸問題——詩性現實〉
		桓夫	田村隆一	〈沒有地圖的旅行——論鮎川信夫詩集〉

36	1970.4	錦連		〈詩人備忘錄〉1
		陳千武	村野四郎	〈走向抽象的趨勢〉
		錦連	田島伸悟	〈風〉〈牛車〉〈平安〉〈祈禱〉〈村莊〉
		桓夫	北村光太郎	〈田村隆一與我〉
		陳千武	田村隆一	〈恐怖的研究〉
37	1970.6	錦連	牛山慎	〈鴿子〉〈行為〉〈一切都……〉
		陳千武	田村隆一	田村隆一的散文詩：〈腐刻畫〉〈黃金幻想〉〈秋〉〈聲〉〈預感〉〈image〉〈皇帝〉〈冬的音樂〉
		陳千武	田村隆一	〈我的苦悶是單純的〉
		錦連		〈詩人備忘錄〉2
38	1970.8	錦連		〈詩人備忘錄〉3
39	1970.10	錦連		〈詩人備忘錄〉4
		陳千武	村野四郎	「體操詩集」十九首
		詹冰	村上昭夫	村上昭夫作品：〈雁聲〉〈烏鴉〉〈老鼠〉〈烏龜〉
		錦連	牛山慎	牛山慎作品：〈也沒有季節……〉〈廢墟〉〈一出去旅行……〉
		錦連	中原綾子	中原綾子作品：〈在某夜〉〈摘自「夏日的花」〉〈害病的鎮上〉
		陳千武	各務章	各務章作品：〈黃昏之歌〉
40	1970.12	錦連		〈詩人備忘錄〉5
41	1971.2	錦連		〈詩人備忘錄〉6
		唐谷青 （杜國清）		「日本現代詩鑑賞」1：西脇順三郎
42	1971.4	唐谷青		「日本現代詩鑑賞」2：安西冬衛
43	1971.6	錦連		〈詩人備忘錄〉7
44	1971.8	錦連		〈詩人的備忘錄〉8
		唐谷青		「日本現代詩鑑賞」3：北川冬彥

		陳秀喜	高田敏子	〈想詩的心〉
45	1971.10	錦連		〈詩人的備忘錄〉9
		唐谷青		「日本現代詩鑑賞」4：三好達治
		唐谷青		「日本現代詩鑑賞」5：村野四郎
		錦連		〈詩人的備忘錄〉10
		錦連		〈詩人的備忘錄〉11
49	1972.6	陳千武	鮎川信夫	〈精神、語言、表現〉
		唐谷青		「日本現代詩鑑賞」6：丸山薰
		錦連		〈詩人的備忘錄〉12
50	1972.8	陳千武	谷克彥	「笛之系譜」：〈樞〉〈天空〉
		錦連		〈詩人備忘錄〉13

第四章　現實的高音：
《笠》於七〇年代中期以降
「本土詩學」的奠定與表現
（1976-1984）

一、前　言

六〇年代台灣現代詩發展，在《現代詩》（1964）、《藍星》（1965）、《創世紀》（1969）戰後三大詩社一一解散、停刊之後，只留下《葡萄園》、《笠》持續發展著，而《葡萄園》（1963）一創刊，即提出明朗的詩風，相對《笠》則強調要表現時代的詩，《葡萄園》與《笠》所揭起的現象，暗示著七〇年代以後的詩壇，將會隨著外在局勢的丕變，有一波新的發展風貌，強調詩的「明朗」、「現實」風格，這樣的風格，促使戰後「現代主義」詩風的寫作，面臨到新的反省與挑戰。

而七〇年代詩壇最值得一提的是：「新生代詩人」群的崛起，所謂「新生代詩人」意指：一批戰後出生，具理想、改革性格的年

輕詩人，他們紛紛切斷與「前行代詩人」的關係臍帶，自行籌組新的詩社，創辦新的詩刊，一掃過去被認為過度「西化」、「晦澀」的現代詩風，重新擁抱「民族」、「現實」的路向，其中重要者，如《龍族》（1971-1976）、《主流》（1971-1976）、《大地》（1972-1977）、《後浪》（1972-1974）、《草根》（1975-1978）、《詩脈》（1976-1978）、《八掌溪》（1976-1981）、《陽光小集》（1979-1981）等❶，詩社林立、詩人群起等現象，一時蔚為詩壇大觀。

　　這樣的詩壇現象，與當時外在時空的變化，息息相關，因為，文學的轉變與發展，絕非憑空而生，常是隨著當時的歷史時空與民情世理而變，因此，七〇年代以降，台灣文學有了一個長足的機會，莫不與台灣國際地位的丕變，特別是釣魚台事件、退出聯合國等，引起大批知識分子，開始關切台灣本島的問題，他們將凝視的眼光，從西方調整到自己生長的土地上，而「現代詩」的發展，也在這波餘緒下，有了一次嶄新的質變，詩人從六〇年代的「超現實主義」詩風中脫出，轉向更具「鄉土性」、「現實性」、「日常性」的詩作表現。

---

❶　相關研究論文者眾，其中以此階段的詩社、詩刊為學位論文者有，蔡明諺《龍族詩刊研究——兼論七〇年代台灣現代詩論戰》（清華大學中國文學研究所碩士論文，2002 年）、蔡欣倫《1970 年代前期台灣新世代詩人群研究》（中央大學中國文學研究所碩士論文，2006 年）、林貞吟《現代詩的街頭運動——《陽光小集》研究》（玄奘人文社會學院中國語文研究所碩士論文，1993 年），另外，單篇論文者有，李豐楙〈民國六十年（一九七一）前後新詩社的興起及其意義——兼論相關的一些現代詩評論〉（收入林燿德編《當代台灣文學評論大系——文學現象》（台北：正中書局，1993），頁 297-326）。

在這樣的思潮下，一向持平實風格走向的《笠》，亦隨著越來越趨激化的社會、政治運動，而日趨加大、加深現實的意涵，從七○年代中期至八○年代前期開始，這一階段，即是台灣政治轉化最炙熱的關鍵時期❷，文學因受到外在環境的衝擊，不免也有充滿意識型態的作品分佈其中。但值得細究的是，《笠》自一九六四年成立，成員多半是本土詩人的身分，特別是創刊第一代，「跨越語言」詩人的歷史意識與本土精神的傳承，其詩社的發展與作品的表現，以「現實」作為創作底蘊，實別於六○年代，大陸來台詩人所標舉的「超現實主義」詩風，而且這樣的文學「傳統」，延續、加深至七、八○年代，所標舉出來的「現實主義」詩風，也與七○年代直接受到外在環境、時局動蕩影響，而傾向寫實作品的詩人有所

---

❷　郭紀舟認為：「1970 年代是一個有趣的歷史年代，有完整起點與結束的年代：1970 年 11 月發生保釣運動，直到 1979 年 12 月發生美麗島事件，整整 10 年間，七十年代在一股蓄積的能量中結束。這股能量在八十年代激發政治與社會運動的浪潮，一直持續到九十年代中期。整個七十年代如果可以切分歷史分水嶺的話，1976 年是我認為從筆墨戰爭到言論思想與政治鬥爭的切分點，甚至 1976 年可以說是台灣歷史的分水嶺也不為過。」（參見氏著〈七十年代的《夏潮》雜誌〉，收入《思想·台灣的七十年代》4，台北：聯經出版公司，2007，頁 103）另外，張茂桂提到：「70 年代的政治反對運動雖然因為美麗島事件受到暫時鎮壓，但是持續的小資產及中產階級的興起，國際的孤立、台灣本土意識的抬頭，激進立場的政治異議人士在選舉中不斷獲勝，使國民黨政府威權立場逐漸軟化，難以避免。……事實上，國民黨政府在 80 年代的政權轉化，1984 年應關鍵期。」（參見氏著《社會運動與政治轉化》，台北：業強出版社，1994，頁 36-37）從七○年代後期，鄉土文學論戰開始，一直到八○年代前期，美麗島事件的延燒、發酵，這一階段，台灣政治生態產生了劇烈的轉化，可稱為理想知識分子最熾熱的反叛年代。

差別,換言之,《笠》「長期」經營現實文學,自有其現實文學的「傳統」,與一般七、八〇年代才異軍突起的「現實主義」作品,在表現的精神與深度,是有所不同的,即使同樣反映現實,也可見到《笠》更關注到表現層次與藝術造形的問題。《笠》在孜孜矻矻地經營下,七〇年代中期業已完成台灣「本土詩學」的目標,如陳明台的研究,亦認為:

> 一九七〇年代中期以降《笠》的飛躍,自然地在當時的詩壇掀起一股本土詩(具新現實主義傾向)的革新運動,影響及於此後的詩壇動向(其他同時代或其後的詩刊、詩人)甚深甚遠,可謂是倡導台灣本土詩的前衛和前驅者。可以說,笠詩社捲起的詩運動,配合一九七二年的〈現代詩論爭〉(由關傑明所引起),一九七七～七八年(案:應為一九七六～七七年)的〈鄉土文學論戰〉,才形成一個全面追求本土詩的大洪流,特別是進入一九八〇年代,詩壇亦得經由政治局勢的變化,本土主義高揚,更提供了年輕世代詩人深刻反省的機會,詩壇亦得經由反省和整合,產生內在的一大變化,終於帶來一個本土詩管領風騷的全盛時代。❸

所以,七、八〇年代之後,《笠》在內容編排上的更新、調

---

❸ 陳明台〈論戰後台灣本土詩的發展與特質——戰後詩人的歷史經驗與現實意識〉,收入氏著《台灣文學研究論集》(台北:文史哲出版社,1997),頁106。

整,漸次強化台灣「本土詩學」論述的理想,這樣「理想」的呈現,應是「水到渠成」,而非「見風轉舵」的結果,但仍有研究者持不同的看法,認為:

> 美麗島事件與黨外在 80 年代初反國民黨的激進對抗、宣揚具有民族主義特質的台灣意識,催發了《笠》與《台灣文藝》成員反國民黨的政治意識與文化活動。在 80 年代上半葉,他們開始與黨外發展公開的密切關係,參與反對政治運動。這時候他們與 1982 年初創辦的《文學界》成員開始提倡將台灣的文學「去中國化」,將日本殖民時期以來台灣(本省)人的現代文學發展詮譯成一個具有獨特的「本土化」歷史性格與文學特色的傳統,而這個傳統與五四時期以來的中國(民族)文學進展少有或沒有任何關連。這些本省籍的文學界人士並逐漸以「本土文學」——進而以「台灣文學」——取代「鄉土文學」的稱呼。❹

上段引文的重點在於:認為「本土文學」(台灣文學)論述的完成,並非是一種長期耕耘、深化的過程,而是受到外在政治力量的刺激,所產生強力的質變,此說,將「文學」的效力,被動於「政治」的干預之下,換言之,這些本土論述,並不是在「長期」辛勤

---

❹ 蕭阿勤〈台灣文學的本土典範——歷史敘事、策略的本質主義、與國家暴力〉,收入廖炳惠等編《重建想像的共同體——國家、族群、敘述》(台北:行政院文化建設委員會,2004),頁 209-210。

耕耘後的收割,而是「因時制宜」為了符合「政治正確」的目的,所提供的一套論述系統。然而,我們不禁要問的是,「文學」的力量,果真如此軟弱、被動?文藝工作者,真的如此「見風轉舵」、「居心叵測」?「文學」與「政治」的關係,是否有更複雜的濡染、互涉的軌跡,「文學史」的書寫,是否不能只取特一時空的切面,而避免處理過去曲折難辨的紋理,因為各種「歷史現象」,絕非是橫面片斷的結果,理應有它形成的「點點涓滴」、「來龍去脈」的過程。這些「千絲萬縷」的痕跡,都是我們在深思(台灣)文學史的發展時,所應該面對且小心處理的問題。

「文學」之所以比歷史更具「真實性」,不在於它發現了「事實」,而是它創造了普遍的「真實」,因此,卡勒(Jonathan Culler)認為研究「文學」的根本在於:

> 把立即知道的結果的要求擱置一下,去思考表達方式的含義,並且關注意義是怎樣產生的,以及愉悅是如何創造的。❺

卡勒對「文學」的研究,強調回到文學的本質上,去爬梳其文本脈絡的複雜性,他認為「文學」利用各種形式的表現,使人能夠愉悅或感到滿足,它的巧妙構思「值得一讀」,它具有某種的意義或重要的影響,而研究者正要去發現、挖掘這個「使人愉悅、滿足」、

---

❺ 卡勒(Jonathan Culler)著、李平譯〈文學是什麼?它有關係嗎〉,收入氏著《文學理論》(香港:牛津大學出版社,1998),頁45。

「值得一讀」、「具有意義與影響」的道理。換言之,不要將文學放置在文化的研究之下,因為,

> 文化研究很容易變成一種非量化的社會學,把作品作為反映作品之外什麼東西的實例或者表象來對待,而不認為作品是其本身內在要點的表象,而且它很容易被任何誘惑擺佈。這些誘惑中主要的是所謂「同一性」。❻

　　卡勒對文學的認知,恰巧提供我們思索文化與文學研究的不同,而受到外在因素影響甚鉅的七〇年代的文學問題,到底它與文化、社會、政治的關係何在,同樣就文學的「現實」,哪些作品的「現實」是有其發展的脈絡?哪些作品的「現實」是政治、社會的副產品,對於這些問題的思考,可以使我們在看待七、八〇年代的文學作品時,將有更精細的歷史脈絡,可以檢視文學的「複雜性」,避免採取「同一性」的判斷,此外,也不會粗略地認為大多數七、八〇年代,反映社會現實的文學,多是受到外在環境的刺激,才轉換成一種「政治正確」的文學。這樣的評價,似乎過度簡化文學本身的發展,且對許多長期為台灣付出心力,反映社會良知的文學工作者而言,也有失公允。

　　本文以「本土詩學」來談,《笠》在七〇年代以降的文學表現,特別是社會、政治運動最高潮的一九七六至一九八四年間,即

---

❻　卡勒(Jonathan Culler)著、李平譯〈文學與文化研究〉,同前揭書,頁54。

是認為《笠》自一九六四年創刊,隨著各個「世代」的傳承、努力,凝聚成穩固的「集團意識」,實際上有其內、外發展的動向,就內而言,「笠」戰後的「邊緣」位置,雖然,每位同仁各有自己的表現方式,但整個詩社大抵建立在知性、現實的風格之下;就外部來說,七、八○年代的時局,提供給它一個更大的發展空間,使其詩風的呈現,可以由隱而顯,這樣的呈現,並非是改弦易轍的主張,而是一步步建立堅實的現實風格,不斷在深化它的詩學理論與文學表現,並非在一夕之間突然質變,只為了配合主流的文藝思潮,或符合時代的美學標準而已,這樣的觀點,連曾跨足「現代詩」、「藍星」、「創世紀」三大詩社的白萩,也認為「笠創作的路線,不是刻意去如何,而是自然地、無形地走出來的。我們所走的路線,所拿的旗幟,現在反被人拿去當熱鬧、被批評」❼,因此,《笠》與發跡於七○年代或在七○年代詩風大變的詩人不同,對《笠》而言,七、八○年代激越的現實之音,是拉高音階,而非改變曲調。

　　以下,本文則是就上述的諸多問題,拋磚引玉,提出許多問題意識,旨在引起多方的討論,使七、八○年代的詩學論述,有更多元、豐富的理路,而不僅只是單向地統稱在「現實」之下,同時,也可見到《笠》如何漸次深化它的詩學論述,同時配合外在時局的境況,加強其現實風格,逐步建立起「本土詩學」的過程。另外,文中涉及許多用詞,如「鄉土詩」、「社會詩」、「政治詩」、

---

❼　李勇吉記錄〈詩的創作與定位——笠詩發行十四週年年座談記錄〉,《笠》88 期,1978 年 12 月,頁 42。

「現實詩」等,這些名稱常出現在七、八○年代的詩壇論述「話語」上,代表一種具有抗議、批判、現實的精神,或對於詩作題材的選擇,本文並未詳細區分這些詩作間的差異,只是將它們作為與本論文「本土詩」的參照系,以突顯「笠」在七○年代中期以降所完成的詩學精神,它更強調扎根在本土之上,是長期凝聚、集結而成的創作意識,是一種寫作的精神與態度,而非題材,同時,他們不僅追求「寫什麼」的議題,更重視「怎麼寫」的手法,在內容與形式上,要求達到藝術的標準。

二、「戰後世代」詩人的接棒與登場

㈠ 「戰後世代」的第一批詩人

七○年代初,《笠》的「招魂祭事件」(1971),使現代詩的表現問題,受到一定矚目與檢討,此時,代表「笠」對外發言者,多為「笠」戰後世代詩人,「招魂祭事件」的肇始,起自李敏勇對洛夫所編選的《1970 詩選》的不滿,於《笠》43 期(1971 年 6 月),撰寫〈招魂祭——從所謂的「1970 詩選」談洛夫的詩之認識〉一文,文中對洛夫的詩觀與詩語的使用,提出許多的評斷。之後,引起漣漪式的批評效應,使得「笠」與「創世紀」,就詩的表現上,引發了激烈的論爭❽,其中「笠」參與論戰者,除前輩的桓

---

❽ 參見拙作〈魂兮歸來——論七○年代《笠》「招魂祭」事件的意義與影響〉,宣讀於 2006 年 10 月 19-20 日,美國加州大學聖塔芭芭拉校區,

夫、白萩、葉笛之外；就是李敏勇、鄭炯明、陳鴻森等戰後世代詩人，這次論戰，戰後世代詩人發揮了抵禦外侮的勢力，在「笠」中形成一股新興的力量。再者，如郭成義於《笠》84 期（1978 年 4 月），撰文〈請進，歷史——評中國當代十大詩人選集〉，針對張默、張漢良所編的《中國當代十大詩人選集》，提出諷刺、非議，認為這部自認為自己是「大詩人」的詩選，實際上，是他們「進入歷史所作的英雄式的妄想」（頁 69），當然，這些批評的聲音，也受到不小的抨擊。由此可見，「笠」「戰後世代」詩人，從七○年代初至七○年代末的詩壇上，逐漸嶄露頭角❾，且不惜挑戰六○年代詩學「典律」的標準，重建自己新的詩學理論。

這批戰後世代詩人，最早活躍於七○年代初期者，如鄭炯明、李敏勇、陳鴻森、郭成義、陳明台、拾虹等，他們大多於六○年代後期加入「笠」，受到「笠」第一、二代詩人的提攜與濡染，較其他詩社詩人，更早建立起台灣的歷史意識，了解到台灣的現實境況，因此，其創作理念，往往將個人的生活經驗，轉化成更具歷史意義的語言，展示其詩的深層內涵。如拾虹〈船〉（1970）：

　　甲板上

「2006 年台灣文學與歷史國際研討會」研究論文。收入美國加州大學聖塔芭芭拉校區，台灣研究中心主編《Taiwan Studies Series》1 卷 3 期，2007 年 12 月，頁 181-196。

❾ 七○年代中期，戰後世代的發展態勢，一度因個人人生階段轉換、調整，如鄭炯明新婚燕爾（1975）、李敏勇大學畢業，進入廣告公司就職（1975）、陳鴻森北上就讀大學（1975）、陳明台赴日求學（1974），而稍稍沈寂一時。

賣力地站起來的
是一支尚未升上旗幟的旗竿
陽光把瘦長的影子拉成
遊絲般的水平線飄流而去
我們開始拖著陸地緩緩移動

什麼樣的國度升上什麼樣的旗幟
拖著陸地
我們移動了數千年
為了在地圖上尋回失落的名字
酸痛的脊椎骨接連著水平線
逐漸生銹而腐蝕

使盡了力氣呼喊
水平線斷了以後
我們開始在漫漫的黑夜裡
孤獨地航行

（引自《混聲合唱》，頁 478-479）

　　拾虹最早在《笠》22 期（1967 年 12 月）投稿，由於，長期服務
於基隆造船廠，因此，港口、船、海洋……為其詩中重要的意象，
此詩將「船」客體化，即物性地擴大表現船「群體性」的意涵，避
免個人性的抒情，船在海上行駛的意象，如同台灣小小的島的形
象，為了找尋自我的主體性，而在茫茫的大海中，堅忍地搜尋自己

失落在地圖上的名字。再者,如鄭烱明〈絕食〉(1970):

> 有些神是不能批評的
> 正如有些東西不能吃一樣
>
> 倘若不小心批評了
> 是會像誤食毒物一般
> 突然變成一朵鬱金香死去的
> 沒有辯解的餘地
>
> 為了免於中毒
> 那麼不要亂吃東西吧
> 為了不要亂吃東西
> 那麼乾脆絕食吧
> 絕食是最安全的
> 一定不會中毒
>
> 可是
> 絕食的結果還是要死掉
> 要變成一朵鬱金香的啊

(引自《混聲合唱》,頁646)

　　鄭烱明一直是「笠」典型性的人物之一,其作品,最早於
《笠》13 期(1966 年 6 月)刊載,受到「笠」前輩詩人的青睞。此

詩，以「神」的絕對權威，類比為「有毒的食物」，「一不小心」兩者都可能使自己命喪黃泉。戰後，台灣因是強人專制、高壓政權的局勢，因此，統治者如神一樣，致使一般人民噤若寒蟬，而〈絕食〉一詩，將知識分子在白色恐怖時期，對社會責任與自我安危之間的矛盾性，表露無遺，「絕食」或許是免於中毒的最好方法，然而絕食，卻也可能遭遇餓死的結果，詩中充滿對對荒謬時代濃厚的批判與諷刺。

　　以上拾虹、鄭烱明的作品佐證了「笠」「戰後世代」的詩人，其詩的寫作位置，從七○年代初，即立足在自我生存的土地上，取材自現實生活時空，挖掘出具有台灣精神及歷史意識的作品，他們透過清晰的語言、意象的塑造，使詩一方面呈現強烈的現實精神，同時也不乏具有藝術造形的形式技巧。這樣的寫作精神，由上而下灌注在笠詩人的身上，使「笠」凝聚既有的共識與使命，形塑出鮮明的「集團性格」與表現知性、明朗、現實的詩作風格。

　　七○年代中期之後，這批「戰後世代」的詩人與時俱進，展現更旺盛的創作意圖，在詩作上，不斷捕捉有關台灣的新意象，常以一系列的詩作為之，展示對台灣現實的關切之情，如李敏勇的「母音──土地啊，為何你總是沈默」系列❿、郭成義「台灣民謠」系列⓫、陳鴻森的「十二生肖詩」等⓬，皆是切入台灣的歷史縫隙與

---

❿　刊登於《笠》82-85 期（1977 年 12 月-1978 年 6 月），收入李敏勇《戒嚴風景》（笠詩社出版，1990）、《野生思考》（笠詩社出版，1990）二冊詩集。

⓫　刊登於《笠》87 期（1978 年 10 月）、89 期（1978 年 12 月）、92 期（1979年 8 月）、100 期（1980 年 12 月），收入郭成義《台灣民謠的苦悶》（台中：笠詩刊社，1986）。

現實時空，使台灣悲喜哀樂的軌跡，可以呈現在文學的脈絡裏。因此，「笠」戰後世代詩人並非只在象牙塔為詩，或只抒寫個人的情懷，或挖掘內在潛意識而已，他們以詩作為時代的見證，成為詩壇「有力詩學」的象徵，李魁賢曾對李敏勇的創作軌跡，作一考察，認為：

> 對李敏勇個人及其創作史而言，從表現主義進入新即物主義
> 應是順理成章的事，而其契機不得不歸之於一九七七年發生
> 的鄉土文學論戰。論戰中對本土親和性的反省，必然會使表
> 現主義者感到對現實介入程度的不足，終於使李敏勇完成
> 「母音」的詩輯。⑬

從李魁賢觀察李敏勇的作品推知，這一時期的戰後世代詩人，除了表現《笠》既有的現實風格之外，大多因時局的變化、改革，更積極地對時代有所介入與反省，並加強詩的批判意識，擴大詩的表現幅度，使詩更深刻地傳達時代的控訴，揭露歷史的真相，如李敏勇〈發言〉（1977）：

---

⑫ 刊登於《笠》101 期（1981 年 2 月）、《文學界》6-10 集（1983 年 4 月-1984 年 5 月）、《詩人坊》3 集（1983 年 2 月），收入陳鴻森《陳鴻森詩存》（台北：台北縣文化局，2005）。

⑬ 李魁賢〈論李敏勇的詩〉，收入李敏勇《戒嚴風景》（台中：笠詩刊社，1990），頁 113。文中李魁賢參照《光復彩色百科大典》對新即物主義的界定為：「著重現實意義，排斥不著邊際和逃避時代的自虐及自戀，批判社會上一些偏差，但知性的分析而不作濫情的申訴和詰難。新即物主義採取明晰的語言，準確地傳達作者的意念，表達手法上力求純樸自然」。

試著解除口罩

練習發聲吧

沒有誰有權禁止我們叫喊

我們的悲哀和喜悅

對著遼濶的天

站在遼濶的土地上

叫喊我們的愛與恨

我們一齊來復活我們的母音

（節引自《戒嚴風景》，頁 87-88）

再者，如郭成義〈一隻鳥仔哭啾啾〉（1978）：

自從受傷的那一次

意外地叫出了我的語言

才開始懂得

如何追向遙遠的故鄉

停在高高的山頭

地面上突然傳來

淒厲的喊叫

我迅速的往他的身上撲落

然而

故鄉怎麼這麼漆黑呢

（節引自《台灣民謠的苦悶》，頁 11-12）

　　以上兩首作品的主題思想皆在陳述，戰後台灣肅殺、嚴峻的戒嚴時期，人們被剝奪言論的自由、被抹平歷史的記憶，致使整個生存的時代喑啞而黯黑。面對台灣悽愴的歷史命運，李敏勇以慷慨憤然的語調，呼喊人們勇於復活自己的母音，重新找回生命的悲哀和喜悅；而郭成義則以探詢的方式，藉著母語的復現，恢復自我喪失的歷史記憶，而過去的歷史軌跡，竟是如此的漆黑而暗淡。由於，「笠」戰後世代詩人，具有鮮明的台灣歷史意識，因此，他們的作品，能夠免除只在日常性、生活性單一的層次，或平淺的議題上，而是注入更沈厚的歷史縱深，使詩意能夠較為典重、靜穆。但許多評論者，在面對七〇年代詩作時，常「統一性」地認為語言簡單、詩質薄弱，如簡政珍所言：

　　　現實的關照在五、六〇年代被「超現實」詩掩蓋，到了七〇年代終於重見天日，但由於粗俚的書寫使詩淪為目的論的工具，反而使詩美學的內涵被掏空。**⑭**

那些被簡氏視為「粗俚的書寫」的作品，大多只拘限在表現日常性、生活性、政治性的「議論」之作，而缺乏歷史意識或語言鍛鍊，使得這些作品的表現次元單薄、淺顯，淪為為政治服務。但更須注意的是，七、八〇年代的現實之作，很多詩人是為了迎合時代

---

⑭　簡政珍《台灣現代詩美學》（台北：智揚出版社，2004），頁 111。

的美學、符合大眾的趣味,而投其所「好」,開始或改變其書寫心態,表現具現實關懷或批判時政的作品,這樣「意識先行」的創作動機,與「笠」詩人浸染在「現實傳統」之下,兩者的作品精神,當然大異其趣。而「笠」「戰後世代」第一批詩人,其詩歷大多始於六〇年代,一開始從事詩的寫作,即在「笠」的羽翼下成長、活動,接受前輩詩人的「現實」洗禮,率先具有台灣的「歷史意識」,到了七〇年代,因時局的更迭變動,而加強了他們原有的書寫強度,其過程,是出於「自然」地轉化,而非異常的突變改造,換言之,在同世代之中,他們率先寫出一套「有害詩學」,對威權體制下的台灣,留下不滅的見證。

㈡ 「戰後世代」的第二批詩人

隨著與日俱增的時局變化,特別是七〇年代中後期,此時,為台灣民主運動的切分點,沸沸揚揚的論戰形式,也從言論思想漸次轉到具體的政治鬥爭❶,民主運動的白熱化,使《笠》也強化了它的內容特色,例如 76 期 (1976 年 12 月) 刊登了七〇年代,最代表台灣精神象徵的人物——楊逵的作品,分別為〈八月十五日那一天〉、〈我們不是麻雀〉、〈一粒好種子〉、〈漁人〉等作品,同時,為了追悼吳濁流先生病逝 (1976 年 10 月 7 日),而舉辦「吳濁流

---

❶ 一九七六年的大事記,包括鄉土文學論戰 (1976-1977) 沸沸揚揚論爭、代表左翼論述的《夏潮雜誌》創刊、省主席謝東閔遭郵炸包炸傷、黃華因叛亂犯處有期徒刑十年、《台灣政論》雜誌,因內亂罪依「出版法」,被撤銷該雜誌登記等等,這些事件的爆發,使得這一年,台灣進入了政治、民主運動的另一個高峰期。

先生紀念輯」，顯示《笠》也嗅到了這份山雨欲來的氣息，而更明確刊物的發展方向。

　　由於《笠》的發行持續穩健，李魁賢稱此時為《笠》的「穩定時期」❻，加上與時局的文藝美學發展扣合，使七○年代曾與「笠」多少有關係的「新生代」詩人，紛紛來歸，以「年輕一代」詩人之姿，注入「笠」許多新血輪，如林煥彰、喬林、陳芳明、莊金國、羊子喬、陳坤崙、曾貴海、江自得、莫渝等，形成堅實的創作陣容，一時蔚為大觀。另外，許多日後活躍於詩壇者，如吳晟、向陽、陳黎、宋澤萊、劉克襄等人的投稿，也使《笠》的現實風格，表現更加多元，故七○年代中期以降，《笠》可謂海納百川，匯聚了七○年代以降的各大「新生代」詩社的詩人，其中尤以《龍族》（1971-1976）、《主流》（1971-1976，1978 年復刊一期）兩大詩社的詩人❼，與《笠》的互動最為明顯可見，他們先後也在詩社解散、

---

❻　李魁賢〈笠的歷程〉，《笠》100 期，1980 年 12 月，頁 50。

❼　「龍族」詩社中曾是「笠」同仁或參與《笠》活動者，有：林煥彰、施善繼、喬林、陳芳明等。「主流」詩社，曾是「笠」同仁或參與《笠》活動者，有：黃進蓮、龔顯宗、德亮、羊子喬、郭成義、莊金國、林南等。據蔡明諺《龍族詩刊研究──兼論七○年代台灣現代詩論戰》的研究指出：「對龍族同仁在六○年代末期活動情況的描述，可以發現龍族同仁在未結社之前，最主要的活動交集是在《笠》」（同前揭書，頁 38）；另外，蔡欣倫在《1970 年代前期台灣新世代詩人群研究》的觀察，說：「『主流』詩人多為本省籍的特色與『笠』詩社相似，事實上，『主流』詩人在詩壇亦是較為親近『笠』的，……而『主流』在發展過程中，也是與『笠』保持良好關係。」（同前揭書，頁 70）由此可知，七○年代成立的各大詩社，在年輕化、理想化的短暫發展，分分合合之後，很多詩人最後選擇以《笠》作為一個新的寫作陣地，加入《笠》共同推動台灣本土詩學的建立。在七、八○年

詩刊停刊後,再度成為「笠」的成員,或參與《笠》的活動。

就創作來說,這批「戰後世代」詩人,連結台灣的歷史經驗、生命情感、鄉土情懷等議題,以詩的藝術形式,表達對斯土斯民的關懷,將表現的焦點定位在本土之上,如莊金國、陳坤崙、吳晟等一系列的「鄉土詩」、向陽「方言詩」、喬林的「都市詩」、李昌憲「加工區詩抄」等,皆以《笠》作為發表的園地,透過詩作,揭示他們所存在的現實時空的問題。如陳坤崙「鄉土詩抄」中的〈鄉村小徑〉一詩,刻劃因經濟建設,導致破敗荒涼的鄉村景象:

　　蒼涼而破敗的小徑
　　路是高低不平的
　　像受傷而死亡的戰士
　　躺在沙場上
　　淒淒涼涼
　　沒有人理會關照
　　祇有路旁發白的蘆葦搖頭嘆氣

　　　　　　　　　　　(節引自《笠》71 期,1976 年 2 月,頁 9)

詩中以橫臥沙場的士兵,比擬千瘡百孔的大地,兩者意象妥貼,呈現飽嚐外力蹂躪的痕跡,顯現工業建設對農村環境的大力破壞,詩中詩人對此景象,化身為路旁的蘆葦草,散發白色憂愁,使整首詩

代的分合與抉擇下,詩人彼此間因身分、出生、詩觀的不同,而影響著詩人日後有關台灣意識、文化認同的差異。

在強力的控訴下，卻充滿動人的情感。

其次，吳晟詩作的刊登，也豐富了《笠》的現實風格。七〇年代，吳晟開始大量書寫有關鄉土詩作，曾獲得第二屆「中國現代詩獎」（1975），其中「吾鄉印象」系列（1972-1974），曾引起一陣「鄉土」的旋風，且受到極大的注目，引起當時文壇前輩作家瘂弦、陳映真等人的青睞❿，七〇年代中期，吳晟陸續向《笠》投稿，如「向孩子說」系列，以真摯樸拙的語言，對純真的孩子訴說人事的道理與社會的價值，在〈不要看不起〉一詩：

> 在這個落後的村莊中
> 阿公只是渺小的人物
> 不能帶給阿爸榮耀
> 在這個落後的村莊中
> 阿爸只是個平庸的人物
> 也不能帶給你榮耀
>
> 不識字不善辯的阿公
> 不懂甚麼大道理
> 只知道日日勤奮的工作
> 認識幾個字的阿爸

---

❿ 一九七二年，瘂弦於《幼獅文藝》224 期（1972 年 8 月），一口氣刊登「吾鄉系列」十三首作品。而陳映真曾為文〈試論吳晟的詩〉（收入陳映真《孤兒的歷史·歷史的孤兒》，台北：遠景出版社，1986 再版，頁 175-228）。

仍不懂甚麼大道理
也只知道日日勤奮的工作

孩子呀！不要看不起阿爸
更不要看不起自己
雖然，阿爸沒有顯赫的身份
蔭護你

（節引自《笠》82 期，1977 年 12 月，頁 12）

全詩以溫和的語氣，對城市文明所帶給農村的負面影響，進行批判，並且隱藏著深深的焦慮，由於，城市繁華、快速的生活樣態，使得原本傳統農村中良善、勤勞、謙遜、正直等價值，隨著工商業的發達，人不斷被物化、異化之後，而逐漸消逝殆盡。於是，吳晟以父親的口吻，自然而親切地對著孩子諄諄告誡，讓他們更能明辨社會上是非、真假的道理，由此彰顯勤勞而質樸的農稼人，平凡而真誠的性格。

這波現實風格的創作，到了七○年代中期（1976-1977），因「鄉土文學論戰」的爆發，更激化了許多的文藝創作者，熱切地投向現實生活中，去關注現實、鄉土的問題，當他們再次將眼光投射在鄉土時，「鄉土」的殘破與落敗，加深了他們對台灣本土的情懷，如上述陳坤崙及吳晟的作品即是，換言之，台灣在現實主義的風潮下，一部分知識分子反省且意識到，台灣「現代化」的過程，是「犧牲」了無數鄉村的人文地理而來的。其結果是：

這些現實的、活生生的台灣社會景況,讓孕育現代主義的泥
土逐漸失去養分。取而代之的,是對都市與農村文化差異的
關心,是對從農村到都市移民現象的更多關注,台灣的知識
分子於是展開一波「鄉土回歸」的浪潮。國內外的政治、經
濟局勢都明顯有不一樣的氣氛,文化界敏感的感覺到這股變
化,現實主義的浪潮因應這個時代而即將到來,現代主義則
即將退場。⑲

因此,《笠》此時也特別聲明、強調詩中的「鄉土精神」,其精神
內涵是:

鄉土精神,該是腳踏實地,從鄉野的大地出發。詩人不但能
抒懷個人的感受,而且也能激喚起普遍性的體驗。詩人關懷
鄉土,關懷鄉土上人們的生活,且也為他們的苦難而歌唱。⑳

此說正為當時的詩壇的趨向寫下最佳的註腳。此外,七〇年代中期
之後,另外可見以「方言」作為新的表現形式,以此形式承載新的
時代意涵,如向陽陸續發表了「方言詩」〈家譜〉系列及〈鄉里記
事〉系列㉑,並以〈鄉里記事〉獲得第六屆「吳濁流文學獎」詩正

---

⑲ 詹曜齊〈七十年代的「現代」來路:幾張素描〉,收入《思想》4(台北:聯
經出版社,2007 年 1 月),頁 138。

⑳ 趙天儀〈鄉土精神〉,《笠》73 期‧卷頭言,1976 年 6 月,頁 1。

㉑ 向陽從《笠》72 期(1976 年 4 月)開始,陸續發表「家譜」及「鄉里記事」
系列作品,分別刊有「家譜——血親篇」:〈阿公的煙炊〉、〈阿媽的目

獎（1978），再次可見「鄉土詩」在七〇年代的發展動向。

㈢ 「戰後世代」的匯聚與完成

　　七〇年代中期至八〇年代前期，「笠」「戰後世代」分批展現了旺盛的創作力，第一批「戰後世代」詩人，在六〇年代伊始，即受到「笠」第一、二代詩人的精神感召與創作意識，因此，率先寫下具台灣歷史意識的詩作，到了七〇年代中期後，漸次擴大其詩的表現幅度，加強對現政體制的凝視與批判；此外，第二批「戰後世代」的詩人，受到七〇年代「現代詩論戰」、「鄉土文學論戰」的影響，在創作上，也以《笠》作為發表的園地，表現具「日常性」、「生活性」、「鄉土性」的作品，在第一、二批戰後世代詩人的努力與匯聚，使《笠》逐漸成為戰後「本土詩學」的重要陣地，轉折了戰後以來的現代詩美學，使詩重新回歸到斯土斯民的身上，拉近了詩與現實之間的關係。

　　而「世代」交替的完成，也使「世代意識」更加突顯於「笠」之中，「笠」作為戰後「本土詩學」的沿續與傳承，其意義更加濃厚，例如：《笠》113 期（1983 年 2 月），即以「笠」「戰後世代」詩人為對象，由「笠」第二代詩人趙天儀、李魁賢對談，與「笠」第三代詩人李敏勇、陳明台列席「戰後世代的夢與現實」座談會，

屎〉、〈阿爺的飯包〉、〈阿母的頭鬘〉（《笠》72 期，1976 年 4 月）；「家譜──姻親篇」：〈愛變把戲的阿舅〉、〈落魄江湖的姑丈〉、〈做布袋戲的姊夫〉（《笠》74 期，1976 年 8 月）；「鄉里記事──賢人篇」：〈鳥矸仔裝豆油證〉、〈馬無夜草不肥注〉、〈水太清則無魚疏〉（《笠》81 期，1977 年 10 月）。

討論其世代的精神與特色：

> 他們可以說是笠的典型的新世代。他們的優點是不會左右搖
> 擺，不受詩壇的流行所迷惑，創作與批評方面都有相當的自
> 信，顯示了自己一貫的風格。基本上，他們能兼顧詩的藝術
> 性的追求，以及關懷現實，從歷史意識到本土命運的現實精
> 神的把握，正符合了李魁賢所提示的，笠的一貫精神，詩的
> 社會性與藝術性結合的導向。（趙天儀語）㉒

這段話標示了「笠」「戰後世代」，在整個「笠」成員系譜中的位
置，他們與第一、二代詩人之間的關係密切，他們異於其他同時代
的詩人的地方是，一出發已具備了台灣的歷史意識與本土命運的認
知，能扎根在現實的精神之中，同時，他們獲得更多詩學養分，可
以加強詩的表現方法，其詩作表現可謂「和而不同」，如鄭炯明對
他們這一世代的觀察：

> 如果要指出「戰後世代」的詩人有別於先行世代的文學體
> 驗，我想即是他們對於現實的態度這點。在看似安全，沒有
> 問題的現實裏，實則蘊藏著某種危機，這個危機感是一種詩
> 人對不可測的未來所採取的警戒態度，如此，印證了「詩人
> 是時代的觸鬚」這句話。但是，每個詩人有他獨特的思考、

㉒ 李魁賢、趙天儀對談，李敏勇、陳明台記錄〈戰後世代的軌跡〉，《笠》113
期，1983 年 2 月，頁 60。

獨特的語言表達方式,而表現在作品時,便各異其趣了。**㉓**

因此,「戰後世代」在七〇年代中期以降,已漸次成熟、壯大,同時,保有「笠」一貫的現實精神,將《笠》航向更深、更廣的台灣詩壇海域,同時也為台灣「本土詩學」的發展,奠定了穩固的基盤。

三、現實詩觀的深化與作品實踐

七〇年代中期,整個台灣局勢的變化日趨激烈,原有僵化的威權體制,受到極大的挑戰,原本的禁忌也一一被鬆動,到了一九七六年爆發了「鄉土文學論戰」,此次論戰不只是純粹的文學論戰,而是「對台灣前途命運的關心因而觸發的『民族/鄉土』意識的高漲;以及含有社會改革意識的、對社會大眾生活的關心,因而形成的『鄉土』取向,還有就是對一向過度模仿西方文化的風氣的反省,因而產生的對傳統文化的再評價」**㉔**,致使最後「鄉土文學論戰」演變成中央與民間對「文學觀」與「民族主義」的論爭,而官方代表,對具批判精神的「使命文學」、「現實文學」、「社會文學」強烈攻擊;同時對日益強化的本土意識、台灣精神大力打壓,

---

㉓ 鄭烱明〈沒有終點的探索——略論戰後世代詩中的現實〉,《笠》113 期,1983 年 2 月,頁 23。

㉔ 陳正醍著,陳炳崑譯〈台灣的鄉土文學論戰(一九七七~一九七八)〉,收入《台灣鄉土文學‧皇民文學的清理與批判》(台北:人間出版社,1998),頁 131。

而這波社會運動的浪潮，以一九七九年爆發的「美麗島事件」，達
到最高潮。

在接二連三的論戰與事件中，迫使台灣在各個層面上產生劇烈
的質變，相對的，也促使《笠》樹立起更堅定的文學立場，李敏勇
在〈在我們的土地上，在我們的時代裏〉（《笠》79 期，1977 年 6 月）
一文中，提到詩的發展時，認為我們必須要有自己詩的「定位」，
他認為：

> 詩不是異國之花，也非他鄉之草。……詩不是過去，也非未
> 來。……
> 必須有從我們土地，我們時代，萌生的詩。——我們要求這
> 種「定位」。唯有這種「定位」，我們的詩才具備在歷史或
> 地理裡，取得落點的條件。唯有能落點，我們的詩才有鮮活
> 的生命，而不致成為語言的自瀆或幻影。……
> 詩必須從孤立的陣地回歸，在現實的基盤定位、生根。㉕

李敏勇為「笠」「戰後世代」重要的旗手之一，曾在七〇年代初，
掀起「招魂祭事件」，反對洛夫所編的詩選標準；七、八〇年代之
際，更擔任《笠》的執行編務，把《笠》的位置，更加明確化，以
上〈卷頭言〉大力強調，詩要能夠與「土地」、「時代」連結，要
在「歷史」與「地理」之中取得落點，換言之，詩要能與所生存的

㉕　李敏勇在〈在我們的土地上，在我們的時代裏〉，《笠》79 期卷頭言，1977
　　年 6 月，頁 1。

時空交會,要能夠在現實中扎根,而不可只渲染個人內在世界的經驗,使詩完全喪失與外在對話的可能,這樣的詩美學,對過去現代詩過度注重形式、語言實驗,而使詩與外在現實關係切斷的表現方式,重新找到詩的「定位」,同時,也可見整個七〇年代中期之後,台灣詩壇動向的轉變,《笠》在此時所扮演的角色與地位,漸次鮮明確立,故在 82 期(1977 年 12 月)、83 期(1978 年 2 月)的封面上,直接以斗大粗黑的字體標寫「本土詩學的根原形象」、「本土詩學再發現」字樣,在 85 期(1978 年 6 月)的「編輯手記」中,李敏勇再次提示「笠詩刊自創刊以來,即著手沿續並重建本土詩文學,我們為本土文學課題之能逐次受到關切感到安慰」❷⑥,此時《笠》的「本土詩(文)學」的名稱與定位,已在幽微的歷史夾縫中裂出,漸漸浮出地表,在紀念《笠》創刊十四週年座談會「詩的創作與定位」上,大而皇之提出「笠的作品,在理論上,最好還是要定位,而這個定位就用『本土詩文學』五字為代表」❷⑦(李敏勇語),可見「本土詩文學」的主張,到了七〇年代末,已在《笠》及詩壇上正式定名。

㈠ 是精神、態度,而非題材

隨著《笠》在詩壇所確立的位置,無形中也加重了它的使命與任務,為了集思廣義,七、八〇年代之際,《笠》召開了多次的座

---

❷⑥ 李敏勇〈編輯手記〉《笠》85 期,1978 年 6 月,頁 77。

❷⑦ 李勇吉記錄〈詩的創作與定位──笠詩發行十四週年年座談記錄〉,同前揭文,頁 43。

談會，力邀各界人士，共同檢討、會商各類議題，使《笠》的「本
土詩學」內容，更加明確彰顯。在「現代詩的批評」座談會中，與
會人士特別提出「詩與現實、鄉土」的關係，強調詩人、詩作扎根
在自己土地的重要性：

> 詩人寫詩，不要故意的，過份的去寫文人詩，而是要踏在自
> 己的土地上去寫詩，一個沒有「根」的人，或不重視自己的
> 「根」的人，他們寫詩的反省力是很薄弱的。（趙天儀語）❷

　　因此，詩人要在自己成長的土地上寫詩，避免太過個人、虛無
的寫作模式，他要能落實現實中的共感經驗，使一般讀者也能獲得
詩的觸發。一九七八年十月「笠」更舉辦了「鄉土與自由——台灣
詩文學的展望」座談會，針對七〇年代中期「鄉土文學論戰」之
後，「鄉土詩」大盛其道的檢討與反省，認為「以前講現代文學，
大家都附和。現在鄉土文學的時代了，都改頭換面變成鄉土文學的
吶喊者了」（馬為義（非馬）語）❷，換言之，「鄉土詩」恐怕「仍然
是一種不能免於流行的心理，甚至有一種詩壇當家一夥的心態，因
為不抓緊流行，勢必有退位的危機」（李敏勇語）❸，可見「鄉土
詩」、「現實詩」，在七〇年代風行，其背後複雜的寫作動機，是

---

❷　李勇吉記錄〈現代詩的批評——座談記錄〉，《笠》81 期，1977 年 10 月，
　　頁 41-42。
❷　李敏勇記錄〈鄉土與自由——台灣詩文學的展望座談會〉1978 年 8 月 17
　　日。收入《笠》87 期，1978 年 10 月，頁 45。
❸　同上註，頁 46。

令人值得玩味的，同時，也可了解到七○年代中期以降的現實詩作，其重點不僅僅只在「題材」的選擇上，有關「鄉土」的問題，白萩在「詩與現實」座談會中云：

> 對於所謂「鄉土」，過去我也曾深深的分析過，認為鄉土的
> 含義，可以分為三方面來講，第一：即「空間的鄉土」，空
> 間的鄉土事實上就是我們現在所居住的空間。以台灣來講，
> 包含有都市、鄉村、漁村、礦村等等。……第二點：雖然都
> 是在台灣這塊土地上所發生的，可是三百年前的台灣題材，
> 和我們現在所生存中的也應有所分別，能表現現在生存環境
> 的現象才叫鄉土，表現舊過去的鄉土題材則失去了「現實」
> 的意義。第三點：「精神上的鄉土」，這是看不到的，一種
> 血緣性的民族性的東西，也含有鄉土的存在。……
> 「笠」對於鄉土的主張，不只是一種題材的記錄，而是作為
> 文學態度、技巧、方法論總結合的追求。❸

從白萩的談論中得知，「鄉土」的意涵包含「空間」、「時間」、「精神」等三大層面，因此，「鄉土文學」不只是表現地理空間「鄉村」、「漁村」的風俗民情或破敗蕭條的景象而已，更重要的是，詩人要具有一種堅毅的態度與寫作的精神，要能對現實環境加以凝視，擴大個人內面世界的經驗，將鄉土的題材，提煉為一種普遍的思想與情感。對「笠」詩人而言，在前輩詩人的精神號召之

---

❸　〈「詩與現實」座談會記錄〉，《笠》120 期，1984 年 4 月，頁 9。

下,耳濡目染地能培養具深度、有力的「集團性格」,使作品能在日常「題材」之下,可以探測到更深層的意義。

而「鄉土文學」在七○年代蔚為寫作風氣,與「鄉土」所隱喻的時代意涵,有極密切的關係,七○年代台灣開始追求、建立主體性,一向被漠視落敗的「鄉村」,恰與長期被壓制的「台灣」,兩者的意象貼合,書寫「鄉土」成為知識分子參與時代、改革社會的手法與策略,這也造成大量「鄉土文學」的湧現,其中包括「鄉土詩」、「現實詩」、「政治詩」等形式,以表現「現實」、「鄉土」、「批判」為名的詩作,充斥在七、八○年代的詩壇上。

然而對「笠」而言,《笠》從一九六四年創刊,直到七、八○年代,其文學傳統與創作精神,是長期的傳承與浸染的歷程,它與七、八○年代流行的「鄉土詩」、「現實詩」,多起於一時或受環境大力影響才寫作的作品有別,一般的「現實詩」,陳明台以為:

> 台灣的現實詩最大的問題,在於台灣現實詩不能說是有現實精神的現實詩,而是意識詩。大部分沒有抓住現實內面的精神,或是題材分配時,沒有思考到較精密的部分,沒有精密處理的方向,往往只是把意識陳列出來。❷

換言之,一般的「現實詩」缺少沈澱與經營的步驟,只是將日常生活的「題材」作為寫作的標準;或直接陳述泛泛的社會現象,

---

❷ 吳俊賢記錄〈詩與現實——課題與實踐〉,《笠》120 期,1984 年 4 月,頁23。

而欠缺將「題材」做深刻的處理，由於少了藝術的表現手法，只有
意識的傳達與抗議的聲音，因此，使得詩質疲弱、詩味淡薄。如施
善繼〈景安路的春天〉之三〈祝福〉：

> 樓下的豆漿店已經換人經營，
> 對面切阿麵店已經換人經營。
> 春的腳步隱約閃現
> 從遙遠的極地，
> 款步而來，
> 不知他們鴻圖大展？
> 還是開不下去換人經營，
> 很懷念、很牽掛，
> 祝福他們。❸

　　此詩寫街景物換星移，人事變化多端，在無力挽回住家附近
「豆漿店」、「麵店」原本的經營模式下，以鄰居的身分，祝福他
們，展現彼此之間溫厚的情誼。詩中語言平舖直敘，缺乏詩的形象
思維或內在律動，只有平面地寫下，他對現實生活中的心得感言，
完全喪失了詩的味道，因此，李魁賢曾說：

> 我和施善繼談過，他的說法是，他也是在反自己以前的極端
> 化抒情作風，自己也會逐漸修正的，但在這樣的刻意平淡

---

❸　引自施善繼《施善繼詩選》（台北：遠景出版社，1981），頁 40-41。

化，反而對現象的捕捉不夠深入，而僅是表面，故事或場景都太稀薄化。❸

易言之，施善繼雖然描寫現實生活的「題材」，但過度鬆散的語言，使得藝術的張力喪失殆盡。然而，隨著外在環境的變化及《笠》「本土詩學」論述的白熱化，許多詩人深受影響，如林煥彰與施善繼兩人，其詩都朝向現實路線前進，林、施二人，六〇年代末都曾加入「笠」，之後因為創作理念不合，而退出「笠」，於七〇年代初重組「龍族」詩社。七〇年代中期之後，林煥彰又繼續在《笠》投稿，維持他一貫的現實、明朗、口語的風格，如〈我相信〉（《笠》78 期，1977 年 4 月）、〈我是一瓶紅標米酒〉（《笠》80 期，1977 年 8 月）、〈可惡的黑狗〉（《笠》86 期，1978 年 8 月）、〈父母心〉（《笠》90 期，1979 年 4 月）等，而施善繼也在一九七七年以後，完全掙脫「現代主義」風潮的影響，轉向日常生活中的現實風格，如陳映真的觀察：

> 一九七七年，施善繼終於掙脫了舊殼，完成了蛻變。……
> 在現代主義時期，施善繼和一切現代派一樣，只有一個渾沌、紊亂、不可索解的心理學的世界。一九七二年以後，他逐漸醒了，他雖然看的還是自己，已不是夢魘中的、心理學

---

❸ 李敏勇記錄〈鄉土與自由——台灣詩文學的展望座談會記錄〉，1978 年 8 月 17 日。收入同前揭文，頁 54。

的自己,而是生活、社會學的自己。❸

是以,詩人開始從生活中去尋找詩的題材,修正過去「現代主義」表現手法的弊病。相對施善繼的現實之作,《笠》在語言上顯得制約不少,它不單只是將現實的「題材」提出,更進一步的,乃是對現實的題材,透過藝術化手段,使平凡的「日常性」轉化成深刻共感的「現實性」,擴大詩的表相的意涵,賦予作品更深層的意義與啟示,如鄭烱明的〈目擊者〉,同樣是對著街景的角度,但兩人所看到景象卻相異:

我是目擊者
一齣悲劇的目擊者
我是目擊者
以銳利的眼光
目擊事實的一切

於是幽暗的街角
有人在嘆息,在哭泣
偷偷地哭泣
我是目擊者
我必需活下去

---

❸ 陳映真〈論施善繼的詩〉,收入氏著《孤兒的歷史・歷史的孤兒》(台北:遠景出版社,1984初版,1986再版),頁292。

> 像一尾受困的魚
> 為被污辱的靈魂做見證㊱

　　鄭烱明行過街頭，目擊一齣悲劇的發生，至於悲劇的情況為何？詩中並未著墨，只是有人在幽暗的街角嘆息、哭泣，換言之，面對街角的悲劇，不是去看一場戲的心理，而是對人的關注與同情，尤其是作為弱勢的社會邊緣人，有多少的眼光會投向他們呢？詩人作為社會的良知者，寫出對弱勢的關懷，縱使自己也猶如被困的一條魚，但至少可作為被污辱的靈魂的見證者。〈目擊者〉一詩，鄭烱明寫於七○年代後期，語言亦是清晰明暢，並沒有太多的形式技巧，但相較施善繼的詩作，所不同的是，詩中濃厚的人文關懷，而非只是生活的片斷記錄。

　　《笠》這樣的詩作精神，可作為七○年代「鄉土文學」的省思，同時，也可說明政治與文學之間的關係：

> 　　台灣文學和笠詩刊，在十幾年前先後創刊，實際上，就表示
> 了台灣鄉土文學的重建已經比較有具體的行動。以寫作而
> 言，可能要更早。……依我看，鄉土文學雖是近兩三年較具
> 體的形式運動，甚至發生論戰。不過，如非先有許多作品的
> 支持，則不會有此可能。（趙天儀語）㊲

㊱　引自鄭烱明《蕃薯之歌》（高雄：春暉出版社，1981），頁106-107。

㊲　李敏勇記錄〈鄉土與自由——台灣詩文學的展望座談會記錄〉，1978年8月
　　17日。收入同前揭文，頁44。

此說點明，文學的價值（而非評價）❸與效力，往往先於政治的驅動力，《台灣文藝》與《笠》作為台灣本土文學論述的場域，具有先行而重要的位置，它們提供了一個可能不同於當時主流論述的空間，啟發了許多知識分子的時代思維與行動能力，日後在時空推移之下，這些啟發，從點到線，延長到面，使台灣本土文學可以在七〇年代得到長足的機會，並且發展出具「本土意識」的作品，在詩的表現上，也能掌握「堅定藝術的、社會的、鄉土的三者平衡的發展」❸，而不是一時風尚流行的作品而已。

㈡ 詩具有「現實」與「現代」的雙重性格

為了避免詩流於社會、政治的附庸，而缺乏其獨立的生命；或是為政治、社會服務，而降低了藝術的表現，《笠》在出刊第一百期的座談專輯中，特別設計「詩的社會性」，針對此一問題提出思考。會中，特別邀請葉石濤以旁觀者的角度，提出觀察與建言：

---

❸ 有關文學的「價值」（value）與「評價」（evaluate）的差異，據 RENE & WELLEK 所著《文學理論》指出：「通過了歷史，人類已經視文學為有價值的，不論其為口傳的或是抄印的文學；即是說，人類已經在文學之中得到利益，已經認定文學具有正向價值。不過，曾經「評價」文學，或評價特定的文學作品的批評家、哲學家，則可能裁定文學具有負向的價值。無論如何，我們是經驗到了利益然後進而至評價的活動的」（參考 RENE & WELLEK 著，梁伯傑譯《文學理論》，台北：大林出版社，1984，頁 384）。就戰後本土文學的建構，《台灣文藝》、《笠》，作為最先的論述場域的「價值」，是值得肯定的，至於價值「之後」的評價如何，則是另一個階段與面向的問題，不管是正面或負面，這與評論者所持的觀點有別，不可混為一談。

❸ 鄭烱明〈創造詩的歷史〉，《笠》100 期，1980 年 12 月，頁 1。

> 人活在社會一定會受外在環境的影響，所以社會性不必在詩
> 中特別強調，不過話說回來，如果詩人一開始就沒有社會
> 性，只會玩弄技巧，寫的都是空中閣樓，那已經沒有做詩人
> 的資格。……詩的藝術性也就是詩的永恒性，「笠」詩刊應
> 走的方向，不是社會性的追求，而是藝術性，更高境界的追
> 求才對。❹

　　葉石濤針對《笠》的「社會性」與「藝術性」的要求，提出說
明，特別提醒《笠》要朝著詩的藝術性前行，追求詩的真正價值，
而七、八〇年代，詩的社會性與藝術性，該如何取得平衡？是許多
文藝人士關注的議題，雖然，葉石濤針對詩的藝術性加以呼籲，但
他認為「這十多年來，不排斥他人，是『笠』存在的原因，『笠』
的詩包羅萬象，只問有無達到藝術性，不論作者的意識形態」❹，
不僅對《笠》藝術性的追求，抱持肯定的態度，也間接說明《笠》
的現實風格，其發展是具廣泛性的。此說，可對照同為七〇年初期
的兩本詩選，分別由「笠」主編譯介的《華麗島詩集》（1970），
以及洛夫負責編選「中國現代文學大系——詩卷」兩冊（1972）看
出，兩本《詩選》所選入的詩人名單的不同❷，印證了「笠」較不

---

❹　鄭炯明記錄〈詩的社會性座談會〉，《笠》100 期，1980 年 12 月，頁 56。
❹　同上註，頁 58。
❷　《華麗島詩集》（1970）共譯介了六十四位詩人，一百零八篇作品，其中
　　「笠」以外的詩人占有 30 位，分別有：商禽、余光中、瘂弦、洛夫、紀弦、
　　秀陶、蓉子、彭捷、王渝、羊令野、辛鬱、古丁、古添洪、向明、周夢蝶、
　　黃用、陳敏華、李天林、楊喚、葉珊、朵思、沙牧、羅門、張默、葉維廉、

排斥異己的作品,《笠》平實穩健地從六〇年代走向七、八〇年代,奠定台灣本土詩學的路向,且與其它詩社的現實之作,共同創造台灣現代詩的新美學。

由於,意識到七、八〇年代現實詩作,常是只有「主題意識」,而缺乏語言的鍛鍊,因此,七、八〇年代之後,《笠》召開了多次座談會,討論有關詩「語言」的表現問題,如一九八二年舉辦「笠的語言問題」(收入《笠》110 期,1982 年 8 月)、「詩學與語言」(收入《笠》110 期,1982 年 8 月);一九八四年召開「詩與現實——課題與實踐」(收入《笠》120 期,1984 年 4 月);一九八五年則討論「詩創作的意識與藝術表現」(《笠》126 期,1985 年 4 月)等,針對如何在內容與形式取得平衡進行思考,換言之,在強調「寫什麼」的同時,依然不能偏廢「怎麼寫」的重要性,如白萩所言:

> 「現實主義」是指文學的態度而言,做為寫什麼這個問題的提綱,「笠」同時也包含了關心怎麼寫的問題,這就是「笠」的現代化性格。關於現代化,過去人們都有一點忽略,好像超現實主義是現代派的終點站,其實「笠」繼續介紹了新即物主義,這種方法論與詩作是比超現實主義更進一步的方法追求。……所以「笠」事實上包含了現代化精神,

---

季紅、林泠、方思、鄭愁予等。相對洛夫所編《中國現代文學大系·詩卷》(1972),共編選七十位詩人,其中與「笠」關係較深者只有十位,分別為:林亨泰、白萩、錦連、吳瀛濤、詹冰、杜國清、喬林、楓堤(李魁賢)、桓夫(陳千武)、趙天儀。從兩本同為七〇年代初期所編選的詩集,可見兩者在對待不同詩社、詩觀的人,所抱持的態度。

以及現實主義這兩重性格,這是我們必須表白給外界知道的
特質。

　　《笠》創刊伊始,即透過許多「跨越語言一代」詩人的譯介,
大量吸收自日本現代詩學的養分,而具有「現代詩」的寫作精神,
甚至連曾是紀弦「現代派」的理論大將林亨泰都是如此,他早期具
實驗精神的「符號詩」,亦深受日本春山行夫、北園克衛等前衛詩
人的影響,是以,《笠》一開始對「現代詩」觀念及技法的認識,
其實是多元而豐富的,這並不如一般外界認為《笠》「因未能有效
控制語言,表現過於直接,而使詩落於言詮」❸的片面印象而已,
所以,《笠》不僅著重「寫什麼」,同時也對「怎麼寫」有所要
求,亦即在主題上,《笠》扎根於現實生活之上;在形式上,
《笠》則展現各種現代性的表現手法,使得「笠」同人的詩作,
「同」中有「異」,每個人透過自己的表現方法,去貼近社會的脈
動,因此,「戰後本土詩的變貌和追求,不只在內容（主題、意識）
也在形式（語言、表現方法）均有所不同,足以顯出戰後本土詩運動
的『斷代』特質、作品的流向,也可見出本土詩人關注時代和現實
狀況的焦灼心情」❹。
　　而《笠》所追求的語言,是一種「原始性的語言」,而非定型
的「文字」,如陳千武一再指出:

---

❸　洛夫《中國現代文學大系‧序》（台北:巨人出版社,1972）,頁8。
❹　陳明台〈戰後台灣本土詩運動的發展與成熟——以笠詩社為中心來考察〉,
　　收入氏著《台灣文學研究論集》,同前揭書,頁96。

「笠」所追求的既不是成為詩的語言,而是追求原始語言創
造新的詩的語言。中國文字是表意的,容易使人墜入文字的
原意失去真情的創造,所以「笠」的同仁們極力避免這種墮
性,而真摯地追求原始的語言。㊺

　　海德格（Martin Heidegger,1889-1976）曾說:「語言是存在的居
所」,意指語言存在著思考,是人思考的工具,人透過語言去證實
自我與外在存在的關係,因此,「語言」具有一種靈動生命的特
質,它可以使人重新發現物我的關係。如此說來,「語言」與「文
字」在本質上實有不同,「文字」只是將別人所發現的關係,再次
使用記錄而已;因為,它的語感已固定化,將成為一般語言的修
辭。此說,正呼應上述陳千武所言,「笠」所追求的語言,不在
「文字」修辭,而在一種具有創造性的原始語言,換言之,如何運
用形象思維,重新發現、開創、連結自我內在與外在事物的新關
係,建立出賦有生機的意象語言,以表徵這個充滿趣味與複雜的世
界,是「笠」同仁戮力為之的事。日本近代著名詩人村野四郎
（1901-1975）也曾對詩的語言,提出鞭辟入裡的看法,他說:

　　　　一般人僅僅將語言當作說,聽,寫的工具罷了。而以這觀念
　　　　為出發點,他們在文學創作上最關心的是,修辭法的表現技
　　　　術。但事實上,從事文學工作的人,尤其是詩人,最重要

㊺　何麗玲記錄〈笠的語言問題座談會記錄〉,《笠》110 期,1982 年 8 月,頁
　　12-13。

的，還是修辭以前的語言問題。❻

　　所謂「修辭以前的語言問題」，正是「原始語言」的創發，一位詩人能在沈悶單調的日常生活中，去創造、發現事物的新秩序及新關係，建立新的凝視角度，即是對「原始語言」的深刻掌握。是以，《笠》在「現實」題材的表現下，利用「現代性」的技巧為詩，使詩可以跳脫「語言套用」或「文字修辭」的缺失，達到新的一種顫慄感。如李魁賢〈落單飛行〉（1977）：

　　　　不自願地變成孤雁
　　　　練習著落單飛行
　　　　……（中略）

　　　　飛過擴建的囚房
　　　　看到中年時的畏友
　　　　委屈龐大的陰影下
　　　　志氣好像花瓣逐一剝落
　　　　自然的清音便隨風消散
　　　　寧靜的無限海洋在何處？
　　　　不禁重重哀叫一聲

❻　村野四郎著，洪順隆譯《現代詩探源》（台北：文史哲出版社，1969 初版，1984 再版），頁 34。

在落單飛行練習中
哀叫聲化成一陣陣的雷響
劃過風雲變幻的天空

（節引自《混聲合唱》，頁 353-354）

詩中呈現一隻不願隨世流俗的孤雁，被迫選擇離群索君，獨自開始在漫漫的天際中落單飛行，當牠飛向高空鳥瞰地面時，看見昔日「少年時的遊伴」、「青年時的同事」、「壯年時的愛侶」、「中年時的畏友」，都喪失在落敗、空虛的境地中，不禁難掩哀傷之情，悽悽不可終日，面對殘酷的現實，只好繼續獨自飛行，詩中隱喻不斷超越自我的形象，使自己飛翔的姿勢，成為空中唯一的驚嘆號。詩除起頭、結尾之外，以明朗清晰的語言，極規則的四段形式安排，呈現過去／今日不同故舊的景況對比，每段最後分別以「不禁輕輕哀叫一聲」／「不禁重重哀叫一聲」交替重唱，以喟嘆的聲音，一弱一強，展示詩的旋律感，最後的哀叫聲，在前面四段的形式舖排下，內心情感的力量飽和，噴發成一陣陣的雷響，響在「風雲變幻」的天空，暗喻詩人內心的情感與心境，富有極大的想像空間。

另外，詩的深層結構，探測了七〇年代具有理想性格的知識分子，如何在現實中凝視、反諷，不離當時的時代氛圍，然而，他利用的現代的手法安排，中間四段以整齊劃一的結構，顯示昔日的舊友單一而制約，相對孤雁偌大的天空，遼闊遠志，更有不勝唏噓之感。此詩配合七〇年代中期以後的現實境況，每個人在現實的抉擇中，依照自己所想望的前進，孰對？孰錯？並非有絕對的標準，但

若執意拋棄世俗享樂的目標，朝人煙罕至的路向前行，則必然是孤獨與寂寞的。此詩以「現實」作為基礎，以現代的形式、語言表現之，雖曉暢明白，卻仍有一定的詩味。

㊂ 詩中「敘事」、「知性」的成分加重

七〇年代中期以降，詩「介入」現實的程度增強，詩不僅只是抒情遣懷、記錄生活而已；它更要能夠挖掘到現實的核心，揭露醜惡的現實、批判不義的社會，因此，詩的「敘事性」表現，連帶地也獲得進一步的關注。「大地詩社」在其紀念詩集《大地之歌》（1976）的序言，也提及寫作「敘事」詩的必要：

> 抒情傳統曾是傳統詩中的主流，大半的詩論都圍繞這一特色
> 而闡述，因此「敘事傳統」遂隱而不彰，但綜觀凡是反映現
> 實、批判現實特性的作品，多非具敘事成份不可。因此我們
> 亟宜趁此解除桎梏束縛之際，發揚這一傳統，使中國詩的局
> 面加大，堂廡加深，不但可抒情、可寫境，更可敘事、可說
> 理……。只有如此，才能配合前面所提的批判精神。㊼

台灣有關詩的「敘事性」與「抒情性」問題，其詩的表現方法、產生的語言風格，歷來研究者並未詳究。早期台灣現代詩因受政治的干涉，無法貼近社會現實，致使大多數的詩人，使用稠密度

㊼ 大地詩社編《大地之歌·序》（台北：東大圖書公司，1976 初版，1993 再版），頁 6。

高的語言，呈現個人內在的情感經驗，由於語言稠密度高，容易形成文學的「陌生化」效果，產生一種距離的抒情美感。這樣的表現方式，要傳達明晰的「事理」，較「敘事」語言不易達成，同時也易使「思考」受到阻礙，只掉落到語言文字的迷障中。然而，七〇年代之後，詩要承載的社會意義加強，到底語言該如何表現？或許如「大地詩社」所言，「綜觀凡是反映現實、批判現實特性的作品，多非具敘事成份不可」。

　　七〇年代之後，詩人從個人內在的挖掘，轉而對社會注入關懷與批判，在詩人有「話」要「說」的情況下，自然降低了語言的稠密度，提高了說理敘事的成分，以自然平易的語言，針對詩的「意義」，加以展現。如此一來，詩的思考性不會被「扭曲」、「變形」或被太過跳躍的語言所阻礙，而能更清晰地掌握其詩意。所以，日本詩人村野四郎認為：

> 自極普通的語言發掘其被遺忘了的機能，並由此而創造出非常複雜的比喻世界，這種事情乃是詩人應採取的最純粹的工作。……我想以這樣平易的語言，使讀者一見不至即刻意識到那是詩的特殊文學，以那種普通的文章來寫詩，那是我獨特的詩學。[48]

　　田村氏的詩觀，恰好為七〇年代的詩學做了一個最佳的註腳，詩的優劣不在鑄詞煉句、不在巧妙修辭，而是詩人如何利用平常的

---

[48]　村野四郎著，洪順隆譯《現代詩探源》，同前揭書，頁 123。

語言,去創造複雜寬濶的暗喻世界,使詩的感動秩序化。由於「敘事」與「抒情」的文學效用不同,因此,表現形式也有所不同,敘事的詩作,重點在於借現實或歷史的「事件」或「題材」,半客觀、半記述,去陳述其「事件」、「題材」背後的深意,詩人與詩作保持一定凝視的距離;而抒情的詩作,則是「向主觀作直線的突進,是情感自體的直接表達。然而,感情這種東西,在不借用其他之事件或題材時,完全是屬於無形的氣氛上的東西,所以,近代的短篇詩,便顯然是傾向於氣氛的,情調的東西。」⑲所以,七○年代詩作的現實性增強,也使得詩的表現風格改變,語言不再稠密、扭曲、變形,而是以具「散文性詩化」的方法,提高敘事、知性的成分,符合本土詩學「力的美學」的表現。

有關「笠」對詩的敘事性,在《笠》中也不斷有所譯介與討論,在《笠》31 期(1969 年 6 月),有陳千武譯介高橋喜久晴〈詩人的語言及思想〉、在《笠》33 期(1969 年 6 月)徐和隣譯介北川冬彥〈現代詩諸問題——長篇敘事詩的復興〉等,在高橋氏的文章,特別論及詩的「意義性」,是一種詩的敘事手法,同時也是散文性詩化的表徵:

> 為了決定素材的行為或思想的方向,詩人的體驗或思想便信賴於語言的意義性機能,即散文機能,與之直接連結。(頁53)

---

⑲ 萩原朔太郎著,徐復觀譯,陳淑女校訂《詩的原理》(台北:台灣學生書局印行,1956 初版,1989 三版),頁 115。

另外，北川氏則提出「敘事」的必要性，

> 我們這個時代已經不允許詩人只陶醉於內界的抒情，不得不
> 把眼睛轉向外界。說起現代詩，要把抒情推出表面，不如抑
> 壓抒情而推出敘事，不得不高唱敘事詩的時代。是激動的現
> 代社會生活，強要詩人這樣的做。（頁 25）

高橋氏與北川氏二人，同時提出詩的「意義性」與「敘事性」問
題，認為這是現代詩極重要的精神之一，這樣的手法才可以應付外
在瞬息萬變的社會百態，而台灣七〇年代的社會條件，在一片回歸
鄉土、追求現實的浪潮中，恰巧提供了現代詩這樣的發展機會，使
得「敘事」詩成為七〇年代之後的關注焦點。而「笠」陳千武在
〈新的抒情〉一文，亦云：

> 一般所謂好的詩，均具有「美」的秩序被統一化的世界。所
> 以實際上，詩不僅限於造成單純的「美」的世界而已，必須
> 意圖造成美以外的無可言喻的意義性底世界，才符合現代詩
> 的特徵。❺⓿

　所謂「意義性底世界」正是加強了敘事的成分，使詩直接呈現
思考的撞擊力，而理性、知性地「介入」現實，達到揭露與批判的

---

❺⓿　陳千武〈新的抒情〉，收入氏著《現代詩淺說》（台中：學人文化公司，
　　1980），頁 19。

功能。而《笠》這樣的詩法，從七〇年代初，至七〇年代中期以降日益突出，帶動七〇年代現代詩美學的新主張，從外在形式技巧的注重，轉而強調詩的內在精神，使詩與外在社會的關係，為一種有機的聯繫，而非將詩鎖在「孤獨國」之中。如八〇年代初陳鴻森一系列「十二生肖詩」，即是以極高的散文性詩化手法，表現對現實社會的嘲諷、批判，傳達詩中明朗的「意義」，以彰顯七、八〇台灣社會不安紛亂的景況，如〈雞〉（1984）：

　　風雨如晦
　　雞鳴不已
　　那是　　　出於
　　我們對熹光的
　　危疑不安
　　長期的歷練
　　我們熟悉
　　天亮　　　並非即是解放

　　統派　　　被關
　　獨派　　　也在牢籠裏
　　雖然，我們已無
　　革命的勇氣
　　但，爭辯的意興
　　則絲毫不減
　　在這天將明未明之際

誰也不曉得
各人內心真正的盤算
各種主張　　紛然雜陳
口號聲　　彼此應和
響徹沈睡的大地

猛然想起
自己過去那先覺的形象
抖動的雞冠
立時　　益發深紅
昂首闊步
再度慷慨陳詞
高聲　　提──倡

（引自《陳鴻森詩存》，頁 65-66）

　　〈雞〉一詩完全直述，毫無曲繞、華美之辭，使得詩意暢達明晰，由於詩人冷靜地抑制個人抒情成分，故整首詩充滿知性的辯證關係。詩中揭露七、八○年代台灣對民主價值、社會正義、自我主體性的熱切追求，使得整個時代如火如荼，騷動不安，如同「天將明未明」之際，舊的社會體系崩解，新的價值尚未完全建立。詩人敏銳地嗅到這股不安又令人興奮的氣息，一開始以《詩經》「雞鳴不已，風雨如晦」的典故作為起首句，則是盡量抑制個人的情緒過度流竄，過去黑暗時代的象徵，隨時有所警備、危疑，然而，一旦衝破政治禁忌，所有的論述紛陳、投機者四起；但有多少的主張是

出自內心？有多少的志士是一片真誠，大多的主張恐是咿喔嚅呢，應和時代。對於這樣的時代氛圍，即使是時代的先覺者，也不免有所彷徨與迷失，最後又呼應到「雞鳴不已，風雨如晦」的形象，而抖動昂揚的雞冠，慷慨激昂地附和時局，高聲「提——倡」，詩的結構嚴謹，詩意密實，諷刺意味十足。詩中傳達詩人的嘲諷與批判，「意義」鮮明、乾燥，極少綿沓隱晦，乍看似無技巧，然而，卻又能掌握整首詩的完整性，提供相當強烈的反省與思考，將現實經驗予以思想化，呈現詩人對現實知性地觀測，以及詩人的深刻的現實意識。

綜上所述，七〇年代中期以降，《笠》對建構本土詩學的使命，不遺餘力，除了刊物定位在「本土詩學」的位置外，也對「本土詩學」的內涵加以建構，進行多次相關的座談討論，而「本土詩學」除了關注斯土斯民，表現現實的題材外，更重要的是，它要具有扎根本土的精神意識，同時能夠符合藝術性的要求，使詩具有永恒性的價值，彰顯人類普遍性的情感，換言之，「本土詩學」不只在內容上，更在形式上的不斷追求。其次，作為「本土詩學」的方法論，加強了敘事的手法，降低個人抒情的表現，使詩的「意義」強烈，知性地「介入」現實，使詩具有力與美的結合。

四、詩社業務的拓展與精神的延伸

㈠ 台灣現代詩的編纂、譯介

除了建構詩學主張之外，「笠」也重新編選「詩選」，使台灣

戰後現代詩美學，有不同的風貌呈現，除了曾譯介台灣詩人作品至日本詩壇，使台灣詩人可以在日本詩壇上，具有能見度的《華麗島詩集》（1970）之外，另外，曾在日治時期，居住過台灣的日本詩人北原政吉，也編選了《台灣現代詩集》（日本：もぐら書房，1979），向日本詩壇介紹台灣的詩人❺，這本被稱為「台灣的在野詩人」❺的詩集，甫一出版即受到日本詩壇的注目❺，而北原氏在序言中提到：「我為了這本詩集，收斂戰後台灣詩壇的動向，同時也對有意探索明日的展望的人，可提供複雜的暗示和許多的問題」❺，由於，北原氏深知台灣殖民歷史的艱困，因此，點出了台灣戰後詩壇發展的複雜性，點出戰後台灣本土詩人被壓縮在現實逆境中的實況。這兩本選譯的詩選，促成了台日詩人的交流，為台灣詩人在日本打開了一扇窗，也使本土詩學的發展，得以向外延伸、拓展，也促成日後亞洲詩人會議的舉辦，和《亞洲現代詩集》的出版❺。

---

❺　北原政吉《台灣現代詩集》，收入三十位詩人，九十五首作品，大多為「笠」的同仁。

❺　北原政吉《台灣現代詩集・後記》，收入《笠》91 期，1979 年 6 月，頁 49。

❺　桓夫〈日本文化對「台灣現代詩集」的評價〉，轉載了日本《週刊讀書人》的報導〈傳播勝過歷史重量的聲音──《台灣現代詩集》〉（1979 年 8 月 20 日），以及《朝日新聞・文化欄》的報導〈高水準的台灣現代詩〉（1979 年 9 月 29 日），文中針對此詩集，給予極高的評價。

❺　北原政吉《台灣現代詩集・序》，收入《笠》91 期，1979 年 6 月，頁 48。

❺　有關笠與日、韓詩人及詩社的交流與過程，可參照陳明台〈播種、耕耘、收穫──「亞洲現代詩集」的刊行與「笠」的成長〉一文（收入《笠》107 期，1982 年 2 月，頁 54-61）。「笠」從六○年代中期開始，即與日本、韓

　　一九七九年六月，「笠」編選了《美麗島詩集》，同年八月成立《美麗島》雜誌社，該雜誌社正是日後推動「美麗島事件」的主力之一，在名稱上兩者相互輝映。而《美麗島詩集》在封面上號稱「戰後最具代表性的台灣現代詩選」，為《笠》的集體風格，做了一次完整的展現，詩中收錄三十六位詩人的作品，其內容為：

> 這一部詩選集，是以目前笠詩社同仁發表在「笠」詩雙月刊上的詩作為選取對象，在五大主題：「足跡」、「見證」、「感應」、「發言」、「掌握」的總目之中，來加以分類選擇。……
>
> 除了詩選以外，我們收入了作者的詩歷、詩觀、一面簡介每一位同仁的生平，另一面展現他們對詩的看法。而在附錄之中，我們也收錄了五篇台灣新詩的回顧，以表示我們對台灣新詩史料的整理與珍惜。**㊿**

而《詩選》所表現的精神是：

> 站在我們的島上，立我們鄉土的大地上，我們擁有個人內在澄明的心靈世界，也體驗群體生活中令人心酸與感動的歷史

國詩壇有所往來接觸，且透過陳千武先生的大力奔走，成績斐然，是以，「笠」也是將台灣現代詩介紹至海外的先趨者。

㊿ 趙天儀《美麗島詩集・序（二）》（台中：笠詩刊社，1979），頁 5-6，頁7。

的偉大形象,我們唱著我們最熱烈最真摯的情淚心聲! ❺

這樣的精神,與《美麗島》雜誌的發刊詞:「我們如何在歷史的實
踐中創造一個可以保障每一個人有達到其政治的、經濟的生活目的
的平等機會的社會條件,以實踐『人民當家作主』的民主原義,這
是歷史給我們的考驗與任務」❺相互呼應,都是站在社會群體的立
場,期冀在政治、經濟、文化各個層面,可以樹立起公平、正義的
平台,可以用真摯的聲音,唱出動人的詩篇。

《美麗島詩集》中五大主題,對應人的五官,即是詩人站在自
己的鄉土,將所見所聞所思所想記錄下來,為台灣的歷史與社會,
留下印記與足跡。而附錄「台灣新詩的回顧」專輯,分別譯介鹽分
地帶詩人群、張冬芳、周德三、邱淳洸,以及日本詩人北原政吉的
作品,為戰前的台灣詩壇尋覓一絲刻痕。因此,《美麗島詩集》的
意義在於,把台灣過去、現在本土詩人的作品彙集成冊,形成一股
集體的力量,展現本土詩學的實踐風貌。

而《美麗島詩集》之後,「笠」延長本土詩作的編輯,一九八
六年一口氣出版了「台灣詩人選集」叢書三十冊❺,每位詩人以單

---

❺ 同上註,頁 6。

❺ 本社〈民主萬歲〉,《美麗島》第一卷第一期,1979 年 8 月,頁 9。

❺ 《台灣詩人選集叢書》三十冊,共收入了有:巫永福《永洲詩集·愛》、詹
冰《實驗室》、陳秀喜《嶺頂靜觀》、陳千武《安全島》、林亨泰《爪痕
集》、張彥勳《朔風的日子》、錦連《挖掘》、李篤恭《再彷徨》、杜潘芳
格《淮山完海》、明哲《鄉土的呼喚》、林宗源《濁水溪》、趙天儀《壓歲
錢》、非馬《篤篤有聲的馬蹄》、靜修《爬蟲》、李魁賢《水晶的形成》、
許達然《違章建築》、杜國清《殉美的憂魂》、沙白《太陽的流聲》、曾貴

行本詩集的形式出版,更擴大其影響的層面,也更具體展現本土詩學的創作實績,以及一股集體性的力量。

(二) 戰前新詩資料鉤沈、整理

　　《笠》在七〇年代除了注重詩觀的建立與作品的實踐外,更要重構台灣新詩史的脈絡,尤其是戰前的新詩資料,因為,長期的散佚、毀損嚴重,且大多為日文寫作,在蒐集整理上格外不易。《笠》較其它詩社,更早具有台灣的歷史意識,能夠早先對日治時期的資料從事編譯、整理,建立起初步的新詩資料,使台灣新詩的發展,可以銜接上斷裂的戰前詩史,同時,隨著七〇年代以降,《笠》更有系統且大量地挖掘戰前的詩作,使戰前的詩人及其詩作,能夠浮現在戰後的歷史時空,此項工作之集大成,為一九八二年,由陳千武與羊子喬共同主編的《光復前台灣文學全集──詩卷》四冊（台北：遠景出版社）,編輯的宗旨及動機在於:「為了澄清誤解,不使這些珍貴的文化遺產再蒙塵垢,我們以嚴謹慎重的態度,對歷史負責的精神,歷經多年的蒐輯、翻譯、整理和註釋,編成這小說八卷、新詩四卷,期望被塵封多年的光復前台灣新文學,能獲得世人的重視,以釐定它在中國文學史上應有的地位」[60],說

　　海《高雄詩抄》、李敏勇《暗房》、莫渝《土地的戀歌》、陳明台《風景畫》、鄭烔明《最後的戀歌》、林豐明《地平線》、莊金國《流轉歲月》、楊傑美《一隻菜蟲如是說》、郭成義《台灣民謠的苦悶》、利玉芳《活的滋味》、杜榮琛《花夢》、蔡榮勇《生命的美學》等。

[60]　陳千武、羊子喬〈出版宗旨與編輯體例〉,收入氏編《光復前台灣文學全集──詩卷》（台北：遠景出版社,1982）,頁1。

明這項工作意義，不僅恢復戰前作品的面貌，更釐清台灣新詩發展
史的源頭。

八〇年代初期，《笠》創刊百期紀念，為慶祝《笠》走過十六
個年頭，特別舉辦一連串的活動，其中，特別邀請戰前作家與會座
談，而設計了「台灣光復前詩人作家座談會」❻，邀請楊雲萍、龍
瑛宗、巫永福、邱淳洸、江燦琳、王登山、林精鏐、郭啟賢、楊
逵、楊啟東、周伯陽、葉石濤、王昶雄等，到場現身說法，與民眾
接觸；其後，自109期開始（1982年6月）設計了「卷頭詩」專輯，
每一期的卷頭，皆譯介一位日治時期的詩人及其詩作，首先，以王
白淵的〈晏鼠〉登場，之後，分別刊有：楊雲萍〈鱷魚〉（110期，
1982年8月）、王詩琅〈蜂〉（111期，1982年10月）、徐清吉〈桅上
的旗〉（112期，1982年12月）、蘇維熊〈貓頭鷹的生活模式〉（113
期，1983年2月）、水蔭萍〈月光奏鳴曲〉（114期，1983年4月）、李
張瑞〈這個家〉（115期，1983年6月）、林永修〈航行〉（116期，
1983年8月）等，初步溯源戰前台灣詩壇發展的雛形。這樣的工
作，承先啟後，深具意義，因此，杜國清認為：

> 「笠」詩刊，做為台灣詩人的雜誌，除了提供園地，讓同人
> 發表作品，評論作品，以及譯介外國詩及詩論之外，設有專
> 欄「日據時代台灣新詩的回顧」，不斷發掘、整理、譯介日

---

❻ 一九八〇年十二月十三、四日，為慶祝《笠》百期紀念，而假台中市文化中
　心舉辦了「詩、舞蹈、民歌之夜」、「台灣光復前詩人作家座談會」、「現
　代詩演講與座談會」、「笠詩刊同仁會」等。（參見〈編輯室報告〉，
　《笠》101期，1981年2月，頁68）

據時代台灣詩人用日文寫下的作品。「笠」下詩人，飲水思
源，默默從事一項意義重大的，承先啟後的文化使命。……
都不愧是台灣詩人才有心從事的工作。⑫

　　由此可見，《笠》在「世代」的銜接、傳承上，保有一內在堅
實的聯繫感，構成它「集團性格」鮮明的道理所在，七〇年代以
降，《笠》不斷往上推溯，探索戰前世代的詩作；往下建立各個世
代的交接，無形中相濡以沫、密實不斷的力量，穩穩地將《笠》的
核心鞏固，其「精神意識」可以向下貫注到詩人的內在，使得每位
詩人縱使表現的方法有異，但其詩刊的核心價值不變，且發揮詩的
精神力量，包括：「和而不同的精神、追求創造的精神、社會正義
的精神、歷史意識的精神」⑬，造就以《笠》為中心所延續的詩學
傳統，可以在台灣詩壇上，占有一席之地。

㊂ 拓展詩社活動，拉近詩與民眾的距離

　　《笠》除了對內用心經營詩刊內容之外，也積極對外拓展社
務，努力培植詩壇新秀以及將詩的教育、欣賞普及化，拉近詩與民
眾的距離，基本上，《笠》對詩的觀念，並不是站在貴族、自我、
狂放的態度⑭，而是平易、普及、真摯的詩觀，《笠》始終認為詩

---

⑫　杜國清〈「笠」與台灣詩人〉，《笠》128 期，1985 年 8 月。收入鄭烱明編
　　《台灣精神的崛起》（高雄：春暉出版社，1989），頁 158。
⑬　趙天儀〈詩的精神力量——笠百期編輯後記〉，《笠》100 期，1980 年 12
　　月，頁 60。
⑭　吳密在〈在我們貧瘠的餐桌上——五〇年代的《現代詩》季刊〉，觀察當時

應從現實生活中挖掘，而非過度強調個人內在的世界：

> 活生生的現實生活才有其吸引我們底詩的源泉。因此，逃避
> 現實，逃避人生的藝術方法，也可以說是違背了詩的本質行
> 走的。**⑥**

　　在這樣的詩觀之下，《笠》以開放式的態度去經營詩刊與詩
社，如「兒童詩」的推廣，使台灣的「兒童詩」有發展的園地；其
次，各大專院校的詩社及年輕詩人的評介，如介紹高醫詩展「阿米
巴詩社」（《笠》69 期，1975 年 10 月），其中阿米巴詩社的重要成
員，曾貴海、江自得等人，日後也成為「笠」的主幹，另外，陸續

匯聚最多詩人的《現代詩》有三個習尚，分別為：尊、窮、狂。在「狂」的
部分，她說到：「詩賦與這些絕大多數處於低階層的詩人一種自我認同和一
份尊嚴。他們以不隨俗而自豪。這點可以分成互為表裏的兩方面來理解：一
是詩人與通俗文化的對立，二是個人主義的標榜。」（收入劉紀蕙等編《書
寫台灣》，台北：麥田出版社，2000，頁 220）因此，對於外在批評詩作過
度難懂時，詩人的反應，常是「不屑一顧」的，如洛夫致李英豪書簡時提
到，「有些朋友認為我的詩難懂，『知音』者不出三五人。……問題不在讀
者懂不懂，而是作者自己是否在作真誠的表現。……詩人一個手勢就能使利
眼的讀者領悟，又何必用更多的廢話來使讀者嫌惡，所以中國有『無聲勝有
聲』的話。」（引自張默編《現代詩人書簡》，台中：普天出版社，1969，
頁 192）此說，可以印證奚密所說的「個人主義」的特徵，當詩作遭受批評
時，詩人往往自我標榜個人作品的價值如何，而非去思考探究詩難懂的原因
何在。

⑥ 陳千武〈詩、詩人與歷史〉，收入氏著《現代詩淺說》（台中：學人出版
社，1980），頁 108。

介紹了台北醫學院「北極星詩社展」(《笠》71 期,1976 年 2 月)、東吳大學「海棠詩社展」(《笠》72 期,1976 年 4 月)、台中師專「防風林詩社展」(《笠》74 期,1976 年 8 月)、中國文化學院「華岡詩社展」(《笠》76 期,1976 年 12 月)等,使得年輕詩人有機會相互切蹉,能對現代詩抱持著寫作的熱情,同時,也鼓勵年輕詩人創作的興趣,提供他們一個發表的管道。這些活動的推廣,無形中,使「笠」的精神可以向外延伸,在詩壇上建立起樸實、真摯、明朗的詩風。

除此之外,「笠」也在台中市立文化中心,舉辦過多次的現代詩的活動,使民眾可以直接參與詩的內容,加強對詩的認識與了解,如一九七七年與「大地」、「詩人季刊」、「詩脈」等詩社,於台中市文化中心合辦「現代詩座談會」(《笠》78 期,1977 年 4 月),受到民眾熱烈的喜愛,在不同詩社的激盪下,對詩的發展與表現,有更明晰的方向;一九八○年十二月,擴大舉辦「現代詩演講及座談會」,分別邀請梁景峰主講「現代詩的創作」、白萩談「詩與人生」,以及「詩與時代、社會、人生」的座談會,會中針對詩的「思想性」加以闡發,如李魁賢說:

> 詩人表達生活經驗,詩是傳給讀者的,應該不是個人的經驗,而是社會群體的經驗,詩要獲得大家的共鳴。……
> 詩與人生,在人生過程不管如何演變,重要的是應有所感悟,不同階段有不同的感悟,要深入到世界內層,尋求體認其共通性。詩與人生的關連應該表現在詩本身是否有「思想

性」也。⑥

這樣的論調，與《笠》檢討詩的「敘事」、「知性」的表現手法，相互吻合，換言之，《笠》的詩觀不僅向詩社內部推展，更向下普及到一般民眾，使民眾可以從現實生活中出發，去尋找詩的題材，此外，更要挹注詩一種具思考性的觀點，使詩可以達到共通性的情感。

由於，「笠」不斷地向外拓展，與台灣整個時局風起雲湧的現象相扣合，為了擴大加強文學與社會的關係，一九八二年，「笠」南部一群詩人文友共同籌組《文學界集刊》（1982-1988）綜合性刊物，其中包括葉石濤、鄭烱明、曾貴海、陳坤崙、彭瑞金等人，其宗旨為：

> 處於時局多變的八十年代的台灣文壇，要如何才能確切地捕捉屬於這塊土地的靈魂的悸動，記錄它的子民的喜怒哀樂，是每位從事創作者所面臨的迫切的課題，亦即努力以赴的目標。⑥

八○年代之後，《笠》除了秉持一貫的詩路外，《文學界》則增加了小說、評論等項目，使得《台灣文藝》、《笠》、《文學界》成為「台灣文學」正名前，最具本土色彩的刊物，開拓了台灣

---

⑥ 〈現代詩演講及座談會記錄〉，《笠》101 期，1981 年 2 月，頁 64。
⑥ 《文學界集刊》，1982 年 1 月，頁 1。

文學的發表園地，建立起台灣文學的現實精神。

五、結 論

《笠》自六〇年代中期成立以來，即提倡表現「這個時代的這個『世代』的詩」⑱，且對於同時代的「超現實主義」詩風有所修正。這樣扎根在土地、人民之上、反映社會現實的樸實走向，一直是《笠》發展的重要方針。

七〇年代中期以降，隨著時局的丕變，《笠》在本土派詩人的掌舵下，漸次成為本土詩社的代表，相較崛起於七〇年代的各大小詩社，所不同的是，《笠》透過世代的傳承、紹繼，在高壓威權時代，率先具有台灣的歷史意識與鄉土情懷，因此，在詩的寫作上，能縱觀台灣歷史發展的來龍去脈，同時，也能平行地關注同一時代的現實生活，將台灣現代詩的座標重新定位、詮譯，使詩的表現意涵擴大，是以，它能穩健地走過風起雲湧的七、八〇年代，推動台灣戰後的現實詩學，與大陸來台詩人所倡導的現代主義詩學，成為詩壇上兩大犄角。

而《笠》在七〇年代中期所拉高的現實之音，在「世代」的傳承、交替中，一步步地完成，特別是「笠」的「戰後世代」，在七〇年代展現了昂揚的創作力與戰鬥力，使得《笠》逐步奠定「本土詩學」的位置，成為戰後重要的詩社團體，共同參與台灣民主運動的推行。

---

⑱ 本社〈古剎的竹掃〉，《笠》1期，1964年6月，頁3。

　　在詩的表現上,《笠》除了著重精神內涵之外,也極為重視詩的表現形式,因此,《笠》不僅具有「現實性」,也同時具有「現代性」;它的寫作不只是現實的題材、明朗的語言而已,而更是一種精神與態度的象徵,且具有高度的反叛意識,因此,詩的敘事性加大,呈現冷靜、知性的詩風。

　　此外,《笠》七〇年代中期後,也不斷將詩社的影響力延伸,包括重新編選詩選、整理台灣戰前的詩史資料、擴大舉辦各種詩的活動,拉近民眾與詩的距離,奠定起「本土詩學」的新風貌,帶領台灣詩壇走過風雨飄搖的七、八〇年代,完成新的詩美學典範。

第五章 從「中國」到「台灣」：
台灣戰後詩中的「國家」意象

一、台灣戰後特殊的歷史處境
及「國家」的基本性質

「國家」，是一個抽象、特定的語詞，有其複雜而多元的意涵。若問「國家」是什麼？並不能單一的來回答，它自有各種不同的歷史起源、研究觀點與結構模式，可從極右的國家主義至上，到極左的無國家主義者，歷來有關國家的理論汗牛充棟，莫衷一是。如盧梭（Rousseau，1812-1867）用社會契約來說明國家的存在；韋伯（Max Weber，1864-1920）認為「國家」是一個特定的領土內，藉著對武力的合法壟斷，以行使權力的統治機構；馬克斯、恩格斯則視「國家」為掩飾著布爾喬爾階級支配的一種幻象，國家為統治階級的工具等等。

若以存在的「形式」來看，中國古代封建時期，雖然沒有「國家」之名，但天子所統治的「天下」，諸候所統治的「國」，與卿

大夫統治的「家」，也具有現代「國家」的意涵。❶另外，西方的羅馬「帝國」、非洲的原始「部落」，乃至近代的「民族國家」，亦涵括其中。但若以近代「國家」（state）的定義，則有特定的用法，它指源自歐洲十六、七世紀以降新興建立的「民族國家」（nation state），因此，當「國家」意指「民族國家」時，則表示它具有治權獨立的政治性格，以及民族融合的文化意涵。

近年來研究台灣「國家」論述者，不勝枚舉，他們大多借用西方民族國家的理論，就民族「原生論」（primordialist theory）或「建構論」（constructivist theory）的觀點，來加以判別、分析；前者認為民族有共同血緣的本質性，後者則強調民族是現代社會的產物，是想像建構而來❷。然而，以西方國族理論，來說明台灣的「國家」

---

❶ 參考孟德聲著《中國民族主義之理論與實際──一個歷史的、思想的分析與綜合》（台北：海峽學術出版社，2002），頁 105-108。

❷ 就民族主義是想像的共同體的觀點而言，以 Benedict Anderson、Ernest Gellnerk、E.J Hobsbawm 為代表。Benedict Anderson 主張民族是：「一種想像的政治共同體──並且，它是被想像本質上有限的（limited），同時也享有主權的共同體。」（引見 Benedict Anderson 著，吳叡人譯《想像的共同體：民族主義的起源與散布》（台北：時報文化公司，1999），頁 11）。另外，Ernest Gellnerk 在他的《國族主義》中，清楚指出：「至於本書的立場相當清楚，我們認定的國族主義根源自人類的現代性（Modernity）。」（引見 Ernest Gellnerk 著，李金梅譯《國族主義》（台北：聯經出版公司，2001），頁 13）。換言之，Ernest Gellnerk 認為國族並非來自原生的古老遺緒與傳統；而是建構於後天的現代社會中。再者，E.J Hobsbawm 認為「民族原本就是人類歷史上相當晚近的新現象，而且還是源於特定地域及時空環境下的歷史產物。」（引見 E.J Hobsbawm 著，李金梅譯《民族與民族主義》（台北：麥田出版公司，1999），頁 8）

問題，似乎未能切中要害，如政治學家江宜樺所言：

> 台灣的國家認同問題主要並不是西方民族主義文獻中所談的
> 「獨立建國」或「打造國族」問題，而是關於台灣做為一個
> 「實質存在的國家」應該如何自我定位，而其人民又如何確
> 認自己歸屬範圍的問題。這個問題的核心牽涉到大眾對於所
> 屬政治共同體的「自我瞭解」（self-understanding），而沒有涉
> 及大規模的、改變政治現實的活動。……更重要的是，這個
> 「自我瞭解」活動的課題乃是針對「國家」，不是「民
> 族」。❸

　　上述引言點出一個重要的問題是，如何作為一「實質存在的國
家」，對瞭解台灣「國家」問題，有其根本性的意義，因為，台灣
的「國家」問題，不似近代西方「民族國家」的形成——「一個民
族，一個國家」的概念。對台灣而言，更重要的是，作為實質存在
的國家要如何定位？人民要如何來認同自己歸屬的政治共同體？
「國家」除了民族（族群）認同之外，更重要的是對文化與政治體
制的認同。台灣國家問題之所以一直懸而未決或錯綜複雜，實究於
台灣特殊的歷史處境。

　　台灣曾受日本殖民長達五十年之久，一九四五年之後，大批的
大陸人士陸續來台，由於，不同政權的統治及時空的阻隔，使得雙

---

❸　江宜樺〈新國家運動下的台灣認同〉，收入林佳龍、鄭永年主編《民族主義
　　與兩岸關係》（台北：新自然主義公司，2001），頁189-190。

方在歷史記憶、文化認同、民族情感，存在著許多明顯可見的差異，一九四七年，「二二八事件」爆發，更引燃了台灣有史以來最激烈的民族鬥爭，劃下一道難以縫合的民族傷痕，也種下日後台灣島民與大陸來台人士（包括來台之後的第二代），在許多公共議題或國家論述上，彼此扞格不入，甚至對立的情況，其餘波蕩漾，持續延燒至今。

此外，國民政府來台之後，實行一連串的高壓統治政策，致使民心背離、惶恐，使得「國家」的認同，再次擺盪在戰後台灣知識分子的身上。因此，在台灣提問「到底我是誰？」並非是民族認同的混淆，而是國家認同的差異，戰後台灣的「國家」認同，已分裂出「中國」／「台灣」二大意象，隨著局勢的改變，而拉大了兩者在認同上的距離。是以，台灣「國家」的性質，如 Franz Oppenheimer 在《國家論》（*The State*）所言，在漫長的歷史演進中，所有的國家都有一個重要的特徵，那就是：

> 國家都是武力造成的團體，一方有統治者，他方有被統治者，而為階層組織，過去是如此，現今也是如此。換言之，一國人民之中，常因權力與權益之不同，而分為命令與服從兩類人群，由此就造成了階層制度。❹

Franz Oppenheimer 所說的「國家」性質，清楚地指出，台灣

---

❹ Franz Oppenheimer 著，薩孟武譯《國家論》（台北：東大圖書公司，1977），頁 3。

戰後「國家」的問題，在於：透過政權的統治及「武力」，造成一國人民之中，不對等的階層制度。台灣戰後的「國家」，利用龐大、威權的「政治力」，統攝一切論述，不論是國家歷史的詮釋、社會問題的討論、文化形式的表現，只能在統治者允許的範圍內發聲，都必須服膺在這套既定的國家體制的論述系統下，使得台灣的主體性，不僅被漠視，甚至被刻意的抹滅。

　　以台灣戰後現代詩的發展為例。戰後，台灣詩壇實際上存在著「詩的兩個球根」❺；這兩個球根，因政治體制的因素，並沒有同時發展，而是呈現此消彼長的現象。其因在於，戰後「文學場域」的「傾斜」，使得本土詩人，喪失了進入主流文壇的機會，必須在邊緣的位置下創作，在威權時代中，他們仍舊不失文學的熱情，以詩學介入社會，勇於揭露威權體制的假象。這些微弱的抗議之聲，正是台灣長期民主運動的「潛在」推力，推動台灣朝向民主化過程的重要力量，甚至是到了八○年代後，成為台灣政治、社會改革運動的一環。

　　台灣戰後「詩的兩個球根」的「位置」（position），有明顯的不對等的階層關係。首先，是語文的差異與歧視。戰後初期，對台灣本土派作家而言，面臨最嚴峻的考驗莫非「語言」的轉換，在強硬「國語」（文）政策下，他們不得不從日文（語）跨越到中文

---

❺　所謂「詩的兩個球根」，雖是戰後現代詩發展實存的現象，但由於政治因素，此一名稱的提出，一直要到一九七○年，由陳千武在《華麗島詩集》（日本：若樹書房，1970）的後記〈台灣現代詩的歷史和詩人們〉，才正式提出，兩個球根意指一為日治時期所建立的文學傳統，由本土派詩人所延續；另為大陸新文學運動下，由大陸來台詩人所承繼的文學傳統。

（語），成為「跨越語言一代」詩人。當時，台灣首任行長官陳儀來台的語文政策態度是：

> 對於國文，我希望我們要剛性的推行，不能稍有柔性。⋯⋯
> 我們推行國語，必須剛性的，俾可增加效率。❻

在強勢的「國語」政策下，一九四六年四月，台灣長官公署在教育之下成立了「台灣國語推行委員會」，主管全省的國語推行任務，全省各縣市分別成立國語推行所，分區設置國語講習班，主要推動要點在於：

> 掃除日本的文化壓制及打破語文上的阻隔，亟需積極在台灣
> 推行國語工作。其重要措施有二：一是儘速成立國語推行委
> 員會，以策劃及執行推行國語運動的各項活動；一是加速
> 培育國語推行工作的生力軍。終於奠定本省國語統一的基
> 礎。❼

快速要求「國語統一」的結果，導致大部分的本土派詩人，頓成喑啞，而要重新學習一種新的語文──中文（語），對他們而言，無異於到了異邦。因此，戰後本土派作家，在政治陰影的籠罩及強力的國語政策下，遂喪失了文學的發展空間。從他們的經歷中，特別

---

❻　陳儀〈陳長官演講詞全文〉，《台灣新生報》，1946 年 2 月 16 日。
❼　行政院研考會編《國語推行及措施之檢討與改進》，1982 年，頁 24。

突顯他們是一群「帶著『國語』原罪般挫傷的作家」❽，如陳千武所言：

> 有些東西我們原來是習慣用日語思考的，現在就要先在心中將日語翻成台語，然後再二度翻譯成中文寫下來，其間經過文法的差異性，是相當困難的，所以我的創作生涯有一段空白，……跨越語言的種種艱苦，是我們這一代才能感受得到。❾

戰後語言的轉換，對於「跨越語言一代」詩人來說，的確帶來了莫大的傷害，甚至造成他們文學的空白及中斷。心中真切的感受，必須透過「腦譯」，先以日語轉成台語，再由台語轉成中文，層層的語言轉換，已削弱了文學的能動力。因此，對本土派詩人而言，戰後初期，最切身之痛、感受最深的，莫過於語文轉換的問題，這使得他們也對當權者的權力及道德的合法性，起了很大的質疑。

語文的劣勢，使得本土派作家在戰後喪失了文學的競爭力，相較大陸來台作家，在語文上占有先天的優勢，取得較多的文化資源，成為戰後台灣文壇的主流有所不同。「中國語文」的壟斷與傳播，形成了葛爾納（Ernest Gellnerk）所說的「高級文化」，一方面，

---

❽ 彭瑞金〈從時代浪濤淩波而過的廖清秀〉，收入氏著《瞄準台灣作家》（高雄：派色文化，1992），頁134。

❾ 「陳千武訪談記錄」，參見施懿琳、鍾美芳、楊翠合著《台中縣文學發展史田野調查報告》（台中：台中縣文化中心，1993），頁257。

保障大陸來台作家的語文能力；相對的，卻使得本土派作家，產生了文學的挫敗感。在文化心理上，文化與權力的緊密關係，也建立了「文學菁英」的想像，以編輯《六十年代詩選》（1961 年）、《七十年代詩選》（1969 年）的「創世紀」詩人群，在這兩本「超越時間」的詩選中特別表示：

> 自「六十年代詩選」出版以還，迄今僅屆六年（民國五十年至
> 五十六年），就時距而言，即出版「七十年代詩選」，似嫌
> 過早，但我等幾經考慮，仍以提前出版為宜，理由甚多，要
> 者有二：一則由於六年半來此間並無任何足以代表中國現代
> 詩之權威性選集問世……；再則，此一詩選其基本立場亦如
> 「六十年代詩選」緒言所示：並非完全意味著一種紀年式之
> 時間觀念，而尤著重於一種革命性與創造性之現代意義。換
> 言之，本詩選並非刻板之定期性者，其出版乃以上一詩選之
> 間是否有更為進步更為成熟之作品出現而定。❿

在編輯態度上，「創世紀」詩人，以「權威式」的編輯方式，在時間上打破了線性的發展，超越了以「年代」的記年，而決選「自認」為「表示一種新的、革命的、超傳統的現代意義」⓫的作品。其中編選的標準，或許帶有許多美學的意義，但卻也不乏意味

❿　張默、瘂弦、洛夫主編《七十年代詩選・後記》（高雄：大業書店，1969），頁 343。

⓫　張默、瘂弦主編《六十年代・前言》（高雄：大業書店，1961），頁 6。

著編輯者「傲世」的稱霸心理。如上所述，他們之所以成為五、六
○年代的文學典範，一部分來自於強硬的國語政策，使得他們率先
取得了「發言權」，且大部分具有良好的黨政關係，而獲取更多的
文藝資源，藉此，一步步鞏固了他們在戰後文壇的地位。

　　其次，一九四九年，國民政府撤退來台，旋即展開文藝肅清的
活動，進而割裂了大陸五四新文藝傳統，及台灣日治以降的本土文
學傳統。這雙重文學傳統的斷裂，致使台灣文學發展，沒有可供滋
養的文學母奶，一切以國家文藝政策作為導向。一九五○年蔣經國
擔任總政治部主任，同年，在張道藩的策劃下，成立了「中國文藝
協會」及「中華文藝獎金委員會」形成軍中與官方兩大系統，為推
動台灣戰後政策文學的主要支幹，形成推動軍中文藝界與社會文藝
界的兩大犄角，文藝協會幾乎掌握了五○年代重要的傳播工具，
「其中的要角並且擔任《中央日報副刊》、《新生報副刊》、《民
族晚報副刊》、《公論報副刊》、《新生報南部版副刊》等當時最
具影響力的報紙和《文藝創作》等文藝雜誌的主編」，其結果，正
如鄭明娳所言：「五○年代任何一個作家一旦被文藝協會所摒棄的
結果，正是被放逐在台灣文壇之外。」❿

　　五、六○年代嚴峻的政治氣氛下，國民政府透過文藝資源的壟
斷及高額的文藝獎金誘導，羅織一套嚴密的文藝網絡，形成「被有
系統扭曲的傳播」系統❸，由上至下有效地推動國家文藝政策的方

❿　鄭明娳〈當代台灣文藝政策的發展、影響與檢討〉，收入氏編《當代台灣政
　　治文學論》（台北：時報文化公司，1994），頁24。
❸　向陽〈打開意識型態的地圖──回看戰後台灣文學傳播的媒介運作〉，收入
　　鄭明娳編《當代台灣政治文學論》，同前揭書，頁82。

針⓮。表面上，反共抗俄的文學內容，顯現熱情、積極的一面；但實際上卻是抹平了台灣文化的獨特性，對本土派作家而言，反共文學不但溢出了現實生活的經驗，也背離了內心真實的感受。

戰後，國民政府透過各種管道，建構一個牢不可破的「政治共同體」，如 Benedict Anderson 認為，「國家」作為一個「想像的政治共同體」之所以可能，主要在於：「一種生產體系與生產關係（資本主義）、一種傳播科技（印刷品），和人類語言宿命的多樣性，這三個因素之間半偶然的，但卻富有爆炸性的相互作用」⓯。因此，在這強大的政治結構下，壓縮了本土派詩人的生存空間及位置。同時，在這套政治力運作下的「國家認同」，與台灣在日治後期業已產生的「民族意識」相互對峙⓰，這樣的結果，使得台灣人民一旦掙開政治桎梏的枷鎖後，會積極追求台灣主體性的關鍵因素。

六〇年代後，國家文藝政策的影響力，雖然尚未完全消除；但

⓮　從五〇年代所成立的文藝組織與政策中，可以看到當時台灣文藝是瀰漫在一片以「中國」為名的反共聲浪中，如中國文藝協會（1950 年）、自由中國詩歌朗誦隊（1951 年）、中國青年反共救國團（1952 年）、中國文藝創刊（1952 年）、中國語文創刊（1952 年）、中國青年寫作協會（1953 年）等（參見《光復後台灣地區文壇大事紀要》（台北：行政院文建會，1995）。

⓯　Benedict Anderson 著，吳叡人譯《想像的共同體：民族主義的起源與散布》，同前揭書，頁 53。

⓰　如日本學者藤井省三認為，戰後的二二八事件，台灣人之所以會勇敢蜂起的原因，受到日治末期所產生的民族主義的影響很大，這也使得之後，台灣人努力展開台灣的獨立運動。參照氏著《台灣文學この百年》（東京：東方書店，1998），頁 21。台灣戰後本土派人士在受到國民政府威權的壓迫時，無形中也刺激了他們在日治時期業已產生的台灣民族意識。

跨越戰前、戰後兩個時代的詩人，已漸漸跨越語言的障礙，重新拾起文筆，藉著文學的書寫，共同凝聚台灣人的「集體記憶」。一九六四年，《台灣文藝》與《笠》的同時成立，代表台灣精神的昂揚與崛起。「台灣主體」的問題，也從沈潛的地底，逐漸浮出地表。受到精神感召的「戰後世代」詩人，更體認到台灣的「歷史意識」，對斯土斯民表達深切的認同感，漸漸與「想像的」文化中國區別開來。

　　七○年代台灣因國際局勢的丕變❶，島上掀起一股回歸民族、回歸鄉土的熱潮，在文化方面，率先由關傑明、唐文標揭竿的「現代詩論戰」（1972-1973 年），其次，雖以文學論戰之名，但實為台灣政經社會、民族意識總檢討的「鄉土文學論戰」（1976-1977年），直到一九七九年引爆了「美麗島事件」為止❶，這一連串的改革運動，使得全島籠罩在這片改革的聲浪中，使得原本一切以「中國」為認同的思考模式，重新調整到以現實生存的台灣作為出發點。而伴隨著政治運動的改革，一連串的社會、文化運動也接著

---

❶　一九七一年外交部對美抗議釣魚台列嶼交還給日本、退出聯合國，一九七二年中日斷交，一九七六年奧委會要求我國以「台灣」之名參加第 22 屆蒙特婁奧運賽，我方宣布退出參賽。一九七九年中美斷交。（參照薛化元主編《台灣歷史年表》終戰篇（台北：業強出版社，1994））

❶　所謂「美麗島事件」精確來說，不單指一九七九年十二月《美麗島雜誌》的黨外人士在高雄舉行「世界人權紀念日」大會，結果與政府鎮暴部隊發生衝突；另外，也包括一九八○年這些黨外菁英人士接受軍法審判以判亂罪入獄，使得台灣政治反對運動瀕臨瓦解，一九八一年中央民意代表改選，美麗島受害家及辯律師全面高票當選，以及林義雄家遭受祖被害事件等一連串的政治效應。

蜂擁而起，形成一股沛然莫之可禦的力量，全面且直接地衝擊著，戰後出生的知識分子，有更多的人開始將關注的眼光轉向台灣，使「台灣」作為主體認同的基礎更加深厚、堅實。

但實際上，台灣的國家認同，至今仍然無法擺脫長期以來，從最極端的「中國民族主義」→「務實統一論」→「務實現狀論」→「台灣獨立論」，再趨近另一極端的「台灣民族主義」的認同系譜⑲，顯現台灣國家認同的複雜性。在此系譜中，雖不能只簡化為認同「中國」或「台灣」；但作為一個政治的共同體，民眾的認同其實已經相當明確，大部分的人，皆以台灣作為自己國家的範圍，應是無庸置疑。⑳

然而，在這漫長的歷史發展中，「台灣」的問題，一步步由禁忌轉為認同，一般論者，咸認為是受到七〇年代以來，一連串政治、民主運動的推波助瀾，台灣「民族意識」的高漲的結果。但歷史的變化，除了外在強勢的政治、經濟力量的運作外，還有複雜的文化心理因素，透過文學的活動，潛移默化而來，它有特定的發展脈絡。是以，台灣的「民族主義」或「國家認同」，若單單只歸因於：七、八〇年代的政治、民主運動勃興的結果，忽視了之前更隱微的文化脈絡，無疑是，簡化了歷史發展的複雜性。因為，七、八〇年代之前，本土派作家的文學活動，以及他們所留下的文學資產，不僅代表文化傳統的延續，更是凝聚台灣「集體記憶」的關

---

⑲ 有關台灣國家認同的各種不同類型，參照江宜樺〈新國家運動下的台灣認同〉，收入於同前揭書，頁 191-200。

⑳ 同上註。

鍵，都是促使台灣走向「國家」形式的重要軌跡。

本文以台灣戰後詩的「國家意象」書寫，作為主軸，檢視從戰後初期至九〇年代，詩中「國家意象」書寫的轉向。就文學活動來看，台灣「國家意象」的建構，往往更早於實際的政治、社會運動，尤其是詩文學的表現，因為它具有高度的隱喻效果，使得它在語言稠密的保護網下，較真正付諸行動的政治、社會運動，能夠早先一步登台，逐步建立起台灣的主體意識，完成以台灣作為國家認同的歷程。因此，從文學的角度觀之，恰可從不同學科切入國家認同的議題，提出不同面向的觀點與意見。

二、召喚「中國」／想像「中國」

戰後，國民政府為了獲取法統地位，遂以「反共抗俄」作為國家權力的道德依據，以此鞏固政治權力的正當性與合法性。因此，如何將內部的文化發展，與政治權力的運作相扣合，加強權力的穩固性，對執政當局是迫切的。然而，戰後文藝政策瀰漫在「反共抗俄」的聲浪中，與之相異的文化論述，皆被大力剪除。「反共文學」在強力的推行與政策的貫徹下，形成主要的文學模式，以小說為例，當時「反共文學」的創作字數總量高達七千萬字[21]，但大量複製、意識先行的情況下，反而降低了「反共文學」的藝術價值，最後，反共成了遙不可及的夢想時，「反共文學」便只能成為一段文學的遺事。

---

[21] 張素貞〈五十年代小說管窺〉（《文訊》9 期，1984 年 5 月），頁 88。

　　五、六〇年代，台灣詩中的「國家意象」，大多以飽經戰亂、流離失索的中國大陸為主，大陸來台作家，藉書寫去追憶受了傷的「中國」，同時，強化這樣的「國家意象」，使得「反共抗俄」的工作，成為台灣同仇敵愾的任務，其結果，硬生生地隔絕了民眾對現實生活的凝視，割裂了民眾與土地的情感。

　　若以五〇年代兩本最重要的詩選集，一為上官予所編的《十年詩選》（明華書局，1960 年）；一為彭邦楨、墨人合編的《中國詩選》（大業書店，1958 年），以此窺探台灣戰後初期的詩壇概況的話，它們分別收錄大陸來台主要詩人的作品，前者較後者更偏重對離亂「中國」的著墨，後者較傾向個人的抒情意蘊。但有關「國家」的意象，兩本詩選不約而同的都架設在「中國」之上，作品呈現濃厚的家國之思，同時，對飽受戰亂蹂躪的中國，表達深切的悲愴之情。如被覃子豪喻為「具有中國詩風的愛國詩人」❷王祿松，在其長詩〈金色英雄傳——號角殉國記〉中，悲切地高喊：

　　　　啊啊，受傷的燦爛大中國，
　　　　流著豪血，嚥著長淚，
　　　　喘息在亞細亞的蒼芒原野上，
　　　　受傷的祖國呀，在夜裏，用黑暗的手
　　　　撫吻著一個被血和創傷包裹的明天……

　　　　　　　　　　　　　　　　　（節引自《十年詩選》，頁 19）

---

❷　王祿松《狂飆的年代》（台北：水芙蓉出版社，1975），頁 5。

　　詩中將「中國」擬人化，以誇飾的修辭，彰顯中國苦難的形象，它「流著豪血，噙著長淚」、「祖國的臉孔，緊抽痙皺著，／很難看，像一面痛苦的旗幟」（《十年詩選》，頁 17）以痛苦扭曲的模樣，描繪多災多難的祖國面容。王祿松的詩，頗能代表五○年代國家文藝政策下的樣版作品，他不僅曾多次獲獎❷，且受到國防部的青睞，其作品曾為期七個月的環島演誦，以及被「中國文藝協會」採用，選為千人朗誦的詩作。由此，「國家」意象，被政治力量大力運作的結果，加上詩人大多陷在一片高漲的愛國情緒下，不斷地為「祖國」（中國）進行建構，以文藝作品去拼貼一張海棠葉般的中國圖象，以作為戰後初期文藝人士「文化心靈」的依歸。因此，詩人魂牽夢縈地說：「我要回到故鄉去／去度那淳樸的歲月／我要的只是一輛古舊的馬車／一個飛著黃沙的大風天／沿著那粗獷的山野」（沙陀〈故鄉〉，《十年詩選》，頁 41）詩人心繫的故鄉，是在那有著漫天黃沙、粗獷山野的北大荒，而非當下立足的台灣。

　　其次，以憂傷悲愴、戀慕追懷的中國為主題者，在五、六○年代的詩作中俯拾皆是，主要來自於詩人流離的親身經歷，以及國民政府來台後，運用文化傳媒的力量，藉教科書、紀念碑、電視、戲劇、電影等製造共同的集體想像，以激發民眾同仇敵愾的愛國心，達到「文化一致」的目的，使一般民眾對「國家」（族）產生效忠、誠敬，如 Ernest Geller 所言：

---

❷　王祿松於一九五四年開始寫詩，作品先後曾獲得中國文藝協會、中國青年寫作協會、國防部軍中文藝金像獎、中國文藝促進委員會等多次獎勵。

國族主義乃是一種政治信條，主張文化的相似性就是最基本
的社會關係連帶。無論人與人之間是否有權威關係存在，權
力的基礎是建立在團體成員全都屬於同一個文化。㉔

國民政府透過國家文藝政策、傳播媒介由上而下推行，使得個
人對「國家」的忠誠、擁戴，內化為文藝創作者形塑家國的意象，
無形之中對本土文化的漠視可見一斑。如符節合㉕，在其詩作《大
時代的詩人》的自序中說：

文藝是大眾的心聲，擔負著時代的任務，現在我們所處的是
反共抗俄的偉大時代，我們深知對匪俄的鬥爭，乃是自由與
奴役、光明與黑暗、人性與獸性的鬥爭，這場鬥爭以思想為
主力，而文藝是主力中的前鋒，因此，作者在每次執筆成詩
時，都沒有忘記把反共抗俄的題材，滲透到一切生活的領
域，把國家民族的意識，融會到所有作品的當中。㉖

符氏所言把「反共抗俄的題材，滲透到一切生活的領域，把國
家民族的意識，融會到所有作品的當中」，在五、六〇年代反共抗
俄時期，確為詩人創作時內心的一把尺，以此作為最高的創作準

㉔　Ernest Geller 著，李金梅譯《國族主義》，同前揭書，頁 3。
㉕　符節合曾以〈農人之歌〉和〈勵誌詩集〉，獲得 1953 年及 1956 年中華文藝
　　獎金委員會的第二獎及第三獎。參考應鳳凰編《光復後台灣地區文壇大事紀
　　要》（台北：行政院文建會，1985），頁 30-100。
㉖　符節合《大時代的詩人》（台北：正中書局，1961），頁 2。

則。就連成立《現代詩》（1953-1964 年）的紀弦，也曾呼應其政策，寫有〈怒吼吧台灣〉（1950 年）、〈鄉愁〉（1952 年）等獲頒「中華文藝獎委員會」的作品，更在「現代派」的六大信條❷，提出十分弔詭的「愛國，反共」信條，足見當時的政治氣氛與文藝標準；另外，《創世紀》（1954-1969 年）在十一期（1959 年）擴大改版之前，一直標榜所謂「新民族詩型」❷，在〈發刊詞〉中提出了詩社發展的方向：「一、現代詩的民族陣線，掀起現代詩的時代思潮，二、建立鋼鐵般的詩陣營，切忌互相攻訐製造派系，三、提攜青年詩人，澈底肅清赤色黃色灰色流毒」❷，這些詩壇現象，皆足以說明五〇年代「國家意象」，是建立在政治權力與文化組織的總動員上。

　　由於五、六〇年代，國家文藝政策雷厲風行，加上詩人遭遇戰亂流離，致使「國家」概念，被化約成反共抗俄、飽受戰亂的「中國」和遙遠思慕的「家國」，如鍾雷的〈黃河戀〉：

　　黃河啊！

---

❷　這六大信條分別是：第一條：我們是有所揚棄並發揚光大地包容了自波特萊爾以降一切新興詩派之精神與要素的現代派之一群。第二條：我們認為新新乃是橫的移植，而非縱的繼承。第三條：詩的新大陸之探險，詩的處女地之開拓。第四條：知性之強調。第五條：追求詩的純粹性。第六條：愛國，反共。（刊載於紀弦〈現代派釋義〉，《現代詩》13 期，1956 年 1 月，頁4。）

❷　《創世紀》在第五期（1956 年 3 月）的社論標題中，特別標明「建立新民族詩型之芻議」，以宣示其詩刊反共愛國的宗旨。

❷　〈發刊詞〉《創世紀》1 期，1954 年 10 月。

今天，妳正忍受著

空前的屈辱和磨難。

赤色的魔鬼們──

伸出了牠的利爪，

在大陸上鬧得地覆天翻。

（節引自《中國詩選》，頁 122）

　　以「黃河」的意象隱喻山河變色的家國，在淺白明朗的呼喊中，詩的餘韻已蕩然無存，所留下的只是詩人一腔愛國的熱血，「為了多難的祖國，／我又挺起了／快被槍桿壓彎的脊樑／於是──／我讓夢飛回了妳的身邊／重又踏著大步上戰場」（《中國詩選》，頁 122）。楊照曾為文指出，五○年代「反共文學」之所以「到後來都沒有進入公認的『典律』（Canon）範疇內」，是因為「在文學史上（它）是以概念的形式存在，而非確切的文學流派。」❸而加以批評。因此，這些詩的作用，不在美學價值上，而是為了配合國家文藝政策，宣揚「反共抗俄」的口號，詩人的使命是：「你粉碎那些燈紅酒綠的幻夢，／你鄙棄那些佳人才子的幽情，／你為真理膜拜，／你向醜惡進政，／你為自由吟咏，／你向奴役長征，／你的詩篇，是對全民族戰鬥生活之歌頌。」（節引自《大時代的詩人》，頁 3）此外，詩人內心對於家國的想像，是那冰天

---

❸　楊照〈文學的神話，神話的文學──論五○、六○年代的台灣文學〉，收入於氏著《文學、社會與歷史想像》（台北：聯合文學，1996 年二刷），頁113。

雪地、沙漠駝鈴、疾馳勁風的北方，以填補在實質精神上的空虛
感，如潘壘〈我來自遙遠的富良江畔〉：

> 我來自
> 遙遠的富良江畔，
> 祖國，我聽到：
> 您親切的呼喚。
> （中略）
> 西北的風沙，
> 長白山頭的雪，
> 掩蓋邊陲的寂寞。
>
> 這是我夢魂縈繞的
> 祖國

（節引自《十年詩選》，頁 158）

戰後台灣詩人的家國面貌，有著「西北的風沙」，有著「長白
山頭的雪」，或是上官予〈北方啊北方〉中，「那裏的原野和丘林
閃光，茫茫的雪野上，有牛羊徜徉；青紗帳裏颶揚著歌唱，麥濤，
是大海的波浪」（節引自《千葉花》，頁 57-58）的牧野景況，甚至余光
中以極感性的口吻道出〈當我死時〉：

> 當我死時，葬我，在長江與黃河
> 之間，枕我的頭顱，白髮蓋著黑土

在中國，最美最母親的國度

我便坦然睡去，睡整張大陸

聽兩側，安魂曲起自長江，黃河

兩管永生的音樂，滔滔，朝東

這是最縱容最寬闊的牀

（節引自《敲打樂》，頁 55-56）

當形體銷毀時，詩人所要安葬的地方是「在中國，最美最母親的國度」，姑且不論政治現實的可能性，單就詩人在四○年代已到台灣安家落戶，然而，卻在六○年代的作品，依然看到詩人對「中國」，懷抱著高度的想像與憧憬。高準的〈念故鄉〉（1969 年）同樣對「中國」有著極深的眷戀，「是永恆的情人在夢裡飄渺，／是生我的母親卻任我不飄泊，／故鄉啊，／我的故鄉是中國」（《高準詩抄》，頁 198），詩人以「情人」、以「母親」的形象，來比喻對心中「中國」愛憐及想念。這樣的形象，一直成為戰後台灣國家論述的基礎，延續至七、八○年代，如連水淼〈母親!我們不勝依戀——慶祝台灣光復節〉：

在我們終日引領瞭望的那一方

在母親愈奮愈揮舞愈堅毅的手勢裏

　　領袖高舉「抗戰建國綱領」

只一聲召喚

便叫單薄的我們緊緊地團結在一起了

（中略）

遠遠地

我們看見您伸出歡迎的手臂

母親啊!母親

我們不勝依戀

　　　　　　　　　　　　　　　　（引自《生命的樹》，頁 58-59）

再者，如蔣勳〈中國，我對你一聲聲地嘆息──為辛亥革命十七年祭〉（1981）：

中國，我對你一聲聲地嘆息

這嘆息耗盡了我全部年輕的力氣

我覺得我枯竭了

我覺得我衰老了

飄遊在大地上

只是一聲一聲深深的嘆息

　　　　　　　　　　　　　　　　　　（引自《母親》，頁 125）

不管是連水淼或蔣勳，他們對「中國」的文化及命運，有著依戀、有著嘆息，在抒情的聲調、和緩的節奏下，傳達他們念茲在茲的遙遠家國。此外，楊澤〈彷彿在君父的城邦〉（1979）同樣以幽緩的語調，對傷逝的君父城邦，抱以無限的哀憐與愁思：「他始終背對著我。像高亢的歷史／在窗外玉碎成一陣焦急落寞的黃昏雨。／像──遙不可及的國土上／無始無終的大雪下著……」（節引自《彷彿在君父的城邦》，頁 155）君父的城邦如破碎而真實的幻影，常駐在詩

人心中，因在現實生活中不可追尋，致使詩中多染有幾分的遺恨與傷感。

以上諸詩，從五〇年代橫跨至八〇年代，處處可從詩中見到相同的「中國」意象，詩人來到台灣，儘管時間不斷演進，但「中國」的意象，則定格在固定的時空裏，由父叔輩的家國經驗，傳遞給第二代的子女，使他們在現實生活中，心中仍存著濃厚的鄉愁情調，想像著遠方的家國，即使描寫台灣的鵝鑾鼻，詩人所展現的，也是家國失守的惆悵，「守塔的關員問我是來看風還是看浪？／我說我有一個夢失落在那海天一線之間」（墨人〈鵝鑾鼻〉，節引自《中國詩選》，頁 98）。另外，謝青的〈島〉也一樣呈現出「亞熱帶」的憂鬱：

> 久遠久遠以前，島由大陸的母體孕育著
> 漸而，在這綠色的原野壯大起來了
> 在頭上插著櫻花，用紅的白的杜鵑編織指環
> 下體圍著甘蔗枝葉的長裙，像一個原始人
> 多健美啊，你亞熱帶的島之少女
>
> 而你為何這樣憂鬱？終日默默
> （中略）
> 啊，你可是在想念你大陸的母親
> 此刻，正遭受著魔鬼的凌辱，迫害
> 你在悲憤著身世的淒楚、孤仃
> 因而你終日悒鬱，默默不語

你的心情激動像地震

（節引自《十年詩選》，頁 176）

　　謝青的〈島〉是五○年代中，難得對南國之島熱情而細膩的描寫之作，但他仍站在中心／邊陲的立場上來看待台灣，「台灣」是中國大陸所孕育出來的島，猶如「亞熱帶的島之少女」，即使面對陽光燦爛的台灣島嶼；在一片綠色的原野上，詩人最終所掛念的仍是大陸的「母親」。

　　綜上所述，在五、六○年代的台灣詩壇，其家國的書寫空間，仍是立基在「中國」的架構上，「中國」意象的鋪陳，對戰後台灣而言，並不只是一種純然靜態的書寫過程，事實上，一部分是透過政治力運作所展現的結果，是配合當時國家文藝政策，所建構出來的「中國」。而其想像的「中國」，總是滿目瘡痍、苦難不斷，象徵中國近代的歷史命運，另外，詩人也無法脫離濃重的鄉愁，使得詩中的「中國」，具有一種樣版的造型。相對的，這些詩人對自己生長的土地，以「台灣」作為家國意象的作品，反倒是著墨不多。是以，由上至下集體打造的「中國」，不僅具有濃厚懷鄉的「抒情性」；更交錯著難以言喻的「政治性」，這樣的詩作，若以實存的台灣來看的話，則「家國」的意象，則顯得「迷離」而「虛幻」。可見，戰後以「台灣」為主體的詩作，仍沈潛在黑暗的地底，等待著曙光的乍現。

三、拋離「中國」／走向「台灣」

　　戰後，由於政治權力的干預，台灣幾乎籠罩在「中國」的論述裏，但對於沒有大陸生活經驗，且歷經日本殖民統治的台灣人而言，如何能夠響應國民政府所力倡的「國家」認同？況且在日治時期，業已產生的台灣民族意識，也使他們內心所期待建立的國家，與國民政府利用威權體制所建立的國家，有了實質上的落差。因此，有研究者指出，台灣的「民族主義」，是產生於七〇年代末「美麗島事件」之後的說法，從文學的發展痕跡來看，是仍有商榷的餘地❸。尤其是詩作，往往隱喻著詩人批判、記實的聲音，透過

---

❸　蕭阿勤在〈1980 年代以來台灣文化民族主義的發展：以「台灣（民族）文學」為主的分析〉說到：「80 年代初出現黨外台灣民族主義運動前，並無任何重要的歷史文化潮流或運動，足以有激發台灣民族主義政治行動的顯著效果。促使黨外以激進的民族主義方式挑戰國民黨統治及其主要的正當化意識型態——中國民族主義——的主要因素，是 1979 年的美麗島事件及後來對黨外人士的政治迫害。美麗島事件、政治迫害、黨外激進成員大膽的民族主義宣傳綜合的影響，又激起反國民黨傾向的本省籍作家與文學批評者（也包括歷史學者與語言復興運動者等）的民族主義情感。」（《台灣社會學研究》第 3 期，1999 年，頁 41）蕭氏對台灣民族主義興起的研究，自有其可觀之處，但，就文學的發展來看，或許不如蕭氏所說的那麼絕對，舉一簡單的例子說明：掀起黨外政治運動的《美麗島》雜誌（1979 年 8 月至 11 月），其中創刊詞一部分寫到：「玉山蒼蒼、碧海茫茫、婆娑之洋、美麗之島是我們生長的家鄉。我們深愛這片土地及啜飲其乳汁長大的子民，更關懷我們未來共同的命運。」在這分創刊詞中，可以見到陳秀喜〈台灣〉（1973 年，收錄陳秀喜《樹的哀樂》，頁 13-14）一詩的影子，此詩於一九七七年經李雙澤作曲，梁景峰改編為〈台灣島〉，因碰觸政治問題而被禁唱八年。另外，笠詩社在 1979 年 6 月更早於《美麗島》雜誌出版《美麗島詩集》，戰後最具代表

意象的凝塑，曲折地表現時代的問題，及人民總體的精神象徵。因此，「文學」往往比實際的政治運動，更早先一步，表現具時代意義的作品。因為，詩人敏感且敏銳的思考，使他們能率先嗅到關鍵的問題，如學者盧建榮（1949-）所觀察到的現象：

> 關於台灣的本土論述，雖然以一九七七年鄉土文學論戰事件由隱而顯，但本土論述作為文化論述的一種形式，它在內涵上，有戰鬥力道轉向激昂，抗爭的位階有高抬的趨勢。……，文學論戰中的本土論述內容強調的是本土的價值，在此之前，六○年代陳千武詩作也好、七○年代李敏勇詩作也好，本土論述的戰鬥氣息是不遜於一九七九年論戰的層級的。**㉜**

　　盧文雖是探討七○年代「本土論述」與「鄉土文學論戰」的關係，並非闡述「民族主義」與「美麗島事件」的問題，但他透過詩作的爬梳得知，從文學作品中，更早一步得到台灣主體性的建立，許多作品早在七○年代風起雲湧之前，已率先透過他們的作品，表達出強烈的台灣意識，這些作品不遜於真正的改革「運動」。眾所周知，歷史的建構是連續性的，雖然不可避免會有虛構、想像的成

性的台灣現代詩選，若說這些文學發展完全沒有觸動黨外政治運動人士的心，繼而激發他們的民族意識，促成台灣民主運動的完成，似乎是太簡化文學的功能了。

㉜ 盧建榮〈陳鴻森死後無家／國可歸的元日本台灣兵——陳鴻森詩作的殖民論述〉一文之註18（《笠》236期，2003年8月），頁127。

分;但必定要在具體的歷史事件上,不能完全憑空捏造。「台灣」民族主義的興起,一般咸認為起於七〇年代末至八〇年代之際,且是社會、政治、民主運動率先帶動了文化運動的效行,但歷史實際的發展情況是否如此單一、絕對?在整個民族主義的建構中,八〇年代之前文化人士所扮演的催生工作,具有多少的影響力?都值得我們加以關注。因為,在戰後的威權體制,「一切都不能如何」的時代下,台灣的「過去」如何被看見、如何被感知,如何去傳達台灣的精神意識?在當時,唯有透過文藝作品的包裝,才能在控管嚴密的政治體制下,突破重圍與禁忌,讓我們去貼近與台灣的「距離」,站在這個基礎上,才能漸漸凝聚、產生台灣的「歷史意識」、「民族情感」與「國家認同」。因為「現在」是基於對「過去」的了解,如何知道「過去」,就顯得十分重要且必須。在台灣「國家」意象尚未確立之前,文學如何隱喻、象徵各種主體形象?如何組織、重述「過去」?那些具有台灣歷史意識的作品,對台灣國族論述的建構,相對來說,就具有重要的參考價值。

　　一九六四年,《台灣文藝》(以下簡稱-《台文》)與《笠》相繼創刊,代表具有台灣本土精神刊物的誕生,而以往以大陸來台人士為主的文學發展,也漸次形成了幾個不同文學特色的陣營。六〇年代《台文》與《笠》的創刊,承擔了台灣精神的重要使命,以《笠》的命名為例,《笠》以「斗笠」為形象,象徵台灣樸實、堅毅的本土精神;更取其音,與日治時期台灣中部最具代表的傳統詩社──「櫟社」作為連繫❸,連接著台灣文學的現實傳統。再者,

---

❸　此說,筆者曾聽趙天儀先生(《笠》創始者之一)提過多次。另外,陳明台

從《台文》的創刊動機，也可見到吳濁流試圖喚起台灣作家奮起的精神：

> 看我們的社會風氣，一年不如一年，每況愈下。……大家困在文化沙漠上，渴得連一滴露水都吸不到，以致精神上失常，……。所以，我不顧棉薄，創辦這《台灣文藝》雜誌是想使沙漠中得到一些小滋潤，雖然自知力微言輕，對於大局未有多大裨益，不過以此作為提倡的先聲，以喚起有志之士，共策群力，以期有所貢獻於社會文化。㉞

《台文》與《笠》成立的六〇年代，還是政治高壓、風聲鶴唳的時代，文學界普遍的主要論述，不是「反共文學」，就是「現代主義」文學。這對台灣本土作家而言，創作是背離生長的土地與人民，無怪乎！吳濁流會說：「大家困在文化沙漠上，渴得連一滴露水都吸不到，以致精神上失常」。有鑑於此，《台文》與《笠》能掙脫時代的困境，傳達時代的聲音，就顯得彌足珍貴，且提供了台灣本土作家一個書寫的空間，同時，也像海納百川一般，凝結戰後

在〈笠詩誌五年記〉中也說：「五十多年以前，正當日人鐵蹄蹂躪台灣同胞之際，為民族意識、鄉愁感情之驅使，毅然起而負擔保衛民族文化責任的台灣古詩人們，由中部詩人之發起曾創立了『櫟』詩社，發願本著櫟木之堅毅樸實維護我民族之文物……我們期待笠詩誌、笠詩社當不只是和『櫟』社一般遙相輝映，而且要求其更長遠之傳達，更賣力的建設。」（《笠》30 期，1969 年 4 月，頁 6）可見《笠》在創刊初期，對於自己根源性的歷史定位，是有自覺的。

㉞ 《台灣文藝》第 1 期，1964 年 4 月，頁 46。

被打壓的本土精神，由零星的「點」，擴大成堅實的「面」，不斷
交錯累積成厚實的文化意念，在「台灣」正名之前，這些文學中的
文化認同，正是形塑八○年代之後國家認同的重要線索。

　　以《笠》來看，《笠》最初的十二位創始人，多為「跨越語言
一代」詩人，歷經日治時期的殖民及國府來台的統治，他們皆在兩
個不同的政權下生存，體驗「被殖民」的悲哀，同時，他們也不得
不面對跨越語言的艱困。這樣切身的生命經驗，成為他們創作的底
蘊，灌注到他們的文學作品上，構成形塑台灣歷史記憶的一部分。
而台灣歷史意識的建立，與國家主體性的關連，如歷史學者認為，
當「歷史記憶成功了，個人和國家的認同便可融為一體。」㉟因
此，過去的歷史記憶如何被重述，對國家認同是十分關鍵的。戰
後，本土詩人對歷史記憶的書寫、政治體制的批判、文化霸權的挑
戰等議題，都不遺餘力，其作品重新提出另一套的認同論述，潛在
性地，對台灣主體性的認同不可謂不重要。例如：六○年代陳千武
已率先對對殖民經驗的書寫，勾勒出台灣被殖民的歷史圖象，使台
灣過去的歷史有清楚的軌跡，在〈童年的詩〉陳述日本殖民體制
下，台灣人民受到威赫的情形：

㉟　喬伊絲·艾坡比（Joyce Appleby）、琳·亨特（Lynn Hunt）、瑪格麗特·傑
　　考（Margaret Jacob）合著，薛絢譯《歷史的真相》（台北：正中書局，
　　1996），頁 97。本書作者針對美國建國史所做的研究論著，書中以歷史的功
　　用和具體的事實相互解析，辯證歷史與國家之間的關係，提出「歷史造就了
　　國家」的論說，正可說明戰後台灣本土詩人詩作所形成的歷史記憶，恰可做
　　為建構以「台灣」為名的國家認同來源。

哦！母親

為甚什麼有「大人」的恐怖威脅我

銀色的佩刀響著冰寒的亮聲

佩刀的閃光毫無鬼神的邪氣呀

我為甚麼害怕　　害怕「大人」的腳步聲

陰天覆蓋著幼稚的心靈

黑雲懸掛在枝梢

不尋常的權勢禁止我們說母親的語言

（節引自《不眠的眼》，頁 29-30）

　　詩中藉由兒童天真的口吻，詢問母親，為何大人（日本警察）會恐怖的威脅我？為什麼會令我感到害怕？為什麼他們權勢地禁止我們說母語？以兒童稚嫩的心靈，對照日本警察蠻橫無理的恫嚇，以突顯殖民體制的嚴厲。另外，他也記錄了日治時期「台灣青年志願兵」遠赴南洋作戰的經歷，再次呈現台灣人民在殖民時期的悲哀與無奈，如〈信鴿〉：

埋設在南洋

我底死，我忘記帶回來

那裡有椰子樹繁茂的島嶼

海上，土人操櫓的獨木舟……

我瞞過土人的懷疑

穿過並列的椰子樹

深入蒼鬱的密林

終于把我的死隱藏在密林的一隅

（節引自《不眠的眼》，頁 40）

　　日治時期，陳千武曾經被迫參加「台灣青年志願兵」，被派遣到南洋作戰，經歷戰場上的槍林彈雨，瀕臨死亡的威脅。而〈信鴿〉一詩，將歷劫歸來後的「死亡」記憶，與戰爭地南洋的密林，重新加以結合，表現雖已脫離殖民時期，但身上烙上的殖民傷痕，如今卻已成為自己「活著」的一部分。這樣歷史經驗的傳遞，使「笠」更年輕世代的詩人李敏勇，相較同輩詩人，更早寫出了父叔輩的滄桑歷史，如：〈戰俘〉（1973）一詩，刻劃戰後台灣人面對「祖國」的矛盾與掙扎，他們走過戰前與戰後兩個世代，好不容易存活下來，但原先想像、認同的國家，竟是充滿不確定感與頹喪感：

　　釋還的那天
　　他望著祖國的來人
　　默默地／把把自己交給他們
　　武裝被禁止了
　　武裝沒有被禁止
　　祖國已經沒有了
　　祖國還有
　　雙重的認識論
　　在 K 中尉身上實驗了
　　說不定有一天

會輪到你或我
世界在靜靜地擦著眼淚
世界在靜靜地掉著眼淚

（節引自《混聲合唱》，頁 580-581）

　　此詩，以走過兩個時代的 K 中尉為對象，以他象徵「那一世代」的哀愁。同時，也對照、隱喻，日本殖民時代與國民政府時代，竟如出一轍，皆未善待台灣人民，呈現 K 中尉內心的痛苦與複雜，詩中除了記錄台灣不同時代的歷史命運外，更將主題的意涵深化，提出台灣人民共同未來命運的思索。「詩比歷史更真實」，正說明文學透過作家對題材的篩選、剪裁，更「具體地」典型化特定歷史時空下，人們生存的樣貌與現實的精神。

　　戰後，對「跨越語言一代」作家而言，被迫放棄熟悉的書寫工具，重新學習「國語」的情境，是漫長而悲哀的。這樣的時代氛圍，詩人唯一感受到的是，沈重的桎梏及抑鬱的傷痛，陳千武〈遺忘之歌〉，雖然沒有嚴厲的控訴，但卻透顯出在高壓的時代下，生命的寂寥與哀愁：「峰巒睡著／誰也不想重述　那些／經歷過的島嶼和激流──／　而熟悉的語言都生銹了／如今　該遺忘／或不讓遺忘的都遺忘了／幻想的山躑躅／　開在被覆蓋的熔岩上／有誰記得／雨打日暮的悲歌……」（節引自《不眠的眼》，頁 3-4）。詩人面對過去的歷史經驗，消逝在時間的長河裏，無以言說，心中的憂思、喟嘆，都只能沈埋在靜默的山巒中，呈顯詩的孤寂與哀愁。是以，若非在清明的時代生存，詩人只能透過隱喻的方式，對統治者的怨恨，加以諷刺與批判，在〈給蚊子取個榮譽的名稱吧〉，則

暗諷戰後統治者過境的心態，以及對人民的剝削：

> 嗡嗡不停地　飛來
> 叮在我癱瘓的手背上
> 說是過境
> 過境　就抽一絲利己的致命的血去了
> 究竟
> 有多少蚊子真正無依
> 有多少蚊子值得同情
> 在我的手背上
> 在廣漠的國土裏
> 我底手越來越癱瘓了

（引自《媽祖的纏足》，頁62）

詩中以「手背」象徵「廣漠的國土」，以「蚊子」作為剝削者的形象，蚊子「過境　就抽一絲利己的致命的血去了」，正隱喻國民政府來台之初，普遍存著過客的心理，如鄭愁予的名詩〈錯誤〉（1954）：「我達達的馬蹄是美麗的錯誤／我不是歸人，是個過客……」，成為日後大陸來台人士過客心理的註腳。桓夫（陳千武）曾在《不眠的眼·後記》中說：「似有一種不可抵抗的苦悶，令我不得不嚮往詩。苦悶的壓力愈大對于詩的執念愈重。」正說明在面對強權統治的時代，詩人的創作意識，始終對於現實壓力的反抗與抵制，抱著熱切的意念。另外，同為「笠」的李魁賢，也在〈候鳥〉（1968）中，傳達同樣的主題思想，再次體現執政者「過

客」的心理，以及背離台灣精神的詩作：

> 到了南方　　危機已瀕臨潰堤
> 風在喘息石在喘息道路在喘息
> 不住的暖身運動　　蹤上躍下
> 也擋不住寒意
>
> 寒意竟是愈濃　　在陽光愈熱的地方
> 樹在戰慄溪在戰慄天空在戰慄
> 逐漸凍僵了冷卻的心
> 影子陷在北國啼號的雪地裡

（引自《李魁賢詩集》第五冊，頁 14）

　　對於統治者的心態及威權體制的批判，「笠」具有高度的「集體意識」，此一詩社性格，正是奠定台灣精神的重要核心。李魁賢以「候鳥」避冬的形象，說明他們不同於「留鳥」的形象。「留鳥」是世居在出生的土地上，而「候鳥」則是當季節一改變，牠們又再度遙望他鄉，成為過客。當初國民政府倉惶逃到台灣，由於缺乏認同意識，導致他們雖然身在溫暖的南方，卻始終將自己的影子陷落在北國的雪地裏，如今北國已成赤色大地，他們終究無法回到北方，只好四處飄零，成為一群無根的人。反觀，本土詩人在台灣的土地認同上，具有強烈的釘根意識，如白萩的〈樹〉（1965）：

我們站著站著如一支入土的

椿釘，固執而不動搖

噢，老天，這是我們的土地，我們的墓穴

即使把我們踢成一個旋錘

無止境的驅迫

這是我們的土地，我們的墓穴

(節引自《混聲合唱》，頁 327-328)

在〈樹〉一詩，可以看到悲壯堅毅的象徵，詩人對土地的情感固執而不動搖，即使面對現實環境的困厄與危難，仍然以頑強的意志力，不肯妥協的態度，表現出台灣人的立場與認同，即便最後形體消亡，也要埋葬於此滋養大地，使大地可以培育出更瑰麗的花朵。白萩〈樹〉扎根土地的意念堅定，恰與台灣早期移民潮盛行，人民遠走他鄉，散居各地的景象，形成鮮明的對比。陳鴻森的〈蒲公英〉，正暗指這群離散的移民者：「我們是／沒有方向的蒲公英／在漫然的飄飛裡／致力於／天下為公的／黃皮膚／的猶太人」(節引自《混聲合唱》，頁 696-697)，在國家認同沒有明確之前，許多人則選擇自我放逐到他鄉，成為他鄉的異鄉人。

在氣氛低迷的時代，陳千武從《野鹿》（1969 年）到《媽祖纏足》（1974 年），完成一系列以「媽祖」為意象的詩，「媽祖」高坐神壇之上，影射霸權統治的象徵❸，如〈屋頂下〉：

---

❸　古添洪在〈論桓夫的「泛」政治詩〉中，特別指出這一系列的作品說：「這個『論述』是『嘲弄式』的，並非導向式的。也許得歸咎於桓夫所生活的歷

從太陽的暴虐

從淹溺的殘忍性

我們逃避

我們進入屋頂下

可是　　錯誤時常發生

從進入的屋頂下

我們永遠跑不出來

媽祖廟的屋頂是

花雕刺目而不洩漏

可是除了避雨之外

誰也不願呆住的屋頂

然而　　從那兒

我們永遠跑不出來

（節引自《媽祖的纏足》，頁114）

　　詩中以「太陽的暴虐」象徵日本殖民的殘暴，台灣人民原本以為脫離殖民時期，重回「祖國」的懷抱，可以重新過著免於擔憂害怕的日子；但事與願違，換了新的政權卻同樣身陷在桎梏之中，以「媽祖廟的屋頂」象徵長期的統治霸權，在炫麗而肅殺的氣氛下，

史空間所形成的歷史品質，在日據時代已經成形的原鄉結與台灣結的結合，這結合早已在詩人意識裡根植，牢不可破，而桓夫的泛政治詩也正植根在那裡。」（原刊載於《中外文學》197期，1988年）收入陳明台編《桓夫詩評論資料選集》（高雄：春暉出版社，1997），頁254。由此，可以再次見到陳千武作品中所流露出的台灣歷史意識。

人們無法逃脫時代陰影的籠罩，只能忍辱負重地存活下來，此時台灣島嶼，猶如一座大監獄，人們像被囚禁的犯人，在吳慕適的〈囚犯〉一詩，深刻地勾勒出這樣的景象：

> 在一個無人知曉的地方，有一座小小的監獄。這座監獄和其它的監獄完全不同；上空沒有屋頂，四週也沒有鐵絲網和圍牆。監獄裡關著一個不能言語的神祕的囚犯，有無數不可見的獄卒看守著他。囚犯常年的禁閉在這裡，沒有人來審判也沒有人來保釋和探訪。他自己也不知道違犯了六法中的那一條那一款。啊啊，這座小小的的監獄，它就建築在我的心的荒原上。

> （引自《現代詩》16 期，1957 年 1 月，頁 9）

戰後的台灣，在監禁的年代，透過嚴密的檢肅制度，人們心中各自有一個警總，多數的人們都陷落在這座「上空沒有屋頂，四週也沒有鐵絲網和圍牆」的監獄之中，在「有無數不可見的獄卒看守著他」的情況下，成為不能言語者，無法表達心中的感受，精神飽受摧殘，心中就像荒原一般乾躁而龜裂。同樣的，錦連也在〈操車場〉（1976），以刺眼的探照燈，白晃晃地照著靜穆的夜空，描寫時代低壓的氣氛，令人不寒而慄：

> 高空二隻眼睛虎視眈眈地監視著夜
> 焦灼的照明燈下
> 彎刀鐵軌淒涼地亮著

黑黝黝的貨車老是被撞來撞去
軋軋　　軋軋地
載著過重的憂憤　一輛輛地
被摘下推放
無助地漂去——撞上而鋃鐺地被鈎掛

（節引自《混聲合唱》，頁 168）

面對特務監控的時代，生存的環境，隨時猶如「高空二隻眼睛虎視眈眈地監視著夜」，日夜不停地佇視著人們，使得人們身家性命備感威脅，每日必須在恐懼中度過，處於這樣冷峻的時代，詩人背負著沈重的憂苦，步履蹣跚地走過艱辛的時代，以詩記下這段他們這一代所共有的生命經驗。

綜上所述，當詩人不斷書寫台灣的歷史經驗時，「過去」如同深藏的礦脈，等待挖掘，敲開深埋在岩石中的礦產，使「過去」的歷史，能夠重新恢復歷史的記憶，凝聚共同的集體意識。這些作品，都是走在時代的前端，率先表達對台灣命運的思索，在一切思想行動皆被管束的時代，台灣精神的傳遞，只能靠著他們「彼此在私語著／多次挫折之後他們一直蹲著從未站起來／習慣於灰心和寂寞　他們／對於青苔的歷史祗是悄悄地竊語著」（錦連五〇年代作品〈鐵橋下〉，《錦連作品集》，頁 32），他們如青苔一般，在幽暗的陰影下屈辱地蹲著，竊竊私語過去塵埋的歷史，藉此傳遞訊息及相互慰藉，在沈寂中共同等待，昂然闊步的時代到來，最後，「成千上萬無窮無盡／把護城河著色／把城門包圍把城壁攀登／把兵營甍瓦覆沒／青苔　終於燃燒了起來」，以微弱的力量匯聚成一股抵抗的

力量。（林亨泰四〇年代作品〈群眾〉，《見者之言》，頁 32-33）這些具歷史意識的作品，為建構「台灣」國家認同的重要契機，並打開八〇年代抗爭活動的序幕，及吹響新時代到來的重要前奏。

四、發現「台灣」／找尋「台灣」

　　七〇年代，台灣因外在客觀局勢的改變，從退出聯合國、中日、中美斷交，到文壇內爆發「現代詩論戰」、「鄉土文學論戰」，一直到七〇年代末「美麗島事件」為止，一連串的餘波蕩漾，致使台灣全體人民開始反省、思索，台灣戰後的國際地位、國家的主體性、社會現實等問題，隨之而來的是，一連串政治、社會運動的勃興，直接影響國家主體認同的方向，尋找「台灣」，發現「台灣」，成為八〇年代後最重要的課題。

　　由於，台灣長期處於威權體制之下，大部分作家不是不敢碰觸敏感的政治問題；就是對於台灣的歷史發展不甚明瞭。七〇年代之後，雖然詩壇一改先前的晦澀，轉而明朗、平實，注重現實生活的各個層面，但在國家的認同上，大部分的人仍深陷在「中國」的思維之上，如一九八一年出版的《大家文學選・詩卷》，由本土派作家李進發、廖莫白主編，以主題的編排方式，第一單元為「家國篇」，收錄了蔣勳〈中國人，你不要哭〉、施善繼〈中國，您往哪走〉、余光中〈國旗──給愛國青年〉、陳昭瑛〈愛國是一件拼命的事〉、巫永福〈祖國〉、李魁賢〈釣魚台〉、李莎〈給北方的詩〉、張健〈火熾的烈酒〉、林也牧〈雪，落在北方〉等九首，其中，除了李魁賢的〈釣魚台〉：「爸爸，老師說釣魚台是我們的島

／屬於台灣版圖上的一顆小星，／為什麼能讓外人用武力霸佔嗎？」（節引自《大家文學選.詩卷》，頁 26）有較鮮明的台灣認同外，其餘仍是書寫「中國」的意象，更遑論非本土派作家所編的詩選及詩作。

　　這時能夠脫離「中國」的思維模式，而站在「台灣」的立場，來界定國家定位者，仍是寥寥可數，大多數的詩人多偏重在現實生活，僅表現詩的日常性、普遍性而已。另外，從一九八三年前衛版「年度詩選事件」**㊲**，也可得知當時的時代氣氛，仍處在一種緊張低迷的氛圍裏，真要碰觸到「台灣」敏感的問題，仍屬不易。一九八三年吳晟主編《1983 台灣詩選》，還遭到有關當局的檢肅，致使吳晟在書的前面寫了一篇〈誠遑誠恐話編選──「一九八三年台灣詩選」編選工作報告〉，檢視此詩選，不過是在第二、第三單元開闢了「關懷鄉土」與「關切現實」**㊳**，「描寫紀錄鄉土」或「忠

㊲　八○年代中，台灣年度詩選分別有「前衛版」與「爾雅版」兩種編輯標準、立場殊異的詩選，從編輯委員名單，可見其屬性的不同，「約略」可見八○年代兩種年度詩選不同的編輯立場及文學趣味，在「爾雅版」的編輯委員分別有：向陽、向明、蕭蕭、張默、李瑞騰、張漢良等；而「前衛版」則有吳晟、李弦（李豐楙）、李勤岸、苦苓、施善繼、張雪映、廖莫白等。他們正預示台灣詩壇在「文學標準」、「現實關注」、「國家認同」上日漸分歧的前奏。

㊳　在《1983 台灣詩選》「二、關懷鄉土」中收入了：蘇紹連〈鄉土，你是我的畫〉、洪素麗〈港都行──哀愛河〉、白樵〈白鷺鷥的抗議〉、宋澤萊〈給我一個巨大的時代〉、沙穗〈德興宮──枋寮詩抄之三〉、何炳純〈水泥工──人力市場之一〉、馮青〈那麼一天〉、陳寧貴〈紅毛城〉、王浩威〈魯凱好茶村遷村記事〉、渡也〈這是祖先的遺訓〉、張雪映〈風雨飄搖我家門〉。「三、關切現實」收入有：林雙不〈夢回台灣〉、陳嘉農〈給亭均、

實地反映這個時間、空間所發生的種種現象」，❸較以往的詩選，
更強調台灣本土與現實的關連，卻引起當局高度的關注而慘遭檢
肅，可見八〇年代初期，時局依然低迷緊張，以台灣作為「國家」
的意象，還無法大而皇之的展開。

即使是在危急的時局裏，有關台灣本土精神的傳遞，仍有一群
詩人自戰後開始，即以涓滴的方式匯聚，逐漸形成川河，浸潤、滋
養乾裂貧瘠的台灣土地，到了七〇年代之後，與新一代的年輕詩人
共同建立起，以「台灣」作為國家主體的詩作，重新省視台灣島嶼
的命運與悲喜。以下擬從「台灣」的歷史意識及定位問題，爬梳戰
後詩作中有關「台灣」國家圖像的幾個面向。

㈠ 「台灣」歷史意識的呈現

戰後台灣的歷史，深埋於地底約達四十年之久，致使大多數的
人對台灣過去的歷史軌跡一無所知，造成嚴重的「歷史失憶症」。
八〇年代之後，尋找「台灣」主體性的運動沸沸揚揚，重新拾回台
灣過去的歷史記憶，成了刻不容緩的課題。有關台灣被殖民的傷痕
誌、「二二八事件」、「白色恐怖時期」、「美麗島事件」等，都

　　亮均〉、劉克襄〈政治犯〉、莊金國〈過濾〉、廖莫白〈我為你張貼了標
　　語〉、范隱之〈一個老兵的獨語〉、林華洲〈遠方〉、詹澈〈請息怒〉、黃
　　樹根〈讓愛統治這塊土地〉、李敏〈「癬」與「屁」〉等，從以上這些詩作
　　的內容來看，都是針對「台灣現實」的沈思與反省。
❸　《1983 台灣詩選》，頁 28、76。在「關懷鄉土」、「關切現實」兩個單元
　　前，各有廖莫白及李勤岸的導論，解說每首詩作的主題思想，包括八〇年代
　　台灣社會、政治、經濟各方面的表現。

成為詩人創作時，突破以往禁忌的書寫主題，在這些歷史事件的座標下，寫下台灣歷史的傷痕與悲情。首先，以台灣殖民時期為發聲的作品，在解嚴之前，陳鴻森無疑是具有代表性的❹，如〈歸鄉〉（1982）記錄日治時期劫後餘生的「台灣青年志願兵」，「那被殖民的生」、「沒有可被埋葬的死」的悲哀。

> 我們是被南洋剝除軀殼骨骸被送到日本沒有故國的荒灘
> 我們是喪失了索還之債主的放款
> 我們沒有可以停泊的航程
> 我們只有一個三十年後被退回原鄉的名字
>
> 戰後的台灣
> 據說已從殖民地的地位被解放了
> 然而，我們的死
> 卻深陷在次殖民的境地裏
>
> （節引自《1982年台灣詩選》，頁219）

---

❹　盧建榮先生在〈陳鴻森筆下死後無家／國可歸的元日本台灣兵——陳鴻森詩作的殖民論述〉一文中也提到：「上一世紀八〇年代是一些台灣人心目中外來政權走下坡的關鍵年代，在各方齊唱推倒體制的聲浪中，陳鴻森的反殖民論述無疑是站在時代的前端。」同前揭文，頁125。有關陳氏反殖民論述的作品有〈妝鏡〉（1972）、〈魘〉（1973）、〈螺〉（1973）、〈幻〉（1977）、〈中元〉（1982）、〈終戰的賠償〉（1982）、〈竹仔開花〉（1982）等，可參照陳鴻森《陳鴻森詩存》（台北：台北縣文化中心，2005）。

　　戰後，有關日治時期的戰爭書寫，首推陳千武。他不僅曾親歷南洋熱帶叢林參與戰爭，更對戰爭的「死」有深刻的體驗，如〈密林〉、〈指甲〉、〈信鴿〉等詩。而陳鴻森與陳千武同為「笠」詩人，在主題寫作上具有相似性，可以見到，同一詩社不同世代詩人之間的書寫跨度，因為，他們具有共同的「集體記憶」與「歷史意識」，凝聚出尋找「台灣」的力量，透過不由世代的傳承與發揚，將「台灣」從地底中挖掘出來。陳鴻森在〈歸鄉〉一詩，陳述戰前僥倖存活的士兵，原本的「死」反深陷在戰後次殖民的境地裏，而備感生命的荒謬與寂寥，他們猶如孤魂一般，在沒有故國的荒灘中飄盪。此詩，表面上雖指台灣日本兵凄楚的命運，背後卻是更尖銳地指控，戰後那死不如生的「次殖民」的境地。

　　戰後初期，台灣人民歡欣地迎接「祖國」到來，熱切地學習祖國的一切文化，但所換來的卻是無盡的歷史傷痕與悲愴，洪素麗的〈終戰四十年〉（1985）以家族史的方式，穿插著台灣自日治時期到八○年代的社經演變，記錄台灣近百年的歷史軌跡：「戰爭終於結束／未成年的尾叔去參加三民主義研習班／某一日給帶刺刀的兵追趕得沒命逃回來／同去的幾個年輕小伙子都失跡了／小漁村封口如一隻緘默的水瓶／我在那一年出生」（節引自《1985 台灣詩選》，頁217）。一九四七年「二二八事件」的槍聲，震醒所有島上的人民，人們如驚弓之鳥，在逃竄、躲藏中，生命陷入一片凄黑，沈寂地渡過了許多寒冷的冬天。正因如此，「我」一出生，即承載了許多台灣青年的青春生命，生與死在同一時間中上演，而死去的亡魂，形成一幅難以抹滅的圖像，鑲嵌在永遠的記憶之內，錦連〈日夜在我內心深處看見一幅畫〉（1987）深刻地描繪這段他所見證過

的歷史：

　　　　畫面是承受著層層相疊的黑雲
　　　　和由西方滙集而不斷加重的雲層
　　　　雲層下有支撐著
　　　　天空看不見的重壓的無數手臂
　　　　和由八面趕來增援的許多手臂
　　　　看見這幅畫　　我會隱約聽到
　　　　骨頭輾軋的聲音
　　　　手臂斷裂的聲音
　　　　身軀碎散的聲音

　　　　　　　　　　　　　（節引自《混聲合唱》，頁 171）

　　濃重的黑雲，如同窒悶的政治氣氛，令人難以喘息，畫面中骨頭輾軋、手臂斷裂、身軀碎散的聲音四起，詩人記錄的是，「二二八事件」中消逝的台灣人民，在那沈痛的聲音背後，所傳達的是台灣悲切的歷史情懷。而吳晟的〈獸魂碑〉（1977）❹：「豬狗禽畜／不必哀號，不必控訴，也不必／訝異——他們一面祭拜／一面屠殺，並要求和平／他們說，這沒有甚麼不對」（《吾鄉印象》，頁61），也以同樣屠殺的意象，來訴說台灣風聲鶴唳，人們命如草芥

---

❹　吳晟在〈撿起一張垃圾〉中，指出一九九二年二二八追悼會曾以〈獸魂碑〉
　　一詩作為宣傳品，但在智慧財產權還未重視的年代，他是無意間在一張小垃
　　圾紙中得知此事。（見氏著《一首詩一個故事》，台北：聯合文學，2002，
　　頁 24-25）

的時代。

　　戰後的威權體制，四十多年的戒嚴風景，使台灣的歷史如一首無言的歌，而具有台灣歷史意識的詩人，則在暗啞年代，「伴著上一代殘留的苦痛／屢次，我彈奏它／不管白晝或夜晚／像比手畫腳啞吧那樣／懵然戴上歷史的假面／為發不出聲音而抽泣」（節引自鄭烱明〈無言的歌〉，《悲劇的想像》，頁 36-37）。無法言說的歷史，亦如同暗房的底片世界，不允許破壞的光源進入，直到「我們釋放所有的警覺／把底片放入清水／以便洗滌一切污穢／過濾一切雜質／純純粹粹把握證據／在歷史的檔案／追憶我們的時代」（節引自李敏勇〈底片的世界〉（1983），《混聲合唱》，頁 585）。而那冷靜地記錄著時代的「底片」，是許多人犧牲自己的青春歲月、寶貴生命，所換來見證時代的作品，他們在血汗中拼貼出台灣戰後的歷史面貌，不讓台灣歷史煙消雲散。他們無懼於獨裁者，不管獨裁者是否將他們的舌頭割斷、眼睛挖出、雙手輾碎、監禁再監禁，因為獨裁者「在歷史嚴厲的裁判下／你的憤怒只是／寒風中的一個噴嚏而已」（節引自鄭烱明〈給獨裁者〉（1980），《混聲合唱》，頁 653）。

　　走過漫長的白色恐怖時期，七〇年代「美麗島事件」爆發後，許多人一夕間成為「政治犯」，其命運不是被囚禁；就是流亡他鄉。劉克襄〈政治犯〉（1983），記錄了一九七九年為政治運動而被監禁者的聲音：

　　　　也許是被凍醒的吧
　　　　我正縮著自己躺在冰冷的地上
　　　　聽著風浪猛擊打島的聲音

又是一個冬夜的來臨。四年了
今晚不知台灣是否也如此的天氣
……（中略）
是黎明了嗎？不
是警衛來開門
我必須去操場讀訓
不像一九七九年，面對廣大的人群
現在，我只能如同國民黨
面對北風、大海
唸給麻木的自己聽
不知多少次的「……萬歲」

（節引自《漂鳥的故鄉》，頁 76）

　　在外島冰冷刺骨的監禁中，「政治犯」忍受著精神被疲勞轟炸，身體被桎梏的痛苦，唯一消解悲哀的方式，即是眺望台灣的方向，家的方向。另外，王麗華是極少直接而犀利挑戰威權者的女詩人，在〈給他一個回不去的故鄉〉（1986），以直陳敘述的長句，書寫海外流亡者另一種政治犯的類型。她以嘲諷的語氣，正言若反地控訴威權體制的蠻橫、專斷，迫使許多政治犯必須流亡在外無法返鄉，「直到他心智迷茫／不記得地球上有個島嶼叫台灣」：

我就給他一個回不去的故鄉
假如他不肯像所有的凡夫俗子一般
乖乖的做個聽話的好老百姓

日出而作

日入而息

每早閱讀我絞盡腦汁為他們過濾拼盤

保證無毒色香味俱全有助消化的新聞

每晚觀賞我費盡心機為他們營構攝取

保證不用催淚瓦斯但賺人眼淚的電視劇

（節引自《他們對著我的窗口演講》，頁 19）

詩一開始，詩人即以直接肯定的語氣，「我就給他一個回不去的故鄉」，顯現執政當局的威嚇，之後，詩人一轉以散文化、假設性的語句，諷刺執政者的順民政策，只要不肯乖乖聽命，其結果是，給他「一個回不去的故鄉」，最後，他「用鄉愁把他憂憤的靈魂埋葬在異國流浪／用監獄把他美好的青春封鎖在黑暗中腐爛／用法律把他背叛我的思想一條一條揪出來吊死清算……」，說明政治迫害的方式，除了身體的酷刑外，也對人性加以踐踏、扭曲。

這些具有台灣「歷史意識」的作品，在時局仍然緊張的時代留存下來，顯得彌足珍貴。因為，透過這些作品，不僅記錄了台灣過去的歷史軌跡，更喚醒台灣人民的自覺，凝聚台灣人民的集體記憶，進而建立台灣的主體意識，使台灣作為一個獨立存在的實體，可以向前邁進一大步。

㈡ 思索「台灣」的定位問題

七〇年代之後，台灣在外在局勢丕變的衝擊下，遭遇到風雨飄搖的命運，「台灣」與大陸、世界的關係為何？是否作為獨立存在

的事實，正撞擊著島上的知識分子，他們開始思索台灣所處的位置，以及過去威權時代所建立、接受的「國家」概念，如苦苓〈國家・國家〉：「愛我們的國家／國家在哪裡？／在元首的臉孔上嗎／皺紋愈來愈多／像尚未舖設的鐵公路／我只看到百年後／第一萬個銅像落成／長得都一樣」（《苦苓政治詩》，頁 97），語氣激切地傳達對國家地位模糊不清的抗議與嘲諷，「國家」並非以人民為主，而是屈就於政治權力之下。蕭雨的〈寂寞的現代史講師〉，也藉由一位現代史的講師，呈現個人與歷史之間的糾葛與矛盾，反映出當時多數人對台灣命運的焦慮，同時思索台灣與大陸之間的關係，以及重新將它放在世界的座標上檢視：

　　寂寞的現代史講師
　　對著美麗的國旗和遺像發呆
　　渺小的台灣
　　在巨大的世界地圖上
　　孤獨的蹲著

（節引自《1984 台灣詩選》，頁 109）

　　面臨國際地位的生變，「台灣」所代表的位置與意義為何？對戰後出生世代，充滿了疑惑與不安，長期被教育為台灣是中國的一部分，身上背負幾千年的中國歷史重擔，及中華民族的存亡問題，同時，因大陸的淪陷，更帶著民族傷痕與國愁家恨，然而，自己所認同的「中國」，竟被排除在國際地位的名單之外，台灣如同孤兒一般，被孤立在太平洋上的一個蕞爾小島。楊渡〈野生蕃藷〉

（1982）：「在充滿卑屈侮辱，淚水苦難的時代／這是我們唯一的命運——／五十年的創痕無人能撫慰／半世紀的蹂躪，我們獨自成長為／一悲鬱孤憤的野生蕃藷／亞細亞一個最徬徨的／孤兒」（節引自《1982 台灣詩選》，頁 170），正點出了台灣孤兒的形象。

這樣的認知，衝激大多數人開始省視自己生存的地方以及國家認同，苦苓〈在故宮〉（1982）對著最能象徵中國輝煌歷史的地方，也只能就這些櫥窗中的字畫珍玩，去感受「一個遙遠的國度」：「在故宮／異國的遊客同聲讚嘆／一枚核舟的精緻手藝／與我同樣嚮往一個美好而神祕的／古代中國／『那已是一個遙遠的國度……』近代史的講師／放下滿手的兵亂與暴政／兩眼一片迷茫／我彷彿看到偌大的帝王書房內／崦嵫的陽光憫憫垂落／有如一名館員瞌睡低垂的頭」（《1982 台灣詩選》，頁 142-143），一向我們所以為悠久燦爛的歷史文化，竟只成了毫無生氣的玻璃展示品，而那些器物書畫所能見證的，只是「一個似曾存在的時代」和「一個遙遠的國度」。陳鴻森〈郢有天下〉（1984）更尖銳地指出，我們長久以來的中原思想，其實只不過是一種想像式的鄉愁，是背離生存的現實問題。

我們以著
故國的地名
為這個城市的街道
重新命名——
總算，還能勉強顯露些
天下的格局

與況味

然後，各自在
家居的牆壁上
盡量張掛著
大幅的
中國地圖
讓我們暫時忘卻
土地的窘迫

這便是我們的名實論
以及用以抵抗
鄉愁的
最後的戰場

（引自《混聲合唱》，頁701-702）

　　所謂「名實相副」，意指「名稱」與「實質」相一致，此詩，以名實不副，嘲諷台灣的國家認同問題。因為，對台灣而言，「國家」並非建立在真實的感受上，而是架設在虛無的想像之中。戰後，統治者按照中原的版圖，將台灣的市街一一鑲嵌進中國的地名，打造一個自以為的「天下」，藉著地理空間的想像，虛構出不實的「國家」意象，以實踐特殊的「場域」關係。當周遭都是被建構出來陌生的空間與名稱時，「總有人群會試圖去改變／以一種不必愧疚的心情／漸行漸遠／離開一個自大的祖國」（節引自劉克襄

〈陌生的故事〉（1984），《漂鳥的故鄉》，頁 111-112）。由於，兩岸相隔多年，早已分屬於不同的兩個政治實體，詩人藉著對台灣實存空間的檢視，逆反地，對台灣的位置提出有力的批判，以貼切的「比目魚」意象，隱喻台灣與大陸的關係：「由於不同的視界／和意識型態／比目魚終於宣告分裂／成為左右各別的兩個個體／牠們各自拖著半邊的虛幻／踉蹌地／向著自己視界裡的海域／游去」（節引自陳鴻森〈比目魚〉，《混聲合唱》，頁707），清楚地表示，中國與台灣已是兩個獨立的政治實體，彼此的視界、意識型態、國家主權已不相同，他們只是虛幻地建構另外半邊的國土，在兩岸之間劃出「一個寂寥的海峽」。

除了思索台灣的主體性，檢視台灣與大陸之間的關係外，台灣在世界上的位置，同樣為詩人所注目，劉克襄的〈福爾摩莎〉（1984），簡短有力地陳述：「第一個發現的人／不知道將它繪在航海圖的那個位置／它是徘徊北回歸線的島嶼／擁有最困惑的歷史與最衰弱的人民」（節引自《漂鳥的故鄉》，頁 24），「台灣」向來因為政治位置的不明確——清領時期視為化外之地，在日治時期為殖民地，在國民政府時期為反共基地——致使在歷史的進程中，一直缺乏主體性論述，而造成主體認同的矛盾與混淆，因此，洪素麗會沈重地寫下〈憂鬱的亞熱帶雨林〉（1987）：「福爾摩莎／妳的明日是未知數／命運未定型／一生一世飄泊於回歸與出走之間／焦愁多疑如一棵木麻黃／喜怒無常如一棵林投樹」（節引自《流亡》，頁49），將台灣因國家定位不明，使人們不斷飄泊與回歸的問題昭然若揭。陳鴻森〈諾亞方舟〉（1984）則指出台灣國際處境艱難，外交問題受挫，期待台灣成為一個新的國家的願景。

當我們在熹光中醒來
那是一處
在世界地圖以外的荒灘
我們看到
零落橫生在岬角處的
自己的屍體
我們看到
一些細微的嫩芽
自我們那失血的手腳爪端
抽生

（節引自《混聲合唱》，頁 709）

　　台灣的處境是世界地圖以外的荒灘，久被人給遺忘、丟棄，在國際位置上顯得孤立無援，然而，要如何挽救台灣在國際上的危機？只有抱著置死地而後生的決心，擺落過去陳舊的歷史塵埃，面對過去死去的自己，重新建立起新的獨立的國家，一如從「我們那失血的手腳爪端／抽生」。

　　在風雨飄搖不安的處境中，也有宋澤萊〈給我一個巨大的時代〉中，那充滿自信、勇敢、堅強的認同，重新標出台灣的自主性格的詩作，呈現對台灣高度的認同感：

　　請給我，給我一個民族的時代
　　一個堅強、勇敢的時代
　　自那法蘭西的抗拒喲，自那義大利的紅衫喲

自那日耳曼的步伐喲

學習一個怒吼、熱血、團結的時代

來吧，福爾摩莎

把那華人空虛的性格去掉

揚起實事求是的大纛

自那卑弱蒼白的掌中

你把臉兒抬高

一切的人民都結合起來

它的硬度如一塊鋼

（節引自《1983 台灣詩選》，頁 49）

　　宋澤萊所呈現的歷史樣貌，不再是故宮中靜默不語的文物；不再是現代史講師的一段尷尬史，而是熱切、激昂的奮鬥史，歷史不再是起自上古時代，而是鮮活地與外族對抗的生命史，走過萎靡不振的時代，福爾摩莎──台灣，可以正式成為獨立存在的實體，成為認同國家的意象。是以，李魁賢以含蓄的意象，象徵對台灣的思慕與愛戀，因為台灣「你就是我夢寐的大地／我要測量你一寸一寸的山河／劃歸我永久的版圖／我要在你陽光的青草地上／插置鮮明的旗幟／用我的詩朗誦再生的青春／因為你已擺脫徬徨的日子／可以獨立自主表示心意／我們開始有了明確真正的愛。」（節引自李魁賢〈永久的版圖〉，《混聲合唱》，頁 369-370）從質問台灣的主體性何在？到兩岸關係的修正，到國際位置的省思，以台灣作為「國家」定位，不斷地一次又一次的撥雲見日，逐漸明晰、確立，到最後展現一分自信、堅決的認同，以「台灣」作為實存的國家已悄然誕生。

五、結 論

戰後，因威權體制及國家文藝政策的導向，使得台灣戰後詩中的「國家」意象，大多在「中國」的思維下。因此，五○年代的詩歌創作，舉凡有關國家意象的詩作，皆可見到對「中國」的謳歌、思念。這對戰後初期，因大陸淪陷，倉促來台的人士而言，「中國」的原鄉召喚，自是情感真切的流露。但另一方面，國民政府來台之後，透過強力的文化網絡建制，使得龐大的「國家」意象，完全籠罩人心，以「中國」為名的「大敘述」論調，基本上與現實生活悖離，致使「國家」的意象，對多數人而言，只是架構在「想像」之上。雖然，他們心繫「祖國」，以「母親」、「情人」、「君父」的形象不斷地書寫「中國」，但對遙遠的「中國」，詩人仍須加入大量的想像與填補，才能描繪出「國家」的意象，使得「國家」既迷離又虛幻，同時，也使多數人忽視了「台灣」真實的存在。

此外，跨越兩個時代的詩人，他們歷經了日本殖民、國府統治時期，親自見證台灣歷史的發展，在走過跨越語言的艱困後，五、六○年代，他們開始透過詩作，去凝塑台灣的歷史意識與集體記憶，藉此喚醒台灣人民的歷史失憶症。因為，在嚴峻的年代，一切都無法如何的時代，如何使得「台灣」被感知到、被理解到，這些具有台灣主體意識的詩作，如陳千武、吳慕適、錦連等的作品，就特別具有時代的意義與價值，它啟動了台灣人民對「台灣」的了解與關注，當外在時局變遷、政治體制鬆動之際，這些原本深埋在地底的種子，如雨後春筍般，在七○年代萌芽、抽長。因此，六、七

〇年代後，可以看到，在「跨越語言一代」詩人的精神感召下，年輕一輩的詩人，李魁賢、李敏勇等，亦率先寫下具有「台灣魂」的作品，與「跨越語言一代」詩人，共同書寫下台灣歷史的一頁。

七〇年代末之後，透過台灣島內劇烈的政治運動——「美麗島事件」的刺激，使得島內鬱積的抵抗力量，得到了一次最大的渲洩，所有改革的聲浪群起，找尋「台灣」、發現「台灣」，成為這波政治、民主改革運動中，最重要的課題。以「台灣」作為創作意象的詩作，也開始大量出現在詩壇上，從「中國」到「台灣」，「國家」的意象逐漸在扭轉，陳鴻森、洪素麗、劉克襄、王麗華等人的詩作，呈現了「台灣」的歷史意識，具體體現台灣島嶼的傷痕與悲愴；另外，重新思索「台灣」的定位問題，如：台灣的位置何在？台灣和大陸、世界之間的關係如何？此時，也影響到詩人的創作旨趣，如苦苓、蘚雨、楊渡、宋澤萊等人的作品，他們從質疑台灣、大陸兩岸的關係，及台灣在世界飄搖的處境，到建立台灣主體的自信，一一加以陳述。在漫長的時空轉變下，詩人漸次調整「台灣」的實存境況，日益形塑出「國家」的主體性，時值今日，「台灣」已是大多人心中的原鄉，如何扎根在自己生長的土地上，使它可以呈現欣榮的景象，開出繁麗的花朵，相信是許多人衷心的期待與盼望。

第六章　死的脫卻，生的回歸：
陳千武詩的精神意識考察

一、前　言

　　陳千武（1922-）❶為「跨越語言一代」詩人，所謂「跨越語言一代」係指歷經日本殖民統治與國民政府來台兩個時代，終戰前已完成日本基本的制式教育，年齡約在二十歲以上，中文對他們而言是陌生的語言，戰後他們必須努力克服語言障礙，從「日文」轉變成「中文」。由於，遭遇過書寫語言（日文）被禁制的喑啞年代，因此，他的文學創作曾一度沈寂。之後，憑著他艱苦的毅力與耐力，重新學習北京話文（中文），逐漸克服語言書寫的障礙。這樣的經歷，使得陳千武的詩歌寫作，並非崇尚美文藻飾的詩風，相反

---

❶　桓夫本名為陳武雄，日治時期主要以「陳千武」為筆名。五〇年代以後，改以中文發表詩作，則以「桓夫」為筆名，其它翻譯、評論及小說創作則署名為「陳千武」；八〇年代之後，因推動台日韓三國詩學交流，日韓詩友習知「陳千武」之名，而鮮知其與「桓夫」同為一人，故「桓夫」一名則含置不用。參考拙著《笠詩社跨越語言一代詩人研究》之第三章分論（一）：桓夫論，註15，1997年東海大學碩士論文，頁57。

地，他以樸實的語言，從現實生活中，去挖掘普遍性的情感，注重詩的實質內涵。

陳千武具有旺盛的創作能量，其作品的類形涵蓋範圍十分廣泛，有詩作、小說、詩論、評論、翻譯等等。其次，對於詩壇的關注亦十分熱切，一九六四年「笠」詩社（以下簡稱「笠」）成立後，便積極推動詩社內外的活動，且長期主持《笠》詩刊（以下簡稱《笠》）的編輯、庶務等繁雜的業務，此外，對年輕一輩詩人的提攜，也不遺餘力，這對凝聚「笠」強盛的社團意識，具有舉足輕重的力量。《笠》從創刊至今，仍然維持雙月刊穩健的發行，更可貴的是，《笠》從未脫期，前後維持了四十多年，這樣的現象，成為台灣詩壇的異數，也象徵著台灣詩學發展的精神。再者，他曾於一九七○年提出「新詩的兩個根球」說❷，以親身的經歷與見證，為台灣詩史做了翔實的說明與釐清，「兩個球根」表示了，台灣新詩最早接收了日治及大陸新文學運動的洗禮，戰後這二大源流相互匯聚及發展，匡正一般人咸認為台灣新詩，是始於戰後紀弦從大陸帶來的謬誤，由上可見，陳千武在詩壇上不凡的成就與貢獻。

但在陳千武的文學生命中，最被珍視的，恐怕還是作為一位「詩人」，他在〈鼓手之歌〉中說：「時間。遴選我作一個鼓手／鼓面是用我的皮張的。／鼓的聲音很響亮／超越各種樂器的音

---

❷ 此說最早見於一九七○年東京若樹書房出版的日譯詩集──《華麗島詩集》後記，桓夫所寫的〈台灣現代詩的歷史與詩人們〉一文，文中對歷來以源自紀弦《現代詩》的說法之謬誤予以匡正，對於日治時期以降及戰後的現代詩發展原委，提出了正確的說明，以釐清台灣現代詩發展的根源問題。此文陳千武（桓夫）曾翻譯刊載於《笠》40 期，1970 年 12 月。

響……鼓是我痛愛的生命／我是寂寞的鼓手」（《密林詩抄》，頁
32），此詩以「打鼓」暗喻「寫詩」的歷程，詩人用他熾烈的生命
寫詩，以詩表現他昂揚的生命情調，並且反映時代的訊息和生命的
光熱。而詩人被命定為時代的鼓手，永不懈怠地敲響他的鼓，以高
拔的鼓聲來體現他作為一位詩人存在的價值。是以，寫詩是他用以
觀照現實與理想、過去與未來的表現方式，為他最痛愛的生命樂
譜。戰後，歷經「跨越語言」的困境，陸續出版詩集有：《密林詩
抄》（1963）、《剖伊詩稿》（1964）、《不眠的眼》（1965）、《野
鹿》（1969）、《媽祖的纏足》（1974）、《安全島》（1986）、《愛
的書籤詩畫集》（1988）等，二〇〇三年，台中市文化局出版了
《陳千武詩全集》十冊，收錄了他大部分的詩作，為他的詩文學留
下可茲參照的珍貴資料❸。

---

❸　陳千武前後出版的詩集有：《密林詩抄》（1963）、《不眠的眼》
（1965）、《野鹿》（1969）、《剖伊詩稿》（1974）、《媽祖的纏足》
（1974）、《安全島》（1986）、《愛的書籤》（1988）、《東方的彩虹》
（1989）、《寫詩有什麼用》（1990）、《陳千武作品選集》（1990）、
《月出的風景》（1993）、《禱告》（1993）等十二種，共收入四百多首。
《陳千武詩全集》（2003）則以編年的方式，按作品寫成的時間羅列，成為
另一種檢索陳千武詩作的方式。在陳千武的創作軌跡中，可以《媽祖的纏
足》作一劃分與轉折，在《媽祖的纏足》（1974）以前所出版的詩集，皆以
「桓夫」署名，此時正是他創作力最為旺盛的時期，這從他詩集出版的概況
也可見其一般：一九六三年出版《密林詩抄》，一九六五年《不眠的眼》出
版，一九六九年《野鹿》出版，一九七四年連續出版了《剖伊詩稿》、《媽
祖的纏足》。之後，一九七六年起，因擔任台中市立文化中心主任，公務煩
雜，因此，下一本詩集《安全島》，遲至一九八六年始告付梓，此時也可
見，其詩風轉向更凝視生活現實，從生活周遭去提鍊詩的元素，如〈不必·
不必〉、〈博愛座〉、〈安全島〉、〈高速公路〉、〈神在哪裏〉等作。

　　從陳千武的詩作中，可以探索到其詩的精神意識，與他所存在的時代氛圍及生長環境的變化有關，這些經驗感受，經他加以沈澱、轉化，遂蘊釀成他詩的豐富礦脈。其生命經歷，最特殊的，莫過於日本殖民時期，因太平洋戰爭爆發，而被迫擔任「台灣特別志願兵」，這是一段與「死」為伍的實感經驗，更是台灣歷史發展的一頁。一九四三年，他前往位於印度尼西亞與澳洲境界的葡萄牙屬帝汶島，參加澳洲北部地區的防衛作戰，一九四五年，轉往爪哇島，參加印度尼西亞的獨立戰爭，直至一九四六年七月才返回基隆港。❹這一段親身陷於槍林彈雨，在繁茂的密林中出生入死的的戰爭經驗，使他更能深刻體會到死亡的威脅，「死的記憶」也在他個人生命裏刻下不可磨滅印痕。因此，這些成長的歷程，皆成為日後他在創作上重要的根源，使他對於「死」的意象，擁有較他人更為豐饒、深入的刻劃，同時，「太陽」及「密林」，也成為陳千武一個重要的意象密碼，象徵日治時期的殖民統治與赴任南洋戰爭的死亡經驗。

　　此外，戰後詩人並未因結束日本殖民統治，而在精神上獲得重生；相反地，國民政府實行高壓的威權統制，以及長期白色恐怖的肅殺氣氛，使得詩人的精神回歸落空，再次陷入孤絕荒涼的生存境況，加上戰後語言必須由日文轉換成中文，造成閱讀、寫作的障礙，在這樣的時代氛圍中，無形染上一層抑鬱、苦悶的氣息。是以，哀愁、煩悶的心境，使他圓睜的眼凝視四方，成為「不眠的

---

❹　關於陳千武參戰經驗，參照陳千武〈我的兵歷表〉，收錄於《獵女犯》（台中：熱點文化公司，1984），頁 267-268。

眼」。而陳千武藉著重新探溯歷史的根源，建立自我主體的認同，希望從中找到精神重生的力量，詩中不時出現先民來台開墾，蓽路藍縷的艱辛；或是日治時期被殖民的無奈與哀愁；以及戰後生存環境的威脅與孤寂。

然而，在他作品中，縱使曾在日本殖民的統治，與國民政府的制壓下，其精神幽禁而孤獨；但他並不陷溺於個人內在的陰鬱，反而積極探索「死」的逼視與威脅，再次尋找「生」的力量，在《剖伊詩稿》、《愛的書籤詩畫集》中，可以看到，詩人集中焦點地挖掘「愛」的主題，因此，在創作的精神意識上，如何從「死的脫卻」到「生的回歸」，是貼近陳千武詩作的線索之一。因為，現實中歷經身體或精神的「死亡」，如一面「精神鏡像」（speculum mentis），折射出陳千武內在的缺失（absence）和匱乏（loss），而詩作恰巧填補了生命匱缺的縫隙，映照出他最終的期待和關懷，展示他強烈的生存意志，及獨特的現實詩風。

是以，對陳千武而言，不管是戰前在戰場上與死為伍；抑或是戰後窒息的政治環境，皆使他內在精神崩潰、失落，他將生命的孤單、愁苦，轉化為他創作的重要意識，一步步脫卻死亡的陰影，重新建立生的意念，之後，創作在這個軸線下延伸、展開，使我們可以探尋其作品中，所拉開的書寫面向與精神表徵。其作品，始終潛藏著強烈的生命力，一股抗拒「死」，而執著「生」的意志，奠定他創作的姿態，當他「終於把我底的死隱藏在密林的一隅」時（〈信鴿〉），意味著他剖視自我內在的深層記憶，漸次擺脫死亡的威脅，重新找到他詩的寫作座標，在其定位中輻射出他詩的光芒。

二、疊入死亡的里程碑
——殖民傷痕的悲愁與哀感

　　陳千武出生於南投縣民間鄉，一出生，即在日本殖民台灣最炙烈的時空下，漸次感受被殖民的悲哀，在〈童年的詩〉中，描述殖民時期幼年驚惶的記憶：「哦！母親／為甚麼有「大人」的恐怖威脅我／銀色的佩刀響著冰寒的亮聲／佩刀的閃亮毫無鬼神的邪氣呀／我為甚麼害怕　害怕「大人」的腳步聲／陰天覆蓋著幼稚的心靈／黑雲懸掛在枝梢／不尋常的權勢禁止我們說母親的語言」（節引自《不眠的眼》，頁 30），以孩子純真的心靈，去揭露殖民者的惡行，「陰天」、「黑雲」隱喻低沈的時代氣壓。此外，「太陽」象徵高掛天際的日本殖民政權，既是無限威權；亦是難以逼視的圖像：

　　　　我閉眼　那瞬間
　　　　在眼球底邊
　　　　擴張了通紅的太陽
　　　　而太陽已不是太陽
　　　　虹並不代表七彩的光

　　　　…………（中略）
　　　　我張開眼睛
　　　　乃是一粒被迸出了的種子
　　　　飛落於荒野

茫然　　面對著太陽

（節引自《野鹿》，頁 14）

　　「眼球底邊」，是詩人昔日被殖民的精神底蘊，閉眼遙想過去，如同「通紅的太陽」佈滿眼底，「紅色」成為豔麗哀愁的顏色，如鮮血般呈現在眼前，而一張眼，所感受到的是，渺小的個人面對著大時代的壓力，只有無盡的荒蕪、茫然。一九四三年，廿一歲的陳千武（1922-）任「台灣特別志願兵」，被派遣至南洋作戰，直到一九四六年才返台。這段戰爭的經驗和記憶，深刻而慘痛，使他對死亡的凝視，較一般人來得更為強烈而鮮明。「死亡」如幽靈般揮之不去，詩人不時在自己的身影中，望見那善變的幻影，交疊在自己的身上，投影在毫無血色的白壁中，如〈壁〉的末段，呈現出詩人靜觀自己死亡的姿影，戰爭所帶來的「死亡」經驗，成為詩人生命中在一段不可磨滅的里程，詩人常藉由端臨自己的黑影，進一步探照出死的幻影，那是自己年輕時期一段「死」的記憶：

就在清晨，走近陡壁
壁上照一身我的側影
我以時間，剪貼自己的影子
疊入死亡的里程碑──

（節引自《密林詩抄》，頁 44）

　　詩中，清晨微涼的空氣，四周寂靜無聲，詩人望見牆上自己的側影，彷彿遇見久違的自己，從黑色的陰影中，照見過去「死」的

印記，那段記憶，成為心中一組記憶的訊息，隨著時間的沈澱、變化、衍異，映現戰後詩人內在精神的寂寥。另外，陳千武因「跨越語言」的緣故，使得寫作一度中斷，沈寂將近二十年之久，才逐漸脫離書寫的困窘，重新出發，出發後，付梓的第一本詩集，命名為《密林詩抄》（1963），詩題「密林」，對詩人的生命歷程，有著不可抹滅的意義，也是他寫作的重要基盤。

　　童年時期，陳千武出生在南投名間，遠眺即可望見山林蓊鬱；青年時期，實際參與戰爭，出生入死南洋的叢林之中；壯年時期，在林務局八仙山林場工作，密林成為生活的處境，因此，「密林」的意象，貫穿其創作的每一階段，成為陳千武一個重要的意象核心，交織著他的生命與創作歷程。「密林」既是故鄉所在、死亡的禁地，也是生活的現場，在這個空間的轉化下，最後，凝聚成一股淡然的生之哀愁，如〈幽冷的山中〉一詩：

> 夜裡憂愁的風和
> 歇斯底里的譏誚煎熬燭光
> 企圖撲滅這唯一的明亮
> 於是，火燄拼命地燃燒
> 哦，個體將熔解
> 　善與惡將一具焚化
>
> 幽冷的山中，無邊黑暗
> 點亮牆上的蠟燭吧！

（節引自《密林詩抄》，頁43）

另外，又如〈憂愁的山脈〉，也將內心無限的憂思，隱喻在層層的
山巒中：

> 春的記憶埋沒腐葉上
> 誠實的花冠迷迷
> 紫紅水彩縮成一篇巨幅的悔恨
> 　曳著緬懷的一日探戈
> 倘若我迷路於死亡的峽谷
> 賦與的僅是一隻螞蟻的命運
> 哎！隱於憂愁的山脈
> 　想著　耐待之苦
> 　想著　生命愉悅之舞

（節引自《陳千武詩全集》二，頁 207-208）

　　置身於幽暗的山林中，無邊的黑暗襲來；抑是迷路於險峻的峽
谷之中，「死亡」的幢幢陰影，如影隨形，彰顯生之絕境，唯一能
做的是，燃燒著的小小燭火，想像著生命的愉悅，藉此抵抗在歷史
邊緣上的生存困境。是以，〈密林〉總結詩人的實存樣態：

> 而千萬層的年輪鬱悒　封鎖我
> 於停滯的歷史
> 樹與樹之間　遍佈空虛
> 世紀的風雨沈澱在此
> 祇是靜待亞熱帶的蓓蕾綻放

新的年輪又開始呼吸⋯⋯

（節引自《密林詩抄》，頁 48）

　　不管是戰場或現實，為了求生，詩人不得不對死做最大的抵抗，然而，戰爭和現實的本質，充滿著極度的荒謬與暴力，詩人只有被封鎖、停滯在抑鬱的歷史進程中，感受到龐大的生之無奈與憂愁。但詩人並未就此頹喪，在「靜待亞熱帶的蓓蕾綻放／新的年輪又開始呼吸⋯⋯」，可以看到詩人脫出了歷史的幽暗與低谷，找到一股新的希望與力量。所以，從第一本中文詩集《密林詩抄》的付梓，可以隱約看到詩人在戰後，對於「生」與「死」的關注，透過詩人的真實經驗與感受，折射出詩中所蘊藏的真摯情感與深厚的思想內容。

　　之後，陳千武繼續深化「生」與「死」的命題，兩極端交錯在其詩作中。收錄在《不眠的眼》的〈信鴿〉（1965），以及刊載於《台灣文藝》十七期（1967.10）的短篇小說〈輸送船〉，兩篇作品成為兩條軸線，分別從詩與小說，刻畫如何從「死」之中脫出，重建「生」的力量，展現陳千武強烈的生存意志。因此，他陸續挖掘戰時所留下的記憶，書寫他一系列的以志願兵為主題的自傳性小說，前後共發表了十五篇❺，加上前面代序〈文學少年〉及代後記〈縮圖〉、附錄評論文章、〈我的兵歷表〉，於一九八四年集結成

❺　《獵女犯》前後共收錄了有：〈旗語〉、〈輸送船〉、〈死的預測〉、〈戰地新兵〉、〈霧〉、〈獵女犯〉、〈迷惘的季節〉、〈求生的欲望〉、〈淺憤〉、〈夜街的誘惑〉、〈異地的鄉情〉、〈蠻橫與容忍〉、〈默契〉、〈女軍囑〉、〈遺像〉等十五篇及「地圖」。

冊，書名為《獵女犯——台灣特別志願兵的回憶》，由台中熱點出版公司出版。小說中，記載了頗多關於戰爭的場面、人性的荒涼和死亡的逼視等，陳千武以詩人的身份寫小說，特別能在小說《獵女犯》中，營造出綿密的意象，再加上他個人親炙戰場的經驗，使得小說中有關戰爭經驗的描寫，頗具可讀性與寫實性❻。因此，鍾肇政曾為文說「他在寫『自願兵』這點上面，堪稱獨步古今，且幾乎亦可斷言，將是後無來者。」❼如〈輸送船〉中死屍遍野的場面，仿若人間煉獄，令人掩面屏息：

> 空氣裡有一股撲鼻的血腥味，一看，甲板上一片血海。——受傷的兵士被抬去醫務所之後，死的人尚無人來收拾。這邊一個，那邊一個橫臥在血泊中，臉與軀體的皮膚都變成黃白色可怕的樣相。我不願踐踏無情的鎗彈挖出淌流在甲板上的鮮血，那是用生命犧牲的象徵。因此，我看準了甲板上沒血的地方，一步一步跳過去。在死屍橫臥著的甲板上，只我一人，像尋找東西的松鼠兒跳來跳去。跳到船橋下，我想攀上樓梯時，我征住了。又一個台灣特別志願兵，不是我隊裡

---

❻ 此說的「寫實性」，乃指陳千武的寫作功力而言；他將戰爭的許多經驗如實地刻劃出來，使讀者能夠具體的感受到戰爭的一種緊張氣圍，而非將此自傳性的小說對應作者本身的真實經驗。關於此議題可參考吳慧婷《記實與虛構——陳千武自傳性小說「台灣特別志願兵的回憶」系列作品研究》，清華大學文學研究所，1994 年碩士論文。

❼ 鍾肇政〈談日據時期的自願兵：陳千武的獵女犯〉，《文訊》16 期，1985 年 2 月，頁 158。

的，把頭插進樓梯最下層一格，睜開著白眼死在那兒。他的
上身沒有傷痕，但是他的兩隻腿，從大腿中間被切斷了，兩
隻下腿都不知飛到哪兒去，露出被切斷赤紅的肉塊，一點也
不動。我不敢踏過他的屍體上樓去。除了浪聲之外，船上只
是一片死寂，令人感到毛骨悚然。（頁 32-33）

　　如此「死」的場面，令人不寒而慄，濃重的死屍氣味瀰漫空
中，斷裂肢解的軀體殘骸，飛散四處，陳千武不斷「死」裏逃
「生」，直到戰爭結束，才能停止實感的「死」的逼臨，解除與死
神共舞的魔咒，因為，他曾經親臨死的驚悸，故僥倖活過之後，
「死」亦成為他生的一部分，共同建構他精神內在的底蘊，轉化成
他創作的重要質素，這樣「死」即是「生」；「生」即是「死」的
精神狀態，誠如他所闡述的：

　　　　把相對的兩點不看做個別的極點，而同時賦與看得見兩極點
　　　　的眼光，發現事物的方法。就是我們說「死」的時候，必會
　　　　同時想到「生」。❽

　　由於，陳千武曾對「死」有過深刻的體驗，因此，生與死之於
他，其實是一體兩面，並存在他的意識之中。〈信鴿〉一詩，可謂
詩人描繪「死」的戰爭經驗與「生」的精神意識的代表作，且為小

---

❽　陳千武〈難懂的詩〉，收入氏著《現代詩淺說》（台中：學人文化事業，
　　1979），頁 26。

說〈輸送船〉代序，兩者間具有相同的書寫意義與價值，可以看到詩人由「死」回歸到「生」的歷程：

埋設在南洋
我底死，我忘記帶回來
那裏有椰子樹繁茂的島嶼
蜿蜒的海濱，以及
海上，土人操櫓的獨木舟……
我瞞過土人的懷疑
穿過並列的椰子樹
深入蒼鬱的密林
終于把我底死隱藏在密林的一隅
於是
在第二次激烈的世界大戰中
我悠然地活著
雖然我任過重機槍手
從這個島嶼轉戰到那個島嶼
沐浴過敵機十五機厘的散彈
擔當過敵軍射擊的目標
聽過強敵動態的聲勢
但我仍未曾死去
因我底死早先隱藏在密林的一隅
一直到不義的軍閥投降
我回到了——祖國

　　我才想起

　　我底死，我忘記帶了回來

　　埋設在南洋島嶼的那唯一的我底死啊

　　我想總有一天，一定會像信鴿那樣

　　帶回一些南方的消息飛來──

（引自《不眠的眼》，頁 40-41）

　　這首詩，是詩人青春時期經歷了南洋戰爭的精神告白，這樣的經驗，除了使陳千武真實地感受到死亡的威脅外，同時更是哀悼他荒涼的青春歲月。詩中前後共用了五個「我底死」，可見「死」具有高度的暗喻性。「終于把我底死隱藏在密林的一隅」、「我底死，我忘記帶了回來」，這裏的「死」同時指涉「生」此兩極性意涵。它代表著「昨日的我」的死去，與「今日的我」的重生，意指個人的生命，也指向所屬的土地與民族，具有雙重性的思考。這樣的意識，宿命地變成詩人不斷反復出現的精神意象，最後成為他強烈的生存意志，由此來突破生與死的鴻溝，傳達心中對此死亡記憶與生存經驗的哀愁。日本學者秋吉久紀夫亦認為：

　　這一首〈信鴿〉詩，我認為在陳千武文學裡帶有非常重要的意義。那是在他個人人生打上一個句點，同時經過太平洋戰爭的實質體驗，復歸於原來台灣人的一種證明。❾

---

❾　秋吉久紀夫〈陳千武論〉，收入陳明台主編《桓夫詩評論資料選集》（高雄：春暉出版社，1997），頁 263。

　　由此可見，〈信鴿〉代表著總結戰前與戰後的意義，從「死」跨越「生」的歷程。詩中，詩人將戰爭的恐懼與殘酷完全純化，當他僥倖地「瞞過土人的懷疑」、「躲過十五機厘的散彈」時，卻將死「埋設在南洋」，最後「埋設在南洋島嶼的那唯一的我底死啊／我想總有一天，一定會像信鴿那樣／帶回一些南方的消息來──」，暗示著詩人「再生」精神本質。是以，在《密林詩抄》中，詩人以抒情的語調、自然的景象，去透顯描繪此「再生」的樣態，如〈早春〉：「冰冷的朔風已隨寒風流逸去／淺綠的處女地／光與熱的波紋灌溉／春的喜悅」（頁 3），〈早晨的崗站〉：「省悟和警覺的露珠被喚醒／閃爍於拂曉的葉上／當太陽剷除了歷史的迷惑／熱情和光彩充滿了世界」（頁 23），詩人在此基調上，繼續挖掘他詩的本質，可見死與生的探照，對陳千武來說是具有重要的象徵意義。

　　另外，距離〈信鴿〉發表後的二十三年，陳千武再次發表〈指甲〉（《笠》132 期，1986 年 4 月）一詩，同樣以戰時的「死」為對象，書寫有關「死」的主題，兩詩皆是以日常性的意象，將個人慘痛的戰爭經驗，轉化成個人及民族的精神密碼，藉著即物性的表現手法，探究歷史縱深的意義，傳達詩人在殖民統治下的哀愁，一種靜默的死與生的交替。

　　　　指甲長了
　　　　最近　指甲長得特別快
　　　　看看指甲
　　　　我底指甲替我死過好幾次

　　　　每次剪指甲
　　　　我就追憶一次死……

　　　　——把剪下來的指甲裝入信封
　　　　　　繳給人事官准尉
　　　　　　在戰地　粉身碎骨
　　　　　　拾不到屍體
　　　　　　就當骨灰用　那個時候
　　　　　　我當日本軍兵長

　　　　　　不管我的意志是快樂是悲傷
　　　　　　不久　指甲總會長　長到
　　　　　　我感覺不舒服的時候
　　　　　　指甲很乖地　又讓我剪

　　　　　　指甲好像是我底生命之外的
　　　　　　生物
　　　　　　長了就要我剪
　　　　　　每次剪下來的指甲
　　　　　　都活著　然後　慢慢地
　　　　　　替我死去

　　這首詩距離陳千武任「志願兵」的時間，已隔四十多年，相較於〈信鴿〉裏的「死」，所具有的雙重性意象，此詩的隱喻性較為

平實，戰場上的緊迫感也降低。但它仍然呈現出死亡的一種氛圍，使我們對於殖民歷史的悲情，有一番的體悟。此詩，「指甲」成了我「生命之外的／生物」，代替成為「我」的存在，既是一種信物，又是一種生命體的象徵，而「我底指甲替我死過好幾次／每次剪指甲／我就追憶一次死」，如此反覆不斷地修剪指甲，在詩人的精神內蘊中，代表著不斷地死去、復活，死的意識加強支撐生存的意志，突顯個人逆反、獨立存在的價值，如同剪了又長的「指甲」，具有抵抗被剪的命運。「指甲」最後成了「慢慢地／替我死去」的意象，「死」的陰影漸漸脫卻，轉而為「生」的回歸與堅持。

　　有關戰爭的經驗，常可在陳千武的小說與詩中找到相對應的部分，顯示戰爭的畫面，深植在他的腦海對他影響深遠，如一九八二年十月發表於《文學界》第四集的〈戰地新兵〉，在第三部分一開始，有如下的描寫，此與後來的〈指甲〉一詩，具有異曲同工之妙：

> 　　訓練結束前夜，新兵們忙了一陣子，整理背囊、行李和兵器，之後又像在後備部隊要出發的前夕一樣，各自剪一次手腳的指甲，裝入指定的紙袋裏，寫清楚部隊號碼和兵階、姓名，交給人事官。指甲是萬一陣亡無法收拾骨灰時，當做骨灰交還遺族，或送去東京九段阪的靖國神社奉祀的。這一作業給新兵們，又加強一次對「死」的覺悟和心理準備。❿

---

❿　陳千武《獵女犯》，同前揭書，頁60。

　　將〈信鴿〉（1965）比照〈輸送船〉（1967），及〈戰地新兵〉（1982）比照〈指甲〉（1986），檢視兩者之間的關係，即可看到陳千武對於「死」的記憶捕捉，不斷地透過不同文學類型的作品，及長時間的交疊暉映，去展現他那特殊異質經驗。而這樣的感受延續至八〇年代，陳千武在談到戰爭與死亡時，仍然記憶猶存，一九八〇年一月十九日晚上，對來訪的鄭烱明、拾虹、李敏勇說到：

　　　戰爭的時候，今天要死或明天爬不起來，是無人能預料的，
　　　「睡時感到自己還活著，醒時感到自己沒有死去」，這種深
　　　刻的感覺，一直到今天，有時會再無端地回想起，我也覺得
　　　它仍存在於我底世界裡。⓫

　　「死」的經驗，不時會在他的記憶中被喚起，使他具體地感受到生死攸關的交界點，透悟出生命的悲涼。雖然「死」的那種破滅感是無法被遺忘的，但沒有真正地「死」去時，死卻也是重構他「生」的根源所在。一旦「死」的脫卻，同時則意味著「生」的回歸，生與死並置共感。因此，當陳千武從戰爭的死中歷劫歸來後，所對應的實存的境地，即是他生的精神再現，而如何重新建立起新的生命價值，就成為一個值得探究的議題。

⓫　鄭烱明、李敏勇、拾虹訪問，鄭烱明整理〈從現實的抵抗到社會的批判〉，
　　《笠》97 期，1980 年 6 月，頁 45。

三、掙扎於斷臍的痛苦
——主體認同的追尋與確認

　　陳千武生於一九二二年，正值台灣被日本殖民（1895-1945）的第二十七年，當時台灣的抗日情勢，已由緊張的武裝活動，轉為較溫和的文化啟蒙運動，一九二一年由一批留日的台灣青年，共同籌組「台灣文化協會」，代表新興知識份子崛起，具備了現代性的新道德與新理性，取代傳統文人士子的保守思想，他們積極「公領域」事務，甚而推動政治、社會的改革運動，從「私領域」擴及至「公領域」的空間，在實際的行動中，實踐個人的道德理想。另一方面，隨著日本對台灣政治、經濟、文化等方面統治制度的建立，二〇年代之後，殖民體制漸告完備，台灣人民已完全籠罩在日本帝國的殖民統治下，既感受殖民者的高壓脅迫；同時又接受殖民者強勢文化的灌輸，在「殖民化」與「現代化」並存的歷史時空下，知識分子內在的精神決戰，是昭然若揭的，對此相關議題研究者眾❷，他們皆指出在日治時期知識分子的精神「異化」現象。

　　因此，陳千武對日本殖民政權的壓迫，感觸是良深的。在統治

---

❷　對於日治時期，知識分子精神上陷入現代性、殖民性、本土性矛盾的糾葛的研究，如施淑〈日據時代台灣小說中頹廢意識的起源〉（收入氏著《兩岸文學論集》（台北：新地文學，1997），頁102-120）、呂正惠〈皇民化與現代化的糾葛——王昶雄〈奔流〉的另一種讀法〉（收入氏著《殖民地的傷痕——台灣文學問題》（台北：人間出版社，2002），頁31-40）、陳芳明《殖民地摩登：現代性與台灣史觀》（台北：麥田出版社，2004）、陳建忠《日據時代台灣作家論：現代性、本土性、殖民性》（台北：五南書局，2004）等。

與接受的矛盾下，對自我身份的認同，與當時知識份子一樣，充滿
著徬徨與掙扎，到底自己是台灣人？中國人？日本人？有著難以釐
清的複雜思緒，如王昶雄的小說〈奔流〉，最後，小說主角「伊
東」先生，因無法逃離這樣的困境，遂陷入極度的焦慮、煩憂：

> 三十才過了三四歲的伊東的頭髮，白髮不是佔了三分之二以
> 上了嗎？我頓時禁不住想到伊東不為人知的憂勞。……在學
> 校，或者在社會，接受純日本化教育的年輕人，回到家門一
> 步，往往就會被放到完全不同的環境裏。這正是本島青年雙
> 重生活的深刻苦惱。……無論如何，伊東的白髮豈不就是這
> 不顧一切的戰鬥的一種表現嗎？這樣就好，這樣就好──
> 我一遍又一遍說著，不知為什麼，墓地上的情景，仍不斷
> 地在我腦海裏明明滅滅。想痛哭一場的心情，充塞著我的心
> 胸。⓭

　　〈奔流〉一文，透過「我」的觀察，突顯出「伊東」先生這一
代知識分子的生存悲哀，在自我主體崩解、民族認同喪失的情況
下，雙重生活的折磨，使得「伊東」的白髮下，隱藏著不為人知的
苦痛。然而，這樣的精神狀態，並未在一九四五年終戰時結束，時
代的幽魂，繼續拉長、延伸至戰後，甚而更烈以往，戰後，國民政
府來台，取代了原本日本的殖民統治，它將台灣視為「反共基地」

⓭　王昶雄〈奔流〉，收入施淑編《日據時代台灣小說選》（台北：前衛出版
　　社，1992），頁 392-393。

的堡壘，政治主導一切，整個時代在「反共論述」的話語
（discourse）下，瀰漫著窒悶、低壓的氣息。於是，台灣再次陷落另
一階段的主體喪失，作家面臨到語言跨越與政治高壓的生存危機。
黃英哲在《「去日本化」「再中國化」——戰後台灣文化重建
（1945-1949）》一書，對戰後初期（1945-1949）台灣的歷史發展，有
詳盡地考察，他從「文化重建」（cultural institution）的角度指出，戰
後國民政府，如何使「日本化了的台灣人」，迅速地轉變成「中國
人」的進程：

> 在此所謂的「文化重建」（cultural institution），意指為了強固
> 國家體制而以人為的力量建構文化。如此情況下建構出的文
> 化不是自然形成的，乃是自上層或外部強制產生。取代日本
> 成為新領導者的國府之所以從文化問題著手，無非為了破解
> 台灣的日本文化迷咒，同時催化台灣人的「中華民國的國
> 民」認同。❹

　　從日本到國府，不同政權的轉換，台灣人民長期在歷史的夾縫
中求生存，無奈地接受歷史命運的安排。因此，陳千武的〈午前一
時的觸感〉，正是對台灣主體喪失的反思，以「搔不到的癢處」喻
之，極具諷刺地將台灣一再受到殖民的實況，透過詩的意象隱喻加
以揭示，然而，縱使無法搔到「癢處」，詩人仍執意地「搔抓」，

---

❹　黃英哲《「去日本化」「再中國化」——戰後台灣文化重建（1945-1949）》
　　（台北：麥田出版社，2008），頁 17。

顯示其追尋主體的堅定意志,如錦連〈挖掘〉一詩最後:「我們祇有挖掘/我們祇有執拗地挖掘/一如我們的祖先　不許流淚」(節引自《混聲合唱》,頁 165);或白萩〈雁〉一詩起頭:「我們仍然活著。仍然要飛行/在無邊際的天空」(節引自《混聲合唱》,頁 330),亦展現對抗逆境的生存意志。

> ——我仍然躺著
> 於迷睡中摸索
> 伸手欲搔癢
> 伸右手或左手——繞背後
> 〈哎,我的背後在發癢〉
> 我欲搔癢的地方
> 由一個國家
> 輪次一個國家……
> 從這個首都
> 到那個首都
>
> ——我卻搔不到最癢的地方
> 〈窗外沒有一點聲音
> 靜靜……寂寂——〉
> 我苦心——費盡苦心的
> 搔抓!

(節引自《不眠的眼》,頁 21-22)

　　詩中「由一個國家／輪次一個國家／從這個首都／到那個首都」，暗含台灣近代的歷史命運，詩人以鮮活略具滑稽的「搔癢」動作，點出這樣的歷史事實，突出台灣被殖民的悲哀。在此情境下，詩人只有感受「窗外沒有一點聲音／靜靜……寂寂——」，歷史的時間之流，寂靜無聲，一切生存的哀愁，都壓縮凝聚在這午前的一刻，顯現詩人內在孤絕寂寥的張力。因此，這些內在的愁苦，成為他不斷擴大、衍生、變異的意象，形成一組共同徵象的「符碼」，貫穿在他前後的詩作中，如「密林」、「雨絲」、「蜘蛛絲」、「網」等，這些具有相同性質的意象，密密麻麻地糾結纏繞著他，例如〈雨中行〉、〈網〉：

一條蜘蛛絲　　　直下
二條蜘蛛絲　　　直下
三條蜘蛛絲　　　直下
千萬條蜘蛛絲　　　直下
　　　　　包圍我於
——蜘蛛絲的檻中

被摔於地上的無數的蜘蛛
都來一個翻筋斗，表示一次反抗的姿勢
而以悲哀的斑紋，印上我的衣服和臉
我已沾染苦鬥的痕跡於一身

（節引自《密林詩抄》，頁 8）

> 啊！命運的花一瓣瓣
> 綻放著不甚透明的悲哀
> 如奴隸，被綁在網中
> 被吊在傳統的蜘蛛絲
> 繫吊的蜘蛛似種子、你我、傀儡
> ——絲織繽紛的世網

（節引自《不眠的眼》，頁 25-26）

　　從這些綿長、交織的意象中，可以探測到陳千武心中的憂思。戰後，陳千武重拾詩筆，再次檢視日治時期抑鬱的青春歲月，同時回顧台灣被殖民的苦澀、憂懼，他自覺地挖掘殖民時期的經驗，以及追索自我的傳統根源，意味著：一方面脫卻日治時期所遺留下來的陰影；一方面建立起自我再生的契機，在權力解構與主體建構下，重新獲得再生的確認。這樣的自我認知，在陳千武的第二本詩集《不眠的眼》（1965）更為顯見，相較於第一本中文詩集《密林詩抄》，更揭露對自我實存的省視，以及對現實的批判。在《笠》第 3 期（1964 年 10 月）的〈笠下影〉中，刊載了他的詩觀：

> 認識自我，探求人存在的意義，將現存的生命連續於未來，為具備持久性的真、善、美而努力；就必須發揮知性的主觀的精神，不斷地以新的理念批判自己；並注重及淨化自然流露的情緒，但不惑溺於日常普遍性的感情，而追求高度的精神結晶——我想以這種方式獲得現代詩真正的性格。（頁 4）

其詩觀，表明陳千武對人存在意義的重視與探求，在此探究下，必先認識自我，並將自我生命置放於歷史脈絡中，從過去的傳統、軌跡，去追尋個人生命的價值體系；其次，他以冷靜、知性及批判的精神，去捕捉、經營詩的意象，傳達一種共有、美的意義及情感，如村野四郎所說：「詩人依鍛鍊過的敏銳的言辭的作用，自意識的光亮處去發掘隱藏著的美。詩的創作是一種擴大美的意義領域的行為。」⑮換言之，詩人如何轉化日常生活的普遍性，尋求詩的意象的特殊性，在其意象下，展示人間情感的真摯與感動，是詩人的職志所在。

此外，一個作家要能具有「歷史的眼光」，能從幽暗的歷史，洞見熠熠的光源，如艾略特（T.S Eliot，1888-1965）提出「要有透視時間的能力」，「那就是說：對於過去的時代，我們不但覺得它已過去，而且要覺得它的影響至今猶存。具有這種眼光的作家，不僅以深藏於他內心之中的現代精神從事創作，並含有一種歷史的感覺。」⑯若將「歷史的感覺」擴大而言，它不僅指過去所留下的傳統而已，更是指過去自我實存的記憶，從過去的經驗中，可以清楚地認知自己過去與現在的存在關係，從中找到一個生存的立場與位置。

因此，《不眠的眼》揭開了陳千武追尋自我生命的意圖，他藉著回溯歷史的根源，將此脈絡作為戰後確認自我的基底。在〈遺忘

---

⑮ 村野四郎著，洪順隆譯《現代詩探源》（台北：文史哲出版社，1984 再版），頁 23。

⑯ 艾略特著，朱南度譯〈傳統和個人天賦〉，收錄於《西洋文學評論》第三冊（台北：聯經出版社，1977），頁 114-115。

之歌〉中，詩人逆說主體喪失的憂愁，表面雖是「遺忘」之歌，但
實際上，卻是對過去歷史及現實人生的凝視、沈思，以對自我進行
反省與批判：

> 巒峰睡著
> 誰也不想重述　那些
> 經歷過的島嶼和激流——
> 　　而熟悉的語言都生銹了
> 如今　該遺忘
> 　　或不該遺忘的都遺忘了
> 　　幻想的山躑躅
> 　　　　開在被覆蓋的熔岩上
> 有誰記得
> 雨打日暮的悲歌……

（節引自《不眠的眼》，頁 3-4）

詩中「巒峰」一如天地，靜默地見證歷史的物換星移，過往事
件沈封在山巒的底層之下，積累成各種記憶的礦脈，等待挖掘，然
而，歷史的記憶，隱藏於時間的縐摺裏，若無人加以言說、整理，
則隨著時間消逝在灰飛煙滅之中。因此，詩人必須具備敏銳感觸的
心靈，可以對於所經歷的歷史加以審視和挖掘，從中找出超越時間
的永恆意義，以建立「生」的信念。因此，當詩人省視過去時，
「經過的島嶼和激流——／而熟悉的語言都生銹了」，意味著殖民
時期的傷痛與戰爭的死亡經驗，如今隨著新政權的到來，整個時代

的歷史記憶，早已封沈於時空之中，但那無以言說的歷史經驗，就個人而言，並未隨著時間被磨滅，反如血液一般，注入在他的身體內，不時的逆流、翻騰。於是，詩人只能將愁苦投射在日之將盡，雨點紛飛的情景下，提出「有誰記得／雨打日暮的悲歌」的質問，強調那已被覆蓋的歷史記憶。而〈黃昏〉一詩，繼續燃燒著夕暮的血紅：「在生命的黃昏之前／踏緊一叢自己的影子／拖著波長的恐怖和嫉妒和羨慕……／我那唯一屬于自己的／黃昏的塑影　穿過尖銳的聲音急速地行進」（節引自《不眠的眼》，頁 61-62），映襯著詩人對過去戰爭中「那唯一的死」的脫出。

　　於是，陳千武透過歷史意識的建立，找回自我的主體性，〈在母親的腹中〉，開始追索、反思歷史根源的軌跡，包括祖先血脈的傳承、渡海來台的拓墾、被殖民的憂愁，在繁複錯雜的歷史脈絡裏，認知到台灣過去的歷史並非是風平浪靜，而是千瘡百孔滿佈傷痕，如今，像新生嬰兒斷臍般的痛苦，在這些層層疊疊的網絡中，重新面對未來命運的考驗。

　　　在母親的腹中
　　　我底歷史早已開始蠕動
　　　來自柔如山羊的眼睛
　　　暖如深谷的
　　　賦予泥土的命運
　　　綁在網中
　　　掙扎於斷臍的痛苦
　　　我底歷史早已開始蠕動

　　哦，在母親的腹中

（節引自《不眠的眼》，頁 28）

　　「母親」象徵台灣歷史的命運，過去台灣因不同政權的脅迫，致使整座島嶼患了歷史失憶症，而詩人透過歷史的挖掘，逐漸建立自我的主體性，重新對這塊蘊育萬物的母土，給予新的認識，了解台灣因各個不同階段的命運，隱含著許多的委曲與辛酸。然而，詩人透過生命根源的追尋與認識，重新找到自我定位的座標，詩中一再「掙扎於斷臍的痛苦」中，亦告別了遙遠的「原鄉情結」，確實地扎根在這座福爾摩莎之島。對陳千武而言，追溯遠古飄忽不定的過去，如〈禱告〉一詩，宣稱自己是「尚未構成人形，仍在漂盪／著的細胞／的溶液」（節引自《不眠的眼》，頁 42）。所以，詩人力求的是「斷臍」後的新生，已構成人形的自己，可以扎根於斯土斯民，好好地活著，共同以台灣的主體性開創新的未來。

　　由於，詩人漸次確立自我主體的位置，因而，面對過去傳統、封建的文化陋習，難免有所批判與嘲諷，如〈咀嚼〉：

　　下頸骨接觸上頸骨，就離開。──不停地反復著這種似乎優雅的動作的他。喜歡吃嗅豆腐，自誇賦有銳利的味覺和敏捷的咀嚼運動的他。
　　坐吃了五千年的歷史和遺產的精華。
　　坐吃了世界所有的動物，猶覺饕然的他。
　　在近代史上
　　竟吃起自己的散漫來了。

（節引自《不眠的眼》，頁 50）

中國文化，一向以「吃」傲人，此詩以大辣辣的咬合動作，來反諷中國人醜陋、懶散的民族性。且將「咀嚼」加以動作化，加強「上顎骨接觸下顎骨，就離開」的形像，以極誇張的動作來突顯不堪的面目。陳千武正言若反地將民族的陋習、散漫，與中國的近代史相連接，擴大詩的精神世界。這一思考的延長，如一組傳遞的訊號線，在自我主體的確認下，漸次加強批判的力道，從告別原鄉，轉而省視自我生存的時空，面對高壓的威權體制，詩人再次展現詩的精神活動，如義大利詩人馬里內蒂（Filippo Tommaso Marinetti，1876-1944）所云：「詩歌中最重要的成分將是勇氣、大膽和反叛」[17]，因此，陳千武除了對生命根源加以省視，更對日本殖民政權的不義，以及戰後生存的現實境況，給予最大的批判與揭露，其目的，就是要能堅毅地認知自我實存的地位，重新建立生的希望。所以，陳千武寫詩的動機，往往來自於：

> 現實的醜惡常變成一種壓力，以各種不同的手段，挾制著人存在的實際生活，……──感受這種醜惡壓力，而自覺某些反逆的精神，意圖拯救善良的意志與美，我就想寫詩。[18]

在〈美的感動〉一文，陳千武曾說：「我寫詩，絕不是因為寫

---

[17]　王明治編《歐美詩論選》（青海：青海人民出版社，1990），頁 329。
[18]　〈笠下影：桓夫作品介紹〉，《笠》3 期，1964 年 10 月，頁 4。

詩，能以其美妙的表現技巧逃避現實，才想進入詩世界的超現實，得到自慰。相反地，卻是要藉詩前衛性的思考，探索事象的本質，發揮現代詩的要素之一的『批判』精神，面對社會複雜的現實性，深入挖掘人性的奧秘，才踏上這條崎嶇的文學之路。」⓳這恰可為上段引文做一註腳，換言之，當詩人確定自我生存的位置之後，其生存的意志越加強烈，面對「醜惡的」現實壓力時，所激起的反抗意識也越鮮明，如〈給蚊子取個榮譽的名稱吧〉，即以「蚊子」奪取人血的行為，加以反說暗喻國民政府來台後的所作所為，使台灣的現實，陷入一種絕望、癱瘓的處境。

> 嗡嗡不停地　飛來
> 叮在我癱瘓的手背上
> 說是過境
> 過境　就抽一絲利己的致命的血去了
> 究竟
> 有多少蚊子真正無依
> 有多少蚊子值得同情
> 在我的手背上
> 在廣漠的國土裡
> 我底手越來越癱瘓了

（引自《媽祖的纏足》，頁 62-63）

⓳　陳千武〈美的感動〉，發表於《台灣時報》1988 年 3 月 2 日，收錄於《詩文學散論》（台中：台中市立文化中心，1997），頁 50。

　　此詩，從詩題「給蚊子取個榮譽的名稱吧」開始，即可看到詩中強烈的反諷性，藉由蚊子吸血的特性，來詮說剝奪的他者，只圖利自己的惡行。蚊子「叮在我癱瘓的手背上／說是過境／過境就抽一絲利己的致命的血去了」，顯示原為過客的蚊子竟轉換成主體，被叮的對象無力反抗，而任蚊子為所欲為，接著詩人提出質疑反問，「有多少蚊子真正無依／有多少蚊子值得同情」，扣緊前面詩行反諷，則批判的力道十足，「手背」與「國土」相對的並置隱喻，更擴大詩的精神意涵，傳達詩人強烈的不滿之聲。接著，詩人不斷對現實加以省思、凝視，漸漸發展出批判性格極強、知性即物的詩作，為《笠》的風格奠定一定的基礎，這些詩作也成為他主要的代表作之一。

　　走過死亡而獲得重生的陳千武，對自我主體的確認是積極認真的，他藉對原始生命的追尋，揭示殖民經驗的苦痛，和控訴戰後實存的狀況，在一連串脫卻「死亡」的陰影後，重新確認自己生存的定位與方向。當自我主體確認之後，詩人則透過對現實的反抗，來作為他詩的本質與再生的結果，是以，日後他一系列以「媽祖」為意象的「『泛』政治詩」❷⓪，正是在這樣的創作精神下展開，如〈恕我冒昧〉（1968）：

　　媽祖喲

---

❷⓪　有關陳千武一系列以「媽祖」為主的詩的探討，可參考古添洪〈論桓夫的『泛』政治詩〉，《中外文學》197 期，1988 年。收入孟樊主編《新詩批評》（台北：正中書局，1993），頁 293－336。

坐了那麼久　妳的腳
在歷史的檀木座上
早已麻木了吧

檀木的寶座
在滿堂的線香的冒煙裡
在大眾的阿諛裡
被燻得油黑……

這是非常冒昧的話
可是　妳應該把妳的神殿
那個位置
讓給年輕的姑娘吧
比起
人造衛星混飛的宇宙戰
妳那個位置是……
媽祖喲
如果　　我說錯了話
請原諒

（節引自《媽祖的纏足》，頁 117-119）

　　在高壓的白色恐怖時期，陳千武能獨排眾議，直接挑戰統治權
威，以極生動貼切的意象，來象徵國民黨專制統治，使語言能夠展
現新的機能，靈活機趣的效用。由於，陳千武對於政治的批判與精

神的抵抗，樹立了一種在野的性格，尤其，在台灣還未解嚴時期，已率先創作這樣具敏感性與政治性的詩，表現詩人內在的真誠與坦率，是以，葉笛稱他為「探索異數世界的人」❷，而李魁賢則形容他的詩是「以批判的現實主義為基調，帶有浪漫精神和理想主義色彩。」❷由於他的詩是透過實感經驗所完成，在六〇年代，標榜「橫的移植」的現代主義，特別能夠顯現具時代感的意義，突顯出獨秀的現實風格。

　　陳千武在脫卻死亡的陰鬱，回歸生的意志，同時並重新確認自我主體的位置，從回溯歷史的根源，展開現實鄉土的追尋，以致於對政治桎梏的控訴，他逐漸擴大他詩的精神次元，對實存的境況加以批判、諷刺，書寫一系列的「泛」政治詩。除了對現實的批判，重建生存的意志外，陳千武更向上提升，以「愛」來涵融生命中的「死」或現實中的「惡」，以加強「生」之意欲的力度，使生命的層次更加圓融透徹。有關「愛」的主題，除了一般抒情的愛情描繪之外，獨樹一幟的是，他以女性為對象，寫就的《剖伊詩稿》，詩集從女性的生理、心理剖析各種情感對應，就女性主義的角度而言，《剖伊詩稿》是具有先行性的意義。另外，以情愛主題為焦點的《愛的書籤》，以各種細膩的情感出發，詮釋各種情感的意涵，因此，在脫卻死亡後，陳千武以最普遍的情感「愛」，來消解生存

---

❷　葉笛〈探索異數世界的人〉，《笠》24 期，1968 年 4 月。

❷　李魁賢〈論桓夫的詩〉，原載《詩的反抗》（台北：新地出版社，1992），另收入陳明台編《桓夫詩評論資料選集》（高雄：春暉出版社，1997），頁155。

的憂鬱及現實的孤絕，擴大「愛」的精神內涵，展示他創作意識的
轉化過程，如何從戰後的「密林」脫出，步向「愛」的進程。

四、以愛推動生命的齒輪
——生存意志的再生與動力

由於，愛是人類生存最普遍的情感，亦是展現「生」的重要力
量，因此，陳千武要「以愛　毅毅／推動生命的齒輪／旋轉不
輟……」（〈願〉節引自《愛的書籤》，頁 6）「愛」成了陳千武詩作底
流的特有基石，穩固其動盪不安的心境，因此，在感受困乏的現實
逆境時，揭示「愛」成為他創作的精神動力，因為，他認為：

> 融合人與人的「愛」，始終無法恢復在這個社會安慰我們；
> 只有喪失了「愛」的社會困擾了我們。在此，詩人應該把
> 「愛的貧困」這種事實，訴說一般群眾才對。㉓

由於，認知到社會「愛的貧困」，因此，陳千武不斷地展示
「愛」的作品，從早期的詩作，已可見到他對「愛」的著墨，如在
《密林詩抄》（1963），關於「愛」的詩篇有：「唯這一季是霉爛
的一節／該潤於虔誠的愛／孵化綠油油的夏天」（〈梅雨〉，頁
6），「羞澀掩飾妳，妳的眼眸／閃著晶晶的愛意……／〈總有一
個完成〉／我企圖以成熟的語言／渡過感情之河」（〈銀河〉，頁

㉓　陳千武《現代詩淺說》，同前揭書，頁 52。

13），早期的「愛」清新明淨，大多置於個人的情愛之上，以「愛」的透顯出「生」的愉悅，如〈木瓜花〉一詩，充滿明亮、豐盈的意象：

嬌嫩的雌蕊和雄蕊　招來春天
明媚的天空壓下，壓近了姊姊的佳期
以虔誠搧開的葉綠素的手掌
伸向光與熱的恩惠
掬承四季風的遺愛

　　弟弟嫌花不美
　　姊姊愛花結實
而石階上的木瓜花　　悠然
沈默　像健美多產的孕婦
以搧開的葉綠素全靈的光合作用
　希冀生命的完美

（節引自《密林詩抄》，頁 15）

此詩，與日治時期詩人郭水潭的〈蓮霧之花〉，具有異曲同工之妙，「院子裏的蓮霧不像那麼大的體格／插上很多小茉莉那樣的花／性急的蜜蜂嗅到了就飛來／開始糟蹋了蓮霧的花／我馬上寫信給海邊的妹妹／今夏　蓮霧的花開滿了／不久　果實會結得滿枝」（節引自《廣闊的海》（台北：遠景出版社，1997 三版），頁 17），皆隱含了「愛」、「性」、「生命」多重意涵在內，摘取自然植物結實纍纍

的過程，禮讚愛的結合與原始生命的動力。而這一主題的思想，陳千武不斷拉長、延伸、深化，終在《剖伊詩稿》、《愛的書籤》等詩集，匯集大成，可見在同一主題的脈絡，詩人開出繁複多樣的詩的面貌。詩人從「死」之中脫卻，在「生」之中追尋「愛」，繼而將「愛」連結「生」的表現，使得「愛」原本容易流於主觀放縱的情緒，可以內斂成深厚溫良的情感。

　　「愛」除了是「生」的動能外，也是消弭「死」的最大力量。在〈野鹿〉一詩，陳千武將「死」的恐懼去除，瞬間將「死」完全純化，在瀕臨死亡的時刻，不再是哀淒與驚嚇的氣氛，而是充滿著恬靜安詳的景況。最後，野鹿在「愛」的回憶中，寂靜寧和地死去：

　　　　野鹿的肩膀印有不可磨滅的小痣　和其他許多許多肩膀一樣
　　　　眼前相思樹的花蕾遍地黃黃　黃黃的黃昏逐漸接近了　但那
　　　　老頑固的夕陽想再灼灼反射一次峰巒的青春　而玉山的山脈
　　　　仍是那麼華麗嚴然　這已不是暫時的橫臥　脆弱的野鹿抬頭
　　　　仰望玉山　看看肩膀的小痣　小痣的創傷裂開一朵豔紅的牡
　　　　丹花了

　　　　血噴出來　以回憶的速度　讓野鹿領略了一切　由於結局逐
　　　　漸垂下的慢幕　獵人尖箭的威脅已淡薄

　　　　很快地　血色的晚霞佈滿了遙遠的回憶　野鹿習性的諦念
　　　　品嚐著死亡瞬前的靜寂　而追想就是永恒那麼一回事

（中略）

豔紅而純潔的擴大了的牡丹花──現在　只存一個太陽　現
在　許多意志　許多愛情　屬於荒野的冷漠　在冷漠的現實
中　野鹿肩膀的血絲不斷地流著　不斷地痙攣著　野鹿卻未
曾想過咒罵的怨言　而創口逐漸喪失疼痛　曾灼熱的光線
放射無盡煩惱的盛衰　那些盛衰的故事已經遼遠

野鹿橫臥的崗上已是一片死寂和幽暗　美麗而廣闊的林野是
永遠屬於死了的　野鹿那麼想　那麼想著　那朦朧的瞳膜已
映不著霸佔山野的那些猙獰的面孔了　映不著夥伴們互爭雌
鹿的愛情了　哦！愛情　愛情在歡樂的疲憊之後昏昏睡去
睡……去……

（引自《野鹿》，頁 8）

　　陳千武曾剖析過這首詩的寫作動機，表明此詩是為了展現「現
實的苛刻與憧憬的美的兩面；並以生命的葛藤與大自然的對比，要
強調生命的哀愁和貫串在其中一絲無可奈何的宿命。」㉔詩人透過
一隻中箭垂死的野鹿，以慢動作的分解方式，將死亡的時間極大
化，再揉和黃昏夕照的餘暉，使「死」充滿了迷濛紅的美感，死的
悲慟完全被淨化，只留下生與情愛的惆悵而已，最後，野鹿懷著愛
的回憶沈沈地睡去。此詩，與陳明台的〈月〉，描寫一名即將戰死

㉔　桓夫（陳千武）〈我怎樣寫「野鹿」這首詩〉，收錄於《野鹿》（台北：田
　　園出版社，1964），頁 10。

沙場的士兵，最後凝望著「睜大眼睛哀傷的月」的同時，以母親的「愛」，來逆反死的敗北與絕望，「而不知從什麼地方／昇起來的含淚的母親的臉／仰起頭在注視／高高地掛在敗北的灰色天空上／漸漸被朦朧的烟霧模糊了的／哀傷的月」（節引自《混聲合唱》，頁611），都以各種不同的愛的姿態，來抗拒死的巨大摧毀。

〈野鹿〉是陳千武在目睹父親臨終之前的病痛，想逆轉死亡的悲哀，所完成的一首詩，他表示「死並不是可怕的。但家父於一九六五年五月二十一日逝世，我侍候在他臨終床前，眼看著他為了癌細胞的毒發而痛苦掙扎了一個晚上，感到掌握著人底死的神實在太殘忍了。當時那無限的悲哀，使我想到給父親改換了一則安靜而美的，我所憧憬的臨終場面。這是寫這一首詩的直接動機之一。」**㉕**換言之，此詩是陳千武基於對父親濃厚的「愛」與不捨，在父親臨終之際，希望改以寧靜詳和的場面，來處理父親的「死」哀慟，以「愛」來超越死的悲苦，同時傳達生的意志與死的尊嚴，如最後他所祈願的：「但願人生的最後，脆弱的生命之死，能得到如『野鹿』的死那樣安靜與優美而已。」**㉖**另外，〈獨木舟〉的描寫，更可瞭解陳千武對生死、情愛的體悟：

> 摒棄未完成的藝術刺繡的現實
>
> 您撒下了手……
>
> 離別就是這麼簡單這麼痛苦

㉕ 同上註，頁 10-11。

㉖ 同上註，頁 12。

讓我們哭泣吧　哭出長久

被抑壓著反命運的哀嚎

讓我們擁抱您不裝飾的愛

以詩的莊嚴　唸經的音韻

木魚的孤獨聲　佈滿寂靜的夜

在被戳破了的時間裡

被挾在神曲的終了和神曲的開始之間

神融化了我們……

（節引自《野鹿》，頁4）

　　詩人了脫「生」與「死」的二元對立，「被挾在神曲的終了和神曲的開始之間／神融化了我們……」，生死昇華為生命圓滿的過程，生走向死，死預告生，人在穹蒼之下生生長流，永不止息。詩人擺脫了死的逼視，得到了愛的慰藉，進而轉為追求激昂的生之欲求，而生的極限是「性」，也是「愛」。這在《密林詩抄》「早春」一輯中，可以發現詩人在對死的回顧，同時也在發展性愛的主題，如〈髮〉：

伏下去　把鼻子埋藏在草叢裡

體味自然發散的香味

　　感覺上昇的月亮和

　　　　沈溺的風景

聽診地心的血脈鼓動的聲音

像鐵軌上鐵輪的駛過⋯⋯

〈豐滿的　異味而刺鼻的──〉

手擾亂了的草叢裡
在喘息了的餘悸裡

（引自《密林詩抄》，頁7）

　　陳千武在《現代詩淺說》中，曾對此詩說解，他說：「『把鼻子埋藏在草叢裡』，以草叢比喻主題的『髮』，這樣把鼻子埋在女人的頭髮裡，說為埋藏在草叢裡是求其感覺的類似相。『體味自然發散的香味』是草叢味和女人髮香的重疊，對於『上昇的月亮和沈溺的風景』的感觸，便是從做愛行為的起伏得到了知覺經驗的比喻。這個時候，女人的心臟血脈的鼓動，必定是很急促的，所謂『聽診地心的聲音』有如伏在草原上，聽到遠方『像鐵軌上鐵輪的駛過⋯⋯』那麼，適切地明示了男女感情的生理。下面三行是愛的行為的過程，以『在喘息了的餘悸裡』結束，仍留有餘韻。」❷❼另外，如〈髭〉（頁11）：「新的鍋子已變成紫黑色了／用棕刷子磨擦的事／慾求光澤潤生的事／有時候她想得很需要」等，皆可看到「死」、「愛」、「性」、「生」之間，所具有的相似性次元及其間並行發展的脈絡。

　　在《不眠的眼》末尾〈女人胸脯的兩隻小鳥〉：「爆炸性的欲

---

❷❼　〈美的感動〉，收入陳千武《現代詩淺說》，同前揭書，頁159。

之戰慄／連環於死底生的欣悅／混合的溶液潤濕野性的慾望的／跟隨太陽和月亮的循環永無停息的原始的呻吟」（頁 70），〈春息〉：「妻不在／一顆心、一個軀體，不知短少了甚麼？／渴望的焦燥套住我……／妻不在」（頁 71），亦透露出對性愛的渴求，而這些詩篇，可視為《剖伊詩稿》的前奏，到了《剖伊詩稿》詩人以更冷澈、客觀的創作精神，利用女性為主體對象，對性愛與生活實感作一番考察，歌詠出「生」的詩篇。所以在《剖伊詩稿》的後記，他說：「事實上，一位少女的感情惹起了我，使我寫成這一系列的小品散文詩。……在此多少含有我過去到現在，對於女人的體驗，在某一段時期裏，最大的抒情。」❷❽（頁 65）以女性作為愛的考察對象，是人類表達愛意的最原始的模式行為，詩人以此來深化他創作的終極關懷，突顯出他所對人所投注的情感，〈水〉一詩即是對女性加以刻劃與體驗，傳達他對女性在愛情的追求中，所持有的憐憫與同情：

女人屬於水性　因此她在辦公廳的這邊和那邊游泳似地流著
像搖著尾鰭在漂流的她　她持有輕輕的愛情

她那漂流著的頭髮有腥膻氣味　淨白的肌膚映著浮沈的漂流
木的木紋
水沾濕了她的心　也沾濕了她的羞恥　帶著戀情的憂愁　敏
捷的視線一轉動　閃耀出少女的魅力　且以無思想在漂著思

---

❷❽　桓夫（陳千武）《剖伊詩稿·後記》（台中：笠詩刊社，1974）。

想的圓木的流域裡游泳

　　鹹水她也感到甜　污染的空氣她也感到清爽　少女的魅
力是否成長在她那種可愛的無知裡呢　只活在〈現在時〉的
女人　她的未來被曬黑了　她不知道〈希望〉在未來會怎樣
變卦？

（節引自《剖伊詩稿》，頁 51-52）

　　此詩透過詩人對女性實存的觀察，將女性「持有輕輕的愛情」
的認知與行為，提出中年人生的體悟。由於現實環境中，女性的生
存條件，相較於男性而言，是處於弱勢地位，故女性往往在為了達
到某種目地的需求時，而輕率地以「性」作為交換條件，然而真正
的愛情，若是沒有建立在彼此之間的互信互愛時，其結果便是「水
沾濕了她的心　也沾濕了她的羞恥　帶著戀情的憂愁」。人一旦迷
失在放縱的情欲中，「鹹水她也感到甜　污染的空氣她也感到清
爽」，最後，當「性」的要素被抽離之後，則生命的價值與意義，
也頓時無法掌握，最後「她的未來被曬黑了　她不知道〈希望〉在
未來會怎麼變卦？」關於這一系列主題的描繪，詩人並不只耽溺在
描寫性愛的狂亂，或只是營造出男女情愛中，柔美溫婉的抒情意象
而已，同時他還提出了他對人生存在價值的思考，這在七〇年代或
同輩的詩人而言，可算是相當異質的情色詩篇，於今檢視，都具有
它的開創性與藝術性的價值。其次，《愛的書籤》也可在這一脈絡
來檢視，在後記中，詩人對此詩的完成過程，曾有以下的說明：

收在這一集裡的詩，是我在負責文化中心藝術活動十年之間，零星寫成的抒情作品。說抒情，我卻不喜歡被軟弱的感覺所驅使而流淚。我所重視的是知性的哀愁，坦率地抓住批判性、閃電性的感覺，毫無隱瞞地，表現真摯性的情愛。而詩總不能缺乏抒情美。

這本詩集，早於一九八四年就計劃出版。❷⁹

這本詩集完成的時間，恰與陳千武負責文化中心（1976-1984）公務繁忙的階段平行進展，在生活的壓力與限制之下，詩人「採用單字的愛。希求天真無邪、純真、具抒情與知性平衡的愛。」❸⁰因為，「世界無論任何事象、物象都需要愛。有愛，才能培育所有的生，活潑快愉地活下去。」❸¹因此，「愛」的力量可以拯救戰爭、死亡，抵抗現實中的無奈與困頓。從〈尋〉一詩，所描繪的景象，內涵的意義，可以再次看到陳千武內心深處生死愛欲交集的軌跡。

　　昨天我摸索
　　在密林中
　　密林是情竇初開的
　　處女地

---

❷⁹　《愛的書籤·後記》（台中：笠詩刊社，1988），頁89。
❸⁰　《愛的書籤·序》（台中：笠詩刊社，1988）。
❸¹　同上註。

今夜　我站在

懸崖斜面

看密林的情火燃燒

忽視我的存在在燃燒

然而　我還要

竄進密林

尋找

遺落在樹與樹之間

那初戀的快樂

（引自《愛的書籤》，頁 46-47）

　　對詩人來說「密林」是死亡空間的象徵，也是再生的所在。因此，「密林」才會成為「情竇初開的處女地」，才有「遺落在樹與樹之間／那初戀的快樂」。戰爭與愛情成了同一次元的世界，死與愛也同時並置。換言之，「密林」讓他體驗到「死」與「生」的意義。由此，可以看到詩人對於「愛」的描寫，是延續著戰爭死亡的體驗而來，他將「死」涵融在「愛」之中，從死亡中去透顯出生與希望，愛與光明。

五、結　論

　　戰後，陳千武獨樹一格的，以日治時期的戰爭經驗為其對象，從事個人生命的探究與文學的創作，而戰爭所帶來的死亡陰影，成

為他對人類實存的生命以及個人青春時期的哀愁，這一股生之悲歌，逐漸內化為他創作的精神內裏，使他從這個背景上，去思索人存在的意義及詩人所應具備的要素，詩成為一種抵抗，去挖掘現實的醜陋與實存的悲哀。

詩人在其作品中，對死亡的實感經驗做了深刻的描繪，以此去逼視死亡的顫慄，「密林」成了象徵詩人死亡與再生的境地，成為其精神上有待解讀的密碼。由於詩人真正經歷了死亡的威脅，因此，「死」裏逃「生」後，「生」的歸向就別具意義，我們可由其「死」去探索其「生」的意欲，以此去貼近詩人的創作心靈與生命意識。

從陳千武的第一本中文詩集《密林詩抄》，我們看到詩人在追索「死」的前題上，先架構了「愛」的意念，以突顯「生」的訊息，故當詩人躲過了死亡的威脅而未死時，建立自我主體的傾向，則特別強烈，在他脫卻死亡之後，對應於實存的環境，以逆反的精神去肯定其「未死」的價值，首先；展開個人對主體認同的再確定，由自我的生命根源與歷史經驗中去探尋其定位，以此去建立生的回歸。

其次，詩人透過「愛」的精神底盤，以「愛」的表現來探照「生」的欲求，其「愛」的主題，包含了愛的最高次元「性」的探究，由此可見，陳千武將「戰爭」、「死亡」、「恨」，涵融在「性」、「愛」、「生」之中。當詩人確定了自己的主體地位，以「愛」作為創作的終極目標，意味著詩人脫卻了「死」的威脅而回歸到「生」的領域，日後其詩的發展，亦在這兩個基礎之下進行思考與深耕，由此去完成他個人的詩學理論及其文學創作。

第七章　轉折與建構：
鄭烱明「現實詩學」之研究

一、前　言

　　鄭烱明（1948-）於六〇年代開始於詩學活動，一九六四年他「開始向報紙、雜誌投稿，發表詩與散文習作」❶。之後，即向詩壇投石問路，最早刊登在《笠》為〈窗之夜〉（《笠》13 期，1966 年 6 月，頁 32），同年，成功領受訓期間，認識日後同為《笠》同仁的拾虹，彼此切磋討論，更對詩產生濃厚的興趣，於是，開始展開高度的創作熱情。從《笠》廿三期開始，連載「二十詩抄」❷，以冷靜、知性的筆調，投入對現實的關注，這樣詩風，與《笠》所標榜

---

❶　參見「作者寫作年表」，收入於鄭烱明詩集《蕃薯之歌》附錄（高雄：春暉出版社，1981），頁 166。

❷　此時鄭烱明具有高度的創作力，從《笠》23-26 期密集刊載詩作，總題名為「二十詩抄」。《笠》23 期（1968 年 2 月）發表：〈熨斗〉、〈我是一隻思想的鳥〉、〈再見〉、〈石灰窰〉、〈蝴蝶〉、〈蚊〉。《笠》24 期（1968 年 4 月）發表：〈黃昏〉、〈瘋子〉、〈搖籃曲〉。《笠》25 期（1968 年 6 月）發表：〈禁地〉、〈涼爽的雨後〉、〈早晨的癢〉、〈歸途〉。《笠》26 期（1968 年 8 月）發表：〈五月的幽香〉、〈香谷〉。

的一致，遂使他漸為「笠」重要的代表人物之一，藉由他的作品，強化《笠》的現實特色。由於，作品深受「笠」前輩詩人的賞識，為第一位獲選「作品合評」的年輕詩人，桓夫（1922-）在合評「鄭炯明作品研究」的座談會中，特別指出鄭炯明的詩作，獲得「笠」同仁的肯定：「笠於五十五年度自十一期計發六期之中，所被選出來發表的創作，鄭炯明的作品繼續有四期都獲得較高的分數，實值得讚許」❸，這也使得鄭炯明在詩的創作初始，因獲得認同與讚賞，加深了他對詩的寫作信心，桓夫認為他的詩：

> 由於鄭炯明一直保持著他本身特殊的風格，所以大家都欣賞他的作品，尤其「二十詩抄」發表後，更成為笠詩刊中堅分子。❹

這顯示鄭炯明的詩作意義，已不是形式技巧日趨成熟而已，更是作為《笠》精神徵象的一部分，代表「笠」詩美學，而不同於其他詩社的美學表現。鄭炯明先後出版了《歸途》（1971）、《悲劇的想像》（1976）、《蕃薯之歌》（1981）、《最後的戀歌》

---

❸ 〈「鄭炯明」作品研究座談記錄〉，《笠》17 期，1966 年 6 月，頁 40-43。當時參與合評的詩人有：桓夫、林亨泰、錦連、喬林、鄭炯明、潘秀明、張彥勳（記錄）諸人，而合評的作品有：〈窗之夜〉（《笠》13 期）、〈彌之月〉（《笠》14 期）、〈醫院〉（《笠》15 期）、〈患者〉（《笠》16 期）、〈注射〉（《笠》17 期）等。

❹ 「剖視鄭炯明的詩世界」座談會（1981 年 10 月 11 日），收入鄭炯明著《最後的戀歌》（台北：笠詩刊社，1986），頁 78。

（1986）、《鄭烱明詩選》（1999）❺等詩集，皆一貫性地呈現詩的諷刺與批判，展示現實風格的力道。

就其創作軌跡來看，鄭烱明從加入「笠」後，就不曾再加入過其他的詩社，至今仍為「笠」的同仁，與「笠」結下極為深厚的關係，可謂《笠》的主要典型詩人之一。他與當時一批「笠」的「戰後世代詩人」，如拾虹（1945-）、李敏勇（1947-）、陳明台（1948-）、陳鴻森（1950-）、郭成義（1950-）等詩學經驗相似，這批「戰後世代詩人」，自《笠》的羽翼下成長茁壯，耳濡目染前輩詩人的詩學觀念，率先具有台灣的歷史意識，使得他們在風起雲湧的七○年代，成為《笠》最具代表的中堅分子，以彰顯《笠》獨特的本土詩學風格。之後，八○年代鄭烱明繼續與葉石濤、陳坤崙等創辦《文學界》（1982 年創刊）；九○年代與曾貴海、彭瑞金、陳坤崙等另外創辦《文學台灣》（1991 年創刊），這兩分具本土意識的文學刊物，成為八○年代以降建構台灣文學的重要陣地。

因此，所謂「現實詩學」的意義，不僅只限於靜默的詩文本之中，它同時也是詩人如何以行動介入詩學，積極拓展他詩的表現力，從六○年代以降至今，鄭烱明不斷以詩作、評論、行動、觀念等，對詩壇的詩學論述，進行針砭、重建，以「行動詩學」介入、批判現實的世界，九○年代之後，雖然，鄭烱明的作品數量驟減；但他仍不失為台灣本土詩人的重要代表之一，他的作品，也為台灣

---

❺ 此書《鄭烱明詩選》（1999 年）為鄭烱明獲得「第七屆南瀛文學獎」的作品集，收錄過去《歸途》（1971 年）、《悲劇的想像》（1976 年）、《蕃薯之歌》（1981 年）、《最後的戀歌》（1986 年）等詩集之作品，以詩集名稱分為四卷及附錄三篇。

詩壇樹立起一種詩學的典範。

　　本文以「現實詩學」寬泛的意義，來界說鄭烱明的詩作風格，作為觀察鄭烱明創作的軌跡，他一方面受到個人成長經驗的薰習；另一方面則與《笠》前輩詩人接觸，建立詩的真摯性、時代性、現實性的寫作意識。另外，在形式實踐上，對應其詩的「現實性」，採取明朗、淺近的語言，強調詩的「思考性」意義。而他的創作常扣緊時代脈動，隨著外在時局的改變，從六〇年代至八〇年代末，在台灣主體性追尋的過程中，逐漸增強「現實詩學」的意涵，由深具人道關懷的詩作，轉而有力的社會現實批判，揭露政治體制的不義，在「現實詩學」的轉折、建構中，逐漸樹立在野詩人的性格，完成「抵抗詩學」的風格。其意義，不僅是個人詩學風格的完成而已，更是「笠」集體精神的展現，同時也是台灣現代詩精神，從五〇年代到八〇年代更替、轉換的參照點。

二、詩的出發期──人道關懷的追求

　　回顧鄭烱明詩學出發時的台灣詩壇，根據張默所言，當時「『現代詩』的狂飆時代已過，『藍星』也停留在薄薄的『活頁』階段」❻，唯一健全的詩社為「創世紀」。「創世紀」接收「現代詩」、「藍星」解散後的詩社成員，展開林亨泰所說的「第二次現代主義」的推動，於一九五九年第十一期擴大改版，標舉「超現實

---

❻　張默〈「創世紀」的發展路線及其檢討〉，收入於張漢良、蕭蕭編《現代詩導讀（理論、史料篇）》（台北：故鄉出版社，1979），頁 419。

主義」詩風，將台灣詩壇轉為「『世界性』、『超現實性』、『獨
創性』、『純粹性』」❼的發展方向。然而，這四大方向，究竟實
際意涵為何？其詩學風貌如何？並未進一步詳細說明。若以「創世
紀」詩人群編選的《六十年代詩選》（1961）、《七十年代詩選》
（1968）為例，觀察當時「創世紀」的美學趣味，這兩本《詩選》
所收入的詩作❽，在形式或語言的表現上，大多數具有高度的實驗
性、前衛性、晦澀性，其對書的評價，毀譽參半、各執一說，在
《七十年代詩選》再版序言中歸納了諸家的說法：

> 諸家之評文（金田除外），大致內容可以概括如下：1.本書
> 選稿稍欠客觀，校對也欠精細。2.某些現代詩人喜歡為「孤
> 獨」作證，為「自我的表現」服役，因此產生了不少破壞性
> 的作品。3.超現實主義對中國現代詩不無影響，但是它的副
> 作用太大，而陷我們的現代詩於混亂與破碎。甚至使一般失
> 去把握的青年作者過份繽紛的意象，或者為意象而意象。4.

---

❼ 同上註，頁 426。

❽ 《六十年代詩選》共收入廿六位詩人作品，分別為：方思、白萩、余光中、
林泠、林亨泰、季紅、秀陶、吳望堯、紀弦、馬朗、洛夫、夏菁、崑南、商
禽、黃用、黃荷生、葉珊、葉維廉、覃子豪、張默、瘂弦、夐虹、碧果、鄭
愁予、錦連、薛柏谷等。《七十年代詩選》共收入四十六位詩人作品，分別
為：馬覺、施善繼、戴天、周夢蝶、方莘、朵思、辛牧、葉珊、沈甸、翱
翱、商禽、景翔、余光中、梅新、杜國清、洛夫、王渝、沈臨彬、辛鬱、林
煥彰、楚戈、鄭愁予、菩提、羅門、王裕之、王潤華、大荒、劉延湘、周
鼎、葉維廉、喬林、蔡炎培、蓉子、沙牧、白萩、施善勇、碧果。從以上入
選詩人約略可知六○年代詩壇的代表詩人名單。

某些作品犯了無主題、無內容、虛無晦澀、沒有節奏等等的
弊病。5.總是喜歡在文字上打圈子，應走出它覺的迷宮。❾

以上評述，大多意見，是針對當時現代詩的寫作，提出嚴厲的
批判，認為現代詩太過就個人的自我表現，常是為了強調意象而意
象，使得意象零碎而混亂，詩意晦澀而模糊，更嚴重者，根本無法
把握文學的實在意義，如《六十年代詩選》，稱季紅為「正確了對
詩的觀念，從而也導致他表現上的準確性」❿；但若從季紅入選的
作品〈兒女們〉來看，確是難以掌握「表現上的準確性」，可知當
時詩壇的寫作形式，充滿了任意、跳躍的想像。

〈兒女們〉
不安的羅列。
城朵以及城朵
天竺以及松
夢的繁殖跟
希望症。
沒有別的夢會如此生動發
急切令人苦痛
沒有希望要

---

❾　張默〈現代藝術的證人——「七十年代詩選」再版的話〉，收入於《七十年
　　代詩選》（高雄：大業書店，1971）再版序言，頁 1。
❿　張默等編《六十年代詩選》（高雄：大業書店，1961），頁 52。

翔舞得太高，高過了

他們。

──（他們的睡眠甜美而

　　　　　真實）

悲哀的羅列

以及

　　交替

（節引自《六十年代詩選》，頁 57）

　　在季紅〈兒女們〉一詩中，溢出在現實之外的基礎上，純就高度難解的想像空間為詩，在新奇物象的堆疊中，並無法作有效性的連結，致使意象無法構成情感的張力，整首詩毫無閱讀的快感，只能依稀捕捉到零碎、紛雜的詩意。由於，當時詩壇席捲在一片「抽象純粹」、「孤寂獨創」詩風的結果，引來了《笠》在一九六四年創刊，在創刊號「本社啟事」反省：

　　在詩的「場」上，這時代已於不知不覺中形成了「隔絕」的現象，這個「隔絕」現象，雖然意味著對前時代的詩的一種痛烈的訂正乃至於否定；但是由於這個原故，更顯示出青年的一代有著旺盛活潑的創作力。不論如何，這個世代終於有了屬於這個時代的詩，這是比任何事情都值得慶賀的，這是不必再說明的吧！❶

---

❶　《笠》創刊號，1964 年 6 月，頁 5。

　　顯然《笠》在六○年代創刊之際,也意識到當時詩壇的「『隔絕』的現象」,企望可以標舉「屬於這個時代的詩」。因此,六○年代《創世紀》提倡「超現實主義」詩風,強調「實驗性」、「獨創性」的寫作風格,雖然,在形式上具有創新性,且為當時詩壇寫詩的標的;其結果,不免也使台灣詩學的發展,阻斷、漠視了社會現實的意識,而專注在詩的「形式化」經營,導致台灣詩壇在六○年代呈現嚴重「精神不在家」的現象,這樣的結果,也預告七○年代伊始,唐文標、關傑明立即對「現代詩」發難的必然性原因,進而掀起一場沸沸揚揚的「現代詩論戰」。

　　在六○年代初「超現實」詩風席捲詩壇的氛圍下,不可諱言的,鄭烱明一開始的作品,不免也染有純個人式的蒼白與哀愁,在〈自剖〉中,剖析他早期寫詩的動機:

> 安逸幸福的生活與少年特有的夢幻,促使過度負荷的心靈勉強行走,隨著聲音,透過微妙的空間,尋求詩的所在。……
> 現實與理想的矛盾,我的筆便落於其間的細縫裏,不放過任何暴露我們真正隱哀的機會。這個概念一直引導我向遙遠的旅程。⓬

和大多心思敏感、纖細的年輕詩人一般,年少時,他也承載著過多的浪漫與傷感,如早期詩作〈窗之夜〉（節引自《笠》13 期,1966 年 6 月,頁 32）:

⓬　　鄭烱明〈自剖〉,《笠》19 期,1967 年 6 月,頁 35。

苦悶蟄居千年
大家擠看玻璃外的蟻群
蟬化影中陌生的臉譜
深邃而不可解

偶爾一隻癩狗拖過
便報以間歇性的痙攣
尖銳的按摩女笛韻嫋嫋
掌櫃的徐徐垂下斷垣

此詩，染有許多詩語修飾過度的現象，與鄭烱明一般為人所熟知的知性、樸實的詩風，如〈誤會〉、〈悲劇的想像〉、〈蕃薯之歌〉等有異，留有受到當時主流詩風影響的痕跡，另外，〈彌月哀〉：「詮釋生命的軌跡／為一尾掙扎網裏的熱帶魚」，「跟貝多芬崇高的青魂對立黑鍵上／閉眼合奏一曲彌月的哭聲」（《笠》14期，1966 年 8 月，頁 35）也可看到年輕詩人對青春生命的痛苦與感傷。

鄭烱明自幼生長在醫師家庭，除了享有較佳的生活條件之外，更有機會可以直接面對貧病瘦弱者，無形中對人生存在的脆弱與悲苦，有更具體可感的體驗。因此，他對現實人生的有限性，與對人實存的哀愁與寂寥，也有更深的感悟，而這樣蒼白瘦弱的詩人形象，很快就有所調整。因為，詩人對人生悲苦的認知，往往是詩的精神的重要來源，如村野四郎（1901-1975）說，詩的本質即是：

在裝飾作品的內部的情緒基調上，均有某種意味的不安和哀愁的影子流動，而這種不安和哀愁就是一種美感。⓭

　　換言之，詩人意識到存在的無奈與哀感，以詩作為連結這種思考的永恆表現。在歷經一番歷練之後，鄭炯明即一掃抽象、生硬的詩語，轉而描寫現實生活中具實感的經驗，特別是一般庶民的「人間性」，由此去提煉現實人生的況味，如〈患者〉（《笠》16 期，1966 年 12 月，頁 23）、〈注射〉（《笠》17 期，1967 年 2 月，頁 28），皆從他實際的醫學經驗而來⓮，雖然，意象的凝塑仍較鬆散；但語言的掌握、鋪述，已較先前自然切實，如〈患者〉其中二、三節：

　　　　二
　　　　他的面孔乃冰所砌成　　不開花
　　　　為昨日而活　他一刀鋸死許多人的微笑
　　　　如果健忘是一種幸福　那多悲哀
　　　　三
　　　　該不該死應來在生之前　他想過
　　　　他是什麼都不興趣的　他的血管流著藥液
　　　　無言可語　　他是屬於靜物的一類

⓭　村野四郎《現代詩探源》（台北：文史哲出版社，1984 再版），頁 18。
⓮　鄭炯明出生在醫生家庭，其父鄭榮洲為高雄市執業醫師，一九六六年鄭炯明也考取中山醫專（現為中山醫學大學）醫科，使得從小鄭炯明有更多體察、接觸病患的機會，培養他濃厚的人道關懷及對弱者的同情，如他刻畫〈乞丐〉、〈瘋子〉、〈杜鵑窩的斷想〉等詩作可見。

此詩相較於〈窗之夜〉，仍可看到初學者技巧上的刻痕，如以「冰」、「不開花」比喻冷漠淡然的神情，以「刀」強有力地鋸斷，患者與他人之間的連帶關係，顯示患者因病所造成的失憶與虛弱，在實存的空間中，猶如靜物一般被置放在病床上，終止人生意義的建構。在〈患者〉一詩，顯然較〈窗之外〉更清晰傳達詩人內心所要陳述的意念，彰顯詩人現實的精神世界。

鄭烱明在進入中山醫專（今中山醫學大學）後，開始接受自然科學的訓練，逐漸養成簡明、準確的特性，樹立冷靜、知性的書寫風格，作品擺脫耽溺強說愁或情緒渲洩之中，轉而利用平易、精簡的文字，避免過多華麗臃腫的「形容詞」，使詩具知性、真摯的風格。再者，他也更積極參與「笠」詩社活動，親炙前輩詩人，特別是「跨越語言一代」詩人的詩學涵養，在高壓的政治氣氛下，見證前輩詩人的生命軌跡，逐一建立起台灣的歷史意識，並率先獲知日治時期台灣新文學運動的發展，漸次增強在地化的本土意識，拋棄無病呻吟或夢囈蒼白的詩作，從關懷現實人生的面向切入，以此確立他的現實詩觀，他追憶說：

> 一九六七年左右，認識「笠」詩刊的桓夫、林亨泰……等同仁，才開始我真正的詩的追求。在那幾位文學前輩的指引下，我慢慢建立起自己對詩對文學的認識，也寫出和當時不一樣的作品。❺

---

❺ 鄭烱明〈我的詩路歷程〉，《文學界》秋季號 23 集，1987 年 8 月，頁 7-8。

　　此外，他也從前輩詩人所經歷的現實苦鬥中，了解詩的精神意義，在〈苦悶的象徵〉，評介桓夫〈野鹿〉一詩說：

> 上一代苦悶的象徵，雖然無直接表示出野鹿繁複的內面世界，但似乎可自詩裏不同面貌的和經驗的變形，察覺它是屬於消極反抗機械文明威脅的產物。……「野鹿」的主題被鉗在牠背後廣大的背景——愛與死裏，那從中放射出來的亮光不僅如蒼穹星空的閃耀，更揭發了歷史的醜陋面具和做為人的最後期望。⓰

透過解讀前輩詩人的作品，鄭烱明在〈野鹿〉瀕臨死亡的意象中，捕捉桓夫對現實與歷史的感受，在惡劣、殘酷的處境，以「愛」來涵蓋「死」的悲戚，將生命昇華到更高的次元，把握詩中「溫柔不抗議的抗議方式，帶有濃厚的人道主義色彩」⓱的現代詩精神。另外，桓夫對「感受醜惡的壓力，而自覺某些反逆的精神，意圖拯救善良的意志與美」，「探求人存在的意義，不惑溺於日常普遍性的感情，追求高度的精神結晶」的詩觀⓲，也影響到鄭烱明的寫作，標界了他寫詩的座標，使他能從現實與歷史的意識中，追求高度的逆反精神；並跳脫日常的普遍性意象追求，能夠挖掘物象背後的深意，使詩能夠表現具歷史縱深或時代意義的作品。這樣的詩觀，在

⓰　鄭烱明〈苦悶的象徵〉，《笠》22 期，1967 年 12 月，頁 47-48。

⓱　同上註，頁 48。

⓲　〈笠下影：桓夫〉，《笠》3 期，1964 年 10 月，頁 4。

第一本詩集《歸途》後記云：

> 用時代隔閡的語言寫詩，那是逃避的文學，寫現實中沒有的
> 東西，那是欺騙的文學。五年來，我嘗試用平易的語言，挖
> 掘現實生活那些外表平凡的，不受重視的，被遺忘的事物本
> 身所含蘊的存在精神，使它們在詩中重新獲得估價，喚起注
> 意，以增進人類對悲慘根源的瞭解。❶⑨

　　在此，鄭烱明提出詩的方法論和認識論，認為一首真摯動人的
詩，應該堅持挖掘現實生活的經驗，使用平易、清晰的語言，藉
此，注重事物存在的本質，與企圖喚醒「人類對悲慘根源的瞭
解」，具有濃厚的人文思想與人道關懷，換言之，寫詩不只是為了
個人的遣愁抒情，更須對嚴厲的現實真相有所揭示，如西脇順三郎
（1894-1982）所言：「人類無論怎樣也避免不了自然的法則和人類
生活上的現實。人類存在本身的寂寞感是從這點流出來的一種感
情」⑳，這正是詩的開始，美及哀愁的開始。
　　一九七一年，他出版了第一本詩集《歸途》，告別過去的蒼白
的傷感、憂愁，迎向一個新的階段、新的起點，更注重現實生活的
實感經驗，他說：

---

⑲　鄭烱明《歸途・後記》（台中：笠詩刊社，1971），頁 77。
⑳　杜國清譯著《西脇順三郎的詩與詩學》（高雄：春暉出版社，1980），頁
　　124。

收在「歸途」裡的三十首，是我往日精神活動的一段記錄，
赤裸裸的生活由衷之言，現在把它結集出版，是向過去的我
告別，重新出發。㉑

因此，《歸途》可視為鄭烱明詩的歷程的一個新指標，指向他
「詩的礦脈」，日後，不斷在此探勘、挖掘，朝向詩的真摯性、現
實性前進，桓夫（陳千武）在為這本詩集題序時，也說：

看看鄭烱明的詩就能瞭解他是在追求真善和真美，意圖表現
生活奧妙的一位真摯的詩人。……從身邊微細的事物找出詩
的對象，捕捉詩的動機，表現純真、明朗、意象深刻，具有
濃厚「詩性」的詩。㉒

檢視《歸途》所收錄的作品，的確洗卻早期的矯飾與焦躁，轉
向現實經驗中的沈靜深厚，他以身邊感知的事物為對象，帶有對現
實的一種深切的關懷，在理性與感性的雙調旋轉，使詩既呈現現實
的知性，又兼具有溫柔的抒情，如〈我是一隻思想的鳥〉：

你看，無知的人類
正用精良的武器伏擊我

㉑　鄭烱明《歸途·後記》（台中：笠詩刊社，1971）。
㉒　桓夫〈追求真摯性〉，收入鄭烱明《歸途·後記》（台中：笠詩刊社，
　　1971），頁3。

我不得不滑落
緩慢地滑落
這時,我胸前的羽毛
溫柔而憐惜地
撫觸著大地的背脊

(節引自《歸途》,頁 40-41)

　　此詩,最早發表於一九六八年二月《笠》23 期(後收入《歸途》,1971),詩的時代背景,正值六○年代,當時台灣的政治時局,仍瀰漫在高壓、緊張的氛圍中,雖是如此,仍有許多時代的先驅者,果敢地表達他們的理念與思想,他們以寶貴的生命,來換取多數人的歷史自覺。詩中明顯具有時代性意義,他以鳥和獵人的關係作為比喻,呈現官方與人民衝突、矛盾的立場,製造出詩的緊張拉力,象徵威權體制下的人民的驚恐與脅迫,他以平易、明朗的詩語,客觀、冷靜的態度,暗含對時代及統治者的嘲諷與批判。然而,詩的最後,詩人卻一反諷刺、批判的書寫,以極賦抒情感性的意象,展現一位為理念捐軀者的形象,將他倒下的身軀放大、定格,以慢動作的鏡頭突顯,在極輕、極柔的愛惜動作——「溫柔而憐惜地/撫觸著大地的背脊」,對照沈重的歷史使命,暈染出悲壯動人的詩意,極具戲劇性。這樣的意象,在〈我們·大地〉也有類似的表現:「美麗的花爆開在殘酷的天空/沒有根,只有大地/已經死掉的大地」(節引自《歸途》,頁 61),詩人在「美麗的花」/「爆開」,以極具爆炸性的有力動詞,來烘托死亡的美感,在槍聲「砰」地貫穿先烈的胸膛,殷紅的血跡自胸膛泪出,更襯托嚴峻、

·315·

蕭殺的年代死亡的荒謬性。

　　這個時期，鄭炯明詩的核心，充滿人道關懷與濃厚的人文思考，還未直接強烈對政治體制做有力地批判與控訴，相隔五年，他出版第二本詩集《悲劇的想像》（1976），這時他「從學校畢業，接著入伍、退伍，就職而結婚，踏入人生的另一個階段」❷，詩的風格也略有變異，更扣緊詩的時代性，如〈超現實的故事〉，則是針對台灣「超現實主義」詩風脫離現實的弊端，提出反思：

　　　　要超現實必先吃掉現實
　　　　這是安德烈·布魯東沈思多年之後
　　　　所得到的結論

　　　　於是他開始吃起現實來
　　　　一片片地，像嚼餅乾那樣
　　　　多少人為此擊節讚賞著

　　　　而悲哀的是他們不知道
　　　　安德烈·布魯東第一次吃時
　　　　突然兩眼緊閉
　　　　驚慌地把口中之物吐出，大喊
　　　　我吃到世界上最苦的東西了的事實

　　　　　　　　　　　　　　（引自《悲劇的想像》，頁 18-19）

---

❷　鄭炯明《悲劇的想像》（台中：笠詩刊社，1976），頁 1。

　　鄭烱明詩的表現手法，常具有逆反式的幽默與機智，使敘述性的詩語，因有強烈的暗示性，免於流入只是說明，而具有鮮明的詩意。此詩暗指台灣高舉「超現實主義」的人，只是一種橫的移植或片面模仿，不知「超現實主義」是立基於現實基礎而來，否則容易流於形式的雕飾。日本提倡「超現實主義」理論的詩人，西脇順三郎曾說：「超自然的存在只能藉著自然的世界才得到象徵。而且被認為無限只能藉著有限的世界才得到象徵。」❷❹換言之，我們必須在「自然的」、「有限的」世界中，求取「超自然的」、「無限的」「超現實」的世界，不致於使人生的意義，陷落在混沌、虛空之中，成為虛幻不實的囈語。

　　由於，鄭烱明的詩逐漸扣緊現實人生，詩的題材，大抵從現實生活中挖掘，但他極欲破除物象的日常性與普遍性，翻轉物象的表層；洞悉其背後的深層意義，使詩達到機智的趣味。在詩的表現上，他以即物的方法，藉物來透顯詩人內在的精神世界，如〈熨斗〉：「在她生氣極點的時候／她才穿上那襲可以排開海浪的泳裝／好似一艘雪白的快艇／悻然地急駛而去／飛濺著思念的水花」（節引自《歸途》，頁 32-33）詩人個人的情緒退出詩外，直接以「熨斗」來言說詩意，使熨斗熨燙衣服的動作與女性情念的流露結合，產生一種詩意的妥貼與閱讀的喜悅。

　　其次，在創作意識上，新的、知性的文學精神支持著他，重視詩的「意義性」比「音樂性」更強一些，且在形式結構上，大多採取平實自然，不會刻意變化創新，以過度斷連、跳躍性強的節奏，

---

❷❹　杜國清譯著《西脇順三郎的詩與詩學》，同前揭書，頁 37。

來製造新奇的視覺效果，另外，他也不會以幽婉柔媚的抒情旋律，來構築個人內在情感意義。對他而言，詩內部結構的秩序，所構成的思考性及心象，是詩最具魅力的核心。所以，他的詩不會添入過多個人的情感，而是以「即物性」的手法，將詩「客觀化」、「知性化」，讓物象自足於詩的世界，成為社會現實、歷史意識的載體，在詩的敘述中，透顯詩人精神及思考的根柢。因此，鄭烱明所重視的詩的語言，如白萩在《歸途》的序言所說：

> 語言的力量產生在語言找到新的關聯時才迸發出來，一句非常簡單的語言，只要找到新而適當的關聯使用，便能衝擊人類的精神到一生難忘的境地。操作語言尋找新關聯的能力，便是詩人能力的指數。㉕

這樣的詩法，與重視詩的音樂性及浪漫性，呈現抒情柔美的風格迥異，如洛夫〈因為風的緣故〉（1981），具有明顯的音樂性，展現明媚秀美的詩風：「昨日我沿著河岸／漫步到／蘆葦彎腰喝水的地方／順便請煙囪／在天空為我寫一封長長的信／潦是潦草了些／而我的心意／則明亮亦如你窗前的燭光／稍有曖昧之處／勢所難免／因為風的緣故」（節引自自《二十世紀台灣詩選》，頁177），據說此詩是洛夫寫給「其妻陳瓊芳女士的情詩」㉖，以「風」的飄忽

㉕　鄭烱明《歸途》，同前揭書，頁8。

㉖　陳義芝編《不盡長江滾滾來──中國新詩選注》（台北：幼獅文化公司，1993二版），頁177。

流動，意蘊流轉、繚繞的情感；但又以風吹動「燭火」乍明乍滅，來說明平凡的家庭生活，因缺少距離、想像的美感，偶有興起淡淡煩膩的情思和閃爍不定的姿態，因此，第二段最後告訴妻「趕快對鏡梳你那又黑又柔的嫵媚／然後以整生的愛／點燃一盞燈／我是火／隨時可能熄滅／因為風的緣故」。詩中以妻為對象，以「我」的獨白式抒情、將個人的情感以「風」加以形象化、視覺化，使風的意象在詩中具有種舒緩、流動的美感，其次，利用「岸」、「方」「光」的音韻效果，及長短參差錯落的節奏，加強詩的音樂旋律，讓整首詩顯得情感波蕩、意蘊悠長。

反觀，鄭烱明的詩，較抵制個人情緒化的反應，而立足在知性的思考上，以批判的精神來均衡外部的現實及內部的心象，如〈狗〉（1972）：

> 我不是一隻老實的狗，我知道
> 因為老實的狗是不吠的
> 在這樣漆黑的晚上
>
> 我的主人給我戴上一個口罩
> 好讓我張不開嘴巴吠叫
> 吵醒大家的夢
> ——我瞭解他的苦心
> 然而我是不能不吠的啊
> 作為一隻清醒的狗
> 即使不吠不出聲

我也必需吠，不斷地吠
在我心底深谷裡吠
從天黑一直吠到黎明

我知道，我不是一隻老實的狗
因為老實的狗是不吠的
在這樣漆黑的晚上

（引自《悲劇的想像》，頁 20-21）

　　這首詩以「狗」的吠叫與對社會現象不平則鳴作聯想，尋求兩者之間的類似性，建立詩的新關係，其論理、思考性的成分較抒情性強。詩中表現極強的時代精神，作為控訴威權時代言論不自由的象徵，這樣類於「散文性詩化」的表現、淺近明朗的意象，極具精神性的暗示，此詩若以高度的隱喻、稠密的象徵，則時代的危機感將稀釋在朦朧的形式中，無法有力傳達時代的壓迫性。這樣的寫作意識，如阿諾德（Mattew Arnold 1822-1888，英國詩人、評論家）所言：「一位現代詩人的創造如果要具有大的價值的話，其中就必定包含一番巨大的批評功夫，否則它將會成為一樁比較貧乏和生命短暫的事業了。」❷❼是以，鄭詩中所蘊藏的高度批判，以「狗」在「漆黑的夜黑」的吠叫聲，形象化詩中的抽象意義，使詩能夠具體可感，感受七〇年代的時代氛圍，這樣的表現，「揉入了批判、諷刺、諧謔及其他種種主知精神，而以論理為主題的現代詩，這種方法尤其

----

❷❼　王治明編《歐美詩論選》（青海：青海人民出版社，1990），頁 246。

重要」❷。從鄭烱明的詩來看，的確呈現了這樣的表現風格。

而這類詩作的美學精神，若未置放在思考性的層面，往往會被誤以為語言平淡、意象鬆弛；但就詩的表現論而言，製造奇異的意象，利用華麗的詩語，使得詩意模糊晦澀，喪失了詩召喚情感或意義的機能。不管在題材或表現上，鄭烱明完成詩出發期階段，奠基在「人道關懷」之上，逐漸建構出「有力詩學」，使詩與社會、政治的關係更加密切，到了八〇年代更具有積極昂揚的詩風精神。

三、現實的躍進──實存境況的批判

七〇年代中後期，台灣改革的呼聲甚囂塵上，除了一九七六、七七年的「鄉土文學論戰」以外，最引起台灣社會動盪的，莫過於一九七九年「美麗島事件」，「美麗島事件」爆發之後，接著一連串社會、政治、文化運動的勃興，也促使「鄉土文學」與「台灣文學」進一步轉化，其間的名實問題。此時，台灣進入社會運動、政治運動炙熱的改革時期，在這樣的時代氛圍下，鄭烱明和其他作家相似，都受到極大的震撼，詩也一反知性、諧謔的諷刺特色，轉而更直接、大膽地批判威權體制，建立起昂揚的台灣歷史意識。一九八一年出版的《蕃薯之歌》收錄一九七七～一九八〇年間的作品，包括了近二十首新作和把《歸途》、《悲劇的想像》「其中批判

---

❷ 村野四郎《現代詩探源》，同前揭書，頁96。

性、詩意特強烈的詩篇，摘出來合輯新作」㉙，可以看出《蕃薯之歌》的精神所在與創作宗旨。就書名而論，以象徵台灣圖像的「蕃薯」為詩集標題，亦可推測鄭烱明背後的創作動機與企圖，除了就文學性的表現之外，更清楚可見其文學的「政治性」，這是當時，作家對文學的一種反思的現象：

> 「美麗島」這樣一個政治事件容或對於「台灣人」的族類意識有極強烈的啟蒙作用，它在文學上，主要是對人（作家）的影響，改變其寫作方向與作品傳遞的精神，並且把某些人的注意力拉到某個議題上，因此，應該只是內容上的影響，而基本上的價值還是在於政治性。㉚

是以，鄭烱明在詩集首頁，將此書獻給「為理想的明天而奮鬥的幸與不幸的人」，顯示出書中政治革命的理想性。此書一出，也立即引起「政治犯」的傳閱，據李敏勇的追憶說：

> 一九七九年的美麗島高雄事件發生後，國民黨政府監禁許多政治改革運動參與者，他的一本詩集《蕃薯之歌》，據說流

㉙　陳千武〈醫生釀造的語言的酒——我讀鄭烱明的詩〉，收入鄭烱明《蕃薯之歌》（高雄：春暉出版社，1981），頁1。

㉚　張文智《當代台灣文學的台灣意識》（台北：自立晚報出版社，1993），頁53。

傳在獄中，被美麗島高雄事件的受刑人傳閱傳頌。❸

　　他自己亦曾自謙說：「『蕃薯之歌』獲得了一些意外的掌聲，也撫慰了一些受創的心靈」❸，可見此書在當時流傳範圍極廣，影響層面也很深。雖然，八〇年代許多作家，受到七〇年代末的政治運動影響，改變了原始的心態和寫作方向；但值得注意的是，鄭烱明此時的詩作是繼續挖深他「詩的礦脈」，延續先前作品人間性、日常性的基調，加強了批判的意識，與八〇年代為政治而寫的「政治詩」稍有差別，他自認為「嚴格說來，從『歸途』到『蕃薯之歌』所使用的語言，並無多大的改變，這和近年來詩壇的語言一百八十度的轉變截然不同。」❸有關詩的藝術性探討，從六〇年代開始，鄭烱明就抱持高度的自覺，如他評介「創世紀」詩人管管說：「管管的詩常常即由冗長的敘述所組成，再加上意象的紛雜不一，更容易形成詩的鬆懈和沈滯，換句話說，缺乏詩的質素。」❸另外，他對同為「笠」同仁趙天儀也提出詩的建議：「趙天儀的詩裏語言缺乏有數的濃縮，以致造成詩素的薄弱，意象的模糊等毛病，……愛誠然是感情的推動器，可是詩人要知道怎樣過濾殘渣，避免盲目的抒情。」❸

---

❸　李敏勇〈三稜鏡──三位南方醫生的詩情〉，收入《三稜鏡──江自得、鄭烱明、曾貴海詩選集》（高雄：春暉出版社，2003），頁 10。

❸　鄭烱明《最後的戀歌・後記》（台中：笠詩刊社，1986），頁 93。

❸　鄭烱明《蕃薯之歌・後記》，同前揭書，頁 131。

❸　鄭烱明〈評管管及其最近作品〉，《笠》20 期，1967 年 8 月，頁 29。

❸　鄭烱明〈評不善打扮的趙天儀〉，《笠》21 期，1967 年 10 月，頁 48。

　　由此可見，鄭烱明對詩的方法論是有自覺的，並非站在特定的立場，而是認為詩既要能體現詩的現實精神，也要能掌握詩的藝術技巧，若詩的意象太過奇誕不拘、語言太過鬆散模糊、情緒太過直接渲染等，皆是對詩的本質的一種破壞。所以，在〈謎語〉一詩，鄭烱明點出詩必須要具有暗喻的效果，方能有詩的芳香：「我的詩是一個謎語／充滿人生暗喻的謎語／倘若你不用心閱讀／你將無法暸解它」（節引自《蕃薯之歌》，頁86），正說明詩的藝術性表現。

　　相較先前的詩作，此時作品更明顯對威權體制的批判，高度標舉台灣的主體性，在強烈的台灣歷史意識下，傳達有力的批判，如〈蕃薯〉：

　　　　狠狠地
　　　　把我從溫暖的土裏
　　　　連根挖起
　　　　說是給我自由

　　　　然後拿去烤
　　　　拿去油炸
　　　　拿去煮成一碗一碗
　　　　香噴噴的稀飯
　　　　吃掉了我最營養的部分
　　　　還把我貧血的葉子倒給豬吃
　　　　…………
　　　　從今天開始

我不再沈默

我要站出來說話

以蕃薯的立場說話

不管你願不願聽

我要說

對著廣闊的田野大聲說

請不要那樣對待我啊

我是無辜的

我沒有罪！

（引自《蕃薯之歌》，頁 72-73）

　　以清晰、平易的「蕃薯」意象，為台灣主體位置代言，說明台灣的歷史命運，一直處於「被殖民」、「被剝削」的窘境，無法恢復自己存在的尊嚴，詩一開始「狠狠地」三個字，有力地傳達詩人胸中的不平與忿怒，而「連根拔起／說是給我自由」，也看得出詩人諷刺寓意，代表在高度的政權壓制下，喪失了台灣的歷史記憶，成為無根的一代；其次，一連串的暴力行為——「拿去烤」、「拿去油炸」、「煮成稀飯」、「葉子餵豬吃」等，正可顯示台灣歷史命運的辛酸與悲痛。詩最後，以堅決、肯定的語氣，強烈表達追求台灣主體性的意願，充分表現昂揚奮進的精神。鄭炯明在《蕃薯之歌》的後記云：「我不否認有當一個時代鼓手的企圖」 **㊱**，如〈鼓〉一詩所寫：「奮力敲打呀／不分晝夜／以深沈有力的鼓聲／

㊱　鄭炯明《蕃薯之歌·後記》，同前揭書，頁 131。

敲醒那些終日昏睡的靈魂」（節引自《蕃薯之歌》，頁 76-77），說明他以筆代刀，直刺社會現實的黑暗裏層，使光可以透顯進來，伸張公平與正義，如他贈桓夫的一首詩〈晴朗的天空〉所言：「時間將證明／我們的天空／是一個晴朗的天空／沒有誰能／永遠使它晦暗」（節引自《蕃薯之歌》，頁 97-98），有著高度的自信與期待，在〈告訴我，孩子〉一詩中，亦彰顯出這樣的願景：「孩子，擦乾眼淚／停止你的哭泣吧／相信我／黑夜即將過去／黎明就要到來……」（節引自《蕃薯之歌》，頁 110）。作為一個時代的鼓手，鄭烱明充分展現詩人介入社會與現實的魄力，如〈闇中問答〉中鄭烱明自問：「什麼是詩人的責任？／詩人的責任就是寫出他那個時代的心聲」（《蕃薯之歌》，頁 128），這正是作為一位「公共知識分子」的良心醒覺，如薩伊德（Edward W. Said，1935-2003）所言：

> 知識分子並不是登上高山或講壇，然後從高處慷慨陳詞。知識分子顯然是要在最能被聽到的地方發表自己的意見，而且要能影響正在進行的實際過程，比方說，和平和正義的理念。是的，知識分子的聲音是寂寞的，必須自由結合一個運動的真實情況，民族的企望，共同理想的追求，才能得到回響。❸❼

七〇～八〇年代後期，是台灣衝破威權體制，各種社會、政治

---

❸❼ 艾德華・薩伊德（Edward W. Said）著，單德興譯《知識分子論》（台北：麥田出版社，1997），頁 139-140。

力量震盪、重組的階段，這個階段是，促使台灣整個社會系的改變，價值體系重新界定的過程，同時，也是使台灣走向民主道路的關鍵時刻，文學作為這一改革運動的一環，參與台灣民主政治的建構。鄭烱明七〇年代中後期所寫的詩，一轉早期現實性與人間性的書寫，轉而展現高度的批判力，積極介入社會、政治、歷史層面的挖掘，重新塑造台灣人的逆反精神，如上述引言，其詩作「影響正在進行的實際過程」，成為推動民主、政治運動重要的力量，他企圖以詩來撼動時代的昏聵，重新建立台灣新的民主精神，如〈沒有比語言更厲害的武器〉（《悲劇的想像》，頁 10-11）一詩，指出語言的厲害性與破壞性，它可以有效地喚醒民眾的自覺意識，形成一股強大「集體性」的改革力量。換言之，「所有的社會運動的定義，不但是關於集體行動的，針對基本體系的，也應該是符合該社會的俗民認知的。」❸❸鄭烱明在八〇年代初，時局受到「美麗島事件」的鎮壓，仍略顯緊張的時刻，寫下這一系列「反抗詩學」，成為描繪台灣民主過程的最佳寫照，同時帶給一般庶民詩的感動。此時，最能直接有力批判體制的作品，莫於〈給獨裁者〉（1980）一詩：

> 你可以把我的舌頭割斷
> 讓我變成一個啞巴
> 永遠不能批評
>
> 你可以把我的眼睛挖出

---

❸❸　張茂桂《社會運動與政治轉化》（台北：業強出版社，1994），頁 18。

讓我變成一個瞎子
看不到一切腐敗的東西

你可以把我的雙手輾碎
讓它不能握筆
寫不出真摯和愛的詩篇

你可以把我監禁再監禁
甚至把我的頭袋砍下
而你仍不能贏得勝利

在歷史嚴厲的裁判下
你的憤怒只是
寒風中的一個噴嚏而已

（引自《蕃薯之歌》，頁 90-91）

　　此詩乃針對獨裁統治者，給予高度的批判與揶揄，利用「你可以……，不能」的排比方式，加強控訴的力量，語氣充滿果敢堅決的意志，不畏強權的迫害，最後以「你的憤怒只是／寒風中的一個噴嚏而已」，舉重若輕給予獨裁者嚴厲的批判。而在七○年代末至八○年代初之際，仍可嗅到時局緊張的氣氛，因此，〈給獨裁者〉一詩，需要「聲東擊西」以「為魏京生和他的伙伴而作」（引自《蕃薯之歌》，頁 90）為副標，作為掩飾政治的敏感性及多元的批判性，到了一九九二年出版《混聲合唱：「笠」詩選》收入此詩時，

此副標已被取消，可見他更直接以台灣本土立場發聲，而一九九九年鄭烱明獲頒「第七屆南瀛文學獎」，作品集《鄭烱明詩選》，此副標題又再度附上，表示外在政治時局已趨和緩，台灣社會、政治體制已重新改造，逐漸步向民主之路，詩作為社會改革的目的減緩，已完成了階段性的任務。

雖然，此詩詩意明朗、淺近，但作為批判性的詩作，首先考慮的是，詩中所呈顯的反抗意識與人道精神，它以自由口語的形式，展示現實世界的正義與公理，強調詩的內面性精神，而非注重外在形式的雕飾，這樣一種「記述性詩語」、「散文性詩化」的方式，仍是詩人「自覺性」的一種詩的藝術技巧，並非只口語、簡單、意象平淡一語帶過，它有更值得深思的意涵，換言之，它應被理解為一種美學形式的實踐。葉石濤曾對鄭烱明的詩評論說：

> 他的詩表面上看起來沒有什麼疑問的地方，但是你認真去讀，他的世界之深，反抗意念之強，可以讓你體會到，……鄭烱明的詩基本上是台灣知識份子內心的反省。❸

由於，鄭烱明表現了批判性、現實性的作品，壓縮了個人抒情的成分，其詩能夠客觀、冷靜地看到社會現實的本質。這樣的技巧，亦是《笠》集體性表現的特色，如杜國清所言：

---

❸　〈剖視鄭烱明的詩世界座談會記錄〉，收入鄭烱明《最後的戀歌》，同前揭書，頁82。

> 笠下詩人一貫的詩觀之一是：詩的意義性重於語言的技巧，
> 而語言的意象性重於音樂性。屬於笠下第三代詩人鄭烱明，
> 在詩觀以及創作上，是笠下詩人這個傳統的承繼者。❹

　　就詩的語言而言，一般可分為「繪畫性」及「思想性」的語言，前者乃捕捉具體存在的物象加以暗喻，為初學者入門，因對意象的經營生疏，常以具體的物象作為意象的聯結，以文字修辭取代詩的原始性語言；後者則強調邏輯性的詩想，如何將抽象的思考、觀念轉化為具體可感的詩意，顯現詩的深厚蘊涵。

　　若就語言教育來看，鄭烱明（1948-）為戰後出生世代，受到完整的中文教育；但他對詩語言的使用，卻與《笠》前輩詩人一樣樸實、平易，這不能不說《笠》的集團性格濃厚，有共同認定的詩美學標準。因此，他的成長經驗以及身為醫師的角色，更能使他對人生的貧病悲苦有更多實感的體驗，加上親炙前輩詩人的薰陶，率先感知台灣歷史悲愴的軌跡。這些經驗，無形中構成鄭烱明精神意識的內裏，使他在構築詩的語言世界時，不會凌駕在虛無的夢幻世界中，而是以台灣的現實社會、歷史時空作為詩的基準點，以此思考詩的本質性意義，形塑詩的意象，詩具有鮮明的批判性與異質性。換言之，鄭烱明並非站在個人情緒與情感為詩，而是在冷靜的觀察中，以詩人之眼，剖析現實社會的肌理，洞察人生的無奈。以詩的原始性語言，啟發讀者獲得知性的感悟，如 Ｔ・Ｓ 艾略特所說的：「使思想能像薔薇花那樣感受。」

---

❹　杜國清〈鄭烱明的詩〉，收入鄭烱明《蕃薯之歌》，同前揭書，頁9。

　　除了創作之外，一九八二年鄭炯明再度以行動實踐「現實詩學」意旨，與南部作家葉石濤、陳坤崙、曾貴海、彭瑞金等人創辦《文學界》（1982-1988），強調「在地性」、「人民性」的創刊宗旨和目的：

> 處於八十年代的台灣文壇，要如何才能確切地捕捉屬於這塊土地的靈魂的悸動，記錄它的子民的喜怒哀樂，應該是每位從事創作者所面臨的迫切的課題，亦即努力的目標。❹

另外，在編後語說：

> 我們希望台灣作家的作品能夠有力地反映台灣這塊美麗的土地和人民。……我們希望作家認真地生活，堅持道德價值觀念，突破禁忌，勇敢、自由地寫出你在這塊土地上生活經驗的體驗和感受。❹

　　《文學界》承擔了八〇年代「台灣文學」發展的轉型期，「表達自己的主張，進而帶動文學的發展」❹與《笠》、《台灣文藝》同為建構本土文學的重要場域，在各方努力下，重新找尋失落的文學傳統。此時，鄭炯明已更進一步完成本土的「現實詩學」，區別

---

❹　《文學界集刊》封底，1982 年 2 月。
❹　《文學界集刊》編後語，1982 年 2 月。
❹　鄭炯明〈穿越八〇年代的台灣文學——從《文學界》到《文學台灣》〉，《文學台灣》11 期，1994 年 7 月，頁 9。

了「中國」／「台灣」立場的不同論調,如他以〈一個男人的觀察〉(《蕃薯之歌》,頁 121-123)與〈一個女人的告白〉(《蕃薯之歌》,頁 124-126)混聲合唱,分別代表「男性」、「台灣」／「女性」、「中國」立場的差異,彼此觀點扞格不入,顯示今後台灣文學必將朝向主體性、自主性的歸趨。

四、現實的激越——高壓政權的控訴

七〇年代末以降,台灣民主、政治運動的興起,帶動所有改革力量的勃興,包括社會、政治、經濟、歷史、文化等層面的改變,預料台灣將邁向一個新的里程碑。一九八四年之後,台灣威權政權的轉化,已是勢不可擋,這個階段,黨外運動風起雲湧,國家威權體制備受挑戰,自由派學者支持黨外言論等,一股強勁的民間力量的振興運動,不斷地擴大、興起,使得運動與運動之間相互串聯,形成一股沛然莫之可禦的改革聲浪。此外,有關人文思潮的引介,也打破原來體制下壟斷的意識型態及思考模式,重新提供讀者多元、廣泛的反思機會,如一九八五年的《人間》、《當代》、一九八六年復刊的《文星》、《台灣新文化》等,這些刊物「訴求與立場各不相同,但是幾乎共有一個『反省』的人文精神。」❹即是在對國家、資本主義、文化壟斷、意識型態的壓迫等,均提出了批判的力量及行動的介入。從一九八四到一九八六年之間,舊的威權體制已趨崩解,局勢的緊張度逐漸降低,終於,促使一九八六年民進

---

❹ 張茂桂《社會運動與政治轉化》,同前揭書,頁 37。

黨的成立，一九八七年解除戒嚴令、報禁等重大改革。

　　在這段社會、政治運動達到最尖峰的時刻，鄭烱明亦沒有缺席，仍積極參與各項文化活動，一九八六年「笠」出版了台灣詩人選集三十冊，標示台灣詩人的匯聚與茁壯，其中，第廿三冊為鄭烱明《最後的戀歌》，收錄一九八一～八五年的作品，內容包含「最後的戀歌」和「深谷」二輯。在這冊詩集中，鄭烱明深深地展示他對時代的凝視與關懷：

> 收集在「最後的戀歌」的二十九首，分「最後的戀歌」和
> 「深谷」兩輯。它是我對這個時代的最大抒情，雖題為「最
> 後的」，但並非絕望，……在這本薄薄的詩集裏，包含了我
> 多少的愛和期盼。㊺

　　詩集將「台灣」擬人化，不斷以「愛人」的口吻，深情款款地對台灣傾訴，傳達內心的愛與關懷，在愛的光環下，呈現透明清澈的高潔心志，如〈寄語〉（1981）：

> 福爾摩莎
> 美麗之島，我的愛人
> 請讓我為妳歡呼
> 盡情地，以充滿活力的聲音
> 響遍大地的每一個角落

㊺　鄭烱明《最後的戀歌·後記》，同前揭書，頁93-94。

　　啊，福爾摩莎
　　美麗之島，我的愛人
　　請讓我為妳犧牲
　　無條件地犧牲
　　只要妳永遠美麗、自由、民主

（節引自《最後的戀歌》，頁 23）

　　此詩以四段相似的結構串聯，起首皆以「福爾摩莎／美麗之島，我的愛人」，顯示對台灣這塊島嶼雋永的情思，類似這樣的詩句在《最後的戀歌》中俯拾即是，如〈愛〉（1981）：「你知道嗎？愛人／在這個年代裏／愛不但需要勇氣／運用智慧、技巧／更是需要拼命的一件事／所以，我現在／已經得神經衰弱症／但我一點不覺得懊悔」（頁 15），以第一人稱獨白的方式，展現內心對理想、正義的追求，堅決無悔的情感；其次，〈死亡的邀請〉（1981）：「窗外／冷冽的月光跳躍著／樹影搖晃／狗在遠處吠叫／你不必害怕，愛人／死神只是來邀請我共舞／到一個遙遠的地方／暫時忘記一切煩惱」，在緊張時局中，異議分子通常無法見容於執政當局，台灣戒嚴時期，政治受難者何其多矣，而詩中將「死亡」影陰與樹影晃動相疊，造成迷濛不安，加上冷冽的月光，映照出陰冷慘白的氣氛，在靜謐中陳述黑色沈重的死亡邀約，更見控訴的力量，除了死亡，被迫流亡也是政治受難者的另一種選擇，在〈不能不〉（1983）一詩，訴說了這樣「不得不」流離的處境：

不能不給你編一個謊言
在這樣一個無奈的時刻
說我即將出門遠行
到不知名的國度
踏著踉蹌與失望的步履

不能不強忍著
就要墜下的悲哀的眼淚啊
讓曾經長駐我心頭的你底影子
逐漸擴大，擴大
把整個孤單的我吞噬

然後告訴遠方的友人
當天空的烏雲盡散
沈默的星星，不管大的小的
都將自由地
閃爍它應有的光芒

（節引自《最後的戀歌》，頁 38-39）

　　基本上，「流亡」與「旅行」就空間的移動是相似的，皆指人由某地至某地的轉移；但在政治的意涵上，「流亡者」常是一種被迫式的遠離，是不可逆反的行程，除非壓迫者有所改變，這與「旅行者」可自由穿梭在任何空間，是自願式的遠遊，本質上是相異其趣，故在離根的心態上，流亡者更有飄零、孤寂的感受。如此思量

鄭烱明〈不能不〉一詩，「不得不」三個字，就充滿極度的無奈，被迫遠離愛人、家園的流亡者，有著難以言盡的辛酸、苦楚。詩最後以閃爍的群星，象徵這些在異鄉的受難者，在星空中兀自閃爍著自由的光茫，刻畫出聖潔、清明的光華。鄭烱明的詩，大多呈現從苦難中超脫束縛，精神向上提昇的意涵，藉此鼓舞時代的失落與哀傷，如〈走索者〉（1984）：「在逃亡的天空裏／我們是一群被驅趕的走索者／互相依偎著／在擺盪的繩上／孵育殘存的愛與夢」（頁40）刻劃時代的抗爭者，他們的命運，猶如走鋼索的人，生死在一線間徘徊，縱然如此，他們內心仍有不滅的理想與希望，繼續推動著他們往前而行。如〈最後的戀歌〉（1983）所唱出的：

> 通過時間的巨流
>
> 所有的歡樂與死亡
>
> 都將接受審判
>
> 那時，我們的土地將開始復活
>
> 為冰雪封蓋的幼芽
>
> 將探頭出來，呼吸清新的空氣
>
> 不再有謊言和暴虐
>
> 啊，讓我再愛你一次
>
> 即使是短暫的一刻
>
> 我已滿足……

（節引自《最後的戀歌》，頁44）

　　黑暗終將過去，黎明終將到來。對一個政治運動者而言，內心的熱情與理想，是支撐他們勇敢前進的動力之一，在受盡磨難之後，當冰雪漸漸融化，塵封在冰底的幼芽會挺立而出，迎接燦爛的陽光與未來，是以，在第一輯「最後的戀歌」，處處可見詩人展現對土地、人民、家國無限的溫愛與期待。然而，第二輯「深谷」，詩人更針對現實政治，提出有力的控訴與揭露，如〈童謠〉（1985）乃是紀念林義雄家滅門血案，慘遭殺害的雙胞胎女兒，〈健忘症患者〉（1985）乃是聽聞情報局官員涉及江南命案後所寫，這些「政治詩」均展現高度的批判與嘲諷，在八○年代留下高分貝的時代之聲。另外，也有以「即物」手法，表現對政客的挪揄，如〈烤鴨店〉（1985）：

> 從火紅的鐵爐裏拿出來
> 倒懸在店鋪的門口
>
> 一隻隻光著屁股
> 全身幾乎燒焦的皮膚
> 滲出了黏黏的憤懣的油滴
> ……
> 是的，那僵硬的
> 死不認錯的扁平嘴巴
> 永遠也不能
> 呱呱──呱呱地叫了

（節引自《最後的戀歌》，頁 70-71）

此詩抓住「鴨子嘴硬」的詼諧性，擴大對政客的暗諷，當新時代的到來，所有「鴨霸」的政客，再也不能頤指氣使，只能赤裸裸露出不堪的樣貌，「滲出了黏黏的憤懑的油滴」，最後，唯一不肯妥協的扁嘴，也毫無置喙的餘地。

然而，就詩的方法論而言，因對時政的批判心意過強，使得這一階段，鄭炯明對詩的語言凝練稍嫌不足，太過強調詩的「目的性」，未拉開文學與政治的距離，繼續擴大「敘述性詩語」，不免造成語言太過直接白描，缺少語言的張力。另外，詩的結構單一、重覆，大多相似小節鋪排成篇，沒有綿密的組織及嚴謹的邏輯推演。如《笠》同仁莊金國所言：

> 我認為鄭炯明的詩到現在已是極限狀態，這條路再繼續走下
> 去會愈來愈窄，他應該再另闢蹊徑，……其次談到語言，鄭
> 炯明的語言清晰不錯，但較少變化，我認為一個詩人進入另
> 一個時期後，他的作品應有新的東西出現，隨時向過去的我
> 挑戰，這點很重要。❹

顯然，這個時期鄭炯明的作品，因介入政治現實太深，而忽略了語言上的琢磨推敲，而造成詩意鬆散，如〈祈禱〉（1982）一詩：

> 我們追求的

---

❹ 〈剖視鄭炯明的詩世界座談會記錄〉，收入鄭炯明《最後的戀歌》，同前揭
　 書，頁 91。

從上一代到這一代
從這一代到下一代
我們的希望
猶如夜空中的星辰

有時覺得
伸手可及
有時覺得
何其飄渺而遙遠

（節引自《最後的戀歌》，頁 30）

　　詩中所要呈現的是，在廣大虛無的時空中，生命的有限與歷史
的更迭，存在著無可逆轉的宿命感，在遼闊的空間與綿亙的時間，
人必須以極大的意志加以抗衡生之孤獨與挫敗。類似這樣的詩思，
白萩的代表作〈雁〉，同樣展現這樣的精神意蘊：

我們仍然活著，仍然要飛行
在無邊際的天空
地平線長久在遠處退縮地引逗著我們
活著。不斷地追逐
感覺它已接近而抬頭還是那麼遠離

（節引自《混聲合唱》，頁 330）

在白萩的這首〈雁〉中，詩質密度顯然較〈祈禱〉來得高，白

萩透過「雁」不斷在廣漠的天空飛翔的意象，去探索人類存在的情境，在無可反抗又不能脫卻下，所產生的寂寞與哀愁，詩的意象飽滿，餘韻十足。反觀，〈祈禱〉因太過白描，反而使詩的想像力削弱，降低詩的驚喜感。

一九八六年出版《最後的戀歌》之後，鄭烱明的詩作驟降，幾近停擺，此時台灣政治轉化與社會革新已告完成，舊的政治結構消退，「權力」／「中心」逐漸被解構，重新建構台灣主體性與自信性，成為燃眉之急。是以，一九八七年，南部作家同時群力群策撰寫《台灣文學史》，葉石濤遂在《文學界》同仁的協力下，開始撰寫《台灣文學史綱》（高雄：文學界雜誌社，1987 年），逐期發表於《文學界》，於解嚴前的一九八七年二月印行出版。在出版時，鄭烱明說：

> 八〇年代的台灣文學的確與鄉土文學論戰的台灣文學，顯現某種程度的質的變化，因為文學會隨著時代脈博的跳動前進，可是如果沒有一部文學史做為奠基的藍圖，台灣文學的未來如何有明確的指標？❹

八〇年代後為「台灣文學」正名階段，如何擺脫殖民、區域、邊陲文學的陰影，重新回復自己的歷史記憶與主體性書寫，成為《台灣文學史綱》出版極重要的意義，此外，鄭烱明與本土作家，

---

❹ 鄭烱明〈為「台灣文學史綱」的出版說幾句話〉，《文學界》20 集冬季號，1986 年 11 月，頁 7。

也繼續推動「台灣筆會」的成立，落實本土文學的發展，其宣言：

> 我們呼籲：所有的作家，做時代的證人、社會良心。落實本
> 土、開放胸襟；以世界性視野，開拓台灣文學藝術的新領
> 域。……
> 台灣筆會的成立是台灣作家強烈認同這塊土地，關心台灣全
> 體住民的再開始。願台灣作家共同努力，創造台灣新文化，
> 建設理想社會。❹

在高度的土地認同與昂揚的台灣意識的趨使下，解嚴後，本土
作家積極奮進建立台灣文學的藍圖，繼一九八八年《文學界》停刊
後，一九九一年，鄭烱明等人再度於高雄創辦《文學台灣》，進一
步彰顯台灣文學的主體性，「呼籲所有的台灣作家，要認清眼前的
事實，共同努力來創造屬於台灣人民的文學」❹，這個刊物持續至
今，成為建構、評論台灣文學一個重要的園地。是以，作為詩人、
醫師的鄭烱明，真正將詩作為一種志業，始終積極介入社會現實，
以實際的行動及詩作替社會把脈，成為台灣現實詩學的重要旗手。

五、結 論

鄭烱明開始寫詩不久，即擺脫文藝青年的蒼白、憂鬱，積極參

---

❹ 〈台灣筆會成立宣言〉，《文學界》21集春季號，1987年2月，頁5-6。
❹ 鄭烱明〈衣帶漸寬終不悔〉，《文學台灣》創刊號，1991年12月，頁16。

與《笠》活動，成為「笠」詩社重要的成員之一。其作品受到前輩
詩人詩學的薰陶，扣緊詩的現實性與人間性，展現「醫生詩人」的
氣質，在《歸途》、《悲劇的想像》二本詩集中最為明顯，他強調
詩的「即物性」、「思考性」、「批判性」，使詩呈現知性、冷靜
的詩風。

　　隨著時局劇變，七○年代中、後期，台灣主體性逐漸被認知，
特別是一九七九年「美麗島事件」爆發，使得作家的寫作態度有所
變異，更強調外在政治、社會環境所帶來的巨大震動，台灣民主運
動快速而激烈地勃興，形成一波極大的社會集體改革的聲浪。此
期，鄭烱明的《蕃薯之歌》扣緊時代發展的脈動，加強了威權體制
的批判。以平易、淺近的語言，深具思考性的詩作，實踐「反抗詩
學」的形式美學。此外，他不僅只是靜態創作文本而已，更積極介
入文壇，參與南部作家創辦的《文學界》雜誌，共同推動本土文學
的發展。他一貫以關懷現實、土地、人民為前提，延續之前的語
言、形式風格，恰與七、八○年代的文學思潮相應，在藝術技巧
上，更有自覺性的表現方法，與八○年代風行的「政治詩」、「口
號詩」有別。

　　八○年代中後期，台灣政治轉化與社會改革的環境大抵完成，
鄭烱明完成《最後的戀歌》，充分展示詩對現實政治的控訴與揭
露，但在詩的表現上因太過白描，而使詩的語言落入鬆散的缺失，
且意象強調即刻性、焦點式，較不能構築豐富多層的意涵，故詩在
完成階段性批判的意義後，降低了詩的本身的價值，導致八○年代
末之後，作品的量驟減。但他轉而更積極推動「台灣文學」的發
展，推動葉石濤《台灣文學史綱》的完成、「台灣筆會」的成立，

以及《文學台灣》的創辦，重新建構台灣文學的內涵，樹立台灣文學的旗幟。

　　鄭烱明「現實詩學」的建構與轉化，不僅是個人詩學風格的展現，它更是台灣詩史發展的一個參照點，其中，可見詩學美學如何更替、轉換的軌跡，也可見到其「現實詩學」發展的過程與轉變，同時，亦擴大了「現實詩學」的意涵，它是一種書寫創作的態度；亦是一種行動實踐的表現，詩人不再只是臨水自照的形象，而是可以參與、介入社會，並且改造現實生活的人。

第八章　社會與政治：
「笠」戰後世代詩人的現實詩學

一、前　言

　　台灣自七〇年代開始，隨著外在國際局勢及社會內部結構的變化，以往被執政當局刻意漠視的「台灣問題」，隨著這波情勢的轉變，逐漸浮出地表，成為七〇年代最重要的討論議題，同時，也刺激當代台灣知識分子，重新思索台灣的前途及命運。

　　這波討論，率先由關傑明、唐文標揭起「現代詩論戰」，他們宣稱現代詩「已遺毒太多了，它傳染到文學的各形式，甚至將臭氣閉塞青年作家的毛孔」❶；現代詩人「以個人的方式去使用語文，反映出他那種疏離性格；只追求一種不負責任的生活，以求能專注於他自己的偏好所在；只不斷地製造出一個自我崇拜、自我壓榨、自我限制的個體，而終於又回到他自我去的一些象徵性的

---

❶　唐文標〈僵斃的現代詩〉，原載《中外文學》2 卷 3 期，1971 年 1 月。收入氏著《天國不是我們的》（台北：聯經出版公司，1976），頁 144。

東西」❷，當時引起詩壇沸沸揚揚的論戰，尤以《創世紀》為中心的詩人群表現最為激憤，《創世紀》三十一期（1972 年 12 月）籌畫了「中國現代詩總檢討專輯」，指出「該文（關傑明〈中國現代詩的幻境〉）發表後數週內本刊接獲各方讀者投書多封，均認為關君言論過分偏武斷，字裡行間充滿了『聲音與憤怒』（sound and fury），企圖抹殺全部歷史。」（頁 13）此次論戰，透過關、唐二人對「現代詩」的質疑與詰難，引起台灣文壇大力的討論，一向背離現實、土地、人民的「現代詩」寫作，重新獲得大眾的反省與檢討。

　　七○年代中期爆發了「鄉土文學論戰」，更是「現代詩論戰」後的另一波高潮，將「現代詩論戰」還未揭開的敏感議題，更尖銳地挑起，使得戰後台灣政治、文化、社會、歷史等各個層面的問題，可以獲得一次總檢討。另外，文學必須具有「民族性」、「社會性」的聲浪，也進一步地被標舉出來，成為七○年代新的美學風格。隨著七○年代的種種振興運動，到了八○年代，則更清晰地展示以台灣作為主體的社會依歸，緊接著一連串社會運動、民主運動熱烈地登場，帶動戰後以來國家民族、社會現實的熱切追尋，有更多的文藝創作者，也投身在這股濤濤不絕的洪流裏，成為戰後推動民主運動的一環。

　　在詩壇上，這股時代的熱潮，引起一連串「新生代」❸詩人及

---

❷　關傑明〈中國現代詩的幻境〉上，《中國時報》「海外專欄」，1972 年 9 月
　　10 日。
❸　所謂七○年代的「新生代」詩人，即是指同樣崛起於七○年代年輕、自覺的
　　一代，但由於詩的學養過程與受教的對象不同，與「笠」「戰後世代」詩人
　　的表現也略有差異。他們特別指成立於七○年代以降，由年輕詩人所組成的

「新興詩社」的竄起，其中，以一九七一年創刊的《龍族》到一九七九年成立的《陽光小集》為系譜，這些蜂起的「新生代」詩人，將瞄頭對準過去現代主義的「前行代詩人」，炮口一致地指稱「現代詩界的一個偏頗的現象，那就是個人的抒情，遠較對社會大眾的關心為多。形式技巧的講求遠較內容實用性的發揮最盛，這種偏頗現象的發生，固可咎於現實環境的局限性，而詩人自身的逃避責任，未嘗不是癥結所在。」❹因此，從七〇年代之後，台灣詩壇在創作上，相較於五、六〇年代而言，則是一反原先的「反共」、「現代」的旗幟，轉而朝向「現實」方向，將凝視之眼，著落在台灣這塊土地之上。

此外，「笠」「戰後世代」詩人，所謂「戰後世代」，特別指戰後出生，七〇年代開始在《笠》展開文學活動的一群，他們都以《笠》作為文學出發的舞台，可算是《笠》第三代詩人，因而受到前輩詩人耳濡目染的影響，這樣的文學歷程，使他們相較同世代的「新生代」詩人，在創作意識上，更具有其特殊的觀點與獨到的見解，如鄭烱明（1948-）、李敏勇（1947-）、拾虹（1945-）、陳明台（1948-）、陳鴻森（1950-）、郭成義（1950-）等。他們登場的時間，也恰逢是七、八〇年代台灣時局轉向之際，活動的時間與先前七〇

詩人社群，如龍族（1971）、主流（1971）、暴風雨（1971）、風燈（1972）、大地（1972）、詩人季刊（1972）、綠地（1975）、詩脈（1976）、八掌溪（1976）、掌門（1979）、陽光小集（1979）等。（參考張默編《台灣現代詩編目（1949-1991）》（台北：爾雅出版社，1992））

❹　存漢〈我們需要怎樣的詩〉之六，《龍族》14 期，1975 年 4 月，頁 59。

年代「新生代」詩人相互重疊,但兩者因文學歷程的相異,使得在
作品的精神內涵上也有差別。「笠」「戰後世代」詩人,一方面,
紹繼戰前台灣文學傳統的精神;另一方面,則積極開創戰後新局,
同時,受到「笠」前輩詩人的提攜、教養,繼續發展台灣新詩的另
一球根,而別於大陸來台詩人所發展的詩美學,他們更早具有台灣
歷史意識與反思的精神,故在七、八○年代的「現實美學」下,能
夠別出新裁更具特色,且在文學史上具有承先啟後的意義,發皇了
《笠》的現實精神,使《笠》的精神面貌更加突顯,同時,穩固了
《笠》的在野位置。

　　再者,「現實詩學」的界定,依最直接的意思,係指現實人生
的指存在於眼前的事實及狀況。所謂「存在於眼前」,乃指在現實
生活中可之驗證的事物。據此,則「現實」可界定為「人」在「社
會脈絡」中,與之對應所產生的客觀行為及普遍性意義的事實。因
此,有關個人主觀式的想像與「內在真實」的感知,將被排除在
外。換言之,它指涉的是,外在社會現實中的客觀行動,而非個人
特殊的、唯心的知覺感受。如簡政珍在〈詩與現實:早期台灣現代
詩的現實關照〉中指出:

> 此時詩中的現實,有「當下此地」的現實與「當時彼岸」的
> 現實。前者是「鄉土詩」的著眼點,後者則是「放逐詩」隔
> 海望鄉的抒懷。前者大都是「本土」作家,後者大都是從大
> 陸輾轉到此的詩人。前者的鄉土書寫經常夾雜抗議與潛在的
> 吶喊,作品成為「目的論」的產物。後者有較高的美學成

就,但卻是無視當下周遭生活情境的詩作。❺

　　簡氏一向以現象學的哲學式思維作為詩評論的基點,將海德格的「人之存有」理論作為書寫的依據,是以,他所界定的「現實」,不管是「當下此地」或「當時彼岸」皆可視為「現實」存有的意涵。然而,簡氏的盲點,往往是將動態的歷史發展現象過度簡化或抽離,使得複雜的現實問題變得寧靜、沈默,「現實」成為純然形而上的思維與想像。因此,他對許多作家或作品的認知過程,則易偏於主觀、片面、單一,而失去了將作品放在動態歷史脈絡的精確性。反觀,「笠」「戰後世代」詩人所持有的「現實觀」,是立基於動態、客觀的生存現實之上,藉其作品去呈現現實時空下的客觀事實,他們認知到詩既是美學的問題,同時也是社會——歷史的問題。誠如盧卡奇所云:

> 在所有偉大的作品中,它的人物必須在他們彼此之間,與他們的社會的存在之間,與這存在的重大問題之間的多方面的相互依賴上描寫出來。這些關係理解得越深刻,這些相互的關聯發展的越是多面,則作品越是偉大的,因為,它是越接近生活實際的豐富。❻

---

❺　簡政珍〈詩與現實:早期台灣現代詩的現實關照〉,《興大人文學報》33 期,2003 年 6 月,頁 261。

❻　盧卡奇著,陳文昌譯《現實主義論》(台北:雅典出版社,1988),頁 29。

是以,當作品架構在「懷想」、「追憶」的模糊時空時,無形中也使得作品容易陷溺在個人、主觀的內心獨白上,在表現上,「形式」、「技巧」往往凌駕過「內容」、「意義」,導致詩的抽象難解,且遠離了真正的社會現實。本文以「笠」「戰後世代」詩人的作品及其文學活動,作為七、八〇年代台灣「現實詩學」的指標,即是企圖建立另一種詩美學的欣賞角度,同時,強調「笠」「戰後世代」詩人以文學作為實踐社會良知的表現,突顯其詩史上的意義與價值。

二、「笠」「戰後世代」詩人的現實意識

「笠」「戰後世代」係指戰後出生或成長的一代,他們的文學生命大多崛起於七〇年代,與同樣崛起於七〇年代的「新生代」詩人,皆為改革時代的尖兵;但「笠」「戰後世代」更早一步受到現實意識的啟蒙,因此,相較於七〇年代「新生代」詩人,在文學創作中,他們除了表達出鮮明的台灣意識之外,更以直接的行動,實踐現實詩學的豐富內涵。

「笠」「戰後世代」詩人,大多出生於鄉村,如李敏勇屏東縣恆春人、陳明台台中縣豐原人、陳鴻森高雄縣鳳山人、鄭烱明台南縣佳里人、拾虹南投縣竹山人、郭成義基隆市人,自幼與土地之間的情感濃厚,因此,當他們開始寫詩時,自然容易加入屬性相近的《笠》,而率先親近前輩作家,直接受到他們文學精神的感召,承襲「笠」第一、二代詩人的「集團性格」及「精神意識」。由於,

「笠」前輩詩人大多生於戰前的中後期❼，故對被殖民的悲哀及戰後威權體制的艱困，感受甚深。因此，被殖民的哀愁與對威權體制的抵抗，遂成為他們創作的精神底蘊。如陳千武有小說《獵女犯》（1984），詩作〈密林〉（1962）、〈信鴿〉（1964）、〈指甲〉（1986）、〈童年的詩〉（1963）等作品，皆是書寫自己戰前被征調至南洋作戰，在南洋密林中出生入死的經驗，以及受到殖民者威嚇的記憶。另外，戰後威嚇壓抑的年代，錦連五〇年代的作品〈鐵橋下〉：「彼此在私語著／多次挫折之後他們一直蹲著從未站起來／習慣於灰心和寂寞　他們／對於青苔的歷史祗是悄悄地竊語著」（節引自《混聲合唱》，頁 161），記錄戰後他們挫折委曲的一代，以及被抹滅的歷史痕跡，在隱忍的陰暗角落中竊竊私語時代的傷痛。

更進一步說，「笠」前輩詩人的殖民傷痕書寫，其意義：對於台灣過去歷史的「再現」，重新發現台灣主體性的存在。因為，戰後高壓的威權體制，「台灣」一度成為高度的禁忌，「戰後世代」如何能夠在風聲鶴唳的年代，以較近的距離去貼近台灣的歷史真相，重新思索台灣的處境，這與「笠」前輩詩人的親身經歷及其文學作品的灌輸，有密切的關係。就「後殖民論述」而言，這些作品的意義在於：記錄、描寫台灣人民過去的「殖民傷痕」與「精神異化」，重新反省台灣喪失主體性的悲哀，如杜潘芳格〈平安戲〉（1968）：「很多很多的平安人／寧願在戲台下／哨甘蔗合李子鹹

---

❼　《笠》於一九六四年創刊，當時匯整了戰後零散、個別的本土派詩人，創刊的十二位創始人為：吳瀛濤（1916-1971）、詹冰（1921-2004）、陳千武（1922-）、林亨泰（1924-）、錦連（1928-）、白萩（1937-）、杜國清（1941-）、趙天儀（1935-）、黃荷生（1938-）、古貝、薛柏谷、王憲陽。

／保持僅有的一條生命／看／平安戲」（節引自《混聲合唱》，頁
138），此詩以嘲諷批判的方式，斥責當權者的高壓統治，並非難
多數的人甘於被統治的命運，顯現人民精神被「閹割」、「異化」
的無奈，以及被迫成為順民的可悲。另外，與杜詩有異曲同工之妙
的是，「笠」第二代詩人李魁賢的〈鸚鵡〉（1972）：「『主人對
我好！』／主人只教我這一句話……（中略）主人有時也會／得意
地對我說：『有什麼話你儘管說。』我還是重複著：『主人對我
好！』」（節引自《混聲合唱》，頁351），詩中正言若反地諷刺當權者
的虛假偽善，人們在威權統治之下，導致內在精神的變形、扭曲。
縱觀這些在六、七〇年代微弱卻有力的書寫，正是導引「笠」「戰
後世代」詩人更早貼近「台灣」歷史軌跡的印證。

　　是以，自幼生長的經驗與記憶，與親炙文學的前輩等養成過
程，形成了他們創作意識的基盤，決定他們文學的表現「形式」與
「內容」。他們將文學構築在社會、歷史、環境之上，所以，他們
的創作意識，自然會與外在現實相連結，不會只就個人的經驗為
主，因為，他們認知到：「身份和角色是社會體系的要素，所以，
不管對我們或對他人而言，我們是誰，不在於自己本身，而是由我
們對社會體系的參與以及學習如何參與的社會文化過程來決定的。
這使『瞭解自己』不僅限於心理學的關心領域，也成為社會學實踐
的基本範疇。」❸因此，「笠」「戰後世代」詩人，更早感受個人
與社會現實的關係，體認到戰後政治權力與文化霸權的箝制，以及

---

❸　Allan G. Johnson 著，成令方、林鶴玲、吳嘉苓譯《見樹又見林：社會學作為
　　一種生活、實踐與承諾》（台北：群學出版社，2002），頁149。

台灣從純樸的農村社會，轉變為快速的工商業社會，其繁盛美麗的榮景下，背後破敗、凋敝的發展軌跡，他們在創作意識與文學精神上，自是與其他文學社團相異其趣。他們修正了七〇年代之前的台灣詩風，將台灣詩風從重視主觀唯心、切割歷史發展與時間變化的「靜態詩學」，扭轉成具普遍客觀性意義的「動態詩學」。

雖然，「戰後世代」詩人並不像前輩作家，直接受到被殖民的悲哀，或戰後跨越語言的困境、白色恐怖嚴密的監視等；但由於「世代精神」、「集團意識」的傳承與紹繼，他們也間接地承襲到父叔輩的生命經驗與作品啟示，在戒嚴時期已率先具有台灣「歷史意識」，並成為日後創作的精神內裡。這與一般戰後成長、出生的年輕詩人，更容易探究到台灣過去歷史的發展軌跡，從歷史的傷痕中看見台灣的「過去」，由認知台灣的「過去」，建立觀看「現今」、眺望「未來」的視角。是以，「笠」「戰後世代」詩人以台灣主體性，去思考、構築的現實意識，必然更具有龐大的主題意識及其深厚的思想性。

因此，他們自然不會把詩視為吟咏風月、抒情遣懷的工具而已；而是以詩介入社會現實，成為一位知性、批判的詩人。如鄭烱明〈目擊者〉：「我是目擊者／一齣悲劇的目擊者／從悲劇的醞釀、發生以至進行／我是目擊者／以銳利的眼光／目擊事實的一切」（節引自《蕃薯之歌》，頁 106）即是以第一人稱「我」來說明對台灣歷史的見證，戰後台灣人民面臨到空前的政治壓迫，歷經了通貨膨脹、二二八事件、白色恐怖、族群衝突等歷史傷痕，許多台灣青年的生命、青春，葬送在這段歷史的煙灰中。當詩人深知這樣的歷史悲情，必然如詩中最後所說的：「我是目擊者／我必需活下去／

像一尾受困的魚／為被污辱的靈魂做見證」。

　　除了成長經驗、文學養成過程外，「笠」戰後的邊緣位置（position），也是奠基「笠」「戰後世代」詩人現實意識的重要關鍵。戰後因政治力強力干涉文藝發展，使得主要的文學活動，皆是配合國家文藝政策的需要而發展的，本土作家或因語言之故、或因經驗之故、或因政治恫嚇之故，一時間並無法參與戰後初期的文藝活動，因此，文學發展的生存空間十分有限。鄭明娳曾說：「五○年代任何一個作家一旦被文藝協會所摒棄的結果，正是被放逐在台灣的文壇上」❾，顯示戰後官方文藝組織與文學發展的密切性，而台灣本土作家被放逐在台灣文壇之外自不待言。由於，「笠」位於邊緣位置，使得「笠」必須凝聚強大的意志力，對外展現厚實的「集團性格」，藉著共同的文學理念、文學主張，去捍衛、開拓《笠》的生存空間，肯定自我的存在價值。這樣的意識，普遍深植在「笠」詩人的心中，如李豐楙也認為：「笠下詩人正是自覺其為邊陲化的處境，其集團內部的焦慮既表現為政治行動上的反抗性，自是也會激其高度自覺的創作本土性。」❿對「笠」「戰後世代」而言，在此集體創作意識下，詩當然成為最主要介入政治、社會的形式，藉此尋找、重建「自我」的主體性與發言權。

　　此外，文藝資源分配不均，靠攏官方的優勢文化團體，掌控、占有了多數重要的傳播媒體，形成論述霸權的重要手段，向陽稱戰

---

❾　鄭明娳〈當代台灣文藝政策的發展、影響與檢討〉，收入氏編《當代台灣政治文學論》（台北：時報文化公司，1994），頁29。

❿　李豐楙〈嘲諷與浪漫：「笠」戰後世代詩人的兩種精神面向〉，收入於陳鴻森編《笠詩社學術研討會論文集》（台北：台灣學生書局，2000），頁2-3。

後文學傳播現象為「被扭曲被宰制的文學傳播脈絡」⑪，即是針對台灣戰後傳播媒體被國家機器所壟斷，「論述」大多為單向思考，皆是服膺於統制階級的「無害」思想。根據布迪厄（Pierre Bourdieu）文學「場域」的理論，更能清楚洞悉權力與利益之間的關係，所謂「場域」（Field）即是由擁有不同權力（或資本）的團體或個人，按照他們所在的不同位置，形成一種客觀關係的網絡或構造而言，⑫因此，權力與資本的多寡、有無，是取決於「場域」占有的決定性要素。故戰後台灣的文學「場域」，靠近官方的作家與本土作家，各自擁有的權力與資本的比例，形成「場域」傾斜的現象昭然若揭。因此，《笠》自然對戰後的「中央論述」、「主流價值」、「文化霸權」的態度是採取一種抵抗的姿態，並以批判性、敘述性、知性的詩風，作為《笠》存在的基本樣式。

　　舉例而言，「創世紀」詩人編輯六〇、七〇、八〇年代詩選，其中本土詩人所占的比例微乎其微，只具點綴性作用⑬；但這些詩

---

⑪　向陽〈打開意識型態的地圖──回看戰後台灣文學傳播的媒介運作〉，收入於鄭明娳編《當代台灣政治文學論》，同前揭書，頁80。

⑫　關於「場域」（Field）理論，可參考 Pierre Bourdieu (1993): *"The Field of Cultural Production"* UK, Polity press 一書。本文乃參考布迪厄著，劉暉譯《藝術的法則──文學場的生成和結構》（北京：中央編譯出版社，2001）。

⑬　《六十年代詩選》（高雄：大業書店，1961）共收入廿六位詩人，本土詩人占四位，有：白萩、林亨泰、錦連、黃荷生、薛柏谷。《七十年代詩選》（高雄：大業書店，1969）共收入四十六位，本土詩人占五位，有施善繼、杜國清、林煥彰、白萩。《八十年代詩選》（台北：濂美出版社，1976）共收入五十七位詩人，本土詩人占六位，有羊子喬、杜國清、吳晟、岩上、林煥彰、黃進連。這些本土詩人與《笠》關係較深，且影響到「笠」「戰後世

選集,透過優勢的傳播管道,更易在閱讀市場流通,成為大眾閱讀現代詩的「範本」,讀者以此按圖索驥,去認知戰後現代詩的發展及詩人的作品,則那些被摒棄在外的詩人,勢必無緣進入「論述」之中,在「看見」與「不被看見」之間,其實充滿論述的弔詭,它非取自作品良窳;而是取決於優勢的文學「場域」。換言之,文學價值的高低、優劣,不僅取決於作品本身內在條件,更大部分則取決於獲得「場域」特殊利潤的控制。因此,戰後台灣詩美學的判定,常將獲得文學「場域」優勢的外省作家(包括外省第二代),與處於「邊緣位置」的台灣本土作家相較,簡約成優勢/劣勢、細緻/粗鄙、高尚/低下的對立概念,致於背後複雜的藝術法則、文學場的生成及運作,則被忽視或隱匿不見,這樣的論述,是值得再進一步商榷與反思的。

綜上所述,《笠》在八〇年代以前的「位置」(position)是位處邊緣,八〇年代以後,因台灣社會、政治、民主運動勃興,其「介入詩學」成為民主運動的一環,由於,《笠》的能見度提高,遂重新建立起戰後現代詩的「文化視域」(cultural perspectives)。換言之,《笠》以詩作為「文化抵抗」的形式,進行寫作與批判,其目的:透過詩建立自己的主體論述、歷史身分、自我再現等的「詮釋權」,重新建構以「台灣」作為主體性的文學世界。所謂主體性,代表寫作者本身必須具備批判意識與創作能力,而非依賴他人

代」詩人的,只有錦連、林亨泰、杜國清、白荻,其餘者要不很早即離開《笠》,關係不深;要不較晚加入,其影響在八、九〇年代以後;再者,詩作特色不明顯,無法突顯《笠》真正的文學風格。

的價值理論或由他人代言的論述。《笠》這樣的發展軌跡，隨著時局開放，由隱而顯，到了七〇年代登場的「笠」「戰後世代」詩人，其文學表現正印證了這樣的結果。

「笠」「戰後世代」詩人受到第一、二代詩人的影響與感召，如同傳遞了父、兄輩的生命經驗，更早具備台灣的歷史意識，以此進行思考與創作，因此，詩作的選材與表現自然會以台灣現實為主軸，以明朗、精確的語言，表現「敘述性」、「思考性」、「批判性」、「知性」的詩風，其次，戰後文藝「場域」的傾斜，也使《笠》處在「邊緣」的位置，造成詩人內在精神的緊張與焦慮，他們凝聚鮮明的「集團性格」，抗衡戰後文藝論述的霸權，在七〇年代創作出知性、批判，詩質豐厚的作品，藉以鞏固自己的發展空間，這些詩作，有別於其他七〇年代崛起的詩社與詩人，在詩史上具有前瞻性的意義。

三、自覺與創新：建立另一種詩的現實美學

「笠」「戰後世代」詩人，受前輩詩人的精神感召與影響，詩美學也承接前輩詩人而加以發揚光大。由於，「笠」第一代詩人經歷過「跨越語言」的階段，深感語言能力被剝奪的痛苦，且因重新學習「國語」而使作品「語言」表現生澀，被認為淺俗、低下；反之，戰後大陸來台詩人，在不需轉換語言的情況下，取得了較多的文藝資源，「中文」的操作較本土詩人熟稔，他們的詩語操作，成為許多年輕詩人在進入詩壇時，學習、模仿的對象。而大陸來台的詩人，也常以詩的「指導者」批評《笠》說：

他們對語言駕御多欠純熟，故句法不夠精練，詩中缺乏張
力。他們敏於觀察而滯於想像，他們能體驗生活，但就詩論
詩，如何使詩既具真摯性而又富超越性，亦如習武功的高
手，如何使思想的內功由強勁而富魔力的語言打出，則仍需
一番磨練。⓮

這樣的批評，往往是站在文化優勢的位置，以「指導者」傲
視、卑下他者的身分，所提出來的言論，這樣的意識，其實是忽視
台灣詩壇的發展脈絡，純就具有政治意涵的「國語」能力的判斷。
然而，正因為他們對「國語」較熟練，而易陷入語言過度修辭，或
文字墮性的缺失。詩語言除了修辭的功能之外，更重要的是，要能
開發語言的原始機能。對此，村野四郎表示：

語言機能的領域，不僅止作為被說，被寫的符號而已，自哲
學與科學的觀點來看，它乃是產生自人們意識的深奧之處
的。忽略了語言的神祕的作用。單把語言當成符號去稱呼事
物，去寫文章，將不可能寫出真正的詩來。⓯

所謂「產生自人們意識的深奧之處」，意味著：語言存在一切
修辭法之前，是一種認識事物本質的方法，它與作品中的思想性產

⓮ 洛夫〈中國現代文學大系·詩輯序〉，收入《中國現代文學大系》詩第一輯
（台北：巨人出版社，1972），頁21。

⓯ 村野四郎《現代詩探源》（台北：文史哲出版社，1984再版），頁37。

生密切的關係，根據現實重新建立一種「新的關係」，這種關係的建立，通常以「敘述性」、「知性」、「批判性」的語言來加以呈現。因此，《笠》會提出「寫什麼」更重於「怎麼寫」，❶即是率先對詩語言的機能有所認知，認為詩要能從現實之中，去發現並且建立起與人之間的新秩序，以此切入現實問題的核心。此外，村野四郎在〈詩的主題〉也提出：「詩的主題並非關聯於那些被採取的題材，而必須在我與實之間創造新的關係，因此賦與散亂在四處的現實有一則本來的秩序，以最根源性地，追求最普遍的主題才是。而且這似乎也可充實了於詩所有美學的根據。」❶因此，一首詩的優劣並非取自華文美詞而已，它必須透過語言的設計、挖掘，使語言的新機能被發現，而有新的、深刻的精神性、思考性的意涵。

　　戰後，本土詩人錦連曾自述：自己是「一隻傷感而吝嗇的蜘蛛」❶，意指戰後因跨越語言的關係，他喪失了最基本書寫與閱讀的能力。所謂「吝嗇」則是他對「語言」的態度，他說：「我珍惜往往祇用了一次就容易褪色的僅少的語彙」❶，換言之，他不耽溺於語言的修飾性，而從人深奧的內在精神去挖掘語言與詩的關係，因此，錦連在「有限的」的語言中，其詩的表現並不會淺白、庸

---

❶　如笠的第一代詩人陳千武曾說：「以藝術的思考、方法、感覺，注重「怎麼寫」詩，並非目前現代詩的重要課題。而從「寫什麼」詩，具有其「主題」的側面攻入現代的核心，才是詩人的重要使命吧！」（收入氏著《現代詩淺說》（台中：學人文化公司，1979），頁108）

❶　村野四郎著，桓夫、錦連合譯〈詩的主題〉，《笠》9期，1965年10月，頁9。

❶　〈笠下影：錦連〉，《笠》5期，1965年2月，頁6。

❶　同上註。

俗；而是充滿「對時代的強烈抵抗意識，對自身所背負歷史根源的思考，乃至人生恆久的鄉愁，現實的諦觀（凝視）和批判，充實了他詩的內涵，擴大了他詩的視野。立基於自身存在時空的詩主軸之探測，更深化了他作品的內奧世界」**⑳**。是以，錦連因對生存實況深沈地體察與感悟，使得詩質豐厚綿密，並不受限於他有限的語言能力。

再者，「笠」「戰後世代」詩人的語言，他們都在「國語政策」的教育下長大，不像前輩詩人經歷語言跨越的困難，在「國語」的能力及操作上，遠遠超過第一、二代詩人，然而，他們的語言風格，卻與笠前輩詩人具有一致性，是以，「笠」不同世代，卻呈現語言風格的一致性，顯示了：

> （笠）新世代所擁有的語言教育資源，基本上均已足以完全掌握所謂的標準「國語」，卻仍舊選擇傳續前行一、二代所經營出來的語言策略。如此就不涉及語言掌握能力的問題，而是嚴肅面對笠集團所發展完成的詩觀，鄭重選擇一種符合其內容的語言形式，嘗試以之實踐其詩思、表達其異於其他詩社的詩文風格。**㉑**

換言之，《笠》因具有台灣的現實意識，故在形式與內容的表

---

⑳ 陳明台〈硬質而清澈的抒情──純粹的詩錦連〉，收入氏著《台灣文學研究論集》（台北：文史哲出版社，1997），頁251。

㉑ 李豐楙〈嘲諷與浪漫：「笠」戰後世代詩人的兩種精神面向〉，收入陳鴻森編《笠詩社學術研討會論文集》（台北：台灣學生書局，2000），頁18。

現上有較多的自覺，他們「寧載台灣草笠，不載中國皇冠」❷，揚棄以美文、修辭表現詩的內涵，而尋找語言的原始機能，重建詩與現實的新秩序。而「笠」「戰後世代」詩人，在「笠」這樣的「集團意識」下所凝聚的詩觀，大抵也都對詩與現實、真摯的問題，多加關切，如鄭烱明認為：

> 用與時代隔閡的語言寫詩，那是逃避的文學，寫現實中沒有的東西，那是欺騙的文學。我嘗試用平易的語言，挖掘現實生活裏，那些外表平凡的不受重視的，被遺忘的事物本身所含蘊的存在精神，使它們在詩中重新獲得估價，喚起注意，以增進人類對悲慘根源的瞭解。❸

另外，拾虹說：

> 詩，除了像洪通做畫那樣令人感到「爽快」之外，它的價值就在它投影在人間現實的深度吧！如果不能感動，不能與當代的脈博一同悸動，詩是不可能流傳下來的。❹

在鄭烱明與拾虹的詩觀中得知：他們皆以現實生活為底蘊，利用平易的語言，挖掘、傳達人類共同的情感，傳達時代的脈動，試

---

❷　李敏勇〈寧載台灣草笠，不載中國皇冠〉，《笠》139 期，1987 年 6 月。
❸　鄭烱明「詩觀」，收入《美麗島詩集》（台中：笠詩刊社，1979），頁 217。
❹　拾虹「詩觀」，同上註，頁 227-228。

圖喚醒被人遺忘的存在精神。若對照前輩詩人陳千武的詩觀,「認清現實的醜惡變成的一種壓力,感受並自覺對其反逆的精神,意圖拯救善良的意志與美。探求人存在的意義,不惑溺於日常普遍性的感情,追求高度的精神結晶。」㉕恰可印證世代之間的密切性,及對詩的認知的相似性,這也是為何「笠」與其他詩社相較,有更清楚、明確的「集團性格」。兩者對詩的寫作,皆是先立足在現實的自覺上,從客觀的現實中打破庸俗與沈悶,表現詩的知性、逆反精神,強化「思想性詩化」,以「明朗」、「精準」、「敘述」、「知性」的語言,去建立詩的精神意涵,呈現清澈、嚴謹的詩質;而非利用形容詞、或文字的斷連、變形,去製造詩句或填充意象,藉以表現稠密、晦澀的象徵意涵。

由於,「現代詩」、「藍星」、「創世紀」等重要詩社,大多以第一代詩人為主導的經營方式,他們沒有明顯的世代交替或核心理念,也沒有因時制宜的策略,在七○年代「現代詩」美學轉向後,這些詩社的詩人,也隨著時代改弦易轍或大幅度修正自己的詩作,反之,《笠》因世代交替明顯,精神意識明確,在七○年代現實風潮的席捲下,「笠」「戰後世代」一登場,並沒有受到外在嚴厲的批判,沈穩地度過「現代詩論戰」的風暴。是以,「笠」「戰後世代」詩人與戰後大陸來台的「前行代」詩人及七○年代崛起的「新生代」詩人,就「詩語言」的表現是有所不同,以下分別比較各自的詩語言,以突顯「笠」「戰後世代」詩人的詩美學特性。

洛夫為「創世紀」重要的「前行代」詩人,一九七○年洛夫出

㉕　陳千武「詩觀」,同上註,頁226。

版《無岸之河》詩集，總結他前三本詩集《靈河》（1965）、《石室之死亡》（1965）、《外外集》（1967），在《無岸之河》序中，洛夫自稱：

> 凡早期的作品幾乎都動過手術，有的竟改得面目全非。❷❻

到底七〇年代之後，洛夫將他過去的詩作改得如何？奚密曾對洛夫早期的詩作，做過仔細的爬梳，她說：

> 《無岸之河》」最明顯就是篇名的改變。……另一顯而易見的不同是標點符號的大量省略，……《無岸之河》裡標點的簡化和詩人儘量將語言具體化、直接化，避免主觀情緒的介入的努力是一致的。❷❼

　　假使就奚密所言，洛夫將詩作的「標點符號的大量省略」、「語言具體化、直接化」、「避免主觀情緒的介入」來看，上述幾點的修改，其實已涉及到詩人「美學意識」的變動問題。換言之，洛夫早期「過度」強調詩的節奏，運用大量；但不見得必要的「標點符號」，製造強烈、斷續的節奏感，且以「主觀情緒的」修辭，增加詩的文采；但內容可能難解、晦澀，於是，洛夫於七〇年代強

---

❷❻　洛夫《無岸之河》（台北：大林文庫，1970），頁4。

❷❼　奚密〈從靈河到無岸之河──洛夫早期風格論〉，收入氏著《現當代詩文錄》（台北：聯合文學出版社，1998），頁189。

調現實風尚的時代下,會將他詩的語言「具體化、直接化」,正可見到,七〇年代之後,「現代詩」的發展,隨著時局趨力,從脫離現實到轉向現實,這樣風行草偃的現象。因此,若將洛夫改動詩作的現象,放到台灣的歷史脈絡來看,或許有更多值得深思的空間,不會像奚密的觀察如此簡單,只是「前者乃對根本存在問題的玄思,艱澀深沈;後者乃對尋常事物的靜觀,平淡自然」❷,而是背後有更複雜的心理動因值得探究。

　　七〇年代崛起的「新生代」詩人系譜──以一九七一年的《龍族》到一九七九年《陽光小集》為限,這批年輕詩社及詩人,他們大多學習自戰後大陸來台的「前行代」詩人,除了在語言、題材的表現不同外,基本上,他們所持有的「現實意識」,仍是一種日常性、生活性的現實,就台灣歷史發展而言,只根據外在現實生活的捕捉,並未碰觸到台灣最敏感的政治問題,在七〇年代仍是戒嚴風景的時代,這樣的現實,是間接、無害的表現。當「現代詩論戰」從早先的「形式」問題,轉變為更尖銳的「民族認同」的問題時,到底回歸「民族」,應該回到哪一個「民族」?回歸「現實」?要回到什麼樣的「現實」?這樣的叩問牽涉到,台灣最關鍵的核心,即是認同的問題。隨著政治、民主運動的白熱化,對此問題也日趨激烈。

　　因此,七〇年代的「新生代」詩人,一方面對過去太過西化的「現代詩」有所不滿,希望建立出具有「民族性」、「現實性」的詩風;另外,他們對「前行代」詩人的盟主地位有所質疑,希望可

❷　奚密〈從靈河到無岸之河──洛夫早期風格論〉,同前揭文,頁195。

以打破因襲的陋規，創造出「新一代」的風格。如陳芳明自稱「龍族」詩人，具有「新的一代・新的精神」，他說：

> 龍族的組成分子是以年輕人為中心，年紀最大的不超過卅三歲，最小的不低於廿三歲，其間的差距只有十年，在思想上和精神上都很難有所謂代溝的問題，恰好可自成一代。……龍族一向以「最有朝氣的詩刊」自我期許，這分朝氣不僅表現在年輕的衝勁上，同時也表現在它所容納的精神上。所謂龍族的精神，也就是開放的精神，兼容並蓄的精神。㉙

由上述「代」的更替，可見七〇年代詩壇上的風格習尚、主流位置的更迭與轉替。七〇年代「新生代」詩人，企欲取代「前行代」詩人，重新在詩史上占有一席之地。他們將創作建立在「改革」與「創新」上，對「民族精神」、「現實意識」有較高的反省，他們不再只求語言形式的表現，而是藉詩來描繪現實生活的問題。他們的「現實」表現層次如何呢？試以陳芳明〈高速公路上的蝴蝶〉為例說明之：

> 遠遠就看見蝴蝶
> 跌落在高速公路的右方
> 掙扎的雙翼

㉙ 陳芳明〈新的一代・新的精神——寫在「龍族詩選」出版之前〉（台北：林白出版社，1973），頁1、3。

　　拍亂了廢鐵附近的

　　風景

　　（中略）

　　工廠的囪煙

　　團團掩蓋

　　蝶的翅膀，曾經是艷麗的生命，起起落落

　　如今牠的身軀

　　和泥土的顏色一樣

（節引自《龍族詩選》，頁 35-36）

　　陳芳明目睹高速公路的車禍場景，以極為詩情畫意的語調，淡化血淋淋的殘酷景象，以翩翩、豔麗的蝴蝶為意象，嘆逝青春、華美的生命，即將羽化損落。而詩中與美麗的蝴蝶對照的是，工廠的囪煙、廢鐵、泥土等單調、笨重、醜陋的意象，顯示詩人對外在現實的冷酷、無情的哀痛。此詩，是詩人對外在環境的一種抒情感觸，透過意象的捕捉，將殘酷的現實予以詩化，使詩呈現一種淡淡的愁緒。陳芳明早期的詩作，受余光中及葉珊（早年的楊牧）的影響頗深，❸詩中常藉舒緩的節奏，明朗的語言，傳達濃厚的抒情意

---

❸　在陳芳明的第一本詩評論集《鏡子和影子》序中，說到：「『鏡子和影子』這個書名，是葉珊幫我想出來的，我覺得很適合我批評的個性。……葉珊最初的意思是，以『余光中研究』做為論集的重點，可是，到目前為止，我才發表兩篇，不可能成為一冊專書。因此，我只能把有關當代詩人的一些論評，以及和詩評性質相近的文字，收集在一起。」（台北：志文出版社，1978，頁 1-2）從序中可見，葉珊替陳芳明出版詩評論集，以及陳芳明醉心於余光中的研究，得知其關係匪淺。

味。當七○年代詩風轉向追求現實，陳芳明也開始在「生活層面」上挖掘許多現實題材，拓展其關注的角度；但這些詩作顯然只停留在客觀現實的呈現上，並沒有牽涉到更敏感的政治現實。由於，這批七○年代「新生代」詩人的詩的進路，大多學習前行代詩人，加上戰後台灣政治、社會，不允許具有台灣「歷史意識」的論述抬頭，因此，他們無法去了解台灣的歷史發展，現實的作品，大多就只能或只敢在「生活層面」挖掘，缺少一種動態詩學的效力。

　　「現實」表現，可分為「靜態」與「動態」兩種模式，所謂「靜態現實」，是指平實地記錄生活周遭的一切，加入個人主觀感受的抒懷，較不具批判性、思考性；「動態現實」則是以詩作為介入社會的方式，除了具備詩美學的要件外，更要具有縱觀的歷史意識，對各種現實加以凝視，提出詩人的反諷與抵抗。就七、八○年代的台灣，詩人如何真正抓住時代的脈動，表現具時代性的作品，正是作為判定詩人良知與自省能力的象徵，換言之，即是詩人對時代「敏感度」的表現。另外，林煥彰〈要回家的人〉，其作品的「現實性」與陳芳明的作品相似，都以日常生活的感觸為主，描寫恬靜、寧和的現實片面：

　　一個站牌
　　一個站碑
　　站著
　　候車的人

　　在街燈齊亮的瞬間

四週更加灰暗

我只看到大有的站牌
公車的站牌
站著
很多
要回家的
人

（節引自《龍族詩選》，頁 188-189）

　　七○年代的詩風，在一片過度西化的撻伐聲中回歸樸實、明朗，此詩，林氏以「口語化」的方式，表現都市生活的單調與無奈。詩中一開始即是「一個站牌」、「一個站牌」的樹立在路旁，象徵著固定制式的工作模式，一成不變。夜間該是下班的時刻了，托著疲憊的身心，在街燈與四周的明暗對比下，更強烈感受到候車者歸心似箭的心情。林氏的詩，基本上並沒有過多的隱喻與象徵，純粹從事件去衍生詩意，因此，有時不免意象略顯單薄。而林煥彰原為「笠」的成員，與《笠》風格接近，都是追求明朗、質樸的詩風，但不久即退出《笠》，之後，加入了象徵中國文化意涵濃厚的《龍族》，其現實意識乃構築在想像的「文化中國」之上，與《笠》的民族認同、現實意識有所差異。七○年代《笠》已漸漸確立本土的立場，開始著手建立自己的詩觀與台灣的詩史，如六十三期起（1974 年 10 月），設立了「台灣新詩的回顧」專輯，由陳千武譯介王白淵、巫永福等日治時期的台灣詩人詩作。另外，六十六期

（1975年4月）起，旅人開始撰寫「中國新詩論史」。《笠》對於詩史資料的重建與整理，將修正大陸來台詩人所建立的新詩史觀，如修正紀弦宣稱自己將新詩火種帶到台灣來的謬說。一九七〇年，陳千武更在《華麗島詩集》後序中，提出「詩的兩個球根說」，重新釐清台灣新詩的發展脈絡。這些論述無疑宣告《笠》更清楚地扎根在台灣本土之上的意向，這樣的立場，使本土意識不夠鮮明的詩人，紛紛掛冠離去。

　　反觀，同為七〇年代共同世代的「笠」「戰後世代」詩人（「笠」第三代），他們因較早受到本土前輩詩人的洗禮，具有鮮明的台灣歷史意識，及對詩的表現方式、語言機能的認知、反省，雖與「新生代」詩人置身在同樣的時代氛圍，但隨著時局逐漸開放，「笠」「戰後世代」也漸次標示出鮮明、特異的詩風，強調詩的時代性、真摯性、批判性，與其他詩社的發展風格有別。環顧七〇年代詩壇，《現代詩》、《藍星》、《創世紀》已偃旗息鼓，而《笠》卻穩健地扎根於七〇年代，並穿越至八〇年代，成為建構台灣詩學重要詩社，「集團意識」及「世代交替」是不可或缺的重要因素。七〇年代，《笠》完成世代傳承、交替，中堅詩人接棒，成為「笠」在七〇年代演出的重要成員。其中，以鄭炯明、李敏勇、陳明台、拾虹、陳鴻森、郭成義等為代表。七〇年代，他們分別出版了：鄭炯明《歸途》（1971）、《悲劇的想像》（1976），陳明台《孤獨的位置》（1972），拾虹《拾虹》（1972），郭成義《薔薇的血跡》（1975），陳鴻森《雕塑家的兒子》（1976）等（皆由笠詩刊社出版），這些作品所堅持的文學理念與創作立場，正是延續「笠」前行代詩人的精神意識。如鄭炯明〈我們‧大地〉：

美麗的花爆開在殘酷的天空
沒有根，只有我們
奄奄一息的我們
同樣是一條生命
為什麼你必須受難？

哭泣吧
如果你還有一絲力氣
你就哭泣吧

美麗的花爆開在遼濶的天空
沒有根，只有大地
已經死掉的大地

（引自《歸途》，頁60-61）

　　「笠」「戰後世代」詩人受到前行代詩人的啟發甚多，他們更早具有強烈的台灣歷史意識，並以此作為創作的思考根源。此詩一開始用震憾力極強的「爆開」二字，象徵槍聲自胸膛穿過，爆裂開來的胸膛，流出殷紅鮮豔的熱血，染紅衣襟，猶如一朵綻放的紅花，鑲刻在胸前成為烈士犧牲的徽章。「美麗」卻「殘酷」的意象令人顫慄，因為，背後隱藏著台灣許多不幸的年代，二二八事件、白色恐怖，多少人因政治理想、真理公義，而含冤消失在歷史的地表上，只成為一縷孤魂。在高壓極權的年代，一切備感辛酸、無奈，唯一能做的只有「哭泣吧／如果你還有一絲力氣／你就哭泣

吧」，更沈痛地指陳戰後威權體制的殘酷與肅殺。此詩，為鄭烱明的少作，雖然意象略感單薄，但背後所控訴的，卻是沈重而悲切的大時代問題。

「笠」的「集團性格」及「歷史意識」，經過前行代詩人幾經轉化、承傳，使得「笠」「戰後世代」的中堅詩人，以他們的詩觀及作品來具體實踐「本土意識」的理念，清楚地標示《笠》在七〇年代所站的位置，以及台灣的歷史現象。如李敏勇〈戰俘〉（1973）一詩，即是陳述台灣「祖國認同」的問題，深刻地刻劃出一位「中尉」矛盾的心聲。而這位中尉所代表的是，台籍日本兵的寫照，而這位台籍日本兵為何感到內心掙扎、痛苦？正是因為台灣的台籍日本兵，都曾生存在歷史的夾縫中，過去與現今竟使他們成為一群找不到國籍的人：

　　K 中尉沒有祖國
　　被俘的時侯
　　他宣誓丟棄了

　　釋還的那天
　　他望著祖國的來人
　　默默地
　　想把他自己交給他們
　　武裝被禁止了
　　武裝沒有被禁止了

祖國已經沒有了
祖國還有

雙重的認識論
在 K 中尉身上實驗了
說不定有一天
會輪到你或我

世界在靜靜地擦著眼淚
世界在靜靜地掉著眼淚

（引自《混聲合唱》，頁 580-581）

對於歷經兩個時代「跨越語言一代」的人而言，歷史的傷痕在他們身上所刻下的軌跡是鮮明的，他們更感受到戰前、戰後兩個不同的政權，其統治結果竟是如出一轍，都是以一種掠奪、壓制的方式，而非以台灣主體作為思考，致使戰後台灣非但沒有脫離「殖民狀態」；而是再度面臨「再殖民」的悲哀。像李敏勇這類替父叔輩代言的作品，更清楚地看到「笠」世代傳承、紹繼的脈絡。

同樣地，陳鴻森的〈壓〉（1973）亦再現台灣過去的歷史悲痛，詩一開始，以一九五〇年，自己的誕生的那一年寫起：

在戰後的破敗裡
一九五〇年
那些從戰場上僥倖地

活著回來的傢伙……

然而生對於他們

只剩下

行走在異鄉的感覺了

（節引自《混聲合唱》，頁 691-693）

　　詩人將自己與終戰後「那些從戰場上僥倖地／活著回來的傢伙……」並置重疊，以個人敗北的實存的境況，沈鬱貼近那群遭受歷史傷痛的人，而戰後這些倖存者非但沒有任何欣喜之感，反而「只剩下／行走在異鄉的感覺」，「他們遲滯的目光／照亮著近代史的暗茫」，「他們路上蕩著／成為沒有季節沒有歸途的候鳥」。最後，詩人認為「是否我不經意描繪的／他／正是我那／不眠的前生呢」，將同樣感受生之哀愁的，敘述對象與自己的生命連接，彼此具有相依相繫的共同命運，直接去體認戰爭及被殖民的悲哀。這一主題的書寫，是陳鴻森詩作中，不斷深化、延展的課題，日後，他有〈歸鄉〉（1982）一詩，同樣表現殖民歷史的傷痕：「戰後的台灣／據說已從殖民的地位裡被解放了／然而，我們的死／卻深陷在次殖民的境地裡」。（節引自《混聲合唱，頁 696》）由上作品，可以明顯看到「笠」「戰後世代」詩人的作品，對台灣歷史意識的認知，呈現一種逆反式的批判精神，深入挖掘現實人性的哀感悲愁。

　　相對七〇年代「新生代」詩人，對戰爭議題的書寫，如李弦（李豐楙）的〈變調〉(2)：

時間：七七戰後的二十二年

地點：燈火輝煌的台北

那一雙手

更多皺紋的那一雙手依舊握著那黑棒

從眾多期待的眼睛裏翱翔起來

歌聲，繼續昇起

旗正飄飄，馬正蕭蕭

槍在肩刀在腰　熱血熱血……

歌聲呼喚著歌聲

呼喚二十年前的國魂

好男兒　好男兒　好男兒

報國在今朝

歌聲走出了歷史，走入

閃爍著霓虹的市街

…………

從污染的空氣中

提煉出來的

一種調子

他站著　高高的站著

在昏黃而沙啞的天空

堅持著老而有力的

那一雙手

（節引自《大地之歌》，頁 53-54）

　　此詩，以今昔對照的時空，映照出老兵蒼涼的人生歲月，過去

曾是殺戮戰場的英勇戰士,如今卻轉眼已成佈滿皺紋的老者;過去曾是慷慨激昂的軍樂,如今卻變成「歡呼季節性的流行調子」,在今昔的對照下,令人不勝唏噓!原來的理想熱情、熱切的情操,都付與在現實時空的煙灰裏,早已為人所淡忘流失,僅存的只是個人的緬懷與記憶。然而,縱使如此,最後老兵在「昏黃而沙啞的天空」下,無言而堅毅地挺立著,呈現淒冷、單薄的身影,突顯時代的荒謬與荒涼。同樣描寫「戰爭」,「笠」「戰後世代」詩人與七〇年代「新生代」詩人,都從現實的生活體驗中獲得書寫的題材,洗去亞流的超現實主義詩作的晦澀難解。但兩者不同之處,在於台灣「歷史意識」的注入,「笠」「戰後世代」詩人,除了就現實社會的體察外,更清楚得知台灣戰後權力結構的傾斜及悲愴的歷史命運,他們不僅描摹社會現實的抒情感懷,更是對於政權的宰制、歷史的鄉愁、文化的失衡等更尖銳的問題,提出他們的省思與批判,藉此建立台灣「現實詩學」樣貌。他們這些率先諷刺台灣「政治現實」的詩作,就七〇年代的作品表現,是具有高度的自覺與創新。雖然,這樣的詩學,在七〇年代仍是隱微的,並沒有受到太多的注目,但是,隨著時局的變動,七〇年代中後期,追尋「本土」、「台灣」的呼聲,逐漸明朗化,這些嘹亮異質的聲音,打破了原先沈寂的詩壇,具有不凡的時代的意義。

四、社會與政治:文學的創作與實踐

戰後,台灣「現代詩」的發展錯綜複雜,除了文學本身的問題外,常與政治、歷史、社會、文化等因素,多重糾葛纏繞。因此,

「現代詩」內在的發展，充滿了許多外在因素的干涉，致使戰後「現代詩」的分析、評價，若純粹只從形式表現加以判定的話，往往會失之歷史的真確性。而《笠》從六、七〇年代開始，所發展的「現實詩學」幾經轉折、拓展，已逐漸呈展現出沈穩、平實的風格。「笠」詩人們，藉著共同的藝術習癖，以相同的主題思想、語言形式，實踐共同的美學信念，映襯現實生活中的不同層面。當這些頗具時代異數的作品，從零星、片斷成為一系列「有機的系統」時，相對的在台灣詩壇上，建立起不同的風格表現，成為一股鮮明強烈的「詩系」風格，與大陸來台詩人，語言文字偏向豐腴華麗的詩風有別。八〇年代之後，台灣社會、民主、政治議題沸沸揚揚，《笠》從第一、二代至第三代的「戰後世代」詩人，逐一地奠定明朗、硬質的詩風，使戰後台灣的詩壇上，有了不同的詩美學典範，與「現代主義」詩學，成為戰後台灣詩學的兩大觭角。

　　細究八〇年代「笠」「戰後世代」詩人，其中，李敏勇、郭成義等人，從前輩詩人手中接棒《笠》的主編，[31]積極、熱切地展開對外的工作，使「戰後世代」成為《笠》八〇年代的主要發聲者。同時，他們將關懷的層面擴大、延伸，加強社會的關懷與政治的實踐。一九八二年初，由「笠」「戰後世代」詩人鄭烱明、曾貴海、陳崑崙等三人，在高雄創辦了《文學界》（1982-88），與《笠》、《台灣文藝》同為建構本土文學的重要場域；一九九一年，鄭烱明等人再度於高雄創辦《文學台灣》，這個刊物持續至今，成為當今

---

[31]　李敏勇主編《笠》102-118 期、125-127 期、141 期，共 21 期。郭成義主編 128-140 期。

建立、評論台灣文學另一個重要的園地，詩人由此更直接、有力地參與台灣文學建構的過程。所以，「笠」「戰後世代」詩人，別於其他詩社詩人的地方，在於「實踐」能力的展現，左派理論家盧卡奇認為：

> 人們的言語，他們的純主觀的思想感情，只有轉化為實踐，只有在行動中經過檢驗，證明正確或者不符合現實，才能判定它們是真實的還是虛妄的，是誠實的還是假裝的，是偉大的還是渺少的。㉜

「笠」「戰後世代」詩人，以作品及行動，介入社會、文化的層面，他們的「現實詩學」不僅只是純粹寫作；更是他們投身台灣歷史洪流中，使自己成為時代的逆流。另外，他們為了強化《笠》的立場及論述，分別為文闡述相關論點，像鄭烱明〈八十年代的詩展望〉，藉此廓清戰後的詩史發展：

> 在探討台灣現代詩的源流與發展時，常常不能避免地，……忽略了原以台灣本土為活動中心，不斷透過日文或中文，努力於詩的探索的另一個泉源。㉝

而郭成義〈都是語言惹的禍——評蕭蕭「現代詩七十年」一文〉，

㉜ 盧卡奇著，陳文昌譯《現實主義論》，同前揭書，頁 32。

㉝ 鄭烱明〈八十年代的詩展望〉《笠》103 期，1981 年 6 月，頁 45。

針對蕭蕭對《笠》語言的批評，提出鄭重地反駁：

> 在笠上發表作品的詩人，大都具有追求真實語言的勇氣，這
> 是據於一種共通體驗所投擲過來的基礎認同，站在實存環境
> 的詩性鄉愁底下，畢竟是有所執著的一群。㉞

一九八三年元月，李敏勇、鄭烱明、拾虹、陳明台共同座談〈現實
論〉，檢討戰後台灣詩語言的問題，同時，對《笠》所追求的語言
特質的說明：

> 對語言的本質的認識，配合現實的認識也就是要脫離表象層
> 次的思考，真正把握深層現實精神的基本條件，詩人在這一
> 認識上，必須打破俗性與慣性的勇氣。㉟

這些論述，使《笠》成為八〇年代，「台灣意識」的重要建構
場域，使《笠》在台灣民主化的過程中，成為有力的推手。其次，
「笠」「戰後世代」的中堅詩人，更以詩作為利器直刺社會問題核
心，他們不斷在語言、題材上，積極表現現實意識與批判精神，直
至解嚴之前，這股逆反的精神的軌跡清晰可辨。他們的作品表現一
貫的「詩性現實」，將生活外在的現象，與詩人內心的心象，藉由

㉞ 郭成義〈都是語言惹的禍——評蕭蕭「現代詩七十年」一文〉《笠》106
期，1981年12月，頁55。
㉟ 李敏勇、鄭烱明、拾虹、陳明台（記錄），座談會「現實論」，一九八三年
元月，收入《笠》117期，1983年10月，頁58。

一種關聯性、即物性，以機智、批判的精神表現出來。如李敏勇
〈暗房〉（1982）、拾虹〈探照燈〉（1983）、陳鴻森〈比目魚〉
（1983）、鄭烱明〈烤鴨店〉（1985）等，皆可看到一種現實的譏
諷，揭示反抗體制、挑戰權威、介入社會的企圖，使詩實際參與台
灣社會的改造運動，而具備了鮮明的「運動性」與「批判性」的特
質。這樣的創作趨向，連結八〇年代的黨外勢力抬頭、民主運動興
起、政治評論蓬勃，使得八〇年代一場熱鬧的現代詩的「街頭運
動」於焉展開❸。

　　以下則進一步分析、爬梳，從七〇年代至八〇年代解嚴前，這
段奠定台灣民主運動的關鍵時刻，「笠」「戰後世代」詩人，其作
品，具有什麼樣的特殊風格與精神底蘊，與同時代的其他詩社作品
相較，為何能夠突顯這些作品，在台灣解嚴前的歷史意義。

㈠ 批判威權的政治體制

　　戰後，台灣由於威權的政治體制，而長期處於戒嚴的狀態，使
得「台灣」的主體性被大力的壓制，甚而被刻意扭曲。直到七〇年
代，才因外在局勢的丕變，開始一波追尋「民族」、「現實」的足
跡。然而，直到一九八七年解嚴前，台灣的政治風氣，仍是瀰漫在
一種低氣壓的氛圍；人們或是因為長期心靈被監禁，或是早已對政
治懷有戒惕恐懼之心，因此，對政治議題、公共事務，人多抱持著
冷漠的態度。所以，鳥瞰整個戰後詩壇，直到七〇年代末，除了

---

❸　參考焦桐〈政治詩〉，收入氏著《台灣文學的街頭運動：一九七七～世紀
　　末》，同前揭書，頁149-152。

「笠」率先具有鮮明的台灣「歷史意識」及「現實精神」，能夠寫出具政治批判的詩之外；大部分的詩人，礙於對戰後威權體制一無所知，或因要逃避政治的壓力，而甚少觸及。然而，作家是社會的良知，更是知識分子的代表，薩伊德（Edward W. Said，1935-2003）界定謂「知識分子」時，特別強調：

> 在扮演這個角色時必須意識到其處境就是公開提出令人尷尬的問題，對抗（而不是生產）正統與教條，不能輕易被政府或集團收編，其存在的理由就是代表所有那些慣常被遺忘或棄置不顧的人們和議題。[37]

基於這樣的理念，詩人寫詩並非只是個人內心的獨白；或置身於社會現實之外，而是要能對抗政治權力核心，使自己具有在野的精神，記錄、書寫當代人的悲愁，如愛爾蘭詩人葉慈（W.B Yeats，1865-1939），透過自己的詩作表現愛爾蘭境內的苦難與艱辛，如〈一名政治犯〉[38]：

---

[37] 薩伊德（Edward W. Said）著，單德興譯《知識分子論》（台北：麥田出版社，1997），頁48。

[38] 節引自楊牧編《葉慈詩選》（台北：洪範書局，1997），頁123。詩的政治犯「she」或許指的是昂德·岡昂（Maud Gonne）。據楊牧在導讀中介紹，當葉慈初識她時，「即刻為之深深傾倒，終生追隨她的美麗，慧頡，與強烈的革命意志不改，亦無由企及，構成詩人此後性格表現和整個藝術發展的顯影劑，左右了他對政治和文化的思索方向及判斷模式。」（導言，頁12）

一如生息石崖且浮海的鳥鷖

浮海，也許就在空中頡頏

當它第一次自危崖窠巢

馭然沖天而出，聚精會神

注視浮雲片片的天幕，

傳自它風雨吹打的心胸深處

及時，正是大海空虛的揚呼。

（節引自《葉慈詩選》，頁 12）

　　詩中以浮海、危崖、天幕等意象，象徵橫逆於眼前巨變詭譎的
外在現實，然而，縱使社會現實如此驚淘駭浪，他亦無所畏懼，面
對廣潤的大海，雖然身體被囚禁，但內心卻如同海洋一般自由開
放。相對「笠」「戰後世代」的中堅詩人，七、八〇年代的詩作，
亦可見到同樣對政治、權力充滿質疑，但內心卻昂揚、激憤的詩
作，如鄭炯明的〈霧〉（1982）：

我們將往何處去

今夜，啊不——

被暴虐的影子操縱的

我們的命運

明天將往何處去

你知道嗎？愛人

於是你輕輕安慰我說：

「霧再濃也有散的時候

何必為眼前的景象憂心」

那麼，讓我們握緊手吧

堅強地，一起走完這段

模糊又艱辛的路

（節引自《混聲合唱》，頁 657-658）

此詩寫於八〇年代初期，台灣正逢「美麗島事件」❸❹巨大的震撼，許多反對者受到一連串政治逮捕行動，頓時成為驚弓之鳥，事件參與者，最後皆以叛亂罪被起訴。詩一開始，即籠罩在迷濛的「濃霧」之中，濃重的霧氣，使得前方的風景，無法清晰可見，此意象，象徵台灣政治環境的困窘與難明，詩中藉由兩位彼此心愛的人，相互扶持、鼓勵，堅定地穿過黑暗、艱辛的年代，一起等待霧散清明的時刻到來。另外，此詩更可擴大推展至，戰後台灣整個政治實況，在黑白顛倒、公理喪失的年代，如陳千武的「政治詩」以「媽祖」意象象徵霸權統制的形式，「媽祖喲／坐了那麼久　祢的腳／在歷史的檀木座上／早已麻木了吧」（節引自〈恕我冒昧〉，《混聲合唱》，頁 86），諷刺戰後的萬年政權，人在這樣的時代氛圍中，感受個人的命運被操控的哀愁與茫然。戰後，台灣的歷史被刻意地抹除及消音，而大多數人皆產生「歷史失憶症」，這一現象，李敏勇以〈暗房〉（1983），藉由暗房漆黑不能感光的意象，隱喻國民

---

❸❹　所謂「美麗島事件」，不單指一九七九年的高雄事件，而包涵了之後林義雄家的滅門血案，以及對反抗者一連串的逮捕、審判行動。

政府，刻意扭曲台灣的歷史事實，嘲諷威權時代的思想桎梏，「這世界／害怕明亮的思想／／所有的叫喊／都被堵塞出口／／真理／以相反的形式存在著／只要一點光滲透進來／一切都會破壞」（節引自《混聲合唱》，頁 584-585），書寫公理、是非、正義，黑白顛倒的政治現象。

這樣的政治體制，具有良知的知識分子，勢必在眾人瞽盲之際，能發出振人昏瞶之聲，如同在深夜吠叫的狗，喚醒在黑暗中沈睡的人們：

　　我的主人給我戴上一個口罩
　　好讓我張不開嘴巴吠叫
　　吵醒大家的美夢
　　──我瞭解他的苦心

　　然而我是不能不吠叫的啊
　　做為一隻清醒的狗
　　即使吠不出聲
　　我也必須吠，不斷地吠
　　在我心底深谷裡吠
　　從天黑一直吠到黎明

　　　　　　　　　　　（節引自《混聲合唱》，頁 648-649）

鄭烱明這首〈狗〉（1972）寫於戒嚴時期，當七〇年代「新生代詩人」倡導回歸現實，開始描寫農村景象、都市風貌時，如林煥

彰〈城市〉：「不論是街／或路／或巷子／每一條都走向暗處／而人／在那裏／從第一次失足到無數次的／墮落／蛆蟲一般／繁殖／不知姓名」（節引自《龍族詩選》，台北：林白出版社，1973，頁 189-190），描繪人在城市中的無奈與墮落。相對的，鄭烱明寫的「狗」，代表一位清明之士，在不可抗逆的壓制下，仍要奮力勇敢地揭露社會的真理與公義。同樣時空下，鄭氏的〈狗〉相較於林氏的〈城市〉，更對台灣的現實境況，提出更清亮的聲音。由於，「笠」「戰後世代」詩人，傳承了前輩詩人的精粹意識，能更早於七〇年代，寫出頗具異質的「反抗詩」，這些異質之作，穿過強壓的政治封鎖，打開了台灣社會運動的先聲。

(二) 凝視實存的現實境域

人是社會的動物，因此，每個人的存在，很難從社會、歷史的脈絡分割，成為一個「非歷史的」人。尤其是文學家的創作，通常以他實存的客觀環境為基礎，篩選、內化個人的經歷，將存留的感動，透過想像、設計，再現出來。故創作要全然「靜態的」、「主觀的」、「形式的」描寫，依左派文藝理論家認為，似乎是不可能的。換言之，若純粹從形式、技巧，來解釋文學作品，距離文學的本質是多麼遙遠。

六〇年代台灣詩壇曾高舉「超現實主義」詩學，強調自動寫作、表現潛意識等寫作風格，使台灣詩學曾經一度陷入虛無、蒼白的弊病，其因主要在於：「現代詩」背離現實精神太遠，對土地、國家的認同模糊不清，導致人心充滿虛無、失落之感。這樣的現象，直至七〇年代才有所轉向，重新提倡詩要回歸到現實層面，扎

根在現實生活之上，強調詩不再只是形式技巧的實驗與創新；更重要的是，在詩的內涵中，呈現出什麼樣的現實關懷，表現出什麼樣的現實批判。當人生活在一種抽離、無根的狀態下，最後將瀕臨崩頹、解構的危機，如盧卡奇（1885-1971）說：「當人的內在世界被等同一個抽象的主觀時，人的性格必然難逃瓦解的命運」。❹這也是何以亞流的現代主義詩作，大多充斥著囈語、非邏輯性、蒼白無力的道理所在。

　　而《笠》因對土地認同度高，強調台灣的主體性，以台灣實存的環境，作為創作的基礎，因此，較能擺脫虛無的「現代主義」弊端。七、八〇年代，台灣正值改革動盪之際，因「笠」「戰後世代」詩人，具有極強的現實感，能對此時局的演變有更深刻的反省，同時，對台灣現實境域的凝視，明確而清楚，他們針對中／台兩岸的關係、台灣國際的處境，展開熱切的關注，以敘述、樸實的語言，重新挖掘、建立語言的深層思考，使詩能夠達到揭示真理的目的，而非用華麗的語言來裝飾詩的內容。如拾虹〈船〉（1970）：「我們移動了數千年／為了在地圖上尋回失落的名字／酸痛的脊椎骨接連著水平線／逐漸生銹而腐蝕／使盡了力氣呼喊／仍然只有失望地看著陸地漸漸遠去／水平線斷了以後／我們開始在漫漫的黑夜裡／孤獨地航行」（節引自《船——拾虹詩集》，頁 8-9）。七〇年代台灣面臨國際局勢丕變的困境，其處境頓時風雨飄搖，拾虹以「船」象徵台灣「孤島」及「孤兒」的形象，在茫茫大海中，追求主體認同的艱辛與失望，只能，不斷地飄流在國際情勢之外，

---

❹　盧卡奇著，陳文昌譯《現實主義論》，同前揭書，頁 118。

一如無根的浮萍，在漫無邊際的汪洋中，孤獨地航行。

同樣凝視台灣處境，以此作為出發點的詩作，如陳鴻森〈比目魚〉（1983），以「比目魚」建立起一種新的意象與意義，藉此貼切地諷刺台灣與大陸的政治本質：

> 由於不同的視界
> 和意識型態
> 比目魚終於宣告分裂
> 成為左右各別的兩個個體
> 牠們各自拖著半邊的虛幻
> 跟蹌地
> 向著自己視界裡的海域
> 游去
> …………
> 三十多年來
> 一直共有同一名字的
> 左鮃右鰈
> 由於異向的游程
> 牠們之間終於形成了
> 一個寂寥的海峽
> 由於日日迎衝著橫逆的潮
> 鮃的右眼因又逐漸右移
> 回到了牠身軀的右側
> 鰈的左眼亦逐漸地左移

而回到牠身軀的左側

如今，這已不再比目而行的鮃與鰈

除了牠們先後移動過的眼

略覺木然外

牠們的形態

則日益相──似

（節引自《混聲合唱》，頁 707-708）

　　詩人巧妙地以兩種神似的比目魚──「鮃」與「鰈」，比喻台灣與大陸之間的關係。兩岸之間彼此因視界與意識型態不同，終於宣告分裂，「成為左右各別的兩個個體」，「各自拖著半邊的虛幻」，利用政治的虛幻與想像，去架構自己政權的完整性。然而，「中華民國」與「中國人民共和國」的對峙，並非本質上的不同，而是政治權力的爭奪使然，詩人早已察覺這樣的真相與矛盾，故對這兩個同質性極高的極左與極右政權，採取了知性而強烈的批判之聲，苦苓曾稱此詩：「以出奇冷靜的態度處理極端激憤的情緒，是知感交溶的傑作」❶。是以，鄭烱明以「蕃薯」，形像化「台灣」，加強台灣悲苦的命運及不畏艱難的意象，「從今天開始／我不再沈默／我要站出來說話／以蕃薯的立場說話／不管你願不願聽」（節引自《混聲合唱》，頁 650），展現台灣主體的自信。

　　從「笠」「戰後世代」詩人的作品中，可以看到，在七、八〇年代，他們已率先對台灣的地位、處境，作過一番思考與反省，強

---

❶　苦苓主編《1984 台灣詩選》（台北：前衛出版社，1985），頁 126。

烈傳達台灣主體的性格,這與同為七○年代的「新生代」詩人,仍
扣緊在外部現實的描述,在同一時空之下,表現次元是相異的。換
言之,「笠」「戰後世代」詩人的作品,其「現實性」包涵對權威
政治的挑戰與批判,就「詩是表現時代問題」的觀點上,更有非凡
的意義。

(三) 恢復失落的歷史記憶

　　台灣戰後長期的戒嚴,導致人們患有「歷史失憶症」或「政治
冷感症」,使得台灣的歷史,長期被隱匿在黑暗中,如沈封地底的
礦石等待被挖掘。李敏勇〈底片的世界〉(1983)一詩,即以沖洗
底片的原理,說明戰後台灣社會,歷史黑白不分、真假莫明的現
象,與上述〈暗房〉互為組曲。因此,台灣現實的生死愛恨、歡愉
憂傷,全被隱匿在「底片」之中,只好把「底片放入清水/以便洗
滌一切污穢/過濾一切雜質/純純粹粹把握證據/在歷史的檔案/
追憶我們的時代」(節引自《混聲合唱》,頁585),才能再度恢復台灣
的「歷史記憶」。

　　台灣曾經遭受日本殖民長達五十年,然而,被殖民的苦痛與悲
愁,卻在戰後」被刻意壓制,使得這段淒楚不忍的歷史,被沈埋於
地底。但「笠」「戰後世代」詩人,卻從如父叔輩的前輩詩人的經
歷,更早去體認到被殖民的哀愁、無奈。如日治末期(1937-
1945),日本推動「南進政策」發動戰爭,征調大量台灣青年前赴
南洋作戰,許多台灣青年的青春與理想,就喪送在烽火之中,成為
一段不可追憶的歷史;而倖存者則面臨到政權轉移、國家認同的問
題,痛苦地在歷史夾縫中求生存。如李敏勇〈戰俘〉(1973),刻

劃這批「台灣特別志願兵」的矛盾與辛酸，及國民政府來台接收時的橫暴。

　　陳鴻森的〈歸鄉〉（1982），則更進一步，以綿密深厚的意象，傳達這群歷史夾縫求生者的悲哀：「我們一批無法投遞而又不能掛失的郵件／我們是敗戰野死遺下的迎風的旗／我們沒有昂然的權利／我們沒有可被憑弔的死／我們是神案上幾番取下復被供上的無名的木主⋯⋯戰後的台灣／據說已從殖民地的地位裡被解放了／然而，我們的死／卻深陷在次殖民的境地裡」。再者，他的〈中元〉（1982）：「三十多年了／如今已經成為這片土地的一部分／但我永遠不會忘卻／家鄉今夜是中元／躺在我身邊的木村大尉、飯島和岡田／他們這些真正的皇民／都已先後被接引回國／只有我們這些台灣人留下／駐守著被殖民的／歷史的悲愴」（節引自《混聲合唱》，頁 694），更去描寫這批被遺忘在歷史的台籍日兵，他們犧牲性命、青春，最後，卻獲得不了合理的終戰賠償的結果與悲哀。

　　這樣的哀愁，陳明台以新的角度切入，纖細抒情地詮釋敗北的傷感，刻劃〈月〉（1977）的慘白意象：「仰起頭在注視／高高地掛在敗北的灰色的天空上／漸漸被朦朧的烟霧模糊了的／哀傷的月／／深遠的夜　染得更黑了／沈浸在破滅的生的風景裡」（節引自《混聲合唱》，頁 611），詩中藉瀕死的士兵，將人生敗北與死亡的意象，每段排比以「哀傷的月」和「睜大眼睛在注視」疊映、迴旋，暈染出朦朧迷離的情調與生之哀愁。

　　戰後的歷史創傷，如「二二八事件」、白色恐怖時期，都為台灣留下難以抹平的傷口。「笠」「戰後世代」詩人，因具有台灣的「歷史意識」，故能深入了解歷史傷痕背後的關鍵緣由。當他們在

書寫歷史現實時，較一些沒有台灣「歷史意識」的詩人，要更能切中要害，更能發出時代的吶喊，釐清事實背後的真相。如拾虹〈邊緣〉（1983），將戰後台灣的處境，以「暗影」的意象，隱喻地加以呈現。

> 高聳直立的吊車
> 投射著龐大的陰影
> 橫過我
> 到達碼頭岸邊
> 我的位置是陸地的邊緣
> ……（中略）
> 我們在看不見自己的
> 影子裡
> 仰望權力的高度
> 等待著夕陽西下
> 黯然無語
>
> 暗去的天空
> 逐漸包圍了整部吊車
> 只剩下巨大虛幻的模糊形影
> 矗立在黑夜的邊緣

（節引自《混聲合唱》，頁 485）

「吊車」象徵著高高在上的威權統治，其「陰影」籠罩著整個

台灣島嶼邊緣，它巨大無邊，「壓扁了的我們的影子／重疊著我們的思緒與哀愁」，許多人的青春理想，被濃重的時代暗影消磨殆盡，而染有時代的哀愁，而在全然漆黑的夜晚前夕，一抹西下的霞紅塗染天際，濃重的色彩褪盡後，「只剩下巨大虛幻的模糊形影」，在隱微的天光下，透顯幾許生的寂寥。

「笠」「戰後世代」詩人，在解嚴之前，書寫這些具有台灣歷史意識的作品，記錄台灣過去的傷痕、哀痛與心情，正因這些微弱的刻痕，使得戰後台灣的歷史，可以藉著這樣軌跡，逐漸喚醒台灣人民的記憶，成為日後台灣民主運動的一環，共同建立台灣的主體性。

五、結　論

「笠」「戰後世代」詩人，由於，他們文學的學養過程，曾親炙台灣的前輩詩人，以及他們以台灣主體的身分認同；其次，戰後台灣文學場域的傾斜，也使得他們在極為有限的資源上，必須以強烈的「集團性」來穩固其創作空間，使其社團不致泡沫化。他們從父叔輩的生命歷程中，窺見台灣過去的歷史傷痕，在草木皆兵的戒嚴時期，率先具有鮮明的台灣「歷史意識」，以其意識，凝聚《笠》的創作能量，將創作扎根在台灣斯土斯民之上，呈現台灣社會、歷史、文化等面向的問題，傳達庶民共同的普遍性情感。

其次，他們在「國語」的掌握上，已較前輩詩人更有能力；但在詩語言的表現，卻寧可捨棄華美、**豔麗**的文字，不受固定文字的束縛與約制，純就語言的「原始機能」加以挖掘、建立，使得語言

重新建立一種新的關係，擴大語言的意義機能。換言之，《笠》的語言風格，並非是語言能力的問題，而是牽涉到詩美學的認識與抉擇，因為，「笠」「戰後世代」詩人，所重視的是，詩的詩質與意義，他們常以「敘述性」、「明朗的」語言，去表達「詩的思想性」，而非耽溺在形式或文字的雕琢上，使詩表面上看起來繁複、瑰麗。若探究「笠」的表現論，其實更需要詩人真實面對自我，毫無掩飾地去挖深、擴大詩的深度與廣度，展現深厚、豐饒的情感內涵，否則撕去華美文字的外衣時，則易使詩流於淺白、通俗。

由於，他們詩的歷程和對詩美學的認定，與其他社群的詩人相異，因此，特別突顯出他們作品具有時代的異質性，著重在對社會與政治的揭示與批判，在戒嚴時期，他們以作品及行動，諷刺威權的政治體制、凝視台灣的現實時空、恢復台灣的歷史記憶，呈現以台灣為主體的另一種「現實詩學」，在七、八〇年代，成為推動台灣文學建構的重要力量之一，同時，也是台灣詩史上具有特殊價值的一頁。

參考書目

編例：

1.　詩刊按照出版年代順序排列。

2.　書目按作者姓氏筆畫順序排列。

3.　外國作者之譯名，依其名字筆畫順序排列。

4.　期刊論文按照篇章發表時間先後排列。

一、詩刊（按出版年代先後排列）

五〇年代發行：

《新詩週刊》1-94 期（1951.11-1953.9）

《現代詩》1-45 期（1953.2-1964.2）

《藍星詩頁》1-63 期（1958.12-1965.6）

《藍星季刊》1-4 期（1961.6-1962.11）

《創世紀》1-29 期（1954.10-1969.1）

六〇年代發行：

《縱橫詩刊》1-7 期（1961.3-1962.10）

《野火》1-4 期（1962.5-1962.8）

《葡萄園》1-71 期（1962.7-1980.12）

《民聲日報·詩展望》（1963.11-1966.3）

《笠》1-120 期（1964.6-1984.6）

《噴泉》1-10（1968.1-1972.6）

《星座》1-13 期（1964.4-1969.6）

《南北笛》1-5 期（1967.3-1968.5）

七○年代發行：

《水星》1-9 期（1971.1-1972.5）

《龍族》1-16 期（1971.3-1976.5）

《主流》1-12 期（1971.7-1976.1）

《大地》1-19 期（1972.9-1977.1）

《後浪》1-12 期（1972.9-1974.7）

《詩人季刊》1-15 期（1974.11-1983.10）

《綠地》1-13 期（1975.12-1978.12）

《詩脈》1-8 期（1976.7-1978.9）

《八掌溪》1-10 期（1976.10-1981.8）

《詩潮》1-6 集（1977.5-）

《掌門》1-9 期（1979.1-1982.10）

《陽光小集》1-13 期（1979.12-1984.6）

八○年代發行：

《漢廣》1-10 期（1982.3-）

《掌握》1-13 期（1982.3-1986.10）

《詩人坊》1-7 期（1982.10-1984.1）

《台灣詩季刊》1-9 期（1983.6-1985.3）

《兩岸》1-2 集（1986.12-1987.5）

二、詩（選）集（按作者姓氏筆畫排列）

上官予編《十年詩選》，台北：明華書局，1960。

———《千葉花》，台北：商務印書館，1967。

大地詩社編著《大地之歌》，台北：東大圖書公司，1976。

文曉村編《葡萄園詩選》，台北：自強出版社，1982。

王祿松《狂飆的年代》，台北：水芙蓉出版社，1984。

王麗華《他們對著我的窗口演講》，高雄：春暉出版社，1988。

白萩《天空的象徵》，台中：田園出版社，1969。

向明編《七十三年詩選》，台北：爾雅出版社，1985。

向陽《種籽》，台北：東大圖書公司，1980。

——《土地的歌》，台北：自立晚報社，1985。

——《歲月》，台北：大地出版社，1985。

江自得等著《三稜鏡——江自得、鄭烱明、曾貴海詩選集》，高雄：春暉出
　　版社，2003。

余光中《蓮的聯想》，台北：文星書店，1964。

——《五陵少年》，台北：文星書店，1967。

——《在冷戰的年代》，台北：純文學出版社，1969。

——《敲打樂》，台北：純文學出版社，1969。

——《余光中詩選》，台北：洪範書店，1999。

吳晟《泥土》，台北：遠景出版社，1979。

——編《1983 年台灣詩選》，台北：前衛出版社，1984。

——《向孩子說》，台北：洪範出版社，1985。

——《吾鄉印象》，台北：洪範出版社，1985。

——《飄搖裏》，台北：洪範出版社，1985。

——《吳晟詩選》，台北：洪範書店，2000。

宋澤萊《福爾摩莎頌歌》，台北：前衛出版社，1983。

李敏勇《暗房》，台中：笠詩刊社，1986。

——《戒嚴風景》，台中：笠詩刊社，1990。

——《傾斜的島》，台北：圓神出版社，1993。

——編《傷口之花——二二八詩集》，台北：玉山社出版公司，1997。

——編《複眼的思想：戰後世代八人詩選》，台北：前衛出版社，2005。

李瑞騰編《七十四年詩選》，台北：爾雅出版社，1986。

李魁賢編《1982 年台灣詩選》，台北：前衛出版社，1983。

———編《陳秀喜全集》，新竹市立文化中心，1997。

———《李魁賢詩集》，台北：行政院文化建設委員會，2002。

沈花末編《1985年台灣詩選》，台北：前衛出版社，1986。

周夢蝶《還魂草》，台北：文星書店，1965。

林亨泰《爪痕集》，台中：笠詩刊社，1986。

林佛兒《台灣的心》，台北：林白出版社，1986。

林宗源《力的舞蹈》，高雄：春暉出版社，1984。

———《補破網》，高雄：春暉出版社，1984。

林明德等編《中國新詩賞析》1-3冊，台北：長安出版社，1981。

林梵《未名事件》，台北：鴻蒙文學出版社，1986。

林華洲《澳南悲歌》，台北：遠流出版公司，1983。

林雙不《台灣新樂府》，台北：前衛出版社，1984。

施善繼《施善繼詩選》，台北：遠景出版公司，1981。

洪素麗《盛夏的南台灣》，台北：前衛出版社，1986。

———《流亡》，台北：自立報系，1990。

洛夫《石室之死亡》，創世紀詩社，1965。

——《無岸之河》，大林書店出版，1970。

——《洛夫自選集》，台北：黎明文化事業公司，1975。

——《天狼星》，台北：洪範書店，1976。

——《洛夫詩論選集》，台北：開源出版社，1977。

——《因為風的緣故》，台北：九歌出版公司，1988。

——、沈志方編《創世紀四十年詩選》，台北：爾雅出版社，1994。

紀弦《摘星的少年》，台北：現代詩社，1963。

——等編《八十年代詩選》，台北：濂美出版社，1976。

——《紀弦自選集》，台北：黎明文化事業公司，1978。

苦苓編《1984年台灣詩選》，台北：前衛出版社，1985。

——《每一句不滿都是愛》，台北：前衛出版社，1986。

——《苦苓的政治詩》，台北：書林書店，1991。

桓夫（陳千武）《密林詩抄》，台北：現代文學，1963。

──《不眠的眼》，台中：笠詩刊社，1965。

──《野鹿》，台中：田園出版社，1969。

──《媽祖的纏足》，台中：笠詩刊社，1974。

馬悅然、奚密、向陽編《廿世紀台灣詩選》，台北：麥田出版社，2001。

高準《高準詩抄》，台中：光啟出版社，1970。

涂靜怡《從苦難中成長》，台北：水芙蓉出版社，1980。

張默、瘂弦編《六十年代詩選》，高雄：大業書店，1961。

──、洛夫、瘂弦編《七十年代詩選》，高雄：大業書店，1969。

──等編《新銳的聲音》，高雄：三信出版社，1975。

──、張漢良編《中國當代十大詩人選集》，台北：源成圖書社，1977。

──編《七十一年詩選》，台北：爾雅出版社，1983。

──、張漢良編《創世紀四十年總目》，台北：爾雅出版社，1994。

符節合《大時代的詩人》台北：正中書局，1961。

連水淼《生命的樹》，台北：創世紀詩社，1980。

郭成義《台灣民謠的苦悶》，台中：笠詩刊社，1986。

陳千武《安全島》，台中：笠詩刊社，1986。

───《陳千武全集》，台中：台中市文化局，2003。

陳秀喜《覆葉》，台中：笠詩刊社，1971。

陳鴻森《雕塑家的兒子》，台中：笠詩刊社，1976。

───《陳鴻森詩存》，台北：台北縣文化局，2005。

彭邦楨、墨人編《中國詩選》，高雄：大業書店，1973。

覃子豪《覃子豪全集》，台北：覃子豪全集出版委員會，1965。

楊牧《吳鳳》，台北：洪範出版社，1979。

──編《葉慈詩選》，台北：洪範出版社，1997。

楊澤《彷彿在君父的城邦》，台北：時報文化公司，1980。

詹冰《綠血球》，台中：笠詩刊社，1965。

詹澈《土地，請站起來說話》，台北：遠流出版公司，1983。

廖莫白《戶口名簿》，台北：遠流出版公司，1983。

───《台灣組曲》，錦德圖書，1986。

碧果《碧果人生》，台北：采風出版社，1988。

管管、吳晟《真摯與奔放》，中國現代詩獎委員會，1975。

趙天儀等編《笠詩選：混聲合唱》：高雄：春暉出版社，1992。

劉克襄《漂鳥的故鄉》，台北：前衛出版社，1984。

蔣勳《少年中國》，台北：遠景出版社，1980。

───《母親》，台北：遠流出版社，1982。

鄭良偉編《台語詩六家選》，台北：前衛出版社，1990。

鄭烱明《悲劇的想像》，台中：笠詩刊社，1976。

───《蕃薯之歌》，高雄：春暉出版社，1981。

蕭蕭、陳寧貴、向陽主編《中國當代新詩大展──1970-1979》1-3 冊，台
　　北：德華出版社，1981。

───編《七十二年詩選》，台北：爾雅出版社，1984。

錦連《鄉愁》，彰化：新生出版社，1956。

───《挖掘》，台中：笠詩刊社，1986。

───《錦連作品集》，彰化：彰化縣文化中心，1993。

───《守夜的壁虎》，高雄：春暉出版社，2003。

───《海的起源》，高雄：春暉出版社，2003。

羅門《羅門自選集》，台北：黎明文化公司，1975。

羅青《吃西瓜的方法》，台北：幼獅文藝社，1972。

瘂弦《瘂弦自選集》，台北：黎明文化事業公司，1977。

───、簡政珍編《創世紀四十年評論選》，台北：爾雅出版社，1994。

荒地詩刊社《荒地詩集 1951》，東京：国文社，1975。

三、專著（按作者姓氏筆畫排列）

(一)文藝（化）理論

大衛・柏納（David Burnert）著，許綏南譯《六〇年代》，台北：麥田出版公

司，1998。

北川冬彥著，徐和隣譯《現代詩解說》，台北：葡萄園詩刊社，1970。

卡勒（Jonathan Culler）著，李平譯《文學理論》，香港：牛津大學出版社，1998。

布爾迪厄（Pierre Bourdie）著，包亞明譯《文化資本與社會煉金術》，上海：上海人民出版社，1997。

───（Pierre Bourdie）著，劉暉譯《藝術的法則──文學場的生成和結構》，大陸：中央編譯出版社，2001。

田村隆一著，陳千武譯《田村隆一詩文集》，台北：幼獅文藝，1974。

伊沃納‧杜布萊西斯（Yvonne Duplessis）著，老高放譯《超現實主義》，北京：新華書店，1988。

托洛茨基著、王凡西譯《文學與革命》，香港：信達出版社，1971。

艾尼斯特‧葛爾納（Ernest Gellner）著，李金梅譯《國族主義》，台北：聯經出版公司，2001。

艾瑞克‧霍布斯邦（E.J. Hobsbawm）著，李金梅譯《民族與民族主義》，台北：麥田出版公司，1997。

艾德華‧薩伊德（Edward W. Said）著，單德興譯《知識份子論》，台北：麥田出版社，1997。

西脇順三郎著，杜國清譯著《西脇順三郎的詩與詩學》，高雄：春暉出版社，1980。

別林斯基著，滿濤譯《文學的幻想》，合肥：安徽文藝出版社，1996。

───著，滿濤、辛未艾譯《別林斯基文學論文選》，上海：譯文出版社，2000。

───著，辛未艾譯《別林斯基選集》，上海：譯文出版社，2006。

村野四郎著，洪順隆譯《現代詩探求》，台北：文史哲出版社，1984。

車爾尼雪夫斯基著，周揚譯《藝術與現實的審美關係》，北京：人民出版社，1979。

亞倫‧強森（Allan G. Johnson）著，成令方等譯《見樹又見林：社會學作為

一種生活、實踐與承諾》，台北：群學出版社，2002。

彼得·布魯克（Peter Brooker）著，王志弘、李根芳譯《文化理論詞彙》，台北：巨流出版社，2004。

朋尼維茲（Patrice Bonnewitz）著，孫智綺譯《布赫迪厄社會學的第一課》，台北：麥田出版社，2002。

柳鳴久主編《二十世紀現代主義》，北京：中國社會科學出版社，1992。

泰瑞·伊格頓（Terry Eagleton）著，文寶譯《馬克思主義與文學批評》，台北：南方出版社，1987。

班納迪克·安德森（Benedict Anderson）著，吳叡人譯《想像的共同體：民族主義的起源與散布》，台北：時報文化公司，1999。

馬克·史朗寧（Marc Slonim）著、湯新楣譯《現在俄國文學史》，台北：遠景出版社，1981。

馬泰·卡林內斯庫（Matei Calinescu）著，顧愛彬、李瑞華譯《現代性的五副面孔：現代主義、先鋒派、頹廢、媚俗藝術、後現代主義》，北京：北京商務印書館，2002。

喬伊絲·艾坡比（Joyce Appleby）等著，薛絢譯《歷史的真相》，台北：正中書局，1996。

華倫&韋禮克（Rene & Wellen）著，梁伯傑譯《文學理論》，台北：大林出版社，1984。

奧本海默念（Franz Oppenheimer）著，薩孟武譯《國家論》，台北：東大圖書公司，1977。

詹明信（Fredric Jameson）著、張旭東譯《晚期資本主義的文化邏輯》，香港：牛津大學出版社，1996。

雷蒙·威廉士（Raymond Willams）著，劉建基譯《關鍵字：文化與社會詞彙》，台北：巨流出版社，2004。

萩原朔太郎著，徐復觀譯《詩的原理》，台北：台灣學生書局，1989 三刷。

廖炳惠編著《關鍵詞 200——文學批評研究的通用辭彙編》，台北：麥田出版社，2003。

盧卡契著《盧卡契文學論文集》，北京：中國社會科學出版社，1981。

───著，陳剛譯《盧卡契談話錄》，湖南：湖南文藝出版社，1987。

───著，陳文昌譯《現實主義論》，台北：雅典出版社，1988。

瓊斯（Suzi Gablik）著，滕立平譯《現代主義失敗了嗎》，台北：遠流出版社，1995。

羅勃・埃斯卡皮（Robert Escarpit）著，顏美婷譯《文藝社會學》，台北：南方出版社，1998。

(二)一般著作

下村作次郎《從文學讀台灣》，台北：前衛出版社，1997。

中國文藝協會編《文協十年》，台北：中國文藝協會出版，1960。

文訊雜誌社編《台灣現代詩史論──台灣現代詩史研討會實錄》，台北：文訊雜誌社，1996。

文曉村編《葡萄園詩論》，台北：詩藝文出版社，1997。

方仁念選編《新月派評論資料選》，上海：華東師範大學出版社，1993。

王浩威《台灣文化的邊緣戰鬥》，台北：聯合文學出版社，1995。

王惕吾《聯合報三十年的發展》，台北：聯經出版社，1981。

古繼堂《台灣新詩發展史》，北京：人民文學出版社，1989。

司徒衛《五十年代文學評論》，台北：成文出版社，1979。

白先勇等著《現代文學資料彙編》，台北：現文出版社，1991。

白萩等編《詩與台灣現實》，台中：笠詩刊社，1991。

向陽《康莊有待》，台北：東大圖書公司，1985。

──《迎向眾聲》，台北：三民書局，1993。

──《喧嘩、吟哦與嘆息》，板橋：駱駝出版社，1996。

朱光潛《談文學》，台北：漢京文化公司，1982。

───《現實主義的美學》，台北：金楓出版社，1991。

朱雙一《戰後台灣新世代文學論》，台北：揚智出版社，2002。

羊子喬《蓬萊文章台灣詩》，台北：遠景出版社，1983。

───編《郭水潭集》，台南：台南縣文化中心，1994。

余英時等著《五四新論》，台北：聯經出版社，1999。

吳政上、陳鴻森編《笠詩刊三十年總目》，高雄：春暉出版社，1995。

吳晟《一首詩一個故事》，台北：聯合文學，2002。

吳新榮著，葉笛、張良澤漢譯，呂興昌編訂《吳新榮選集》，台南縣立文化
　　中心，1997。

呂正惠《戰後台灣文學經驗》，台北：新地文學出版社，1992。

───《殖民地的傷痕──台灣文學問題》，台北：人間出版社，2002。

呂興昌《台灣詩人研究論文集》，台南：台南市立文化中心，1995。

宋田水《吾鄉印象──論吳晟》，台北：前衛出版社，1995。

李敏勇編《傷口的花──二二八詩集》，台北：玉山社出版公司，1997。

───《台灣詩閱讀》，台北：玉山社出版公司，2000。

李筱峰《台灣民主運動四十年》，台北：自立晚報社文化出版部，1987。

李魁賢《台灣詩人作品論》，台北：名流出版社，1987。

───《詩的反抗》，台北：新地文學出版社，1992。

李歐梵《現代性的追求──李歐梵文化評論精選集》，台北：麥田出版公
　　司，1996。

周英雄、劉紀蕙編《書寫台灣──文學史、後殖民與後現代》，台北：麥田
　　出版社，2000。

孟德聲《中國民族主義之理論與實際──一個歷史的、思想的分析與報
　　告》，台北：海峽學術出版社，2002。

孟樊、林燿德《世紀末偏航──八○年代台灣文學論》，台北：時報文化公
　　司，1990。

林亨泰編《台灣詩史「銀鈴會」論文集》，彰化縣立文化中心，1995。

林明德編《台灣現代詩經緯》，台北：聯合文學出版公司，2001。

林煥彰《近三十年新詩書目》，台北：書評書目，1976。

林瑞明《台灣文學的本土觀察》，台北：允晨文化實業公司，1996。

林燿德《重組的星空》，台北：業強出版社，1991。

林鐘雄《台灣經濟發展四十年》，台北：自立晚報社文化出版部，1987。

松永正義、若林正丈著、廖兆陽譯《中日會診台灣——轉型期的政治》，台北：故鄉出版社，1988。

河原功著，莫素薇譯《台灣新文學運動的展開——與日本文學的接點》，台北：全華科技圖書公司，2004。

金耀基《從傳統到現代》，台北：時報文化公司，1990。

———《中國現代化與知識份子》，台北：時報文化公司，1991。

施淑《日據時代台灣小說選》，台北：前衛出版社，1992。

——《兩岸文學論集》，台北：新地出版社，1997。

施懿琳《吳新榮傳》，南投：台灣省文獻委員會，1999。

柯慶明《中國文學的美感》，台北：麥田出版社，2000。

洛夫、張默、瘂弦編《中國現代詩論選》，高雄：大業書店，1969。

——《洛夫詩論選集》，台北：開源出版公司，1977。

紀弦《紀弦回憶錄》一～三冊，台北：聯合文學出版公司，2001。

范銘如《眾裏尋她——台灣女性小說縱論》，台北：麥田出版社，2002。

若林正丈編、劉進慶著、陳豔紅譯《中日會診台灣——轉型期的經濟》，台北：故鄉出版社，1988。

———《轉型期的台灣》，台北：故鄉出版社，1989。

———、吳密查編《台灣重層近代化》台北：播種者文化公司，2000。

———、吳密查編《跨界的台灣史研究：與東亞史的交錯》台北：播種者文化公司，2004。

唐文標《天國不是我們的》，台北：聯經出版社，1976。

奚密《現當代詩文錄》，台北：聯合文學出版社，1998。

徐光正、宋文里合編《台灣新與社會運動》，台北：巨流圖書公司，1990。

高行健《論創作》，台北，聯經出版社，2008。

尉天驄編《鄉土文學討論集》，台北：遠景出版社，1978。

張文智《當代文學的台灣意識》，台北：自立晚報社文化出版部，1993。

張玉能主編《西方文論》，武漢：華中師範大學出版社，2002。

張茂桂等《族群與國家認同》，台北：業強出版社，1993。

張瑞芬《台灣當代女性散文史論》,台北:麥田出版社,2007。

張漢良、蕭蕭編《現代詩導讀》(理論、史料、批評篇),台北:故鄉出版社,1979。

張德本《台灣鐵路詩人錦連論》,台北:台北縣文化局,2005。

張默編《現代詩人書簡》,台中:普天出版社,1969。

──編《台灣現代詩編目》,台北:爾雅出版社,1992。

──《台灣現代詩概觀》,台北:爾雅出版社,1997。

許世旭《新詩論》,台北:三民書局,1998。

郭楓《美麗島文學評論續集》,台北:台北縣文化局,2003。

郭繼生編《當代台灣繪畫文選:1945-1990》,台北:雄獅圖書公司,1991。

陳千武《現代詩淺說》,台中:學人出版社,1980。

───《獵女犯》,台中:熱點文化公司,1984。

───《台灣新詩論集》,高雄:春暉出版社,1997。

陳其南《關鍵年代的台灣》,台北:允晨文化公司,1988。

───、周英雄合編《文化中國:理念與實踐》,台北:允晨文化公司,1994。

陳明台《台灣文學研究論集》,台北:文史哲出版社,1997。

───編《桓夫詩評論資料選》,高雄:春暉出版社,1997。

陳芳明等編《先人之血,土地之花──台灣文學研究論文精選集》,台北:前衛出版社,1989。

───《左翼台灣──殖民地運動史篇》,台北:麥田出版社,1998。

───《探索台灣史觀》,台北:自立晚報社文化出版部,1992。

───《典範的追求》,台北:聯合文學出版社,1994。

───《殖民地摩登:現代性與台灣史觀》,台北:麥田出版社,2004。

陳建忠《日據時代台灣作家論:日據時代台灣作家論:現代性、本土性、殖民性》,台北:五南書局,2004。

陳映真《歷史的孤兒,孤兒的歷史》,台北:遠景出版社,1984。

───《清理與批判》,台北:人間出版社,1998。

陳國祥、祝萍《台灣報業演進 40 年》，台北：自立晚報，1987。

陳義芝編《不盡長江滾滾來——中國新詩選注》台北：幼獅文化公司，1993。

———編《台灣文學經典研討會論文集》，台北：聯經出版公司，1999。

陳鴻森編《笠詩社學術研討會論文集》，台北：台灣學生書局，2000。

麥穗《詩空的雲煙》，新店：詩藝文出版社，1998。

彭品光《當前文學問題總批判》，台北：中華民國青溪新文藝學會，1977。

彭瑞金《台灣新文學運動四十年》，台北：自立晚報社文化出版部，1991。

———《台灣文學探索》，台北：前衛出版社，1995。

智量、熊玉鵬主編《外國現代派文學辭典》，上海：上海文藝出版社，1999。

游勝冠《台灣文學本土論的興起與發展》，台北：前衛出版社，1996。

焦桐《台灣文學的街頭運動（一九七七～世紀末）》，台北：時報文化出版公司，1998。

覃子豪《現代詩論》，台中：新企業世界出版社，1977。

黃英哲《「去日本化」「再中國化」——戰後台灣文化重建（1945-1949）》，台北：麥田出版社，2004。

黃維樑編《火浴的鳳凰——余光中作品評論集》，台北：純文學出版社，1979。

楊照《夢與灰燼》，台北：聯合出版公司，1998。

楊澤編《七〇年代——理想繼續燃燒》，台北：時報文化公司，1994。

———編《狂飆八〇——記錄一個集體發聲的年代》，台北：時報文化公司，1999。

葉石濤《文學回憶錄》，台北：遠景出版社，1983。

———《沒有土地，哪有文學》，台北：遠景出版社，1985。

———《台灣文學史綱》，高雄：文學界雜誌社，1987。

———《走向台灣文學》，台北：自立晚報社文化出版部，1990。

葉維廉編《中國現代作家論》，台北：聯經出版公司，1979。

葛雷、梁棟合著《現代法國詩歌美學描述》，北京：北京大學出版社，
　　1997。

葛賢寧、上官予《五十年來的中國詩歌》，台北：正中書局，1970。

解昆樺《台灣現代詩典律的建構與推移》，台北：鷹漢文化公司，2004。

詹宏志《兩種文學心靈》，台北：皇冠出版社，1986。

廖炳惠《形式與意識型態》，台北：聯經出版社，1990。

趙天儀《美學與批評》，台北：有志圖書公司，1972。

趙知悌編《文學，休走》（《現代文學的考察》），台北：遠景出版社，
　　1976。

劉紀蕙《孤兒、女神、負面書寫：文化符號的徵狀式閱讀》，台北：立緒文
　　化公司，2000。

劉登翰等《台灣文學史》上、下卷，福建：海峽文藝出版社，1993。

———、朱雙一《彼岸的繆斯——台灣詩歌論》，南昌：百花洲文藝出版
　　社，1996。

鄭明娳主編《當代台灣政治文學論》，台北：時報文化公司，1994。

鄭欽仁《生死存亡年代的台灣》，台北：稻鄉出版社，1989。

鄭烱明編《台灣精神的崛起》，高雄：春暉出版社，1989。

———編《笠詩社四十週年國際學術研討會論文集》，高雄：春暉出版社，
　　2004。

橫地剛著，陸平舟譯《南天之虹》，台北：人間出版社，2002。

蕭新煌、黃俊傑、廖正宏合《光復後台灣農業政策的演變：歷史與社會分
　　析》，台北：中央研究院民族研究所，1986。

龍泉明《中國新詩流變論》，北京：人民文學出版社，1999。

應鳳凰編《光復後台灣地區文壇大事紀要》，台北：行政院文化建設委員
　　會，1985。

戴國煇《台灣結與中國結：罌丸理論與自立、共生的構圖》，台北：遠流出
　　版公司，1994。

薛化元主編《台灣歷史年表》I（1945-1965），台北：業強出版社，1993。

———主編《台灣歷史年表》Ⅱ（1966-1978），台北：業強出版社，1994。

———主編《台灣歷史年表》Ⅲ（1979-1988），台北：業強出版社，1994。

簡政珍《詩的瞬間狂喜》，台北：時報文化公司，1991。

———《台灣現代詩美學》，台北：揚智文化公司，2004。

羅宗濤、張雙英《台灣當代文學研究之探討》，台北：五南書局，1999。

羅興典《日本詩史》，上海：上海外語教育出版社，2002。

藤井省三著，張季琳譯《台灣文學這一百年》，台北：麥田出版社，2004。

叶廷芳、黃卓越主編《從顛覆到經典——現代主義文學大家群像》，北京：
　　商務印書館，2007。

四、期刊論文

(一)一般論文（按時間先後排列）

陳儀〈陳長官演講詞全文〉，《台灣新生報》，1946.2.16。

夏濟安〈白話文與新詩〉，《文學雜誌》2：1，1957.3。

勞榦〈對於白話文與新詩的一個預想〉，《文學雜誌》2：2，1957.6。

〈不按牌理出牌〉（代發刊詞），《文星》1：1，1957.11。

余光中〈論新詩的大眾化〉，《文星》1：6，1958.4。

徐復觀〈詩的個性與社會問題〉，《文星》2：9，1958.7。

尉天驄〈中國文學系往何處去〉，《筆匯》革新號1：2，1959.6。

覃子豪〈現代中國新詩的特質〉，《文學雜誌》7：2，1959.10。

余光中〈文化沙漠與多刺的仙人掌〉，《文學雜誌》7：4，1959.12。

余光中〈新詩與傳統〉，《文星》5：3，1960.1。

夏菁〈以詩論詩——從實例比較五四與現代的新詩〉，《文星》5：3，
　　1960.1。

覃子豪〈從實例論因襲與獨創〉，《文星》5：3，1960.1。

張隆延〈時代・思想與藝術〉，《文星》5：4，1960.2。

余光中〈摸象與畫虎〉，《文星》5：4，1960.2。

黃用〈從摸象說起〉，《文星》5：4，1960.2。

李素〈一個詩迷的外行話〉,《文星》5:4,1960.2。

孔東方〈新詩的質疑〉,《文星》5:5,1960.3。

陳慧〈有關新詩的一些意見——從言、余二先生的辯論說起〉,《文星》5:5,1960.3。

陳慧〈現代·現代派·及其他〉,《文星》5:6,1960.4。

郭楓〈現代詩芻議〉,《筆匯》革新號1:12,1960.4。

尉天驄、許國衡策畫「詩特輯」,《筆匯》革新號2:2,1960.9。

覃子豪〈談詩的批評〉,《筆匯》革新號2:5,1960.12。

余光中〈古董店與委託行之間〉,《文星》10:5,1962.9。

徐訏〈從文藝的表達與傳達談起——謹獻給台灣文藝作家與詩人們〉,《文星》11:1,1962.11。

劉永讓〈談新詩創作中的語言問題——新詩重建的第一步〉,《文星》11:3,1963.1。

林亨泰〈古剎的竹掃〉,《笠》1期,1964.6。

趙天儀〈現代詩暗礁〉,《笠》3期,1964.10。

忍冬〈大家戴著笠〉,《笠》9期,1965.10。

趙啟宏〈論詩的真摯性〉,《笠》7期,1965.6。

吳瀛濤〈詩精神的建立——如何解除現代詩的孤立〉,《笠》10期,1965.12。

黃華成等〈現代詩展畫頁〉,《幼獅文藝》148期,1966.4。

王慶麟等〈文藝與文藝〉,《幼獅文藝》149期,1966.5。

紀弦〈給趙天儀先生的一封公開信〉,《笠》14期,1966.8。

桓夫〈詩·詩人與歷史〉,《笠》15期,1966.10。

鄭烱明〈自剖〉,《笠》19期,1967.6。

村野四郎著,桓夫譯〈語言的本質〉,《笠》20期,1967.8。

鄭烱明〈評管管及其最近作品〉,《笠》2期,1967.8。

鄭烱明〈評不善打扮的趙天儀〉,《笠》21期,1967.10。

鄭烱明〈苦悶的象徵〉,《笠》22期,1967.12。

吳瀛濤〈日本詩展望〉，《笠》26 期，1968.8。

大岡信著，羅浪譯〈日本戰後詩概觀──「詩」與「非詩」諸論〉，《笠》
　　26 期，1968.8。

陳明台〈笠詩誌五年誌〉，《笠》30 期，1969.4。

高橋喜久晴著，陳千武譯〈詩人的語言與思想〉，《笠》31 期，1969.6。

瘂弦策畫「詩專號」，《幼獅文藝》186 期，1969.6。

傅敏〈招魂祭──所謂的「1970 詩選」談洛夫的詩之認識〉，《笠》43 期，
　　1971.6。

趙天儀〈裸體的國王〉，《笠》44 期，1971.8。

笠詩刊社〈本刊嚴正聲明〉，《笠》46 期，1971.12。

楊牧策畫「現代詩回顧專號」，《現代文學》46 期，1972.3。

余光中策畫「詩專號」，《中外文學》25 期，1974.6。

高上秦〈逍遙遊：洪通繪畫的通俗演義〉，《雄獅美術》26 期，1973.4。

發刊詞〈我們的努力和方向〉，《文季》1 期，1973.8。

唐文標〈詩的沒落〉，《文季》1 期，1973.8。

存漢〈我們需要怎樣的詩〉，《龍族》14 期，1975.4。

趙天儀〈鄉土精神〉，《笠》73 期，1976.6。

洛夫策畫「詩專號」，《中華文藝》76 期，1977.6。

李敏勇〈在我們的土地上，在我們的時代裏〉，《笠》79 期，1977.6。

趙天儀策畫「詩特輯」，《台灣文藝》60 期，1978.10。

李勇吉〈詩的創作與定位──笠詩社發行十四週年座談記錄〉，《笠》88
　　期，1978.12。

美麗島雜誌社〈民主萬歲〉，《美麗島》1：1，1979.8。

羅青〈詩壇風雲三十年〉，《台灣日報》1980.6.26。

杜國清〈現實主義的藝術導向〉，《笠》97 期，1980.6。

鄭烱明、李敏勇、拾虹訪問，鄭烱明整理〈從現實的抵抗到社會批判〉，
　　《笠》97 期，1980.6。

鄭烱明〈創造詩的歷史〉，《笠》100 期，1980.12。

趙天儀〈詩的精神力量——笠百期編輯後記〉，《笠》100 期，1980.12。

高天生〈歷史悲運的頑抗——隨想台灣文學的前途及展望〉，《台灣文藝》
　　72 期，1981.5。

張漢良策畫「現代詩三十年回顧專號」，《中外文學》120 期，1982.5。

鄭烱明〈八十年代的詩展望〉，《笠》103，1981，6。

郭成義〈都是語言惹得禍——評蕭蕭「現代詩七十年」一文〉》，《笠》
　　103，1981，12。

李魁賢策畫「詩專號」，《台灣文藝》76 期，1982.5。

陳鼓應〈七十年代以來台灣新生一代的改革運動〉，《中報月刊》28-30 期，
　　1982.5-8。

鄭烱明〈沒有終點的探索——略論戰後世代詩中的現實〉，《笠》113 期，
　　1983.2。

許南村〈試論吳晟的詩〉，《文季》1：2，1983.6。

林佛兒〈立之大地，行於光中〉，《台灣詩季刊》，創刊號，1983.6。

王曉波〈台灣文學裡的中國意識〉，《文季》1：3，1983.8。

陳映真〈中國文學和第三世界文學之比較〉，《中華雜誌》，247 期，
　　1984.2。

座談會記錄〈一九八四年台灣詩壇的展望〉，《台灣詩季刊》，第 4 號，
1984.3。

吳德山〈走出『台灣意識』的陰影——宋冬陽台灣意識文學論底批判〉，
　　《夏潮》2：1，1984.3。

陳映真、戴國煇〈『台灣人意識』『台灣民族』的虛相與實相〉上、下，
　　《夏潮》2：1，1984.3。

王素貞〈五十年代小說管窺〉，《文訊》9 期，1984.5。

張默〈從繁富到清明：六十年代的新詩〉，《文訊》13 期，1984.8。

魯蛟〈讓詩中存有一點忠厚〉，《秋水》44 期，1984.10。

劉菲〈關切現實之外〉，《秋水》44 期，1984.10。

涂靜怡〈答渡也的『胡說八道』〉，《秋水》44 期，1984.10。

侯吉諒〈關懷鄉土與放眼天下——評『一九八三年台灣詩選』〉，《創世紀》65 期，1984.10。

楊牧〈談台灣現代詩三十年〉，《創世紀》65 期，1984.10。

艾旗〈陰影〉，《葡萄園》88、89 期，1984.12。

劉菲〈錯誤的一步——致詩人吳晟先生〉，《葡萄園》88、89 期，1984.12。

徐哲萍〈文學與法律之分際——簡評一九八三年台灣詩選『關切現實』專欄〉，《葡萄園》88、89 期，1984.12。

文曉村〈給一位青年詩人〉，《葡萄園》88、89 期，1984.12。

張素貞〈五○年代台灣新文學運動〉，《中外文學》14：1，1985.6。

陳映真〈論施善繼的詩〉，收入氏著《孤兒意識・歷史孤兒》，台北：遠景出版社，1986 再版。

蕭新煌〈當代知識份子的『鄉土意識』〉，《中國論壇》23：1，1986.10。

鄭烱明〈為「台灣文學史綱」的出版說幾句話〉，《文學界》20 集冬季號，1986.11。

李敏勇〈寧愛台灣草笠，不戴中國皇冠〉，《笠》139 期，1987.6。

向明〈五十年代的新詩〉，《文星》115 期，1988.1。

向明〈五○年代現代詩的回顧與省思〉，《藍星詩刊》第 15 號，1988.4。

羅青、林燿德、黃智溶策畫「當代詩特輯」，《台北評論》6 期，1988.8。

李豐楙〈新詩四十年的詩社與詩運〉，《幼獅文藝》437 期，1990.10。

許悔之〈在地下開花，以及腐爛——台灣詩刊的一些現象〉，《台灣文學觀察雜誌》3 期，1991.1。

孟樊〈台灣的新批評詩學〉，《現代詩》17 期，1991.8。

陳玉玲〈紀弦與《現代詩》詩刊之研究〉，《台灣文學雜誌觀察》第 4 期，1991.11。

鄭烱明〈衣帶漸寬終不悔〉，《文學台灣》創刊號，1991.12。

葉珊（楊牧）〈獻身於讀者和作者間的交通〉，《聯合報》25 版，1992.1.28。

陳昭瑛〈霸權與典律：葛蘭西的文化理論〉，《中外文學》21：2（242

期），1992.7。

蔡芳玲〈五○年代台灣文學析論〉，《台灣文學雜誌觀察》第 9 期，
　　1994.11。

楊照〈文學的神話，神話的文學──論五、六○年代的台灣文學〉，收入氏
　　著《文學、社會與歷史想像》，台北：聯合文學，1996。

張默〈新詩史料追蹤──關於《詩誌》和《現代詩人書簡集》〉，《台灣史
　　研究》9 號，1997.5。

宋澤萊〈林宗源、向陽、宋澤萊、林央敏、黃樹根、黃勁連影響下的兩條台
　　語詩路線──閱讀「台語詩六家選」有感〉，《台灣新文學》9 期，
　　1997.12。

陳正醍著，陳炳崑譯〈台灣的鄉土文學論戰（一九七七～一九七八）〉，收
　　入《台灣鄉土文學・皇民文學的清理與批判》（台北：人間出版社，
　　1998）。

焦桐〈政治詩〉，收入氏著《台灣文學的街頭運動：一九七七～世紀末》
　　（台北：時報文化公司，1998）。

蕭阿勤〈1980 年以來台灣文化民族主義的發展：以「台灣（民族）文學為主
　　的分析」〉，《台灣社會學研究》3 期，1999.6。

應鳳凰〈人與雜誌的故事〉，《聯合文學》200 期，2001.6。

陳芳明〈橫的移植與現代主義之濫觴〉，《聯合文學》202 期，2001.8。

陳芳明〈現代主義文學的擴張與深化〉，《聯合文學》207 期，2002.1。

梅家玲〈性別 VS. 家國：五○年代的台灣小說──以《文藝創作》與文獎會
　　得獎小說為例〉，《台大文史哲學報》55 期，2001.11。

江宜樺〈新國家運動下的台灣認同〉，收入林佳龍、鄭永年編《民族主義與
　　兩岸關係》，台北：新自然主義公司，2001。

簡政珍〈詩與現實：早期台灣現代詩的現實關照〉，《興大人文學報》33
　　期，2003.6。

蕭阿勤〈台灣文學的本土典範──歷史敘事、策略的本質主義與國家暴
　　力〉，收入廖炳惠等編《重建想像的共同體──國家、族群、敘述》

（台北：行政院文化建設委員會，2004）。

郭紀舟〈七十年代的《夏潮》〉，收入《思想》4 期，台北：聯經出版社，2007.1。

詹曜齊〈七十年代的「現代」來路：幾張素描〉，收入《思想》4 期，台北：聯經出版社，2007.1。

阮美慧〈魂兮歸來──論七○年代《笠》「招魂祭」事件的意義與影響〉，收入美國加州大學聖塔芭芭拉校區，台灣研究中心主編《Taiwan Studies Series》1：3，2007.12。

㈡學位論文（按時間先後排列）

林貞吟《現代詩街頭運動──《陽光小集》研究》，玄奘人文社會學院中國語文研究所碩士論文，1993。

吳慧婷《記實與虛構──陳千武自傳性小說「台灣特別志願兵的回憶」系列作品研究》，清華大學中國文學研究所碩士論文，1994。

林于弘《解嚴後台灣新詩現象析論》，師範大學國文研究所博士論文，1996。

阮美慧《笠詩社跨越語言一代詩人研究》，東海大學中國文學研究所碩士論文，1997。

陳全得著《台灣《現代詩》研究》，政治大學中文研究所博士論文，1999。

蔡明諺《龍族詩刊研究──兼論七○年代台灣現代詩論戰》，清華大學中國文學研究所碩士論文，2002。

陳瀅州《七○年代以降現代詩論之話語運作》，成功大學台灣文學研究所碩士論文，2005。

蔡欣倫《1970 年代前期台灣新世代詩人群研究》，中央大學中國文學研究所碩士論文，2006。

本書各章論文出處及說明

案：以下收入本書之論文，已配合本書編輯重新修改、增訂。

第二章〈《笠》與現代主義——笠詩社成立史的一個側面〉，宣讀於國立台灣師範大學，「笠詩社學術研討會」，巫永福文教基金會主辦，2000 年 9 月 23 日。收入陳鴻森編《笠詩社學術研討會論文集》（台北：學生書局，2000）。另發表於《笠》225 期，2001 年 10 月，頁 225-269。

第三章〈存在與歷史：七〇年代《笠》的詩作精神及其語言表現〉，原題〈詩的力學——七〇年代《笠》的詩作精神及其語言表現〉，宣讀於東海大學，「苦悶與蛻變——六、七〇年代台灣文學與社會國際學術研討會」，東海大學中文系主辦，2006 年 11 月 11-12 日。收入東海大學中文系主編《苦悶與蛻變：六、七〇年代台灣文學與社會》（台北：文津出版社，2007），頁 250-289。又，此文為筆者國科會研究補助計畫「戰後台灣現代詩的語言與表現力學之研究」之部分研究成果，計畫編號為：NSC95-2411-H-029-011。

第四章〈現實的高音：《笠》於七〇年代中期以降「本土詩學」的

奠定與表現（1976-1984）〉，宣讀於東海大學，「笠與
七、八○年代台灣詩壇關係」學術研討會，東海大學中文系
主辦，2007 年 11 月 24-25 日。收入東海大學中文系、笠詩
社主編《笠與七、八○年代台灣詩壇關係學術研討會論文
集》（高雄：春暉出版社，2008）。

第五章〈從「中國」到「台灣」：台灣戰後詩中的「國家」意
象〉，宣讀於國家圖書館，「重建想像共同體：國家、族
群、敘述」國際學術研討會，行政院文化建設委員會主辦，
2003 年 12 月 20-21 日。後收入廖炳惠等編《重建想像共同
體：國家、族群、敘述國際研討會論文集》（台北：文建
會，2004 年），頁 231-283。

第六章〈死的脫卻，生的回歸：陳千武詩的精神意識考察〉，原題
〈死的脫卻與生的回歸：陳千武詩作小考〉，宣讀於台中縣
文化局，「台灣文學研討會──台中縣作家與作品」學術研
討會，台中縣文化局主辦，2000 年 3 月 25-26 日。收入路
寒袖主編《台灣文學研討會──台中縣作家與作品論文集》
（台中：台中縣文化局出版，2000），頁 169-203。

第七章〈轉折與建構：鄭烱明「現實詩學」之研究〉，原題〈鄭烱
明「現實詩學」的轉折與建構〉，宣讀於彰化師範大學，
「第十四屆詩學會議──台灣現代詩中生代詩家論學術研討
會」，彰化師範大學國文系主辦，2005 年 5 月 28 日。收入
彰化師範大學國文學系主編《國文學誌》第 10 期，2005 年

6 月，頁 129-160。又，收入林明德主編《台灣新詩研究
——中生代詩家論》（台北：五南圖書公司，2007），頁
154-191。

第八章〈社會與政治：「笠」戰後世代詩人的現實詩學〉，宣讀於
台南國家台灣文學館，「笠詩社四十週年國際學術研討
會」，台灣國家文學館主辦，2004 年 10 月 2-3 日。收入鄭
烱明編《笠詩社四十週年國際學術研討會論文集》（高雄：
春暉出版社，2004），頁 153-196。又，此文為筆者國科會
研究補助計畫「詩與社會：八〇年代笠詩社的政治關懷與文
學對應」之部分研究成果，計畫編號：NSC92-2411-H-343-
005。

國家圖書館出版品預行編目資料

戰後台灣「現實詩學」研究：以笠詩社爲考察中心

阮美慧著. – 初版. – 臺北市：臺灣學生，2008.08
面；公分
參考書目：面

ISBN 978-957-15-1418-5(精裝)
ISBN 978-957-15-1417-8(平裝)

1. 台灣詩 2. 新詩 3. 台灣文學史

863.091   97013100

戰後台灣「現實詩學」研究：以笠詩社爲考察中心 （全一冊）

著　作　者：阮　　　　　美　　　　　慧
出　版　者：臺　灣　學　生　書　局　有　限　公　司
發　行　人：盧　　　　　保　　　　　宏
發　行　所：臺　灣　學　生　書　局　有　限　公　司
　　　　　　臺　北　市　和　平　東　路　一　段　一　九　八　號
　　　　　　郵　政　劃　撥　帳　號：00024668
　　　　　　電　話：(02)23634156
　　　　　　傳　眞：(02)23636334
　　　　　　E-mail：student.book@msa.hinet.net
　　　　　　http：//www.studentbooks.com.tw

本書局登
記證字號：行政院新聞局局版北市業字第玖捌壹號
印　刷　所：長　欣　印　刷　企　業　社
　　　　　　中　和　市　永　和　路　三　六　三　巷　四　二　號
　　　　　　電　話：(02)22268853

定價：精裝新臺幣六〇〇元
　　　平裝新臺幣五〇〇元

西　元　二　〇　〇　八　年　八　月　初　版

臺灣 學生書局 出版

中國文學研究叢刊